NICOLE BACHMANN

Endstation Bern

KRIMINALROMAN

emons:

Bibliografische Information der Deutschen Nationalbibliothek
Die Deutsche Nationalbibliothek verzeichnet diese Publikation in der Deutschen Nationalbibliografie; detaillierte bibliografische Daten sind im Internet über http://dnb.d-nb.de abrufbar.

FSC
www.fsc.org
MIX
Papier aus verantwortungsvollen Quellen
FSC® C083411

Umschlagfoto: © Beat Suter, www.vfgonline.ch/beatsuter
Umschlaggestaltung: Tobias Doetsch
Gestaltung Innenteil: César Satz & Grafik GmbH, Köln
Lektorat: Irène Kost, Biel/Bienne (CH)
Druck und Bindung: CPI – Clausen & Bosse, Leck
Printed in Germany 2015
Erstausgabe 2014
ISBN 978-3-95451-388-8
Originalausgabe

Dieser Roman wurde vermittelt durch die
Literaturagentur Altas, Bern.

Endstation Bern

Nicole Bachmann, geboren 1964 in Basel, Studium der Psychologie und Sozialarbeit in Fribourg, Doktor der Gesundheitspsychologie, Universität Zürich, Weiterbildung in Montréal, CA. Heute arbeitet sie als selbstständige Gesundheitswissenschaftlerin, Autorin von Fachbüchern und Schriftstellerin. Sie lebt, arbeitet, musiziert und fährt Velo in Bern und Umgebung, einer Region, der sie in treuer Hassliebe zugeneigt ist.

Zum Gedenken an meine Freundin Regula Brunschwiler

«The winds of change
so mean and strange …»
Eddy Clearwater, «Reservation Blues»

1

Montag, 17. September

Das Leben geht weiter, auch wenn es nicht perfekt ist. Das war mein Mantra, das ich mir in den ersten Wochen nach Philipps Abreise unablässig vorsagte, um mich aufzumuntern. Ehrlich gesagt, die Wirkung war bestenfalls mässig. Es war genau das passiert, was ich um jeden Preis hatte vermeiden wollen: Ich hatte mich verliebt, er hatte mich verlassen – wenn auch unfreiwillig –, und ich fühlte mich, als ob man mir einen Teil meines Körpers amputiert hätte.

An jenem Nachmittag sass ich zusammen mit meiner Freundin Helga Sommer in der Cafeteria des Spitals Walmont. Vor einem Jahr war ich zur Leiterin der Zwei-Personen-Forschungsabteilung des Walmont befördert worden und liebte sowohl meine Arbeit wie auch meinen Arbeitsort. Mit Helga, die unseren Hebammendienst leitete, verband mich eine langjährige Freundschaft, auch wenn wir uns von Zeit zu Zeit heftig stritten. Sie vertrat die Seite der Esoterik, ich diejenige von Zufall und Wahrscheinlichkeit. Im Grunde war sie ein nüchterner Mensch, und ich hatte einen peinlichen Hang zur Romantik, nur hätten wir das nie voreinander zugegeben.

Wir schauten griesgrämig in den verregneten Park hinaus. Es war der Tag, bevor der erste Mord geschah, und noch ahnte ich nicht, dass sich meine Kümmernisse schon bald in Luft auflösen würden – grob beiseitegewischt von wichtigeren Dingen wie Todesangst oder dem alles beherrschenden Willen, am Leben zu bleiben.

«Warum bist du eigentlich so schlecht gelaunt?», fragte Helga. Ich mochte ihre Frage nicht und erst recht nicht den Blick, mit dem sie mich bedachte.

«Ich bin nicht schlecht gelaunt.»

Die stattliche Bergulme direkt vor unserem Fenster bog sich

im Wind. Der Boden war bedeckt mit Laubblättern, die Wind und Regen heruntergefegt hatten. Ein lausiger Sommer war nun definitiv in einen stürmisch-nasskalten Herbst übergegangen. Seit zwei Wochen regnete es mehr oder weniger ununterbrochen, die Aare war eine braune Flut, und ich verliess meine Wohnung nur, wenn es nicht anders ging. Meine letzte Biketour im Gantrischgebiet hatte ich vor einer Ewigkeit gemacht. Ich hatte sogar den Herbstzug der Wespenbussarde in Richtung Süden verpasst – ein klares Zeichen, dass es schlecht um mich stand.

«Es ist dieser Regen», sagte ich endlich.

Wir wussten beide, dass das nur ein kleiner Teil der Wahrheit war. Nach Philipps Abreise in Richtung Québec hatte ich mich zunächst in die Arbeit gestürzt und einige Wochen lang Zwölf-Stunden-Schichten geschoben. Ich hatte für mich ganz alleine dreigängige Nachtessen gekocht und guten Wein dazu getrunken. Ich hatte mir Blumen gekauft und jeden Samstag meine Wohnung geputzt und aufgeräumt. Irgendwann war diese trotzige Energie verpufft, und ich hatte mich auf einen Schlag müde und ernüchtert gefühlt. Und verlassen.

«Und wann fährst du endlich zu Philipp in die Ferien?», nahm Helga ihr Verhör wieder auf.

«Gar nicht.»

«Du hast mir doch erzählt, dass du dringend Ferien einziehen musst.»

«Schon.»

«Habt ihr euch etwa getrennt?»

«Haben wir uns getrennt? Ja, wie willst du denn das nennen, wenn du hier hockst und dein Liebster in Montréal? Und das für die nächsten hunderttausend Tage?»

«So lange dauert es auch wieder nicht. Noch ein gutes Jahr, nicht? Aber jetzt sag schon: Weshalb willst du ihn nicht besuchen?»

«Können wir auch mal über etwas anderes reden? Du nervst, Helga!»

Ich sah ihr an, wie viel Mühe es sie kostete, nicht weiter in mich zu dringen. Sie war ganz sicher in einem früheren Leben Chef-Inquisitor gewesen, auch wenn sie sich lieber als Hildegard von Bingen sah.

Ich hatte mich im vergangenen Sommer in Philipp Laval, Oberarzt der Geriatrie im Walmont, verliebt, und wir waren kurze Zeit ein Paar gewesen. Bis zu dem Zeitpunkt, als er sich entschloss, für achtzehn Monate nach Montréal zu gehen. Der Entscheid war nicht ganz freiwillig zustande gekommen, immerhin das. Seine Eltern hatten versucht, Philipp auf die einzig richtige Berufslaufbahn zurückzubringen. Seine Arbeit als Geriater war in ihren Augen eine Schande für die Familie, die seit drei Generationen Chirurgen von Weltrang hervorgebracht hatte. Nachdem eine seiner Patientinnen bei einer Routineoperation gestorben war, hatte Philipp von der Chirurgie zur Geriatrie gewechselt und in diesem Fachgebiet seine Berufung gefunden. Seine Eltern hatten danach jahrelang kein Wort mehr mit ihm gesprochen.

Clever waren die beiden, das musste man ihnen lassen. Sie hatten dem Spital Walmont acht Komma fünf Millionen Franken in Form eines Stiftungsfonds zur Weiterentwicklung der geriatrischen Chirurgie angeboten. Einziger Haken: Die Stiftung ging nur unter der Bedingung an das Walmont, dass Philipp die neu eingerichtete Stelle als Oberarzt der Chirurgie besetzte. Zusammen mit unserem Direktor Merian hatte er eine Lösung gefunden: Er trat die Stelle als Oberarzt an und wurde bereits am zweiten Arbeitstag für ein Hilfsprojekt nach Kanada ausgeliehen. Er zog also dorthin, arbeitete mit den «First Nations», den Ureinwohnern Kanadas, erlebte Abenteuer und Heldentaten. Und ich blieb zu Hause, ganz die holde Maid, und wartete auf die Rückkehr des Helden. Diese Vorstellung war mir zutiefst zuwider.

«Ach, da ist ja Holger», sagte Helga.

Reines Ablenkungsmanöver, dachte ich, während ich mich nach Holger Grimm umschaute, dem Chefarzt unserer Kinderklinik, der mit grossen Schritten auf uns zukam.

«Warum hast du eigentlich keinen Piepser, Lou, ich habe dich überall gesucht», rief Holger laut schnaufend, und zu Helga: «Hallo, Helga, wie geht's?»

«Was ist denn los?», fragte ich.

«Ich brauche dringend deine Hilfe. Komm bitte mit.»

Seine Brust hob und senkte sich, als ob er gerannt wäre.

«Jetzt gleich?»

Als Antwort packte er mich am Arm und zog mich unsanft auf die Beine. Sein Griff tat mir weh.

«Lass mich los, Holger, du tust mir weh.»

«Kommst du jetzt?», fragte er bloss.

«Was ist passiert?», fragte ich und bekam auch dieses Mal keine Antwort.

«Geh nur, Lou. Ich räume deine Sachen weg», sagte Helga. Ihre Augen glitzerten vor Neugierde. Sie gehörte zu den wenigen Personen, die wussten, dass Holger und ich vor ein paar Jahren für kurze Zeit ein Liebespaar gewesen waren. Holger eilte bereits mit grossen Schritten davon, sodass ich laufen musste, um ihn nicht aus den Augen zu verlieren. Er war hochgewachsen und massig, ohne dick zu sein. Seine kleinen Patienten nannten ihn manchmal Bär, und das passte perfekt. Etwas musste ihn verstört haben. Er war normalerweise ein ruhiger, aufmerksamer und sanfter Mensch.

Das Walmont war das älteste und grösste Privatspital der Stadt Bern, wunderschön gelegen in einem Park mit mächtigen alten Bäumen und einem Teich, der im Sommer mit Libellen und Fröschen belebt war. Letztes Jahr brütete in der Wildrosenhecke im südlichen Teil des Parks sogar ein Nachtigallenpärchen. Alle Fenster unserer Klinik liessen sich öffnen, und ich bin der festen Überzeugung, dass ein guter Teil unserer hervorragenden Heilungsquote auf den Gesang der Vögel zurückzuführen ist. Unser Spital war 1832 von einer ebenso wohlhabenden wie wohltätigen Adligen gegründet worden. Im alten Gebäude hat nun gerade noch ein Teil der Administration Platz. Der Neubau, der direkt daneben errichtet wurde, war innen wie aussen hypermodern gestaltet. Gemäss der Stiftungsurkunde sollte sich die Frauenheilanstalt Walmont der Pflege von Frauen, Kindern und Armen widmen. Im Verlauf der letzten Jahrzehnte hatte das Walmont einiges von der ursprünglich vorgesehenen Wohltätigkeit verloren. Aber noch immer gab es sieben Abteilungen bei uns, auch wenn sich zwei davon – die Kinderklinik und die Geriatrie – finanziell nicht rechneten.

Holger und ich liessen den Lift links liegen und nahmen die Treppe. Seit der Revision der Liftanlage vor ein paar Wochen hatten sich die Wartezeiten mehr als verdoppelt. Wer vor einem Lift stand und wartete, war entweder Patient oder absolvierte gerade seinen allerersten Arbeitstag im Walmont. Alle übrigen gingen zu Fuss die Treppen hoch und runter.

In der Kinderklinik hatte man sich über die strengen Designvorgaben des Architekten hinweggesetzt. Anstelle der kühlen Farbgebung und der edlen Designmöbel, die eine Aura von Eleganz und Hightech ausstrahlen sollten, herrschte hier das fröhliche Chaos. Die Wände waren bedeckt von unzähligen Kinderzeichnungen und Disney-Filmplakaten. Überall lagen Plüschtiere, Legobausteine und Spielzeugautos herum.

«Jetzt sag schon: Was ist los?», fragte ich zum dritten Mal, als wir in Holgers Büro angelangt waren und er die Tür hinter uns zugezogen hatte.

«Es geht um ein kleines Mädchen», sagte Holger, «sie heisst Josephine Bauer.»

«Und?»

«Seit sie vor vier Tagen bei uns eingetreten ist, geht es ihr immer schlechter. Wir machen, was wir können, aber ich befürchte, wir haben nicht mehr viel Zeit, und ich habe bisher nicht die geringste Ahnung, was ihr fehlt. Ich habe sie auf die üblichen Krankheiten hin untersucht, habe Dutzende Bluttests gemacht, Ultraschall, MRI von Magen und Darm, ein CT des Kopfs … das ganze Programm: alles negativ. Auf die Medikamente, die ich ihr bisher gegeben habe, reagiert sie auch nicht.»

Sein Telefon klingelte. Rasch schaute er auf das Display

und drückte den Anrufer weg. Holger war ein warmherziger Mensch, aber er hatte in seinem Beruf schon viele Kinder sterben sehen. Ich verstand noch immer nicht, was ihn so beunruhigte.

«Ihre Mutter ist wütend auf mich, weil wir noch nicht herausgefunden haben, was der Kleinen fehlt», fuhr Holger fort. «Sie sagt, ihr Kind wurde krank, nachdem sie das Milchpulver gewechselt hatte. Sie will eine Millionenklage gegen die Firma vorbereiten.»

«Geht es ihr ums Geld?»

Holger schüttelte den Kopf. «Ich glaube, das ist ihre Art, mit der Angst umzugehen. Und vielleicht auch mit ihren Schuldgefühlen. Mich will sie übrigens persönlich zur Verantwortung ziehen, falls ihre Tochter sterben sollte. Sie habe Geld und einen guten Anwalt, hat sie mir mitgeteilt.»

«Ach? Was auch immer passiert, irgendjemand muss dafür verantwortlich sein? Und natürlich sind immer alle anderen schuld?» Solche Leute machten mich unglaublich wütend.

«Was auch immer ihrem Mädchen fehlt, das Milchpulver ist jedenfalls nicht die Ursache davon. Ich bin mir ziemlich sicher, dass die Kleine eine ansteckende Krankheit hat», fuhr Holger fort.

«Wie kommst du darauf?»

«Es ist das gesamte Bild … Ich weiss auch nicht genau. Aber ich wette mit dir …» Er verstummte.

«Was?»

Holger seufzte und gab keine Antwort.

«Wenn es eine übertragbare Krankheit ist, müssen wir das Mädchen isolieren und die nahen Bezugspersonen des Kindes untersuchen», sagte ich.

«Das weiss ich auch, Lou, ich bin ja nicht blöd. Ich habe Josephine heute Morgen in ein Einzelzimmer verlegen lassen.»

«Und wie geht es dieser Frau Bauer? Wirkt sie krank auf dich? Und der Vater?»

«Bisher habe ich nur Frau Bauer gesehen. Ihr Mann ist für ein paar Tage bei einer Konferenz in Genf. Sie sagt, sie und ihr Mann seien beide völlig gesund. Ich habe versucht, sie zu überreden, die üblichen Tests machen zu lassen, aber sie ist nicht kooperativ.»

«Du solltest sie trotzdem untersuchen lassen. So schnell wie möglich.»

«Ich kann sie nicht dazu zwingen. Kannst du mal mit ihr reden? Wie gesagt – auf mich reagiert sie sehr aggressiv.»

«Wieso ich, jemand aus der Forschungsabteilung?»

«Sag doch einfach, dass du Spezialistin für ansteckende Krankheiten bist. Stimmt ja auch.»

Mit meiner Ausbildung in Epidemiologie wusste ich tatsächlich einiges über übertragbare Krankheiten, von der Grippe über den Gebärmutterhalskrebs bis zu Ebola. Aber ich war Sozialwissenschaftlerin und keine Ärztin. Holger zuliebe gab ich nach. Mit ungutem Gefühl allerdings. Ich glaubte nicht, dass ich für diese Frau Bauer so viel Verständnis aufbringen konnte wie er.

«Ach ja, bevor ich es vergesse, ich habe Frau Bauer gefragt, ob ihre Tochter mit sonst jemandem engen Kontakt gehabt habe. Mit jemandem, der krank war», fuhr Holger fort, und etwas an seinem bemüht beiläufigen Tonfall liess mich aufhorchen.

Ich nickte ihm auffordernd zu.

«Sie sagt Nein.»

«Ja und?», fragte ich ungeduldig.

«Ich glaube, sie lügt.»

«Bist du sicher? Warum sollte sie?»

«Keine Ahnung.»

«Ihr Kind ist sterbenskrank, und sie verschweigt dir eine wichtige Information? Irrst du dich nicht?»

«Natürlich könnte ich mich irren!», fuhr er wütend auf. «Und das Problem ist: Ich will nicht noch mehr Ärger mit Schneider.»

Ich seufzte. Roger P. Schneider – ein weiteres Problem, das wir irgendwie lösen mussten. Unser Direktor, Roland Merian, hatte nach siebzehn Jahren Walmont beschlossen, dass er sich ein Sabbatical verdient habe. Er würde seine Studien in Medizinethnologie wieder aufnehmen, die er vor mehr als vierzig

Jahren abgebrochen hatte, und ein halbes Jahr in Nepal und Indien verbringen. Als seinen Stellvertreter hatte der Stiftungsrat des Walmont einen jungen, unsympathischen, karrieregeilen Nichtsnutz angestellt, der uns seit Merians Abreise das Leben schwer machte. Roger P. Schneider hatte zwei Jahre als Assistenzarzt im Kantonsspital Aarau gearbeitet und danach an der Hochschule St. Gallen in Rekordzeit Betriebswirtschaft und Management studiert. Personalgeschäfte waren eigentlich vertraulich, aber schon wenige Tage, nachdem die Entscheidung zugunsten von Schneider gefallen war, hatte das Gerücht die Runde gemacht, Merian sei im Stiftungsrat von den anderen Mitgliedern überstimmt worden. Seit Jahren drängten drei der fünf Mitglieder des Stiftungsrats auf Veränderungen in der Geschäftsführung des Walmont und malten die finanzielle Zukunft unseres Spitals in den düstersten Farben.

Bereits eine Woche nach Merians Abreise informierte dieser Schneider uns darüber, dass seine Aufgabe darin bestehe, die finanzielle Rendite des Walmont zu erhöhen, und dass ein Spital sich nicht grundsätzlich von einem anderen Unternehmen unterscheide. Was sich nicht rentiere, müsse leider abgestossen respektive geschlossen werden. Wie allen bekannt sei, stehe ihm nur wenig Zeit zur Verfügung, um die notwendigen Veränderungen zu initiieren, aber er habe glücklicherweise im Verlauf seines Studiums bereits geeignete Instrumente entwickelt, die er nun implementieren könne. Er sei sich bewusst, dass jede Änderung auch Ängste auslösen könne. Deshalb stünde sein Büro für unsere Anliegen immer offen. Es sei sein Wunsch und sein Bedürfnis, dass alle Mitarbeitenden des Walmont an diesem wichtigen Projekt mitarbeiten und alle an einem Strang ziehen würden.

Merian hatte bisher allen Veränderungsprozessen stur standgehalten. Im Walmont gab es keine unnötigen Hierarchiestufen, keine Matrixorganisation, keine teuren Personaltrainer und keine hochtrabenden Portfolio-Analysen. Unser Logo stammte noch aus den tiefen siebziger Jahren des vorigen Jahrhunderts. Aber das war jetzt alles Geschichte. Schneider hatte sich zum

Ziel gesetzt, unseren ganzen Betrieb auf den Kopf zu stellen. «Optimieren» nannte er das.

Zunächst hatten wir uns über Schneider amüsiert, dann empört, und in der Zwischenzeit hatten die meisten Mitarbeiter des Walmont nur noch Angst vor ihm. Ein kleiner Rest leistete Widerstand, und dazu gehörten Helga, Holger und auch ich. Als Folge von Schneiders neuestem Plan sind sowohl Helga wie auch Holger endgültig auf die Barrikaden gestiegen. Schneider beabsichtigte, die Kaiserschnitt-Rate im Walmont innerhalb eines Jahres zu verdoppeln, da ein geplanter Kaiserschnitt deutlich mehr Gewinn einbringe als eine möglicherweise vierzehn Stunden dauernde natürliche Geburt. Was viele Eltern nicht wissen: Nach einem Wunschkaiserschnitt ist das Risiko eines Atemnotsyndroms für die Neugeborenen deutlich erhöht. Das bedeutet, dass die Kleinen statt an Mutters Brust in der Intensivstation landen. Holger musste mit seiner Kritik allerdings vorsichtig sein. Gemäss aktuellem Walmont-Gerücht stand er ganz zuoberst auf Schneiders Abschussliste, da er sich keinen Deut für die Finanzen interessierte und das Wohl seiner kleinen Patienten über alles andere stellte.

«Wie gesagt – ich weiss nicht, an welcher Krankheit Josephine leidet», fuhr Holger fort, «aber ich bin mir sicher, dass es etwas Ansteckendes ist und verdammt aggressiv dazu. Ich möchte, dass du dir die Kleine anschaust, Lou.»

Fluchen war normalerweise auch nicht Holgers Art. Er wischte sich den Schweiss von der Stirn.

«Weisst du was?», sagte er mit einem komischen Lachen in der Stimme. «Wenn wir uns nicht beeilen, stirbt die Kleine, bevor wir eine Diagnose haben, und ich kann nichts verrechnen als ihren Tod. Das ist nicht gut fürs Geschäft. Schneider wäre gar nicht zufrieden.»

Sein zynischer Ton gefiel mir nicht. Ich legte meine Hand auf seinen Arm. Holger blickte überrascht auf. Die Berührung weckte Erinnerungen. Auch bei ihm, das konnte ich in seinen Augen lesen. Ich zog hastig meine Hand zurück. Ein angespanntes Schweigen entstand. Viel zu intim. Entschlossen wandte ich mich wieder unserer Arbeit zu.

«Vergiss Schneider und die gesamte Bürokratie und konzentriere dich auf dieses Mädchen. Ich helfe dir», sagte ich.

Mit einigen Sekunden Verzögerung glätteten sich die Falten auf Holgers Stirn. «Sieh sie dir an, Lou. Und dann sag mir, was du denkst.»

Er erhob sich mit einer für seine Körpermasse erstaunlichen Geschmeidigkeit und bat mich mitzukommen. Als Holger zuhinterst im Nordflügel auf eine Glastür zusteuerte, die sich nur über einen Badge öffnen liess, blieb ich abrupt stehen.

«Das ist doch die Neonatologie», sagte ich.

«Josephine ist erst vierzehn Wochen alt. Sie ist in einem kritischen Zustand und benötigt intensivmedizinische Betreuung. Seit Beginn der Krankheit hat sie bereits tausenddreihundert Gramm Gewicht verloren», sagte er in sachlichem Ton, als ob nichts dabei wäre.

Ich schluckte und fluchte lautlos. Holger wusste genau, weshalb er mir Josephines Alter bisher verschwiegen hatte.

Die automatische Tür öffnete sich mit einem leisen Zischen, und wir betraten eine sterile Hightech-Welt, in der Inkubatoren im Wert von Hunderttausenden von Franken in Betrieb waren. Es war eine Welt, die nur wenige zu Gesicht bekamen, denn neben dem Fachpersonal hatten nur die Eltern der Neugeborenen Zugang. Es war eine Welt, in der nur geflüstert wurde und das Licht vierundzwanzig Stunden am Tag gedämpft war, um die Frühgeborenen oder schwer kranken Neugeborenen möglichst sanft in ihr Leben oder in den Tod zu begleiten.

Die Neonatologie des Walmont hatte Platz für maximal sechs Neugeborene. Ich zählte fünf Inkubatoren, von denen vier belegt waren. Ausser uns befand sich noch eine Pflegefachfrau im Raum, die etwas weiter hinten am Mitarbeitertisch Tee trank und kurz von ihrer Zeitung aufsah, als wir uns näherten. Wir durchquerten den ersten Raum und kamen zu einem zweiten, viel kleineren Zimmer, in dem sich lediglich ein einziger Inkubator befand. Auf dem Tisch am Fenster lag ein aufgeklappter Koffer mit einem Berg Babykleidern, die jemand achtlos durchwühlt hatte. Es war ein grosser Koffer mit einem Logo in Goldprägung, das sogar mir Marken-Banausen bekannt war: Vuitton. Da hatte jemand tatsächlich viel Geld. Und hielt es auch für nötig, das kundzutun.

Wir gingen zum Lavabo, wuschen unsere Hände, desinfizierten sie sorgfältig und rüsteten uns mit Handschuhen und Mundschutz aus. Ich atmete viel zu rasch, und mein Herz raste. Ich war Forscherin, Wissenschaftlerin, Statistikerin – keine Ärztin. Normalerweise beschäftigte ich mich mit der Analyse von Daten, mit epidemiologischen Modellen, mit den Rätseln der Mathematik. Ich besuchte keine Patienten und ganz gewiss keine todkranken Neugeborenen auf der Intensivstation. Holger studierte den Monitor, der leise piepste. Ich erkannte die Angaben für Herzfrequenz, Blutdruck und Sauerstoffsättigung der kleinen Patientin. Schliesslich zwang ich mich, in den Glaskasten hineinzuschauen. Zuerst sah ich nur Plüschtiere. Hellblaue, hellrosa, hellgelbe und hellgrüne Entchen und so Zeugs. Dazwischen fast verborgen lag ein kleiner nur mit einer Windel bekleideter Körper. Ich sah graue, über den mageren Leib straff gespannte Haut, viel zu grosse Pflaster, die Infusions- und Überwachungskabel festhielten, winzige ausgestreckte Gliedmassen. Der obere Teil von Josephines Gesicht war bedeckt von einer Atemmaske, die viel zu wuchtig wirkte, ein dünnes Ärmchen stand rechtwinklig vom Körper weg, fixiert für eine Infusion. Sie hatte die Augen fest geschlossen, das Gesicht wirkte verkrampft, das eine Händchen, das ich sehen konnte, war zur Faust geballt.

Es war nicht das erste Mal, dass ich einen Säugling sah, der intensivmedizinisch betreut wurde, aber ich musste mich auch dieses Mal dazu zwingen, zu glauben, dass dies alles zu seinem Wohl geschah. Es sah grausam aus – und das war es vielleicht auch. Der kleine Körper rang mühsam nach Luft – jeder Atemzug eine sichtbare Anstrengung. Ich heftete meinen Blick auf Josephines fest geschlossene winzige Faust.

«Die Sauerstoffsättigung ging seit gestern immer mehr zurück. Seit vier Stunden hat sie jetzt ein CPAP.»

Ein CPAP war eine Maske, die über die Nase gestülpt wird und dem Patienten beim Atmen hilft. Es handelt sich um eine noninvasive Beatmungstherapie, da sie dem Patienten das Atmen weder abnimmt noch die Atemfrequenz oder die Atmungstiefe vorgibt. Voraussetzung für ihren Einsatz war allerdings, dass der Patient noch selbstständig atmete.

Josephines Monitor begann leise, aber in hoher Frequenz zu piepsen. Holger schaute auf die Anzeige, stellte das Piepsen ab und kitzelte Josephines Füsschen.

«Warum machst du das?», fragte ich erstaunt.

«Ab und zu vergisst sie zu atmen. Kitzeln hilft am schnellsten und einfachsten.»

Der kleine Körper zuckte zusammen, und Josephine nahm einen tiefen Atemzug. Holger streichelte sanft Josephines Köpfchen.

«Wie schlimm steht es?», fragte ich leise.

«Falls es so weitergeht, hat sie wohl keine zweiundsiebzig Stunden mehr.»

«Beschreibe mir ihre Symptome ganz genau, bitte.»

Er seufzte und blätterte in dem Krankendossier. «Es ist leider alles sehr unspezifisch, das ist ja das Problem.»

Holger überlegte und sein Ausdruck wurde weicher. Trotz der Müdigkeit wirkte sein Gesicht noch immer anziehend auf mich. Ich war damals heftig in ihn verliebt gewesen, hatte dafür einen viel zu hohen Preis zahlen müssen und mir geschworen, nie mehr eine solche Nähe zwischen uns zuzulassen.

«Josephine hat nie gut getrunken. Sie ist beim Stillen immer wieder eingeschlafen und hat deshalb nur langsam Gewicht zugelegt. Aber dann, vor drei Wochen, ist der Mutter aufgefallen, dass Josephine überhaupt nicht mehr trinken wollte», fuhr Holger fort. «Der Hausarzt hat sie auf eine Hals- oder Ohrenentzündung untersucht, die beim Schlucken schmerzen würde. Aber das war es nicht. Sie schläft viel mehr als vor der Erkrankung, und sie ist im wachen Zustand sehr matt. Sie hat bisher rund fünfundzwanzig Prozent ihres Körpergewichts verloren. Seit fünf Tagen hat sie nun auch Fieber. Heute Abend waren es achtunddreissig Komma sieben. Das ist für ein kleines Kind nicht sehr hoch, aber die Temperatur steigt stetig an.»

Ich zwang mich, den Anblick des kleinen Wesens zu verdrängen und nachzudenken. Ganz von vorne. Basics. Bei dem Ausbruch einer ansteckenden Krankheit spielen drei Faktoren mit: die Person, der Erreger und die Umweltbedingungen. Eine Person kann mehr oder weniger anfällig für den Erreger sein, abhängig von verschiedenen Eigenschaften wie der Stärke ihres Immunsystems, ihrem allgemeinen Gesundheitszustand, ihrem Verhalten und auch ihrer Lebenslage. Armut macht krank, das gilt auch für die Anfälligkeit gegenüber Infektionen. Dann kommt es natürlich auch auf den Erreger an. Es kann sich um Bakterien, Viren oder Parasiten handeln. Es gibt Erreger wie zum Beispiel Ebola, die einen Organismus in wenigen Tagen in einen blutigen Matsch verwandeln; andere lauern jahrzehntelang im Körper auf ihre Chance oder entwickeln sich extrem langsam. Die Umgebungsbedingungen haben ebenfalls einen Einfluss darauf, wie stark und wie lange jemand dem Erreger ausgesetzt ist. Wichtig sind beispielsweise die Enge der Wohnverhältnisse oder der Zustand der sanitären Anlagen. Vor allem in den Tropen gibt es unzählige Erreger, die bei uns wenig bekannt sind und schwere Erkrankungen auslösen können.

«Was meinst du zur Mutter selbst? Wirkt sie gesund?», fragte ich.

«Sie ist sehr müde, aber das kann auch eine Folge der Belastung der letzten Wochen sein. Sie könnte auch anämisch sein.»

Anämie, Blutarmut, kann harmlose Ursachen haben, aber auch Folge einer ernsthaften Erkrankung sein. Trotz CPAP-Maske hob und senkte sich Josephines Brustkasten krampfartig in dem Bemühen, genug Luft zu bekommen. Dunkle Schatten lagen unter den geschlossenen Augen. Ich musste unbedingt mit der Mutter sprechen, um herauszufinden, um was für einen Erreger es sich handeln könnte.

«Wo ist die Mutter eigentlich?», fragte ich leise.

«Am Handy. Eine Geschäftsbesprechung nach der anderen.»

Unsere Augen trafen sich, aber Holger sagte nichts weiter,

sondern wandte sich dem Kind zu und wischte sich Schweiss von der Stirn. In diesem Moment schlug Josephine die Augen auf und schaute mich an. Ich erschrak. Ihr Blick war viel zu direkt und bewusst für so ein kleines Wesen. So schaute jemand drein, der schon ein ganzes Leben hinter sich hatte. Sie streckte ein knochiges Händchen aus und bekam ein Kabel des Überwachungsmonitors zu fassen. Ich ertappte mich dabei, dass ich ein «Bitte-lass-die-Kleine-leben-Amen» betete. Holger hatte sich in der Zwischenzeit auf einen Stuhl sinken lassen. Er sah völlig erschöpft aus.

«Könntest du dich bereits angesteckt haben, Holger?», fragte ich.

«Keine Ahnung. Ich weiss ja noch nicht einmal, um was es sich handelt.»

«Und genau das macht mich noch verrückt», kam eine schneidende Stimme von hinten.

Erschrocken fuhr ich herum. Eine hochgewachsene Frau in einem gut geschnittenen, aber arg zerknitterten Kostüm hatte unbemerkt das Zimmer betreten. Alles an ihr war mager und edel, genau in der Mitte zwischen schön und hässlich. Sie erinnerte mich an einen dieser Windhunde adliger Abstammung, die immer vollkommen beherrscht sind und sich selbst ungemein wichtig zu nehmen scheinen. Die Frau strahlte eine Energie aus, die zugleich aggressiv und arrogant wirkte. Trotz der wohl schlaflosen Nacht und all dem Stress waren ihre blonden Haare perfekt frisiert, und sie hatte sich geschminkt. Ich gebe es zu, sie war mir sofort unsympathisch.

«Frau Bauer-Sommerfeld, die Mutter von Josephine Eugenia», stellte Holger die Frau vor.

«Und das ist?», fragte sie und musterte mein Äusseres ungnädig.

Zu Ehren von Hergé trug ich heute ein Sweatshirt, das Tim und Struppi auf einer Bergtour im Himalaja zeigte, eine Jeans, die zugegebenermassen schon bessere Tage gesehen hatte, und dazu Segeltuchschuhe, die ein klitzekleines Loch beim grossen Zeh hatten. Aber nur rechts. Ich hob mein Kinn und gab ihren

Blick kühl zurück. Steil nach oben. Sie war sicher einen Kopf grösser als ich.

«Entschuldigen Sie bitte. Darf ich Ihnen Frau Doktor Louisa Beck vorstellen? Sie ist zuständig für ansteckende Krankheiten im Walmont.»

«Wie fühlen Sie sich, Frau Bauer?», fragte ich. Sie sah wirklich auffallend bleich aus.

«Kommen Sie mir nicht auf diese Tour! Es geht hier nicht um mich. Kümmern Sie sich endlich um meine Tochter.»

«Im Gegenteil, es geht hier auch um Sie», entgegnete ich scharf.

«Nicht so laut», unterbrach uns Holger.

Frau Bauer hustete.

«Haben Sie eine Erkältung? Fieber?», fragte ich.

«Nein. Der Husten kommt vom Rauchen. Mein einziges Laster.»

«Haben Sie während der Schwangerschaft geraucht?»

«Jetzt hören Sie schon auf! Josephines Krankheit hat nicht das Geringste mit meinem Rauchen zu tun, und das wissen Sie ganz genau. Sie wollen mir wohl ein schlechtes Gewissen machen, um von Ihrem eigenen Unvermögen abzulenken.» Sie kniff ihre Augen zusammen. «Oder werden Sie vielleicht von Santixworld gesponsert hier?»

«Das Milchpulver», erklärte Holger leise.

Ich gab Holger ein Zeichen, dass ich ihn alleine sprechen wollte.

In Holgers Büro diskutierten wir die nächsten Schritte. Als Erstes sollte Josephines Krankenzimmer als Isolationsraum gekennzeichnet werden, solange wir nicht ausschliessen konnten, dass sie eine ansteckende Krankheit hatte. Die Mutter musste ebenfalls als Patientin aufgenommen und gründlich untersucht werden. Sie sollte das Isolationszimmer ebenfalls nicht mehr verlassen, bis wir mehr wussten. Holger bat mich, mit Frau Bauer zu sprechen und ihre Einwilligung einzuholen. Er müsse sich auf das Kind konzentrieren können. Ich seufzte.

Sie ist einfach eine Mutter, die Angst hat. Vuitton-Koffer,

adlige Windhundabstammung und aggressives Gebaren hin oder her, dachte ich.

Das Gespräch verlief dann einfacher, als ich gedacht hatte. Sie habe sowieso nicht vor, das Spital zu verlassen, meinte sie. Sie würde eine Nachbarin anrufen, damit sie ihr saubere Kleidung und ein Nachthemd bringen würde. Ich beobachtete sie, während sie leise mit ihrer Tochter sprach und jedes Mal zusammenzuckte, wenn der Monitor ein ungewohntes Geräusch von sich gab. Eine Schwester betrat das Zimmer, mass Josephines Puls und kontrollierte die Atmung.

«Vor drei Wochen war Josephine noch gesund», sagte Frau Bauer an niemanden im Besonderen gerichtet, «dann habe ich ihr dieses neue Milchpulver gegeben und seither …»

«Sind Sie nach der Geburt ins Ausland verreist?», fragte ich in beiläufigem Ton.

«Wir haben es bisher nicht mal nach Chur zu ihren Grosseltern geschafft.»

«Und Ihr Mann war auch nicht alleine verreist? Vielleicht nur ganz kurz für eine Geschäftsreise?»

Frau Bauer schüttelte den Kopf und hustete wieder. Sie hob abwehrend den Arm, als ich etwas sagen wollte. «Ja, ja. Ich weiss, dass ich mit dem Rauchen aufhören sollte. Aber im Moment schaffe ich das nicht. Erst muss die Kleine aus dem Gröbsten raus sein. Dann gehe ich das an. Ich verspreche es.»

«Mit wem hatte Josephine sonst noch Kontakt? Ich meine, regelmässigen engen Kontakt?», fragte ich.

«Es ist das Milchpulver. Warum glauben Sie mir nicht?», fuhr sie mich wütend an.

Ich schwieg und wartete.

«Sie hatte nur mit mir und meinem Mann engen Kontakt. Und wir sind beide vollkommen gesund», sagte sie widerwillig.

«Hm. Sind Sie sicher?»

«Ach, ich habe natürlich nicht geschlafen die letzten Nächte. Und ich bin seit Monaten müde, aber das ist ja kein Wunder nach einer Geburt.»

Ich musterte sie unauffällig. War ihre Magerkeit vielleicht Folge einer Krankheit? Und sie war extrem bleich. Aber dies war beides nicht untypisch für starke Raucher.

«Seit wann genau leiden Sie unter Müdigkeit? War das erst nach der Geburt oder schon vorher?»

Sie nahm vorsichtig eines der Füsschen ihres Kindes in die Hände und begann, es zu streicheln. Auf dem Monitor konnte man erkennen, dass Josephines Herz kurz darauf ruhiger und gleichmässiger schlug. Ich machte sie darauf aufmerksam, und ihr Mund entspannte sich zu etwas, das fast ein Lächeln war.

«Meine Müdigkeit? Ich glaube, das hat etwa im sechsten Monat angefangen. Meine Ärztin hat mir Eisen verschrieben. Aber es hat nichts geholfen.»

«Haben Sie während der Schwangerschaft noch andere Beschwerden gehabt? Bitte denken Sie gut nach, es ist wirklich wichtig.»

«Sie denken, ich habe Josephine mit etwas angesteckt? Aber das kann nicht sein, wenn ich selbst gesund bin.»

«Ihr Immunsystem ist viel stärker als dasjenige Ihrer Tochter.»

Sie schüttelte den Kopf.

Ich wartete.

Sie redete in einem leisen Singsang mit ihrem Töchterchen, während sie sachte das winzige Füsschen streichelte.

«Ich habe zu Beginn der Schwangerschaft ziemlich viel Gewicht verloren», fuhr Frau Bauer zögernd fort. «Da ich schon vorher eher zu schlank war, hat das meiner Ärztin Sorgen gemacht. Aber ich habe in den ersten Monaten auch viel erbrechen müssen.» Abrupt wechselte sie wieder in ihren scharfen Tonfall: «Das ist doch alles völlig normal während einer Schwangerschaft.»

«Hatten Sie noch andere Beschwerden?»

Sie schüttelte den Kopf und konzentrierte sich wieder auf ihre Tochter.

«Sie müssen sich noch heute Abend untersuchen lassen. Können Sie Ihren Mann erreichen?»

«Er ist immer noch in Genf. Er wird in einer Woche wieder

zu Hause sein. Er schätzt es gar nicht, wenn ich ihn bei einer Konferenz störe.»

«Versuchen Sie, ihn zu erreichen. Er muss ebenfalls unverzüglich zu einem Arzt. Wenn er in Genf ist, sollte er ins HUG gehen, das Universitätsspital von Genf. Noch heute Abend.»

Die feinen Falten um ihren Mund vertieften sich. «Das ist weder möglich noch notwendig», sagte sie in einem Ton, der jede weitere Diskussion verbot.

Trotz ihres arroganten Gehabes hatte ich mit einem Mal das Gefühl, sie fürchte sich vor ihrem Mann.

«Soll ich für Sie anrufen?», fragte ich und versuchte, meine Frage nicht als Drohung klingen zu lassen.

Sie musterte mich wütend, aber kam wohl zu dem Schluss, dass ich in diesem Punkt nicht nachgeben würde.

«Nein, nein. Das mache ich selbst.»

«Gibt es sonst noch jemand, der viel Kontakt zu Josephine hatte? Vielleicht eine Nachbarin? Oder ein anderes Kind? Ein Babysitter?»

«Nein, niemand», sagte sie nach einem unmerklichen Zögern und schaute mir dabei das erste Mal direkt in die Augen.

«Ich glaube, du hast recht», sagte ich zu Holger.

Er hatte eben die Abendvisite mit seinem Ärzte- und Pflegeteam beendet und stand nun mit heftig blinzelnden Augen vor mir, offensichtlich darum bemüht, zu verstehen, was ich mit dieser Bemerkung meinen könnte.

«Ich glaube, du hast recht damit, dass Frau Bauer lügt», wiederholte ich in gedämpftem Ton.

Noch immer dieses Blinzeln, endlich – viel zu spät – kam eine Spur von Leben in seine Mimik.

«Du solltest dich für eine halbe Stunde hinlegen, Holger.»

«Ich brauche nur dringend etwas zu essen, einen dreifachen Espresso, nachher eine Zigi, und es geht wieder», grummelte er.

Wir machten uns auf den Weg zu einem der Selecta-Automaten, die das Überleben der Nachtcrew des Walmont sichern sollten. Holger warf einen Fünfliber in den Schlitz und schlug routiniert mit seiner Faust auf die rechte Seite des Automaten, damit dieser die Münze schluckte.

«Welche Gründe könnte sie haben, uns die Quelle der Ansteckung zu verschweigen?», fragte ich.

Holger trank gierig den ersten Espresso, warf den Becher mit Schwung in den Abfalleimer und zog sich einen zweiten.

«Ein Liebhaber aus Südamerika? Eine geheime Tätigkeit als Escortdame?», spekulierte er wild drauflos, sichtlich belebt vom Koffein. «Oder aber ihr Mann ist der Schlüssel zu der Geschichte. Vielleicht ist er fremdgegangen und sie will nichts davon wissen.»

«Wir müssen sie nochmals fragen», unterbrach ich seine Phantasien, «es muss ihr doch klar sein, wie wichtig das ist. Wir reden hier nicht von Fusspilz, verflucht noch mal!»

«Beruhige dich, Lou.»

In diesem Moment ging Holgers Piepser los. Er schaute hastig auf das Display, warf den noch immer vollen Kaffeebecher in den Abfalleimer, sodass die halbe Wand verspritzt wurde, und rannte los in Richtung Neonatologie. Ich hinterher.

Um den kleinen Glaskasten, in dem Josephine lag, standen bereits drei weiss gekleidete Wesen und versperrten mir die Sicht. Man hörte nur das Flüstern des Personals und das laute Schluchzen von Frau Bauer. Ich spürte Kälte in meiner Brust und blieb wie erstarrt mitten im Raum stehen.

Holger beriet sich kurz mit einer Assistenzärztin und den drei Pflegenden und gab leise Anweisungen. Ich sah, dass eine der Pflegerinnen eine Spritze vorbereitete, und wandte meinen Blick ab. Kurz darauf veränderten sich die Piepsgeräusche, die vom Monitor kamen, und die Gruppe um den Brutkasten löste sich auf. Frau Bauers Schluchzen war von einem Hustenanfall abgelöst worden. Ich ging auf sie zu, um sie zu trösten, und kam einen Meter von ihr entfernt abrupt zum Stehen.

Und wenn das gar kein Raucherhusten war?

Meine Gedanken beschleunigten sich. Frau Bauer hustete, sie war seit Monaten müde und stark abgemagert. Vor hundert

Jahren hätte es bei diesen Symptomen bei jedem Arzt sofort «Klick» gemacht. Aber heute? Die Familie gehörte ganz sicher nicht zu den Risikogruppen, aber was wusste ich schon von den Bauers? Ich winkte Holger zum Fenster, wo wir ausser Hörweite der anderen waren.

«Was gibt es? Hast du etwas herausgefunden?», fragte Holger, der mich mit fragend hochgezogenen Augenbrauen musterte.

«Es ist nur eine Hypothese ... ich weiss nicht mal, ob sie gut begründet ist, aber ...»

«Sag's!»

«Tuberkulose», sagte ich.

«TB? Die ist doch seit den siebziger Jahren bei uns ganz selten geworden.»

«Aber in gewissen afrikanischen und asiatischen Ländern und in der ehemaligen Sowjetunion ist TB stark verbreitet.»

«Es kann aber keine TB sein, Lou. Josephine erhält seit sie hier ist hohe Dosen von zwei verschiedenen Antibiotika, darunter auch Rifampicin. Sie hätte längst darauf ansprechen müssen.»

Er hatte recht. Holger schaute mich noch einen Moment fragend an, dann wandte er sich eilends wieder einer Pflegerin zu.

«Warte!»

«Nicht so laut, Lou. Was ist los?»

«Nicht hier. Komm mit.»

Der einzige leer stehende Raum in der Nähe war das kleine Schlafzimmer, das Eltern zur Verfügung stand, deren Kinder auf der Intensivstation lagen.

Ich setzte mich auf den Rand des schmalen Betts, Holger blieb vor mir stehen.

«Und wenn es sich um eine multiresistente Form der TB handelt?», fragte ich.

Holgers Gesicht erstarrte. Er dachte offensichtlich über die Konsequenzen dieser Diagnose nach. Er rieb sich seine müden Augen.

«Das wäre eine Katastrophe», sagte er leise.

«Allerdings. Das würde bedeuten, dass wir eine hoch ansteckende Krankheit im Haus haben, die möglicherweise nicht therapierbar ist.»

Holger liess sich auf das Bett plumpsen. Sein Gesicht war weiss geworden.

«Und Frau Bauer läuft seit Tagen ohne Mundschutz durch die Neonatologie! Mein Gott, ich darf gar nicht daran denken. Und mein Personal ... Das könnte eine tödliche Krankheit sein, Lou.»

«Das sind bisher alles nur Vermutungen. Aber wenn es so wäre ...»

Ich verstummte.

«Ob es nun stimmt oder nicht, ich werde mir in beiden Fällen jede Menge Ärger einhandeln, aber das bin ich ja gewohnt», sagte Holger in müdem Ton.

Er verzog den Mund, seufzte und ging mit entschiedenen Schritten zurück zu Frau Bauer. Während er leise mit ihr sprach, schüttelte sie wiederholt heftig den Kopf.

«Das ist unmöglich, Herr Grimm», hörte ich sie sagen.

Wenig später drehte sie Holger brüsk den Rücken zu und wühlte in ihrer grossen Handtasche herum. Alles mit übertrieben heftigen Bewegungen – offensichtlich zornig.

«Sie ist einverstanden, dass wir sie untersuchen», sagte Holger. «Komm, wir gehen raus. Ich brauche eine Stärkung.»

Er steuerte mit raschen Schritten zum nächsten Selecta-Automaten und liess sich nochmals einen Espresso und ein XXL-Snickers raus.

«Also, was müssen wir nun machen, um so rasch wie möglich einen Befund zu haben?», fragte ich.

«Das ist einfach: Zuerst brauchen wir ein Röntgen-Thorax von Mutter und Kind. Dann eine Sputumprobe von der Mutter und etwas Magensaft von Josephine, um einen Ziehl-Neelsen-Test durchführen zu können.»

«Warum Magensaft von Josephine?»

«Weil in ihrem Hustenauswurf zu wenig Erreger sind, um den Test durchführen zu können. Bei Kindern unter zwei Jahren nimmt man stattdessen Magensaft.»

Nicht das erste Mal dachte ich, dass das Walmont Glück hatte, einen so kompetenten Leiter der Kinderklinik zu haben. Holger war fachlich ein Ass, aber auch sozial sehr kompetent. Fast ein perfekter Mensch – wenn da nicht sein verkorkstes Liebesleben wäre.

«Wenn das Labor vorwärts macht, haben wir noch heute Nacht die Resultate und wissen, ob wirklich eine TB vorliegt und auch, ob diese im aktiven Stadium ist», sagte Holger und nahm einen grossen Bissen von seinem Snickers.

Langsam bekam er wieder etwas Farbe im Gesicht.

«Aber wie man eine multiresistente TB diagnostiziert, weiss ich nicht», sagte er noch immer mit vollem Mund.

«Früher musste man dazu eine Kultur anlegen und dann etwa sechs Wochen warten», sagte ich.

«So viel Zeit haben wir definitiv nicht.»

«Wenn ich mich nicht irre, gibt es heute einen molekulargenetischen Test zum Nachweis der Multiresistenz. Frag doch im Labor, ob sie das machen können.»

«Bleibst du noch da, bis wir das Röntgen haben?», fragte er, und es tönte mehr wie eine Bitte als eine Frage.

Ich nickte, und er machte sich auf den Weg, um das Nötige zu veranlassen.

Ich verzog mich in mein Büro im obersten Stock des Walmont. Tscharya, die Sekretärin der Forschungsabteilung, war bereits nach Hause gegangen. Ich löschte alle Lichter ausser meiner kleinen Schreibtischlampe, setzte mir Kopfhörer auf und wählte das «Stabat Mater» von Dvořák auf meinem MP3-Player. Ich liess die Lehne meines Bürostuhls ganz nach hinten gleiten, zog meine Schuhe aus und legte die Füsse auf das Pult. Während ich der Musik lauschte, beobachtete ich die Bewegungen der Bäume weit unten im Park, die sich noch immer im Wind bogen und schüttelten. Hoffentlich hielt die altehrwürdige Linde stand.

Ich musste eingenickt sein, denn ich erschrak fürchterlich, als Holger mein Büro betrat und das grelle Deckenlicht einschaltete. In diesem Licht sah er erschreckend alt aus. Er liess sich schwer auf einen der Stühle neben meinem kleinen Besprechungstisch fallen. Ich rieb mir die Augen, mein Gott, war ich müde.

«Und?», fragte ich.

«Die Ziehl-Neelsen-Färbung ist eindeutig, sagt das Labor. Und wir haben auf dem Röntgenbild bei Josephine und auch bei Frau Bauer einseitige Infiltrate in den Oberlappen der Lunge gefunden.»

«Aktive TB!»

Ich erwachte schlagartig aus meinem Dämmerzustand. «Wir müssen sofort die Isolation verbessern», sagte ich, «und die Mutter vom Kind trennen. Frau Bauer streut konstant Bazillen in die Raumluft, die ihre Tochter einatmet.»

«Wir werden Josephine in ein Privatzimmer verlegen, und die Mutter bekommt das Zimmer nebenan», sagte Holger, griff nach meinem Telefon und benachrichtigte die diensttuende Assistenzärztin.

«Und was ist mit der Multiresistenz?»

«Du hast recht gehabt, es existiert tatsächlich ein molekulargenetischer Test. Er heisst ‹Expert› oder ähnlich und liefert bereits nach neunzig Minuten Resultate. Aber wir haben das notwendige Testsystem nicht hier im Walmont. Wir mussten die Probe mit Kurier ins Labor des Inselspitals schicken. Sie haben versprochen, den Test noch heute Nacht durchzuführen.»

Nach dem kurzen Gespräch sass Holger einfach nur da und starrte ins Leere. Ich stupste ihn leicht an.

«Wenn es sich um eine multiresistente Form handelt, gegen die kein Antibiotika mehr wirkt, werden wir in Bern vielleicht schon bald eine ganze Menge Tote haben», sagte er leise.

«Das ist Schwarzmalerei. Es gibt bisher weltweit nur ganz wenige Fälle von extremer Multiresistenz. Für heute haben wir alles getan, was wir tun können. Gehen wir nach Hause.»

Holger gab keine Antwort.

«Ich gehe jetzt nach Hause», sagte ich etwas lauter, «und das solltest du auch tun, damit du morgen wieder fit bist.»

Holger nickte und starrte weiterhin vor sich hin. Ich packte ihn am Oberarm und schüttelte ihn leicht.

«Schon gut, schon gut. Ich geh ja schon.»

«In zehn Minuten treffen wir uns beim Ausgang. Ich möchte, dass du mich durch den Park begleitest. Das Gewitter …»

Holger schaute mich fragend an, sein Mund verzog sich zu einem ironischen Lächeln. Trotz seiner Müdigkeit hatte er mich durchschaut. Holger wusste genau, dass ich keine Angst davor hatte, den nächtlichen Park alleine zu durchqueren, aber nur so konnte ich sicher sein, dass er nicht die ganze Nacht in der Klinik verbringen würde.

Als wir losmarschierten, bot er mir seinen Arm – ganz der edle Ritter – und spielte offensichtlich gerne bei meiner kleinen Farce mit. Der Wind hatte nachgelassen. Ein sanfter Regen rieselte vom Himmel und hüllte alles in graue Schatten. Der Boden roch intensiv nach nassem Laub. Unter unseren Füssen knackte und knirschte es von Zweigen, die der Sturm losgerissen und auf den Fussweg geworfen hatte. Seit unserer letzten Liebesnacht vor drei Jahren war ich Holger nie mehr so nahe gewesen. Wenn ich mich ihm nur ein wenig zuneigte, nahm ich deutlich seinen Geruch nach Zigaretten und Aftershave wahr, und das brachte Erinnerungen und Gefühle mit sich, die ich längst vergessen geglaubt hatte.

«Hoffentlich hat Irina kein Nachtsichtgerät gekauft», sagte ich.

Holger brummte etwas Unverständliches. Ich schüttelte den Kopf. Ich konnte diese Beziehung nicht verstehen. Zwei Menschen, die gegen aussen vollkommen vernünftig wirkten, die ihr Leben im Griff zu haben schienen; zwei verantwortungsvolle Erwachsene, angesehene Berufsleute und Eltern. Und plötzlich stellt man fest, dass unter einer dünnen Eisschicht eine zerstörerische Dynamik herrschte, dass Hass und Wut die tragenden Elemente dieser Liebe waren und dass die Kraft dieser Beziehung jeden zu verschlingen drohte, der dem Paar zu nahe kam. Der Ablauf selbst war banal. Holger betrog seine Frau seit Jahren. Sie bespitzelte ihn und fand es jedes Mal heraus. Dann drohte sie damit, sich umzubringen, machte halbherzige Versuche, dies umzusetzen, und Holger rannte voller Panik nach Hause, pendelte eine kurze Zeit zwischen zwei Frauen. Es folgte eine Phase mit Angst, nächtlichem Gefühlsterror, angekündigtem Suizid, Verletzungen, Geschrei, Weinen, Vorwürfen, Trost und schliesslich: Wiedervereinigung. Einige Monate später ging es wieder von vorne los. Und das seit mehr als zehn Jahren. Eine Anästhesistin, die sich umzubringen versucht, indem sie ihren Kopf an die Wand schlägt? Kann ich nicht ernst nehmen. Aber Holger schon. Oder jedenfalls gehörte das zu ihrer gemeinsamen Inszenierung.

Eine solche Beziehung war mir etwa so unverständlich wie widerwärtig. Ich habe Holger gefragt, wie er das nur aushalte. Er liebe sie, meinte er. Und warum er sie dann immer und immer wieder betrüge? Er verliebe sich eben, er könne das nicht kontrollieren. Und er habe auch Angst, dass sie sich trennen würden, wenn sie diese furchtbaren Streitereien nicht mehr hätten. Irina reagierte mit Hass und Zerstörungswut, den sie aber nie gegen Holger, sondern gegen die anderen Frauen und sich selbst richtete. Irgendwann würde jemand mit dem Leben für dieses Spiel bezahlen, dachte ich. Und dieser jemand war mit grosser Wahrscheinlichkeit weder Holger noch Irina, sondern eine dieser naiven Frauen, die sich in Holger, den sanften Bären, verliebten und noch nicht wussten, dass hinter dem Bären eine Hyäne lauerte.

Es war bereits zwei Uhr dreissig, als ich zu Hause ankam. In meiner Wohnung war es unnatürlich still. Philipp fehlte mir. Philipp, der genau in solchen Momenten auftauchte, ohne grosse Kommentare Esswaren auspackte und etwas Feines kochte. Der auch mal einen schweigsamen Abend mit mir verbrachte, ohne mir vorzuwerfen, ich sei depressiv oder beziehungsunfähig. Er war gleich alt wie ich, sah sehr anziehend aus, war intelligent, humorvoll und hatte eine furchtbar übergriffige Familie. Wir waren noch nicht lange genug ein Paar, unsere Beziehung war noch nicht gefestigt genug für diese Trennung. Schon bald würde ich mich nicht mehr daran erinnern können, wie er aussah, wie er roch, wie seine Stimme klang. Ich seufzte.

Ich ass im Stehen ein Butterbrot, trank ein Glas Wasser und ging unter die Dusche. Bereits im Pyjama tapste ich noch einmal in mein Wohnzimmer, öffnete den Deckel des Aquariums, streute eine Prise Fischfutter hinein und wünschte den Garnelen Gute Nacht, so wie ich das jeden Abend machte, seit Philipp mir wenige Stunden vor seiner Abreise diesen Glaskasten vor die Tür gestellt hatte.

«Du musst sie nur füttern, das gibt gar nichts zu tun», sagte er damals und verschwieg wohlweislich die Heerscharen von schleimigen Schnecken, die sich sofort mit Hingabe und durchschlagendem Erfolg an die Vermehrung machten, das heikle Problem des Ausbalancierens der Wasserqualität und den aussichtslosen Kampf gegen die Algenplage. Ganz zu schweigen von der Existenz der Krallenfrösche, die immer irgendwie scheintot wirkten und trotzdem fast alle Garnelenbabys erwischten. Aber die Garnelen konnten ja nichts dafür, dass Philipp ein Lump war, also verabschiedete ich mich auch an diesem Abend höflich von meinen kleinen Gästen.

Als ich wenig später im Bett lag, fiel mir auf, dass sich seit vielen Tagen das erste Mal der Wind gelegt hatte.

Ich mochte nicht im Dunkeln liegen und liess das Licht brennen. Die Nacht dehnte sich grenzenlos in alle Richtungen aus. Die Stille auch. Schwarze Schatten tauchten am Rand meines Gesichtsfelds auf. Ich hatte Angst, ohne zu wissen, wovor.

2

Dienstag, 18. September

Ich erwachte nach wenigen Stunden Schlaf und war sofort hellwach. Regen prasselte an mein Fenster. Wenn das noch einige Tage so weiterging, würde wieder einmal das Mattequartier unter Wasser stehen. Ich stand auf, zog mich an und ging ins Badezimmer. Meine Haare sahen aus, als ob ich zwei Tage im Bett gelegen hätte und nicht nur vier Stunden. Ich klatschte mir kaltes Wasser ins Gesicht und auf den Kopf, um sie zu bändigen. An den Kopf anpappen, nannte das Helga. Aber sie hatte gut meckern: Mit ihren langen, schweren Haaren hatte sie nie solche Probleme.

Um die Stille zu übertönen, stellte ich zum Frühstück das Radio an. Nachrichten, na ja. Der Sitz eines Pharmakonzerns war von Bern nach Zug verschoben worden: sechzig Arbeitsplätze weg. Ein städtischer Kindergarten musste geschlossen werden, weil eine zu hohe Belastung mit Asbest festgestellt worden war. Die Feuerwehr hatte damit begonnen, im Mattequartier den Hochwasserschutz mit Sandsäcken zu verbessern. In Thun waren bereits über fünfzig Keller überflutet, und die Armee war zu Räumungsarbeiten aufgeboten worden. Die Tourismusbranche litt unter dem hohen Frankenkurs. Die budgetierte Zunahme an Übernachtungen in der Stadt Bern wurde um fünfzig Prozent unterschritten. Der Tourismusdirektor der Stadt Bern verlangte eine Anschubfinanzierung. Selbstmordanschlag in Afghanistan: zwölf Zivilisten tot. Die Börse in New York …

Ich wollte eben auf einen Musiksender wechseln, da unterbrach die Radiosprecherin kurzfristig ihren Kommentar zur Konferenz der EU-Finanzminister.

«Soeben erreicht uns die Mitteilung, dass man gestern Nacht in der Nähe des Güterbahnhofs Bern eine männliche Leiche gefunden hat. Die Identität des Toten konnte noch nicht ermittelt werden. Bereits fest steht, dass das Opfer ermordet worden ist. Ich schalte nun zu Ändu Kindler, der vor Ort ist.»

«Danke. Ich stehe hier beim Güterbahnhof neben dem Tatort, der grossräumig abgesperrt wurde. Es wimmelt von Polizisten und Leuten von der Spurensicherung. Der Tote wurde abtransportiert», sagte der Reporter betont sachlich.

«Wo genau wurde der Tote gefunden?», fragte die Moderatorin.

«Es liegen noch keine offiziellen Informationen vor. Aber nach Aussage eines Augenzeugen, der in der Nachbarschaft wohnt, lag die Leiche neben einem Müllcontainer. Ein Mitarbeiter der Securitas habe sie gefunden, respektive der Wachhund, den er dabeihatte.»

Einen Moment sah ich diesen Teil der Stadt Bern vor mir, wo das Quartier Ausserholligen mit der früher eigenständigen Gemeinde Bümpliz zusammengewachsen war und der Güterbahnhof sich ausbreitete. Ich fuhr nicht gerne dort vorbei. Der Ort deprimierte mich. Es war ein Stadtteil durchschnitten von Autobahnzubringer und Bahnlinien, dominiert von den hohen Kaminen der Kehrichtverbrennung und besetzt zu etwa gleichen Teilen von Industrie und zumeist heruntergekommenen Wohnhäusern. Direkt angrenzend an den Güterbahnhof hatten sich mehrere Schrotthändler und Recyclingfirmen angesiedelt.

Ich war jedes Mal wieder schockiert, wie viele Dinge wir wegwarfen. An diesem Ort am Rand der Stadt erhoben sich Berge ausgedienter Kühlschränke, Fernseher und Computer. Am eindrücklichsten waren die auf halbe Höhe zusammengestauchten Autos, die sich fein säuberlich aufeinandergeschichtet zu einer fünf Meter hohen Mauer türmten, garniert von Tausenden von Autoreifen. Auf dem Gelände fand man separate Hügel aus lauter Scherben, aus Metall, Kunststoff, Styropor, Kacheln und Dachziegeln. Ich hatte palettenweise grob zertrümmerte Flachbildschirme gesehen, die noch fünf Jahre zuvor dem letzten Stand der Technik entsprochen hatten. Und einmal sogar ein Dutzend originalverpackter Laserdrucker, die hier ihrer Zerstörung harrten, bevor sie auch nur einmal in Gebrauch gewesen waren.

«Was macht die Polizei jetzt?», fragte die Radiomoderatorin und holte mich zurück in die Gegenwart.

«Bisher gab es erst eine offizielle Mitteilung: Es wurde eine Sonderkommission zusammengestellt. Die Ermittlungen sind angelaufen.»

«Gibt es weitere Informationen?»

«Wie gesagt, sie haben den Tatort weiträumig abgesperrt.» Der Reporter hatte zunehmend Mühe, seiner Begeisterung nicht allzu offen Ausdruck zu geben. «Gemäss einer gut unterrichteten Quelle wurde das Opfer mit über zwanzig Messerstichen getötet. Und der Mörder hat ein Zeichen hinterlassen. Details wurden nicht genannt.»

Ich versuchte rasch, an etwas anderes zu denken. Die von meiner Phantasie produzierten Bilder waren allzu grässlich. Die Moderatorin im Studio versprach, am Ball zu bleiben, und schaltete um auf Madonna. Während ich den Abwasch machte, wurde ein Interview mit dem Pressesprecher der Kantonspolizei angekündigt. Der arme Mann hatte rein gar nichts zu sagen, während die Moderatorin sich in Spekulationen über Verbrechen aus Leidenschaft verstieg, die sie geschickt in Fragen verkleidete. Abschliessend ging sie noch einmal auf das Blutbad und das Zeichen ein, das man am Tatort gefunden hatte. Diese Mischung aus Raserei und Symbolik weise doch auf einen Serientäter hin. Der Vertreter der Polizei wehrte hastig ab.

Unwillkürlich stellte ich mir den Fundort der Leiche vor und spürte, wie sich mir die Härchen im Nacken aufstellten. Ich ärgerte mich über mich selbst. Das Risiko, diesem Mörder über den Weg zu laufen oder gar von ihm getötet zu werden, war tausendmal kleiner als die Wahrscheinlichkeit, in der Spitalgasse unter ein Tram zu kommen.

Der Pressesprecher der Polizei fuhr fort, es gäbe bisher noch keinen einzigen Hinweis darauf, was die Hintergründe dieses Verbrechens sein könnten. Die Moderatorin fragte, ob er ausschliessen könne, dass sich die Tat wiederholen werde? Ob er ausschliessen könne, dass ein wahnsinniger Mörder Bern unsicher mache? Ob er ausschliessen könne, dass es weitere Opfer gäbe? Konnte er natürlich nicht. Sie machte das sehr geschickt und verbreitete ungeniert Angst und Schrecken in der Bevölkerung. Der Sprecher der Polizei verabschiedete sich hörbar wütend, aber geschlagen.

Die Moderatorin beendete ihren Beitrag mit der Bemerkung, dass es leider nicht auszuschliessen sei, dass Bern von einem Serienmörder betroffen sei. Das wäre der erste richtige Serienmörder der Schweiz. Die bisherigen seien alles Pädophile gewesen, und das sei etwas ganz anderes.

Was für ein Blödsinn!

Ich knallte meine Faust auf den Ausschaltknopf, und endlich war Ruhe.

Jetzt hatte die Presse aber richtig feines Futter. Wir sind eben eine wichtige, richtig grosse Stadt. Sogar einen eigenen Serienmörder haben wir jetzt. Bravo, Bern!

Und noch vor Zürich!

Auf meinem Weg zur Arbeit hielt ich bei der Migros, um ein paar Äpfel zu kaufen. In der Elektronikabteilung lief das Lokalfernsehen auf Dutzenden von Grossbildschirmen zugleich. Der Fernsehsprecher kündete gerade ein Interview mit einem Politiker an, der zur aktuellen Sicherheitslage in der Stadt Bern sprechen werde. Ich erwartete eigentlich den Regierungsrat, der für die Polizei verantwortlich war, aber es stellte sich heraus, dass sich wieder einmal Gerhard Simmen nach vorne gedrängt hatte. Simmen war ein Berner Rechtsaussen, ein extrem mediengeiler und erfolgreicher Widerling, der sich ganz im Einklang mit seiner Partei darauf konzentrierte, allen Ausländern die Schuld an allem zu geben, von der Umweltverschmutzung über die Steuerbelastung bis zum schlechten Wetter. Ich war einmal dabei gewesen, als ein Pressefotograf, der mit Paul und Helga befreundet war, erzählte, dass er keinen Berner Politiker fotografieren könne, ohne dass Simmen in letzter Sekunde von irgendwo seitlich in das Bild reinsprang.

Simmen, der sich für das Interview so hingestellt hatte, dass man im Hintergrund das Bundeshaus sehen konnte, gab sich ganz als besorgter Stadtvater, der all seine Kräfte dafür einsetzen werde, die Berner Bevölkerung «vor diesem Monster zu schützen». Er werde die Polizei unter Druck setzen, bis diese Mörderbande gefasst sei, und wir in unserer wunderbaren Stadt wieder ruhig schlafen könnten. Es sei kein Zufall, dass der Mord an einem sozialen Hotspot geschehen sei, er habe bereits vor Jahren auf die Gefahren hingewiesen, die in diesem Quartier lauerten. Ausländeranteil fünfundsechzig Prozent, davon viele Schwarze und Albaner. Da werde doch tagtäglich gedealt, überfallen und ausgeraubt, und die Polizei mache nichts.

«Und wer schützt unsere Kinder?», rief er mit künstlich aufgerissenen Augen in die Kamera.

Was für ein begnadeter Schauspieler, dachte ich. Wenn er nur nicht so ein Widerling wäre.

Der Mord sei nur einige Gehminuten vom Kindergarten Bächtelen entfernt geschehen, fuhr Simmen fort. Aber auf ihn habe ja niemand hören wollen. Jetzt sei es so weit, es sei ja nur eine Frage der Zeit gewesen, bis wir uns ein Monster reinholten. Die Grenzen wurden ja nicht mehr bewacht. Wetten, dass das Monster von Bümpliz Sozialgeld beziehe?

Das war der höhnische Schluss seiner Rede. Ich fühlte Wut und Scham. Und? Würde jetzt jemand diesem Schwein etwas entgegenhalten? Aber es kam kein weiterer Kommentar zur Sache. Sie wechselten zum Wetter. Angewidert setzte ich meinen Weg fort.

Das war auch wieder typisch, dass Simmen den Mörder flugs nach Bümpliz exportiert hatte, obwohl der Tote noch knapp auf Boden des Quartiers Ausserholligen gefunden worden war. Bümpliz war eben früher die arme Nachbargemeinde des stolzen Berns gewesen, und die «besseren Berner» begegneten diesem Stadtteil noch heute mit Misstrauen und Naserümpfen.

***

Tscharya, diese Woche braunhaarig mit orangen Strähnen und mittlerer Anzahl Piercings, begrüsste mich mit der Frage, ob ich es bereits gehört hätte.

«Was gehört?», fragte ich und hoffte, dass es sich nicht um eine neue Aktion von Schneider handeln würde.

«Na, von dem Mord in Bümpliz.»

Ich ignorierte ihre vor Aufregung weit aufgerissenen Augen und sagte: «Ja, hab ich. Was gibt es sonst noch?»

«Du sollst um Viertel nach neun zu Holgers Teamsitzung», sagte sie deutlich eingeschnappt, «und vergiss nicht die Fallbesprechung mit Schneider um elf Uhr.»

Ich stöhnte.

«Hast du dich etwa wieder nicht vorbereitet?»

Ich schwieg.

Tscharya verzog missbilligend ihren breiten Mund, gab aber immerhin ihren strengen Ton auf. «Es geht diesmal um die Herzchirurgie. Eine Herzklappe, glaube ich. Soll ich für dich nachschauen?»

«Nein. Ich lass das auf mich zukommen.»

Tscharya hob ihre beringten Augenbrauen, sagte aber nichts. Meiner Beobachtung nach existierte eine hochsignifikante negative Korrelation zwischen der Anzahl der Piercings, die sie jeweils trug, und ihrer Lebenszufriedenheit. Mit anderen Worten: Je übler es ihr ging, umso mehr Piercings prangten in ihrem Gesicht.

Seit Schneider im Walmont das Ruder übernommen hatte, hatten die Piercings deutlich zugenommen. Das hatte auch damit zu tun, dass sie zunehmend unzufrieden mit mir war. Sie warf mir vor, Schneiders Anweisungen zu wenig ernst zu nehmen und damit meine und auch ihre eigene Stelle zu gefährden. Angesichts Tscharyas Geschichte war ihre Angst verständlich, aber ich hatte dennoch keine Lust, mich Schneiders bürokratischen Zwangsvorstellungen unterzuordnen. Ausserdem machte mich ihre Angst wütend. Tscharya Mûdjib ur-Rahmân war eine gut ausgebildete, motivierte, intelligente und ausgesprochen kompetente Bürofachfrau mit zwei Handicaps: Sie war von einem

Ehepaar adoptiert worden, das einen orientalischen Namen trug, und sie versteckte ihre Unsicherheit hinter einem kratzbürstigen und grellen Outfit. Weder Familienname noch Haarfarbe oder Anzahl der Piercings sollten aus meiner Sicht einen Einfluss darauf haben, ob jemand eine Arbeitsstelle erhält. Aber das war natürlich Theorie.

Um Viertel nach neun hatte sich eine ungewöhnlich grosse Menge Spitalangestellte im Sitzungsraum der Kinderklinik versammelt. Ausser dem Personal im Dienst waren noch verschiedene Medizinstudierende und Pflegefachleute erschienen, die erfahren hatten, dass etwas Ungewöhnliches vor sich ging. Holger Grimm sprach mit niemandem und reagierte auch nicht auf mein Winken. Eine Minute später begrüsste er die Anwesenden und informierte sie in knappen Worten über die Erkenntnisse dieser Nacht.

«Tuberkulose?», fragte jemand erstaunt.

Augenblicklich setzte aufgeregtes Stimmengewirr ein.

«Sowohl Josephine wie auch ihre Mutter sind an Tuberkulose erkrankt. Bei beiden ist die TB bereits im aktiven Stadium. Das heisst, die Mutter ist hochansteckend für ihr Umfeld.»

Elisabeth, eine Kinderkrankenschwester der Neonatologie, schnappte erschrocken nach Luft. Alle begannen, laut zu diskutieren.

«Da wird Schneider aber gar nicht begeistert sein», sagte ein Assistenzarzt in meiner Nähe halblaut. «Eine Drittweltkrankheit! Das ist unserem neuen Luxus-Image nicht gerade dienlich.»

Holger schüttelte ärgerlich den Kopf, musste seine Stimme erheben, um das Raunen zu übertönen. «Ich bitte um Ruhe. Das ist leider noch nicht alles. Wir haben Josephine seit ihrem Eintritt unter anderem mit Isoniazid und Rifampicin behandelt.» Er hielt inne und schaute das erste Mal zu mir herüber. Dann fuhr er fort: «Die Patientin hat nicht darauf reagiert, was nicht erstaunlich ist. Der molekulargenetische Test hat gezeigt, dass es sich um eine multiresistente Form des Erregers handelt. Und das heisst, wir wissen zurzeit nicht, ob diese TB überhaupt therapierbar ist.»

Das war eine üble Nachricht. Ich dachte an die kleine Josephine. Im Raum war es schlagartig still geworden.

«Die meisten von euch wissen, was das bedeutet», fuhr Holger fort, «um aber ganz klar zu sein: TB im aktiven Zustand ist hochansteckend. Es handelt sich also um eine möglicherweise tödliche Krankheit mit einem Erreger, der stundenlang in der Raumluft überleben kann. Mutter und Kind müssen leider getrennt voneinander isoliert werden. Sie haben die Räume 217 und 218 hier auf unserem Stock erhalten. Bei Josephine besteht keine Ansteckungsgefahr. Ihr Hustenauswurf enthält eine zu geringe Menge an Erregern. Sicherheitshalber wird sie trotzdem weiterhin isoliert. Frau Bauer hingegen stellt für ihr Umfeld ein hohes Ansteckungsrisiko dar.»

Ich schaute einen Moment beunruhigt zu Holger hinüber. Er hatte schon seit Tagen engen Kontakt zu der Mutter gehabt. Unsere Blicke trafen sich kurz, und seine Augen sagten mir: «Nachher.»

«Wir sollten uns so bald wie möglich von einem Spitalhygieniker beraten lassen», schlug ich vor. «Die bisherigen Massnahmen zum Schutz der Umgebung genügen nicht. Wir müssen beispielsweise auch die Abluft aus den Krankenzimmern reinigen, bevor sie in das allgemeine Lüftungssystem des Walmont gelangt. Ich kenne eine Spezialistin im Inselspital, die ich anfragen kann.»

Holger nickte zustimmend. «Ich will, dass sich alle, die mit der Familie Bauer zu tun hatten, auf TB untersuchen lassen. Als Sicherheitsmassnahme müssen alle Atemschutzmasken und Handschuhe tragen, bis wir ausschliessen können, dass sich jemand angesteckt hat. Ich muss wohl nicht betonen, dass diese Geschichte absolut vertraulich behandelt werden muss. Niemand, der es nicht unbedingt wissen muss, wird darüber informiert. Wir wollen keine Panik im Haus. Klar? Also, an die Arbeit, Leute.»

«Du musst dich ebenfalls untersuchen lassen, Holger. Vielleicht hast du dich angesteckt.»

«Ist bereits gemacht. Der Befund des Bluttests ist negativ.»

Das Ausmass meiner Erleichterung zeigte mir, wie sehr ich Holger noch immer mochte.

«Was ist eigentlich mit Josephines Vater?», fragte ich.

«Frau Bauer hat ihn gestern Nacht angerufen, und er ist danach sofort ins Universitätsspital in Genf gegangen. Ich werde den behandelnden Arzt über unsere Diagnose informieren», sagte Holger. «Um was wir uns ebenfalls kümmern müssen, sind die anderen Patienten und deren Angehörige, zu denen Frau Bauer Kontakt hatte. Zum Glück sind es nur wenige.»

«Multiresistente Tuberkulose gehört zu den meldepflichtigen Krankheiten. Soll ich die Meldung beim Kantonsarzt und beim Bundesamt für Gesundheit übernehmen?», fragte ich.

«Und bitte informiere auch die Direktion. Du weisst besser, wie man das macht, ohne dass der Schneider ein paar Minuten später bei uns auf der Matte steht. Ich könnte ihn jetzt nicht ertragen. Warte noch! Ich muss dir etwas sagen.» Er schaute sich um und vergewisserte sich, dass niemand uns hören konnte. «Frau Bauer hat heute Morgen mit mir sprechen wollen. Vertraulich.»

Ich nickte.

«Sie ist damit herausgerückt, dass sie eine Haushaltshilfe beschäftigt habe. Eine junge Frau aus Somalia», erzählte er. «Sie heisse Elsa, Nachname unbekannt, und sei ihr von einer Freundin empfohlen worden. Diese Elsa habe zunächst bei ihr geputzt, dann sei sie immer mehr zu einer Art Haushälterin geworden und habe nach der Geburt auch für Josephine gesorgt.»

«Und warum hat sie uns das bisher nicht sagen wollen?», fragte ich.

«Elsa ist illegal in der Schweiz. Als Frau Bauer das entdeckte, war ihr die junge Frau bereits ans Herz gewachsen. Sie habe es nicht fertiggebracht, sie wegzuschicken, sagte sie. Sie will nicht, dass das bekannt wird. Sie hat Angst, dass ihr Mann sie verlassen wird für ihre Dummheit, hat sie gesagt.»

Ich verzog das Gesicht. «Wer's glaubt. Sie wusste doch von Anfang an, dass sie eine Illegale anstellt. Und das mit dem Mann –»

«Es ist möglich, Lou», beharrte Holger. «Er ist ein hohes Tier bei der Volkswirtschaftsdirektion des Kantons Bern. Ausgerechnet in der Abteilung, die Schwarzarbeit bekämpfen soll.»

«Ach.»

«Ja. Ach. Und deshalb möchte Frau Bauer nicht, dass jemand von dieser Geschichte erfährt.»

«Das hätte sich Frau Bauer doch vorher überlegen sollen, finde ich.»

«Im Moment ist sie einfach eine schwer kranke Frau mit einem sterbenden Kind. Und sie hat Angst vor ihrem Mann, Lou.»

Ich seufzte. Holger war offensichtlich mal wieder auf seinem «Edler Ritter beschützt holde Maid»-Trip.

«Diese Elsa hat vor ein paar Monaten einen hartnäckigen Husten bekommen», fuhr Holger fort. «Sie habe gar nicht mehr aufhören können zu husten. Frau Bauer hat ihr gesagt, sie solle zum Arzt gehen und zu Hause bleiben, bis sie wieder gesund sei.»

«Und dann?», fragte ich.

«Elsa ist nie mehr bei ihr aufgetaucht.»

«Glaubst du ihr diese Geschichte wirklich?», fragte ich.

Holger zögerte einen Moment, dann nickte er.

«In dem Fall sollten wir diese Elsa so rasch wie möglich finden», sagte ich, «sie verbreitet eine möglicherweise tödliche Krankheit.»

«Wir müssen vorsichtig vorgehen. Ich habe versprochen, Frau Bauer zu schützen.»

«Dieses Versprechen war dumm, Holger. Es ist für uns alle wichtig, dass wir herausfinden, wo Elsa jetzt ist. Du kannst das doch nicht geheim halten.»

«Und warum nicht? Es geht mir ja nur darum, Frau Bauer nicht in die Geschichte hineinzuziehen.»

«Und was willst du tun, wenn wir diese Elsa gefunden haben?»

«Ihr das Leben retten, nehme ich jetzt mal an.»

«Hör doch auf mit diesem albernen Getue, du bist nicht die Kavallerie. Zumindest dem Kantonsarzt müssen wir etwas mitteilen. Er ist an das Arzt- und Amtsgeheimnis gebunden.

Ausserdem müssen wir herausfinden, wo die Quelle der Ansteckung ist. Vielleicht war Elsa schon krank, als sie in die Schweiz kam, vielleicht hat sie sich aber auch erst hier angesteckt.»

Holger seufzte. Es war typisch für ihn, dass er sich erst mal aufs Handeln konzentrierte, ganz im Glauben, dass alles wieder gut werden würde. Seine Naivität machte mich manchmal rasend.

«Denk nicht an Frau Bauer», bat er mich. «Ich weiss, dass du sie nicht magst. Denk an diese junge Frau aus Afrika. Sie ist wahrscheinlich todkrank, hat bereits viel durchgemacht, und es besteht die Gefahr, dass sie ausgeschafft wird, wenn wir sie melden. Lass uns versuchen, sie zu finden, Lou. Danach können wir immer noch entscheiden, ob wir die Behörden einschalten müssen oder nicht.»

Ich liess mich schliesslich überzeugen. Nachdem wir uns verabschiedet hatten, ging ich zurück in mein Büro und rief beim Kantonsarztamt an. Nachdem ich der Sekretärin mein Anliegen erklärt hatte, verband sie mich mit dem Kantonsarzt selbst. Ich informierte ihn über die Diagnosen von Frau Bauer und Josephine. Er zeigte sich sehr interessiert und löcherte mich zu Details, die ich ihm nicht geben konnte. Er würde sofort seinen Spezialisten, Anton Zbinden, informieren. Dieser rief kurz darauf zurück, und wir verabredeten eine Besprechung um elf Uhr.

Danach versuchte ich, die Hygienikerin im Inselspital zu erreichen. Ich hatte Glück, sie war interessiert an unserem Problem, hörte sich sehr kompetent an und konnte ebenfalls um elf Uhr hier sein.

Tscharya, die offenbar vom Nebenzimmer mitgehört hatte, kam zu mir. «Elf Uhr? Dann ist doch Schneiders Fallbesprechung», sagte sie.

«Das ist jetzt wichtiger.»

Sie sah mich eindringlich an.

«Schon gut, schon gut. Ich melde mich ab.»

«Und übrigens, was ist mit deinen Ferien? Deine Ampel steht auf Dunkelrot.»

Ich stöhnte laut. Seit Neuestem wurde das Personal des

Walmont mit einem Tool gemanagt, das mittels Ampelsystem darauf aufmerksam machte, wenn jemand zu viel oder zu wenig arbeitete. Gemäss Schneiders neuester Weisung musste bei oranger Ampel eine schriftliche Erklärung an den Personaldienst erfolgen; bei roter Ampel waren sofortige Massnahmen zur Korrektur des Stundensolls zu ergreifen.

«Ich kann dich einfach nicht verstehen, Lou», sagte Tscharya und schaute mich missbilligend an. «Es ist doch nicht so schlimm, Ferien zu machen. Und du hast diesen Sommer einfach zu viele Überstunden gemacht.»

«Ich will mir aber nicht vorschreiben lassen, wann ich Ferien mache und wann nicht. Heute werden uns von so einem blödsinnigen Ampelsystem Ferien aufgezwungen, und als Nächstes wird uns vorgeschrieben, wann wir uns den Rücken kratzen dürfen und wann nicht.»

«Du übertreibst mal wieder masslos, Lou.»

«Ich werde es mir überlegen. Lass mich jetzt arbeiten.»

Wütend klickte ich mich in unser Computersystem und suchte nach der Telefonnummer von Schneiders Sekretariat. Während ich dem Warteschleifen-Gedudel zuhörte, dachte ich über Ferien nach. Ich hatte keine Lust, eine Woche zu Hause im Regen zu hocken, und ich hatte auch keine Lust, nach Kanada zu fliegen. Und sonst fiel mir auch nichts ein.

Endlich nahm Schneiders Sekretärin ab. Sie versprach, mich für die Fallbesprechung zu entschuldigen. Als Nächstes wählte ich die Nummer von Hans-Ruedi Kummer, der beim Bundesamt für Gesundheit für die MEPs, also die meldepflichtigen Krankheiten, zuständig war. Ausserdem war er ein alter Freund und einer der besten Epidemiologen der Schweiz.

«Kummer», meldete er sich knurrend.

«Den habe ich auch, deshalb rufe ich dich ja an», gab ich zur Antwort.

«Lou? Good morning, my sunshine», kam die plötzlich fröhliche Antwort.

«Ich muss eine MEP melden.»

«Etwas Exotisches?»

«Gar nicht exotisch. Uralt. Sozusagen bereits begraben und vergessen.»

«Come on, Lou!»

«Tuberkulose.»

«Ach ...», sagte er gelangweilt.

«Multiresistente Tuberkulose.»

«Wo? Wer? Wie viele?», fragte er, auf einmal voll wach.

«Bei uns im Walmont. Eine Mutter mit Kind. Das Mädchen ist erst drei Monate alt. Beide haben aktive TB. Und es handelt sich um eine multiresistente Form.»

«Resistent gegen was? Wisst ihr das schon?»

«Ja. Moment ...», ich blätterte in meinen Notizen, «Isoniazid und Rifampicin. Ob noch weitere Resistenzen vorliegen, wissen wir noch nicht.»

«Holy shit!»

«Und, was sollen wir tun?»

«Habt ihr sie isoliert? Getrennt voneinander?»

«Ja. Wir werden uns heute auch noch mit einer Fachfrau für Spitalhygiene zusammensetzen, damit wir wissen, wie wir genau vorgehen müssen, um das Umfeld zu schützen.»

«Gut. Wisst ihr schon, wo die beiden sich angesteckt haben?»

«Die Mutter ist sich nicht sicher», antwortete ich ausweichend.

«Was heisst das? Hat sie eine Vermutung? Es ist sehr wichtig, dass wir das so rasch wie möglich herausfinden. Aber das muss ich dir ja nicht sagen.»

«Nun, wie gesagt: Sie ist sich nicht sicher.»

«Sass die Frau vielleicht einmal im Gefängnis? Oder hatte sie engen Kontakt zu ehemaligen Gefängnisinsassen?»

«Ich weiss es nicht, Hans-Ruedi. Ich habe sie nicht danach gefragt.»

«War jemand in ihrem Umfeld krank? Hatte sie Kontakt mit einer HIV-positiven Person?»

«Ich weiss es nicht. Ich habe sie nicht gefragt.»

Einen Moment war es still.

«Hast du diese Frau überhaupt irgendetwas gefragt, Louisa? So kenne ich dich ja gar nicht.»

Ich gab keine Antwort.

«Was ist da los? Diese Geschichte stinkt doch», sagte Hans-Ruedi mit hörbarer Empörung.

«Es tut mir leid, ich kann dir nicht mehr dazu sagen.»

Eine Weile war es still, dann fragte er: «Du kannst nicht oder du willst nicht?»

«Ich, äh …»

«Was soll das? Spielst du etwa ein Spiel mit mir?»

«Ganz gewiss nicht.»

«In einer halben Stunde habe ich ein korrekt ausgefülltes MEP-Formular in meiner Mailbox!»

Ich überlegte noch, was ich sagen sollte, da hörte ich ein scharfes Klicken. Kummer hatte einfach aufgehängt, Mist.

Zehn Minuten später hatte ich das Formular abgeschickt. Es gab ja nicht viel, was ich ausfüllen konnte. Ich war wütend auf Holger, der mich in diese blöde Situation gebracht hatte, und nahm mir vor, Frau Bauer die Daumenschrauben anzusetzen, sobald sich eine Gelegenheit dazu ergab.

Nachdem ich mich den Vorschriften entsprechend angemeldet und angekleidet hatte, betrat ich das Isolationszimmer.

Eine Schwester war gerade damit beschäftigt, Josephine zu wickeln. Sie sprach leise und liebevoll mit der Kleinen. Im Moment trug Josephine keine Atemmaske, damit die Pflegerin sie säubern, eincremen und den Schleim aus der Nase absaugen konnte. Josephines Gesichtchen hatte sich in das Antlitz eines alten Mannes verwandelt. Sie hatte ihren ganzen Babyspeck verloren. Ich spürte Tränen in den Augen und wischte sie rasch weg. Leise berichtete mir die Intensivschwester, dass es Josephine seit gestern Abend unverändert gehe. Temperatur, Blutwerte und Atmung, alle Werte seien stabil, aber weiterhin kritisch. In diesem Moment öffnete Holger die Tür und winkte mir zu, ich solle rauskommen. Ich folgte ihm und zog Schutzmaske und Handschuhe aus.

«In zehn Minuten fängt die Sitzung mit dem Kantonsarzt an.»

«Ist es schon elf Uhr?»
«Schaust du eigentlich auch mal auf die Uhr?»
«Knurr mich nicht an, Holger. Du stehst tief in meiner Schuld. Wegen dir habe ich mich mit Kummer vom BAG zerstritten.»
«Tut mir leid, Lou.»
«Das ist zu wenig. Wir müssen eine Lösung finden, wie wir mit dieser Elsa-Geschichte umgehen sollen. Aber jetzt ist keine Zeit dafür.»
Als Holger und ich das Besprechungszimmer im siebten Stock betraten, kam uns ein unbekannter Mann entgegen, der sich als Anton Zbinden vorstellte, diensttuender Arzt vom Kantonsarztamt und Spezialist für Infektionskrankheiten. Wenig später gesellten sich – herrje – Schneider und die Expertin für Spitalhygiene aus dem Universitätsspital, Bernadette Kammer Locher, dazu. Zbinden leitete das Gespräch. Er berichtete zunächst vom Stand der Untersuchung. Er ging methodisch vor, sprach knapp, aber präzise. Multiresistente Tuberkulose, eindeutig diagnostiziert bei Josephine Eugenia Bauer und bei Hedwig Bauer-Sommerfeld. Die Therapie sollte sich strikt an den Vorgaben der WHO orientieren, meinte Zbinden. Zumindest zu Beginn. Falls sich herausstellen sollte, dass die zulässigen Antibiotika nicht wirksam seien, müsse die Lage wieder von Neuem beurteilt werden. Ich spürte Holgers Anspannung und verstand. Er gab Josephine nicht mehr so viel Zeit, dass eine Neubeurteilung einen Sinn machen würde. Zbinden fuhr fort und verteilte verschiedene Dokumente, die das weitere Vorgehen definierten, das Handbuch «Tuberkulose» der Lungenliga, Informationen zur Behandlung, zu den Patientenrechten, eine Einverständniserklärung und einen Auszug aus dem Epidemiengesetz.
«Was hat die Befragung ergeben? Wissen Sie, bei wem sich Mutter und Kind angesteckt haben?», fragte Zbinden.
Holger schüttelte den Kopf. «Frau Bauer weiss es nicht.»
«Sie muss doch eine Vermutung haben», hakte er nach.
«Nein, leider nicht», gab Holger entschieden zur Antwort.
Darauf begann Frau Kammer Locher mit ihren Ausführungen.

Sie sprach in einem rasend schnellen Walliserdytsch, dem ich nur mit Mühe folgen konnte. Schneider ging es offensichtlich auch so, denn er unterbrach sie nach ein paar Sätzen und forderte sie barsch auf, in Standardsprache zu sprechen. Sie schaute ihn verblüfft an – wir anderen auch.

«Was meinen Sie mit Standardsprache», fragte schliesslich Zbinden.

«Die Standardsprache der Schweiz ist Hochdeutsch, das lernt doch heute jeder Erstklässler», antwortete Schneider und wandte sich zu der Walliserin. «Ich wundere mich, dass Sie das nicht wissen.»

«Et les Romands? Was ist mit unseren französischsprachigen Mitbürgern? Oder haben in Ihrem Europa die Deutschen Frankreich annektiert?», gab diese in giftigem Ton zurück.

Ich musste grinsen. Danach erklärte sie uns – in einer Walliser Variante des Hochdeutschen, aber immerhin in gebremstem Tempo – alle Details, die zur Verhütung von Ansteckung in unserem Fall notwendig waren. Von gut zwanzig Massnahmen hatten wir bisher nur etwa die Hälfte berücksichtigt. So sollte beispielsweise das Zimmer mindestens sechsmal pro Stunde gelüftet werden – auch in der Nacht. Die Abluft des Zimmers musste durch einen HEPA-Filter gereinigt werden. Im Zimmer selbst sollte ein leichter Unterdruck herrschen. Betreten dürfe man das Isolationszimmer nur mit einer Atemschutzmaske, im Minimum eine N95. Sie gab uns eine umfangreiche Dokumentation und ihre direkte Telefonnummer, damit wir sie bei weiteren Fragen rasch erreichen konnten. Dann verabschiedete sie sich. Zbinden ging kurz darauf ebenfalls. Wir sollten ihn über den Verlauf der Erkrankung auf dem Laufenden halten. Holger packte die Dokumentation des Kantonsarztamtes, blätterte sofort zum Dossier über die empfohlene Therapie, murmelte noch etwas und rannte mehr oder weniger aus dem Zimmer in Richtung Spitalapotheke.

Schneider hielt mich zurück. Er habe die Fallbesprechung von heute Morgen auf vierzehn Uhr verschoben, informierte er mich. Ich fragte mich, wie er so leichtfertig die Arbeitspläne von etwa zwanzig leitenden Angestellten des Walmont umstellen konnte.

Mit Erleichterung erinnerte ich mich daran, dass ich heute mit Helga Mittag essen würde. Sie würde die Welt wieder geraderücken mit ihrer bodenständigen Gelassenheit.

Als wir beide vor unseren Tellern mit köstlichem Murgh Makhani, indischem Butterhuhn, und einem Berg Reis sassen, machte sich für einen Augenblick beruhigender Alltag breit.

«Sie haben einen tamilischen Koch angestellt», sagte Helga mit strahlendem Lächeln, nachdem sie probiert hatte.

Als unsere Teller leer waren, lehnte sich Helga zufrieden zurück und nahm mich in Augenschein. Ich kannte diesen Blick. Helga machte sich mal wieder Sorgen um mich. Das schien eine ihrer Lieblingsbeschäftigungen zu sein.

«Du bist bleich heute. Und du siehst abgemagert aus.»

Ich verdrehte die Augen und gab keine Antwort.

«Hast du das gehört von dem Mord beim Güterbahnhof?», fragte sie.

«Ja. Tönt grässlich», sagte ich.

«Im Radio SRF hat ein Experte aus Deutschland gemeint, das sähe nach einem Ritualmord aus. Meinst du, das stimmt?», fragte sie.

«Keine Ahnung. Und woher will der Typ das wissen? Ganz sicher hat er den Toten nicht gesehen.»

Helga liess sich von diesem kritischen Argument nicht beeindrucken. «Stell dir vor, dass es hier in Bern eine Satanistengruppe gibt, die Leute abschlachtet. Ich finde das unheimlich.»

«Satanisten? Wie kommst du jetzt auf Satanisten?»

«In der Onlineausgabe der Berner Zeitung haben sie einen amerikanischen Experten interviewt.» Sie hob ihre Hand, als ich sie unterbrechen wollte. «Ja, ja, ich weiss, was du sagen willst, aber immerhin ist das ein Experte für Serienmorde.»

«Es ist bisher genau ein Mord geschehen. Warum in Dreiteufelsnamen reden alle von einem Serienmörder?»

«Lass mich ausreden, Lou. Und der hat gesagt, dass die Art der

Verletzungen und die Symbolik dafür sprächen, dass es sich um einen Mord im Zusammenhang mit Exorzismus oder Satanismus handle.»

«Was für eine Symbolik?»

«Die Leiche war nach dem Tod mit weisser Farbe bemalt worden. Haben sie heute in den Nachrichten gesagt.»

«Und daraus schliessen sie, dass es sich um Satanisten handelt? Bisher hat doch keiner auch nur die geringste Ahnung, was passiert ist. Hast du das Interview von Simmen gehört?», fragte ich.

«Er nützt wirklich jede Chance, um Stimmung gegen Ausländer zu machen. Hast du eigentlich gewusst, dass sein Grossvater aus Österreich in die Schweiz immigriert ist?»

«Wenn er nur nicht so erfolgreich wäre mit seinem Schwachsinn. Jetzt behauptet er, dass irgendwelche Ausländerbanden diesen Mord begangen hätten.»

Wir schwiegen einen Moment.

«Diese Geschichte macht mir Angst», sagte meine Freundin schliesslich. «Ein solcher Mord passt nicht zu Bern. Wir sind doch nicht in New York oder Johannesburg.»

«Ja, hier bei uns sind die Morde noch übersichtlich», gab ich in so heftigem Ton zurück, dass ich selbst erschrak. «Eltern, die ihre neugeborenen Kinder zu Tode schütteln, und eifersüchtige Männer, die ihre Ehefrauen mit Benzin übergiessen und anzünden, weil sie sich scheiden lassen wollen.»

Helga seufzte. «Du hast recht. Aber das ist trotzdem etwas anderes als dieser Exorzistenwahnsinn.»

«Falls das denn stimmen sollte.»

«Der Typ aus Amerika hat übrigens gesagt, dass er sicher sei, dass dieser Mörder erst begonnen habe mit seinen Schlachtereien.»

«In dem Fall hoffe ich, es war ein Tourist aus New York. Serienmörder müssen ja auch mal Ferien machen. Vielleicht hat er sich einfach verirrt und wollte seinen Mord eigentlich in Berlin oder London begehen?»

«Das ist nichts, worüber man sich amüsieren sollte, Lou.»

«Tut mir leid. Wie geht es eigentlich Paul?», versuchte ich, das Thema zu wechseln.

«Gut. Wer kann nur so wahnsinnig sein, jemanden mit einem Messer abzuschlachten und weiss anzumalen?»

«Wer ist überhaupt so wahnsinnig, jemanden umzubringen?»

«Nun ...» Helga schaute sich rasch um und flüsterte mir zu: «Ich kenne jedenfalls eine ganze Menge Leute, die mit ungetrübter Freude unseren lieben Schneider abmurksen würden.»

Ich musste lachen.

Helgas Gesicht wurde wieder ernst, als sie mit leiser, aber wütender Stimme fortfuhr: «Er will das gesamte Personal der Küche, der Reinigung und des Unterhalts outsourcen.»

«Woher weisst du das?»

«Aus dem Syndikat.»

«Und wir putzen selber oder was?»

«Alle Angestellten können sich wieder neu bewerben und bekommen auf Garantie wieder eine Anstellung.»

«Und wo ist der Haken?»

«Eine Lohnreduktion von etwa dreissig Prozent und Streichung der fünften Ferienwoche für die Angestellten über fünfzig. Wer nicht einverstanden ist, kann gehen. Am schlimmsten trifft es das Reinigungspersonal. Schneider will den Auftrag an eine Reinigungsfirma vergeben, ‹House and Garden› heisst sie, mit Sitz in Olten. Wer bei uns weiterarbeiten will, muss sich von denen anstellen lassen.»

Ich dachte an Frau Men, die als Raumpflegerin im Walmont arbeitete. Wir hatten uns im vergangenen Jahr näher kennengelernt, und ich stand tief in ihrer Schuld. Ausserdem mochte ich sie sehr und bewunderte sie für ihren Mut und ihre ungebrochene Lebensfreude, die sie sich trotz schrecklicher Erlebnisse bewahrt hatte. 1975 war sie als einzige ihrer chinesischen Familie den Schlächtern der Roten Khmer entkommen, als diese Kambodscha von allen Ausländern und Intellektuellen hatten «säubern» wollen. Wir sahen uns nicht oft, aber ich wusste, dass sie äusserst bescheiden lebte. Eine so drastische Senkung des Lohns würde sie wohl unter das Existenzminimum bringen. Ich wollte sie bei Gelegenheit fragen, ob ich etwas tun konnte.

«Kommt Schneider damit durch?», fragte ich Helga.

«Er nennt es Anpassung an die marktüblichen Löhne. Was für ein widerlicher Kerl! Bis jetzt sind wir doch ganz gut ohne diesen Typen ausgekommen.»

Ich schüttelte meinen Kopf. «Ich frage mich, ob der Stiftungsrat an solche Dinge gedacht hat, als sie ihn angestellt haben. Sie haben von langfristiger Sanierung der Finanzen gesprochen und nicht von der Ausbeutung von Angestellten.»

Helga hatte in der Zwischenzeit mit ihrem altvertrauten Vortrag über Gleichheit, Solidarität und Aufstand des Volkes begonnen. Sie wollte eine Solidaritätskundgebung für das Putzpersonal organisieren.

«Etwas ganz anderes», unterbrach ich sie etwas später und senkte meine Stimme zu einem Flüstern. «Hast du schon mal Erfahrungen mit Tuberkulose-Kranken gemacht? Vielleicht als du in Tadschikistan gearbeitet hast?»

«Du meinst wegen des Falls in der Neonatologie?»

«Nicht so laut, Helga! Das läuft unter Schweigepflicht. Woher weisst du das eigentlich?»

«Ich muss meine Quellen schützen, Lou», sagte sie mit funkelnden Augen. «Erzähl schon.»

Ich zuckte resigniert mit den Schultern. Im Walmont war es unmöglich, eine solche Geschichte geheim zu halten.

«Wir haben in der Kinderklinik eine Mutter mit Kleinkind, die beide Tuberkulose haben. Das Labor hat bei Mutter und Kind das Mycobacterium tuberculosis im Sputum festgestellt. Das bedeutet, sie haben aktive TB. Und zwar eine multiresistente Form.»

Helga verzog das Gesicht. «Das ist echt übel, Lou. Wie geht es der Kleinen? Wie alt ist sie überhaupt?»

«Erst drei Monate. Gar nicht gut, sagt Holger. Man hat viel zu lange gebraucht, um herauszufinden, was sie hat.»

«Das ist typisch. Es erstaunt mich auch nicht, dass wir im Walmont kaum TB-Kranke haben. Nicht, dass es keine gibt, aber sie bleiben meist unerkannt. Die Schweizer Ärzte haben vergessen, dass es Tuberkulose gibt. Und wenn jemand erkrankt, sind es meistens Leute ohne Geld, die sich keine Privatklinik leisten können.»

«Ich muss zugeben, dass mir diese Krankheit auch nicht vertraut ist», sagte ich, «dabei ist sie anscheinend gar nicht so selten. Ich habe mit meinem Freund beim Bundesamt für Gesundheit gesprochen. Als offizielle Anlaufstelle für alle MEPs sollte er eigentlich bestens über TB informiert sein.»

«Du musst dir gar nicht wichtig vorkommen mit deinen Abkürzungen. Ich weiss, was MEPs sind.»

«Schon gut, Helga. Lass es sein.»

«Ich habe einfach die Nase voll von allen Wichtigtuern, die sich möglichst unverständlich ausdrücken, damit niemand sie verstehen kann.»

«Wichtigtuer? Meinst du damit mich?»

«Doch, ja, aber daran bin ich gewöhnt.»

Helga und ich stritten uns oft, ohne genau zu wissen, was der Grund war. Aber wir konnten uns zum Glück auch trösten, wenn es nötig war. Und gemeinsam die schönen Seiten des Lebens geniessen. Wir liebten beide klassische Musik und gingen seit vielen Jahren zusammen in Konzerte. Ebenso wichtig waren die Abende, an denen wir gemütlich zusammen eine Flasche Rotwein leerten.

Sämtliche Chefärzte und die meisten Oberärzte nahmen an der kurzfristig verschobenen Fallbesprechung teil. Das zeigte mir, dass sie Schneider entweder extrem schätzten (unwahrscheinlich) oder fürchteten (sehr wahrscheinlich). Schneider begann gewohnt zackig. Aus aktuellem Anlass habe er das Thema der heutigen Fallbesprechung angepasst. Wir würden die Herzklappe ein andermal durchgehen und uns heute mit einem Fall aus der Kinderklinik befassen. Der Kollege von der Herzchirurgie stöhnte laut auf. Vor ihm auf dem Tisch lag ein Stapel Folien. Er hatte sich offensichtlich gut vorbereitet. Holger gab keinen Ton von sich. Nur sein Gesicht wurde starr.

«Holger Grimm wird uns freundlicherweise den Fall Bauer kurz vorstellen», sagte Schneider.

Nachdem Holger seinen knappen Bericht zur gesundheitlichen Situation von Mutter und Tochter Bauer beendet hatte, fragte Schneider: «Und wie hoch ist das Kostengewicht für die stationäre Behandlung einer Tuberkulose?»

«Das weiss ich nicht.»

«Sollten Sie aber, Herr Kollege.» Er liess den Vorwurf im Raum stehen. «Nun – lassen wir das», fuhr er nach einer Kunstpause fort. «Ich kann Ihnen immerhin mitteilen, dass wir die Kostengrenze in diesem Fall bereits bei Weitem überschritten haben. Wer hat einen Vorschlag?»

Niemand antwortete.

«Sind wir uns einig, dass wir nicht spezialisiert sind für diese Krankheit?», fragte Schneider als Nächstes.

Einige nickten brav.

«Wir sollten Mutter und Kind ins Universitätsspital verlegen lassen», fuhr Schneider fort.

«Das ist unmöglich! Das Kind ist in einem äusserst kritischen Zustand», widersprach Holger empört.

«Und wie steht es mit der Mutter? Soviel ich mitbekommen habe, geht es ihr doch ganz gut, nicht?»

Schweigen senkte sich über den Raum. Ein sterbendes Kind von seiner ebenfalls erkrankten Mutter trennen? So etwas war im Walmont bis vor Kurzem noch undenkbar gewesen. Aber heute? Holger atmete heftig, seine Gesichtsfarbe hatte sich gerötet.

Ich reagierte, bevor mein Freund explodieren konnte. «Jetzt, wo wir wissen, was Frau Bauer fehlt, wird sie sich rasch erholen. Wenn die Antibiotika wirken, werden die TB-Bakterien bereits in drei Tagen nicht mehr ansteckend sein. Dann können wir mit dem Känguruhen beginnen.»

«Mit dem Känguruhen beginnen?», wiederholte Schneider gedehnt. «Was soll das heissen?»

Ich zuckte mit den Schultern. Langsam verlor auch ich die Geduld.

«Was ist das, dieses Känguruhen?», beharrte er in scharfem Ton.

Ich erklärte ihm betont ruhig, dass dies eine wissenschaftlich überprüfte Methode zur Förderung der Gesundheit von Frühgeborenen und schwer erkrankten Termingeborenen sei. Dabei werde das Neugeborene auf den nackten Bauch der Mutter oder des Vaters gelegt, warm eingepackt und bleibe dort jeden Tag mehrere Stunden liegen. Das Verfahren wirke sich nachweislich günstig auf die Atmung, den Kreislauf und die neurologische Entwicklung aus. Ausserdem sei es eine nicht invasive Methode der Schmerzbehandlung. Was ich Schneider nicht sagte, war, dass das Känguruhen ursprünglich in Bolivien entwickelt worden war. Aus Mangel an Brutkästen hatte man in einem kleinen Landspital Indiofrauen dafür bezahlt, dass sie vierundzwanzig Stunden am Tag die Frühgeborenen mit ihrem Leib wärmten. Irgendwann war jemandem aufgefallen, dass die auf diese Weise gewärmten Säuglinge eine deutlich tiefere Sterblichkeitsquote hatten, sich besser entwickelten und weniger krank waren. Und so war diese Methode – trotz Widerstands von vielen technikgläubigen Medizinern – um die Welt gegangen und zuallerletzt auch in den reichen Industrieländern angekommen. Im Walmont hatte sich vor allem meine Freundin Helga mehrere Jahre hartnäckig für die Einführung des Känguruhens eingesetzt.

Schneider hörte mir scheinbar interessiert zu. Dann fragte er, ob dieses Känguruhen irgendwie verrechnet werden könne.

Jetzt war ich sprachlos.

«Ich sehe schon, Sie und Holger Grimm sind sich noch immer nicht bewusst, dass wir hier kein Wohltätigkeitsverein sind. Selbstverständlich geht es uns um das Wohl der Patienten. Aber gerade darum müssen wir doch dafür Sorge tragen, dass das Walmont auch morgen noch existieren kann.»

Meine Kollegen schauten alle irgendwohin, nur nicht zu mir. Diese Feiglinge!

«Falls Sie sich meinen Lebenslauf angesehen haben, ist Ihnen vielleicht aufgefallen, dass ich mich im Rahmen meines Studiums auch mit Coachingverfahren am Arbeitsplatz auseinandergesetzt habe», fuhr Schneider fort. «Zur Unterstützung meiner Mitarbeitenden plane ich ein neuartiges Coachingprojekt. Zunächst soll der Stab teilnehmen, da er als Vorbild dient. Frau Beck? Wollen Sie den Anfang machen?»

Ich starrte ihn an und fühlte, wie meine Ohren ganz heiss wurden.

«Meine Sekretärin wird mit Ihnen einen ersten Termin vereinbaren. Ich werde Sie coachen und mit Ihnen an Ihrer Motivation arbeiten.»

Er lächelte mich zufrieden an. In diesem Moment erschien er mir wie eine Ausgeburt der Hölle.

Als die Fallbesprechung endlich beendet war, verliess ich den Raum, ohne mich von jemandem zu verabschieden. Ich wollte nicht mal mit Holger sprechen. Niemand hatte mir geholfen. Meine lieben Kollegen: alles Feiglinge und verlogene Opportunisten! Vielleicht waren sie auch einfach froh, dass es nicht sie selbst getroffen hatte. Wie konnte dieser Schneider hier im Walmont einfach schalten und walten, wie es ihm passte?

Die nächsten Stunden verbrachte ich damit, mein Kündigungsschreiben aufzusetzen, wieder zu löschen und nochmals zu schreiben. Dann setzte sich meine Wut durch. Ich wollte diesen Schneider wieder loswerden. Das Walmont sollte wieder das Spital werden, das es einmal gewesen war. Ich überlegte hin und her, aber es fiel mir nichts Gescheites ein.

Bevor ich an diesem Abend das Walmont verliess, ging ich noch bei Frau Bauer vorbei. Sie sass ruhig an ihrem Tisch, den Laptop vor sich, bekleidet mit einem schicken rehbraunen Hosenanzug und gebügelter weisser Bluse. Wie brachte sie das nur fertig? Aber vielleicht konnte sie auf diese Weise eine scheinbare Ordnung aufrechterhalten und fühlte sich dadurch geschützt.

«Josephines Zustand ist immerhin stabil», sagte ich als Begrüssung.

«Ich weiss. Ich werde laufend informiert und bin sehr dankbar dafür.»

Ihr Ton und ihr Gehabe hatten sich merklich verändert seit gestern.

«Und wie geht es Ihnen selbst?», fragte ich sie.

«Vor allem elend müde. Aber jetzt weiss ich wenigstens, woher das kommt.» Sie schüttelte den Kopf. «Auf Tuberkulose wäre ich nie im Leben gekommen, und meine Ärzte auch nicht. Ehrlich gesagt hat einer auf Depression getippt, und ich habe die letzten Monate Antidepressiva genommen. Eine andere Ärztin hat mich mit Eisen behandelt und ein Dritter – ach, ist ja egal. Wichtig ist nur, dass man endlich weiss, was meiner Kleinen fehlt. Und ich hoffe, dass die neuen Medikamente rasch wirken.»

«Als klar war, dass Sie an multiresistenter TB leiden, hat mich Herr Grimm ins Vertrauen gezogen und darüber informiert, wie Sie sich angesteckt haben», sagte ich möglichst beiläufig. «Wir müssen nun unbedingt diese Elsa finden. Wissen Sie noch etwas über sie, das sie uns bisher nicht gesagt haben? Irgendein Detail?»

Sie schüttelte den Kopf.

«Dass Elsa illegal in der Schweiz ist, haben Sie aber schon von Anfang an gewusst, nicht?», fragte ich.

Sie verzog ihren Mund, dann nickte sie. «Sie werden mich sicher verachten deswegen. Reiche Frau nützt Schwarzarbeiterin aus. Aber so war es nicht.»

Ich sagte nichts, liess sie reden.

«Warum sollte ich viel Geld für eine mürrische Schweizerin ausgeben, wenn ich eine billige Afrikanerin haben kann?», sagte sie schnippisch. «Ausserdem spricht Elsa perfekt Deutsch, Italienisch und Englisch.» Leise fuhr sie fort: «Aber das war natürlich nicht das Entscheidende. Ich nehme an, ich habe es vor allem getan, um mich gegen meinen Mann aufzulehnen. Er ist ein Tyrann.»

Ich musste sie skeptisch angeschaut haben, denn sie sagte: «Sie glauben mir nicht, aber das ist egal. Ich kann es nicht ändern.»

«Sie verstehen aber, dass wir Elsa dringend finden müssen?»

«Es tut mir sehr leid. Aber ich habe ganz ehrlich keine Ahnung, wo sie ist.»

Diesmal glaubte ich ihr.

***

Meine Wohnung war noch genauso leer und still, wie ich sie verlassen hatte. Die Tasse vom Frühstück, die ich bereits abgespült hatte, stand noch immer am selben Ort. Der Esstisch war an einer Ecke voller Krümel, die ich schon seit Tagen wegwischen wollte und immer wieder vergass. Wenn ich mich nur aufraffen könnte, unter Leute zu gehen. Einfach wieder mal ins Kino gehen und einen Actionfilm schauen oder durch die nächtlichen Quartiere wandern. Alles war besser, als dazuhocken und auf die Schatten zu warten.

Ich räumte das wenige, das aufgeräumt werden konnte, weg, putzte die Krümel vom Tisch und setzte mich vor das Aquarium, um die Garnelen zu beobachten. Warum ist Stille manchmal ein Segen, ein Balsam für die geschundene Seele, und manchmal eine scharfe Klinge, die unerbittlich in das Fleisch eindringt und einem das Herz aufreisst?

Freundlicherweise klingelte in diesem Moment mein Telefon. Es war Felix Keller, der Torhüter des Grümpeliteams «Brain Drain», bei dem ich einige Jahre gespielt hatte.

«Ich suche dringend eine Frau für übermorgen Nacht.»

«Hör mal, Felix, ich bin nicht so gut drauf heute und tanzen –»

«Fussball? Grümpeli? Nachtturnier auf dem Schloss?», half er mir auf die Sprünge, und ich erinnerte mich plötzlich wieder daran, wie er mir schon früher mit seiner Art, alle Aussagen als Fragen zu verkleiden, auf die Nerven gegangen war.

«Wir haben uns für das Nacht-Mixed-Turnier angemeldet und brauchen unbedingt eine Frau. Ruth hat die Windpocken erwischt, stimmt's?»

«Und wann ist sie, diese Nacht?», fragte ich.

«Hab ich doch gesagt? Übermorgen, nicht?»

Wider besseres Wissen packte mich Vorfreude. Das Letzte, was ich von meinem ehemaligen Team gehört hatte, war, dass Felix sich die Schulter beim Snowboarden ausgerenkt hatte und längere Zeit nicht mehr spielen würde. Friederike war zurück nach Deutschland gegangen, und Roberto hatte in der Zwischenzeit drei Kinder, zwanzig Kilogramm Übergewicht und Diabetes. Ich war deshalb erstaunt, dass «Brain Drain» überhaupt noch existierte.

«Wer spielt denn sonst noch mit?»

«Vom alten Haufen? Manfred, Dänu, Roberto und ich.»

Der alte Haufen … das waren Felix, der eigentlich gelernter Bäcker-Konditor war, aber seit ewigen Zeiten in einem Gemeinschaftszentrum in Wabern arbeitete; Daniel, ein Informatiker; Manfred, der eine Schreinerwerkstatt leitete und in seiner Freizeit ein Segelflugzeug baute; Friederike, die früher als Journalistin für Radio DRS 2 gearbeitet hatte; Roberto, ein Weinhändler, und ich. Unsere einzige Gemeinsamkeit bestand darin, dass wir genauso gerne wie schlecht Fussball spielten und eine Menge Bier und Wein vertrugen.

Aber das war alles Jahre her.

«Ich habe ewig nicht mehr gespielt.»

«Die Regeln sind immer noch die gleichen.»

«Und was ist mit der Musik? Schlagerstars der Siebziger?»

Jedes Jahr wählte das OK des Nachtturniers eine bestimmte Musikrichtung aus, die uns die ganze Nacht lang um die Ohren schallte. Das letzte Mal, als ich teilgenommen hatte, wurde ich mit «Schweizer Schlagerstars» gefoltert, was wohl auch mitgeholfen hatte, dass es eben das letzte Mal war.

«Moment, ich schaue nach. Hier ist es, der Musikstil dieses Jahr ist Alternativ. Aber frag mich nicht, was das ist.»

«Alternativ? Das tönt ausgesprochen übel. Esoterische Pseudo-Klassik mit Panflöte? Da bekomme ich die Krätze, das weisst du doch.»

«Ach, komm schon. Du kannst dir ja die Ohren zuhalten.»

«Und mir alle Knochen brechen.»

«Das gehört dazu.»

Felix' Stimme vibrierte vor Begeisterung. Ich überlegte kurz. Das Turnier würde mich auf ganz andere Gedanken bringen. Ausserdem hatte ich mir erst kürzlich Ohrenstöpsel gekauft. Ich sagte zu.

Felix war begeistert. «Du wirst sehen, es wird toll. Wie in alten Zeiten.»

Ja, ja, dachte ich. Ich würde jedenfalls Schmerztabletten und Verbandszeug mitnehmen und versuchen, mich einigermassen vernünftig zu verhalten.

Es dauerte eine halbe Stunde, bis ich meine Fussballausrüstung wiedergefunden hatte. Die kurzen Hosen kamen mir sehr kurz vor, und sie kniffen unangenehm in den Bauch. Ich war früher dünner gewesen. Ich seufzte in Gedanken an das Turnier. Wenn das nur gut ging.

Aber ich hatte den Virus im Blut. Von klein an. Ich hatte bereits mit fünf Jahren mit Fussballspielen begonnen. Damals hatte ich prächtige lange Haare bis zur Taille, auf die meine Mutter sehr stolz war. Eines Tages kam mein grosser Bruder auf die Idee, dass er mich als Bub tarnen könne, damit ich mittschutten durfte. Mädchen durften selbstverständlich nicht mitmachen. Also schnitt er mir die Haare zu einem ultrakurzen Stufenschnitt, anscheinend nicht mal so übel, aber meine Mutter traf fast der Schlag, als sie es sah. Von diesem Tag an waren mein Bruder und ich ein unschlagbares Team. Er war flink und technisch super, griff an, zirkelte den Ball an den Gegnern vorbei, und ich sicherte den hinteren Raum oder machte Manndeckung. Als wir etwas älter wurden, hatte ich den Vorteil, dass ich schnell, mutig und abgehärtet war, aber die Jungs sich nicht trauten, mich energisch anzugreifen. Schliesslich war ich ja ein Mädchen. Und erst noch winzig klein. Und diesen Vorteil nutzte ich ganz gemein aus.

«Wer nimmt's auf?» Unser Schlachtruf hallt mir immer noch in den Ohren.

Irgendwann gab es das unschlagbare Team nicht mehr. Aber das Fussballspielen habe ich dennoch nicht aufgegeben, auch wenn ich nie besonders begabt dafür war. Es gab immer irgendwo einen ebenso begeisterten wie miserablen Haufen, dem ich mich anschliessen konnte. Bei den «Brain Drain» trainierten wir jeweils zwei-, dreimal vor dem grossen Nachtturnier und dann ein ganzes Jahr nicht mehr. Die letzten zwei Jahre hatte ich allerdings gepasst. Das Verletzungsrisiko war mir zu hoch gewesen.

Nachdem ich die Sportsachen in die Waschmaschine geworfen hatte, war es bereits Viertel vor acht. Ich überlegte mir, etwas zu kochen. Aber ich hatte keinen Hunger, schon seit Tagen nicht. Philipps Abreise hatte mir ein Loch in die Brust gerissen, so fühlte es sich wenigstens an. Ich sehnte mich schmerzlich nach seinem Körper, seinem Geruch, seiner Stimme. Immer wieder sah ich ihn auf der Strasse, um dann festzustellen, dass es sich um einen Fremden handelte. Ich träumte offensichtlich mit offenen Augen von ihm. Philipp war mir zu einer Art zweiten Hälfte geworden. Und warum war er jetzt nicht bei mir, wo ich so dringend seinen Trost gebraucht hätte? Langsam wechselte meine Stimmung zu Wut. Ich konnte doch nicht monatelang in so mieser Stimmung sein, nur weil dieser Typ nach Kanada abgehauen war. Philipp hatte meine Freude und Vitalität mitgenommen und mir dafür sein blödes Aquarium dagelassen – der Mistkerl. Ich ging zu meiner Musiksammlung, wählte Aretha Franklin, volle Lautstärke, und fing an, das Badezimmer zu putzen. «I Never Loved A Man», sehr passend. Ich war gerade daran, mit mehr Wut als Wirkung die Ritzen zwischen den Badezimmerplättchen von Schimmel zu befreien, als das zweite Mal an diesem Abend das Telefon klingelte.

Herrgottsakrament! Ja hatte ich denn überhaupt nie Ruhe!

Diesmal war es Bernhard Schöni, Präsident der «Ala Bern», dem hiesigen Verein der Vogelfreunde.

«Zum Glück erreiche ich dich, Lou», sagte er.

Ich stöhnte. Bernhard hatte eine äusserst umständliche Art, etwas zu erklären, und ich hatte nicht die Energie, mir einen seiner stundenlangen Monologe über den Untergang unseres Vereins anzuhören.

«Bei der letzten Mitgliederversammlung ... warst du da eigentlich dabei? Wir haben über die neuen Mitgliederbeiträge gesprochen ... Wir haben da beschlossen, den ‹Brachländern› bei einer Aktion zu helfen. Und jetzt haben alle unsere Mitglieder abgesagt. Ramonas Pferd hat eine Kolik, Peter muss die Prüfungsarbeit seiner Tochter schreiben, Anna ist erkältet, und Monique hat den Fuss verstaucht, oder ihr Mann hat Geburtstag, ich weiss es nicht mehr. Jedenfalls kann sie auch nicht kommen. Und es ist das erste Mal, dass die Brachländer uns um Hilfe bitten seit der Hecke. Jemand von uns muss einfach hin.»

«Morgen und übermorgen Abend habe ich bereits etwas vor. Tut mir leid, ich kann auch nicht.»

«Das ist kein Problem. Es ist nämlich morgen über Mittag. Warte mal ... man sollte um elf in Bümpliz sein.»

Verflucht! Ich hatte nicht die geringste Lust auf einen Vereinsanlass. Da gab es einen Haufen Leute, die ich nicht kannte. Und diejenigen, die ich kannte, mochte ich nicht. Und überhaupt.

«Morgen Mittag? Ich muss den ganzen Tag arbeiten.»

«Bitte, Lou! Es dauert ja nicht lange.»

Ich überlegte kurz, morgen Nachmittag war wieder eine dieser schrecklichen Geschäftskonferenzen, kurz GEKO, die seit Schneiders Ankunft noch viel schrecklicher geworden waren. Wenn ich mich beeilte, konnte ich mit dem Velo in einer Viertelstunde von Bümpliz wieder im Walmont sein, und die GEKO begann erst um zwei Uhr. Diesmal musste ich unbedingt teilnehmen und auch rechtzeitig erscheinen. Schneider hatte mich ohnehin schon viel zu sehr auf der Latte.

«Wo ist es genau?»

«Ganz am Anfang von Bümpliz im Stöckacker.»

«Um was geht es überhaupt?», fragte ich.

«Es ist eine Aktion von ‹Brachland›.»

«Das hast du bereits gesagt. Aber was wollen sie?»

«Brachland» war eine Gruppe von Naturschützern, die versuchten, Nischen für Pflanzen und Tiere innerhalb der Stadtgrenzen zu erhalten und gegen Bauvorhaben zu verteidigen. Sie waren ein schräger Haufen, sogar für die Naturschützerszene, in der sich auch so schon eine ganze Menge merkwürdiger Vögel tummelte. Unter anderem bestanden die Brachländer darauf, sich zu duzen, aber mit Nachnamen anzureden. Ich fand, das tönte wie eine Verschwörung in einem Knabeninternat anno 1920. Immerhin musste man ihnen zugutehalten, dass sie nicht nur redeten, sondern echt anpacken konnten. Sie hatten der «Ala Bern» vor ein paar Jahren geholfen, eine Dornenhecke zu verpflanzen, welche vielen Singvögeln als Nistplatz gedient hatte und der Einfahrt einer Tiefgarage weichen musste. Es war eine harte Arbeit gewesen, die Wurzeln der Hecke möglichst unverletzt auszugraben, die Stöcke über zweihundert Meter weit zu schleppen und wieder einzugraben. Wir hatten drei Tage gekrampft und am Ende völlig verkratzte Arme und Beine davongetragen. Einer von den Brachländern hatte sich bei der Schlepperei sogar einen Rückennerv eingeklemmt. Wir waren ihnen also zu Dank verpflichtet.

«Es geht um die Bekämpfung von Neophyten. Treffpunkt ist Punkt elf Uhr beim Kiosk an der Freiburgstrasse 184. Gehst du? Bitte, Lou.»

«Neophyten? Steckt da etwa Gubser dahinter?»

«Keine Ahnung. Aber jemand von uns muss einfach hin.»

Oswald Gubser arbeitete als Professor an der Uni Bern im Fachgebiet Fossilienbildung oder so was Ähnlichem. Ich hatte seinen Erklärungen nie richtig zugehört, denn Oswald war ein Spinner und eine Nervensäge. Er hatte sich in den Kopf gesetzt, alle Neophyten in der Schweiz auszurotten, also alle Pflanzen, die durch menschlichen Einfluss bei uns eingeschleppt worden waren. Bei uns in Europa zählen nur Pflanzen zu den Neophyten, die nach Kolumbus' Ära zu uns kamen. Die Kartoffel wird also zum Glück nicht zu den Neophyten gerechnet, sonst würde Gubser nämlich versuchen, ganze Kartoffelfelder in die Luft zu sprengen. Gubser hasste Neophyten mit einer Intensität, die an Fanatismus grenzte.

«Bitte Lou, lass mich nicht hängen!»

Ich seufzte, dachte nochmals an den Typen mit dem eingeklemmten Nerv und an die Lerchen, die jedes Jahr in der Hecke brüteten, auch jetzt noch, nach dem grossen Umzug. «Okay, okay. Ich geh ja hin.»

«Sehr gut! Noch etwas anderes, du hast dich noch immer nicht für unsere Reise nach Mecklenburg Ende April angemeldet: zwei Wochen Zugvogelbeobachtung im Nationalpark Müritz. Was ist jetzt, kann ich dich auf die Liste setzen?»

Ende April – Ende April, der hat Nerven, was weiss ich, was Ende April ist?

«Ich gebe dir noch Bescheid.»

Ich beendete das Gespräch.

Erst halb zehn. Ich musste das Zeitloch bis zum Schlafengehen irgendwie stopfen. Mit einem Gläschen Grappa setzte ich mich an meinen Arbeitstisch, suchte mir zwei dicke medizinische Lehrbücher heraus und begann meine Suche nach allem, was mit multiresistenter Tuberkulose zu tun hatte. Wieder musste ich feststellen, dass dieses Thema in den letzten Jahren in der Schweiz wenig Aufmerksamkeit erhalten hatte. Also versuchte ich es im Internet. Was meinten die CDC, die «Centers for Disease Control and Prevention» in Atlanta dazu? Und die WHO? Eine ganze Menge, stellte ich schon bald fest. Multiresistente Tuberkulose war in vielen einkommensschwachen Ländern von Russland über Asien bis Afrika zu einer ernst zu nehmenden Bedrohung für die Gesundheit geworden.

Es war Viertel nach zwölf, als ich endlich den Rechner herunterfuhr und Richtung Dusche wankte.

3

Mittwoch, 19. September

«Das Mycobacterium tuberculosis wächst extrem langsam, vergleichbar mit dem Erreger der Lepra», informierte ich Holger, der bereits um halb acht Uhr zu mir ins Büro gekommen war. «Lediglich bei zehn Prozent der Infizierten bricht die Krankheit überhaupt aus. Das Bakterium kann während Jahrzehnten in einem Organismus schlummern und auf eine Gelegenheit warten, in welcher das Immunsystem geschwächt ist. Das kann eine Lungenentzündung sein oder Krebs, Malaria, eine Hungersnot – und dann schlägt es zu.»

«Und vorher wissen die Betroffenen nicht, dass sie bereits infiziert sind?»

«Nein. Sie haben sich vielleicht einmal geschwächt gefühlt oder Fieber gehabt, und von da an hat ihr Immunsystem den Erreger in Schach gehalten, und sie haben keinerlei Symptome mehr wahrgenommen. Am häufigsten betroffen sind Arme. Sie leiden an Mangelernährung, haben meistens ein geschwächtes Immunsystem und wohnen oft in beengten Verhältnissen. Das ist entscheidend: Wie stark und lange man dem Erreger ausgesetzt ist. Am schlimmsten ist es, wenn man sich mit Personen mit aktiver TB in einem kleinen Raum, der nicht gelüftet wird, aufhält. Dort atmest du den Erreger ständig ein. Deshalb ist es unbedingt notwendig, die Patienten einzeln zu isolieren, sie stecken sich sonst gegenseitig immer wieder an.»

«Ich habe gemeint, dass TB mehr oder weniger ausgestorben ist. Jedenfalls bei uns in Europa.»

«Ich musste das auch alles nachlesen. TB war bisher nie ein Thema für mich. Hast du gewusst, dass die WHO sich das Ziel gesetzt hatte, bis 2010 die weltweite Ausrottung der Tuberkulose zu erreichen? Das ist ihr aber bei Weitem nicht gelungen. Schuld ist hauptsächlich die durch das HI-Virus verursachte

Tuberkulose-Epidemie. Die höchste Rate an TB-Fällen weltweit findet man in Afrika südlich der Sahara, was vor allem an der dortigen hohen HIV-Rate liegt. Wer ein geschwächtes Immunsystem hat, reagiert viel anfälliger auf den TB-Erreger. Aber auch die Entstehung von neuen multiresistenten Formen ist dafür verantwortlich, dass die Tuberkulose nicht ausgerottet werden konnte. In einigen Ländern haben die Ärzte diese multiresistenten Erreger regelrecht gezüchtet.»

«Ich weiss, eine Riesensauerei! Ich kenne Ärzte, die haben Antibiotika sogar bei Schnupfen verschrieben.»

«Und jetzt existieren TB-Formen, die man nur noch bekämpfen kann, indem man ein halbes Jahr lang sechs Antibiotika gleichzeitig verabreicht. Du kannst dir ja in etwa vorstellen, was das kostet, und heftige Nebenwirkungen hat es auch. Ausserdem sind diese Spritzen offensichtlich sehr schmerzhaft.»

«Damit hat man das Problem, dass viele Patienten die Therapie vorzeitig abbrechen», sagte Holger.

«Genau. Und wenn sie abbrechen, steigt erneut das Risiko, dass sich noch aggressivere Formen entwickeln.»

«Und in der Schweiz?», fragte er.

Ich blätterte in den Notizen, die ich in der Nacht zuvor gemacht hatte. «Zurzeit haben wir knapp sechshundert gemeldete Tuberkulose-Fälle. Die Rate ist bei der Migrationsbevölkerung deutlich höher als bei den Schweizern. Wenn die Rate in der Schweiz steigt, hängt das normalerweise damit zusammen, dass in einem afrikanischen Land ein Bürgerkrieg oder eine Hungersnot ausgebrochen ist, sodass die Bewohner flüchten müssen und ein Teil davon bei uns landet.»

«Gibt es nicht ein Screening bei der Einreise von Flüchtlingen?»

«Anscheinend sind die Ergebnisse nicht sehr zuverlässig, die Falsch-negativ-Rate ist einfach zu hoch. Vor allem wenn die Ansteckung erst kürzlich erfolgte. Und es gibt natürlich auch die Möglichkeit, dass sich die Migranten erst in der Schweiz anstecken.»

«Hast du auch etwas über die Therapie in Fällen von multiresistenter TB gefunden?»

«Solange man nicht genau weiss, auf welche Medikamente der Erreger resistent ist, sollte man nach Vorgaben der WHO sechs verschiedene Antibiotika gleichzeitig geben. Falls wir Probleme haben sollten, ein wirksames Antibiotikum zu finden, gibt es auch sogenannte Reservemedikamente. Diese werden zum Teil so selten benötigt, dass die Pharmaunternehmen sie nicht für den Verkauf registriert haben. Man kann sie aber trotzdem bekommen, benötigt dafür aber eine Sondergenehmigung von Swissmedic.»

«Wir haben keine Zeit für therapeutische Ausschlussverfahren und Sondergenehmigungen, Lou. Josephine geht es sehr schlecht.»

Einen Moment sass Holger einfach da und schaute ins Leere. «Ich muss jetzt wieder los», sagte er, verzog seinen Mund zu einem Pro-forma-Lächeln und war schon raus, als mir einfiel, dass ich unbedingt noch etwas mit ihm besprechen musste. Ich holte ihn kurz vor dem Treppenhaus ein.

«Nur eine Sekunde, Holger. Warte!» Ich dämpfte meine Stimme. «Ich kann das nicht mehr lange mitmachen. Kummer vom BAG will mehr über die Quelle der TB wissen. Und ich auch. Weisst du, was er mich gefragt hat?»

«So wie du dreinschaust, muss es etwas Merkwürdiges gewesen sein.»

«Nun ja, schon. Er hat mich gefragt, ob Frau Bauer mal im Gefängnis sass.»

In diesem Moment quetschte sich Charlène Kramer-Brandt an uns vorbei, einen Stapel Dokumente wichtigtuerisch an die Brust gedrückt. Es hatte mich nicht erstaunt, dass sie eine der Ersten gewesen war, die sich Schneiders Lager angeschlossen hatte. So war sie schon immer gewesen: auf ihren Vorteil bedacht ohne Rücksicht auf Verluste. Sie hatte ein Gesicht wie eine Elfe und eine Zunge wie eine Giftnatter.

«Im Gefängnis? Frau Bauer?», fragte Holger, als die Giftnatter um die Ecke verschwunden war. Seine Mundwinkel bewegten sich deutlich nach oben.

«Soll das ein Witz sein? Hast du dir mal ihre Klamotten angeschaut? Wahrscheinlich kostet ein Paar ihrer Schuhe mehr als meine ganze Garderobe.»

«Das hat ja wohl nichts zu sagen, Holger.»

«Du kannst sie ja fragen», meinte Holger grinsend.

«Ja genau. Es gibt nichts Besseres, um mich bei ihr beliebt zu machen.»

«Nur Mut! Du hast nichts zu verlieren, wir beide sind eh schon auf dem untersten Level ihrer Beliebtheitsskala.»

Ich setzte mich an den Computer und sichtete meine E-Mails, aber mein Geist schwankte hin und her zwischen der Arbeit und der Erinnerung an Josephines graues Altmännergesichtchen. Dann riss ich mich zusammen und widmete mich den dringendsten Arbeiten. Die Patientenbefragung musste noch ausgewertet werden. Im Walmont erhalten alle Patientinnen und Patienten vier Wochen, nachdem sie das Spital verlassen haben, einen kurzen Fragebogen. Sie werden gefragt, wie zufrieden sie mit der Behandlung und dem Essen oder den Wartezeiten im Spital waren und ob sie sich jetzt wieder gesund fühlen. Die Antworten werden für jede Klinik ausgewertet und verglichen. Die Geriatrie bekam im Allgemeinen die besten «Noten», die Geburtsabteilung die schlechtesten. Das hatte aber weniger mit der Qualität der Behandlung zu tun als mit der Zusammensetzung der Patienten. Alte und weniger gebildete Patienten beurteilten die Spitalbehandlung besser und waren zufriedener als junge und gut gebildete Patienten. Das ist überall auf der Welt so. Ich hatte deshalb begonnen, die Auswertung der Patientenzufriedenheit nach Alter und Bildungsgrad statistisch zu kontrollieren, was einen fairen Vergleich zwischen den Kliniken ermöglichte.

Ich klickte mich in den Datensatz. Erst knapp die Hälfte der Fragebögen war bisher eingelesen worden. Ich schickte eine E-Mail an die Patientenadministration und setzte ihnen einen Termin bis Ende Oktober. Danach würde ich noch zwei Wochen Zeit haben für die Datenauswertung und das Schreiben des Berichts. Das musste reichen.

Als Nächstes begann ich mit der DRG-Routineauswertung der Patientendaten vom Monat August. Diese musste bis Ende nächster Woche abgeschlossen sein, und ich hatte noch nicht mal mit der Arbeit begonnen. Zunächst überprüfte ich die Vollständigkeit der Records. Im Datensatz der Kinderklinik fehlten noch über ein Drittel aller Fälle; ich würde Holger wieder einmal mahnen müssen. Chirurgie, Innere Medizin und Geburtshilfe konnte ich bereits abschliessen. Gut.

Als ersten Analyseschritt musste ich nun die vorhandenen Daten durch das Analyseprogramm laufen lassen und daraufhin kontrollieren, ob sie plausibel waren. Die Syntax funktionierte diesmal auf Anhieb, aber meine Standardtests zur Plausibilisierung ergaben zweiunddreissig Fälle mit merkwürdigen Angaben. Da war ein Mann, der Zwillinge geboren hatte: eine Weltsensation! Ein kurzes Telefonat mit der Patientenadministration bestätigte meine Vermutung, dass es sich bei Raheem Nilanthi um eine Frau handelte. Dann gab es über zwanzig Todesfälle bei harmlosen Augenoperationen. Ich machte eine weitere Analyse und erkannte, dass alle diese Patienten und Patientinnen vom selben Arzt behandelt worden waren, einem neuen Kollegen aus Finnland. Ich überlegte kurz, ob ich ihn mit der Frage foppen sollte, ob er im Organhandel tätig sei und deshalb alle seine Patienten umbringe. Da ich ihn noch nicht persönlich kannte, liess ich es bleiben. Vielleicht würde er sich ja bei Schneider beklagen, und der hatte definitiv keinen Funken Humor. Ich glich die Angaben im Datensatz also kurz mit den elektronischen Patientendossiers ab und sah, dass alle diese mysteriösen Toten gesund und munter wieder zu Hause waren. Ich korrigierte die falschen Angaben und machte eine Notiz für den finnischen Kollegen, in der ich ihn bat, die Variable «Austrittsgrund» zukünftig korrekt einzugeben und statt «Todesfall» «geheilt» anzuklicken.

In der folgenden Stunde analysierte ich die Patientendaten in Bezug auf ihre DRG-Gruppierung, was mir erlaubte zu berechnen, wie viel wir mit diesen Behandlungen verdienen würden. Die Chirurgie sah gut aus, die Innere Medizin ebenfalls. Schneider würde sich freuen können!

Ich schaute mir die nächste Tabelle an und realisierte, dass ich mich zu früh gefreut hatte. Die Qualitätsindikatoren der Chirurgie waren nicht zufriedenstellend. In zwölf Fällen war eine Rehospitalisierung notwendig gewesen, was bedeutete, dass diese Patienten innert weniger als dreissig Tagen wegen des gleichen Leidens nochmals in unser Spital aufgenommen werden mussten. Man konnte davon ausgehen, dass sie entweder nicht erfolgreich behandelt oder zu früh nach Hause geschickt worden waren. Manchmal lag das Problem auch darin, dass die Patienten sich an keine einzige der ärztlichen Vorgaben gehalten hatten, bereits wenige Tage nach der Knieoperation wieder schwere Kisten herumschleppten oder ihre Medikamente nicht einnahmen. Ich kontrollierte diese zwölf Fälle nochmals rigoros, um auszuschliessen, dass irgendwo ein Daten- oder Denkfehler vorlag. Die Sache war nämlich tricky: Falls zum Beispiel bei Herrn Alfred Meier im Abstand von dreissig Tagen zweimal die Hüfte operiert wurde, es sich aber das eine Mal um die linke und das andere Mal um die rechte Hüfte handelte, galt das nicht als Rehospitalisation. Auch die Eintritte von Frau Sandra Fischer, die wegen Alkoholvergiftungen an drei Freitagnächten hintereinander notfallmässig behandelt werden musste, durften nicht als Rehospitalisationen gezählt werden.

Wie auch immer ich es drehte und wendete, es blieb bei den zwölf Rehospitalisierungen. Ich seufzte. Ich sah bereits Schneiders verärgertes Gesicht vor mir. Er hatte sich eh schon mehrere Male negativ zu meinem Qualitätssicherungssystem geäussert. Meine Methode war wissenschaftlich, pragmatisch und gab niemandem viel zu tun. Aber sie war in Schneiders Augen zu wenig werbe- und marktwirksam – was auch immer das sein sollte.

Mein Telefon klingelte, und ich nahm erleichtert ab. Eine Ablenkung. «Lou, komm sofort runter.» Holgers Stimme tönte diesmal ausgesprochen wütend. «Komm sofort runter, ich brauche deine Hilfe», und im Flüsterton: «Jetzt ist er total durchgedreht, komm schnell!»

Bevor ich fragen konnte, wen er meinte, hatte er aufgelegt. Ich rannte die Treppe runter und kam keuchend in der Kinderklinik an. Schon vom Eingang her hörte ich lautes Streiten: Holger und Schneider. Ich hatte es geahnt.

«Ich bin der behandelnde Arzt. Ich bestimme, wer dieses Zimmer betritt.» Holger hatte sich mit seiner ganzen Grösse und Breite schützend vor Frau Bauers Tür gestellt.

«Das lasse ich mir von Ihnen nicht bieten», schrie Schneider. Sein Gesicht war rot vor Zorn.

«Was ist denn eigentlich los?», schaltete ich mich ein.

«Was haben Sie denn hier zu suchen?», schnappte Schneider in meine Richtung.

«Was ist das Problem?», fragte ich ruhig zurück.

«Das Problem? Das Problem ist, dass Sie und Herr Grimm nie auch nur im Geringsten meine Weisungen befolgen. Ich. Bin. Ihr. Vorgesetzter.»

«Und was hat das mit Frau Bauer zu tun?»

«Der Punkt ist, dass ich diese Frau nicht bei uns im Spital haben will. Und das wissen Sie ganz genau.»

«Wegen ihrer Krankheit?», fragte ich erstaunt.

«Tun Sie doch nicht so. Ich hasse es, wenn ich für dumm verkauft werde.»

«Ja aber ...»

Er dämpfte immerhin etwas seine Stimme, als er fortfuhr: «Eine Randständige! Eine ehemalige Gefängnisinsassin! Und kommt hier zu uns mit einer tödlichen, ansteckenden Krankheit. Wie wirkt das auf die anderen Patienten? Was meinen Sie, was passiert, wenn das an die Presse geht? ‹Seuchenabteilung im Walmont! Das Walmont nimmt Obdachlose auf!› Haben Sie die Frau schon auf Flöhe untersucht? Ist sie überhaupt versichert?»

«Sind Sie wahnsinnig –», gab Holger in höchstem Masse empört zurück, kam aber nicht weiter, denn in diesem Moment öffnete Frau Bauer die Tür.

«Was ist denn hier los? Was ist das für ein Geschrei?»

Während Frau Bauer – wie immer perfekt gekleidet und frisiert – den Schneider mit einem Blick musterte, der die Schärfe eines japanischen Samuraischwertes hatte, zupfte ich Holger am Ärmel.

«Das war die Kramer-Brandt», sagte ich flüsternd, «die hat uns vorhin auf dem Gang belauscht. Die ist sofort zu Schneider gerannt und hat ihm erzählt, wir hätten eine Gefängnisinsassin aufgenommen.»

«Ja, und wenn es so wäre, verdammt noch mal!», flüsterte Holger ebenfalls, aber in so schneidendem Ton, dass man es sicher meilenweit hören konnte. «Medizinische Versorgung ist ein Menschenrecht, und soviel ich weiss, hat selbst die Schweiz sich verpflichtet, die Menschenrechte einzuhalten.»

Holger war unglaublich wütend. In der Zwischenzeit hatte Schneider begriffen, dass er einem Irrtum aufgesessen war, und versuchte, sich höchst verlegen aus der Affäre zu ziehen, während Frau Bauer ihn nach allen Regeln der Kunst abkanzelte. Ich hatte den Verdacht, dass sie es in höchstem Masse genoss. Mir sollte es recht sein.

***

Pünktlich um elf stellte ich mein Velo unter das Vordach einer Auto-Tuning-Garage in Bümpliz. Die letzten Meter ging ich zu Fuss bis zum Treffpunkt des Brachland-Einsatzes vor dem Kiosk.

Und dann wartete ich. Und wartete. Wenigstens regnete es gerade nicht. Und immerhin war die Gegend belebt. Zuerst tauchte eine Art Tatzelwurm auf. Insgesamt neun kleine Kinder, behängt mit Kindergartentasche und Leuchtgurt, trippelten an mir vorbei. Sie hielten sich an einem groben Seil fest, das von einer Frau gezogen wurde. Während ich ihnen nachschaute, realisierte ich, dass es hier nach verdorbenem Essen stank. Ich spähte in den nächsten Innenhof und fand dort die Quelle des üblen Geruchs: ein aufgerissener und zerfetzter Abfallsack. Da war wohl ein Fuchs am Werk gewesen. Der Übeltäter hatte in weitem Umkreis verdorbene Lebensmittel, Verpackungsmaterial und Windeln verstreut. Während ich noch diese eklige Mischung bestaunte, kam ein Mann in meinem Alter aus dem Haus, zischte «Scheiss-Kanaken» und kickte eine der Windeln aus dem Weg.

Als er mich bemerkte, hielt er es für notwendig, sich zu erklären.

«Schon tausendmal habe ich es denen gesagt. Die Abfallsäcke am Donnerstagmorgen zwischen sechs und sieben Uhr dreissig rausstellen! Am Donnerstagmorgen! Ist ja nicht so schwer, aber die verstehen ja nicht Deutsch. Oder sie wollen nicht verstehen. Und wer muss diesen Dreck jetzt wieder wegräumen?»

Er zog von weit unten Rotz hoch und spuckte etwas Glibberiges auf den Boden. «Scheiss-Türken! Und überhaupt, die wohnen da zu zehnt in einer Zwei-Zimmer-Wohnung. Und jeden Abend Besucher. Das geht doch nicht. Das ist illegal.»

Was für ein unsympathischer Kerl!

Ich verzog mich eiligst wieder zurück zum Treffpunkt. Noch immer kein Gubser. Von links kam eine alte Frau mit einem Rollator in erstaunlich zackigem Tempo. Sie grüsste mich freundlich, kaufte sich am Kiosk eine «Glückspost», zwei Päckchen Zigaretten und rollte wieder davon. Zwanzig Minuten nach der abgemachten Zeit. Und wo blieb Gubser? Weit entfernt hörte ich das Klingeln eines Trams. An der Ecke bei der Apotheke tauchte erstaunlicherweise eine Gruppe asiatischer Touristen auf, meilenweit von Bärengraben und Einsteinhaus entfernt. Den «Lonely Planet»-Führer dicht vor der Nase, hatten sie wohl keine Ahnung, wo sie sich eigentlich befanden.

Mir war langweilig. Wo blieb Gubser, verdammt! Dieser Kerl hatte ja sowieso einen Flick weg, dachte ich wütend. Er war den Brachländern nur beigetreten, um eine einzige Mission verwirklichen zu können: eine Schweiz frei von eingeschleppten Pflanzen und Tieren. Wobei das mit den Pflanzen eindeutig einfacher war, die konnten nämlich nicht abhauen. Einmal hatte er extra unbezahlten Urlaub genommen und in einer völlig verregneten Märzwoche sieben Tage und Nächte hintereinander auf der Lauer gelegen, um eine Waschbärenfamilie zu erlegen. Erwischt hatte er kein einziges der putzigen Tierchen, sich dafür aber eine Bronchitis eingefangen. Mitleid hatte ich nicht mit ihm, dafür war er mir zu wenig sympathisch. Er redete nur, wenn es unbedingt notwendig war, und nur das, was es brauchte, damit er seine Ziele erreichen konnte. Oswald Gubser war so etwas wie die Light-Version eines Soziopathen, dachte ich.

Ein Mann kam auf mich zu, der in einen weissen Overall eingehüllt war, einen grossen Rucksack trug und eine Schutzbrille um den Hals gehängt hatte. Auf dem Overall war der Schriftzug «Stadtgärtnerei» aufgedruckt. Etwas war merkwürdig an diesem Typ. Dann wusste ich, was es war. Noch nie hatte ich jemanden von der Stadtgärtnerei gesehen, der auch nur einen Meter zu Fuss zurücklegte, wenn er hätte mit dem Auto fahren können.

Es war Oswald Gubser. Endlich.

Wir begrüssten uns.

«Beck.»

«Gubser.»

Ich schaute demonstrativ auf meine Armbanduhr, was er grosszügig übersah.

«Warum bist du alleine gekommen?», fragte er unfreundlich.

Er erklärte mir, dass wir eine gigantische Invasion von Riesen-Bärenklau bekämpfen müssten. Da brauche es schon ein paar Mann, um damit fertigzuwerden. Ich verdrehte die Augen himmelwärts und schwieg. Zum Glück sei er wenigstens gut ausgerüstet, meinte er, klopfte auf seinen Rucksack und marschierte ohne ein weiteres Wort entschlossen davon.

In seiner Aufmachung zog er neugierige Blicke auf sich, aber das war Gubser vollkommen egal. Zielstrebig eilte er um zwei Strassenecken und auf ein allein stehendes Haus zu, das aussah, als ob es nächstens zusammenfallen würde. In der Schweiz sah man selten solche Bruchbuden. Das Dach war halb abgedeckt, ein Balkon hing deutlich schief, und ein Teil der Fenster war eingeschlagen. Rund um das Haus war ein grosser Garten, der ebenfalls völlig verwildert aussah. Am Gartentor hing ein Schild «Betreten verboten – Privatbesitz».

«Schau mal da, Beck! Das ist der örtliche Spielplatz.»

Gubser wies mit der Hand unter einen Holunderbusch, wo ein gutes Dutzend Spielzeugautos stand, perfekt parkiert auf einer Linie. Daneben befand sich eine Garage aus Karton, sorgfältig bemalt und mit verschiedenen Stickern verziert. Eindeutig von kreativer Kinderhand mit viel Liebe und vor noch nicht langer Zeit gebastelt und hier versteckt worden. Ein paar Meter weiter fand ich ein frisch ausgehobenes Loch, gefüllt mit verschiedenfarbigen Steinen und einigen Glasmurmeln. Daneben lagen noch die zwei Spielzeugschaufeln. Gubser hatte recht, wir befanden uns mitten im geheimen Spielparadies der hier ansässigen Kinder.

«Komm, Beck!», befahl Gubser und verschwand hinter einer grossen Tanne.

Ich folgte ihm und blieb abrupt stehen. Da war er ja, der Riesen-Bärenklau. Riesig, fleischig, gierig nach Licht und Raum, hatte er bereits eine Fläche von mehr als zwanzig Quadratmetern erobert.

«Seit vorigem Monat ist dieser Sauhund doppelt so gross geworden», sagte Gubser, und ich glaubte ihm.

An der Mitgliederversammlung der «Ala Bern» vor zwei Jahren hatte uns ein Experte des Bundesamtes für Umweltschutz über invasive Neophyten informiert. Und im Walmont hatten wir einmal einen älteren Herrn auf dem Notfall gehabt, der die Riesenstaude in seinem Garten spätabends ohne jedes Problem zurückgeschnitten hatte. Am nächsten Morgen schien die Sonne. Er ging nach draussen und brach wenige Minuten später zusammen. Als er bei uns eingeliefert wurde, hatte er hohes Fieber, einen Kreislaufschock, und seine Arme wiesen Verbrennungen zweiten Grades auf. Ich war also gewarnt.

Dieses Gewächs, das ursprünglich aus dem Kaukasus stammte, kann bei uns bis zu dreieinhalb Meter hoch wachsen. Vor fast zweihundert Jahren hatte ein Botaniker die schlechte Idee gehabt, den Riesen-Bärenklau als Zierpflanze in Europa einzuführen. Schon bald verwilderte die Art und breitete sich schnell aus. Sie hatte hier in Europa ideale Bedingungen gefunden. Das Zeug verdrängte nicht nur alle anderen Pflanzen, es war ausserdem ungemein gefährlich für die Gesundheit. Die Pflanze sondert einen Saft ab, der photosensibilisierende Substanzen enthält. In Kombination mit Sonnenlicht können diese zu schweren Verätzungen und Verbrennungen führen. Verrückt dabei ist, dass der Riesen-Bärenklau in seiner Heimat im Kaukasus dem Menschen nicht gefährlich wird.

Ich schaute rasch zum Himmel, aber da war nirgends ein Sonnenstrahl zu sehen. Immerhin das. Das Zeug war wirklich gefährlich. Ich hatte gelesen, dass die Verbrennungen zu Hautblasen führen, die wochenlang nässende Wunden verursachen. An besonders heissen Tagen verbreiten sich die giftigen Stoffe sogar über die Luft und können zu Atemnot und Bronchitis führen. Wenn man den Riesen-Bärenklau bekämpfen will, muss man also besonders vorsichtig sein. Der Saft kann sogar Schutzkleidung durchdringen, und eigentlich müsste man eine Atemschutzmaske tragen.

Ich lief vorsichtig um die gefährlichen Pflanzen herum, um mir einen Überblick zu verschaffen. Als ich aufblickte, war Gubser bereits wieder verschwunden. Wie ich das hasste! Ich fand ihn in der hintersten Ecke des Gartens neben einem zweiten Stosstrupp des Riesen-Bärenklau. Wenn ich daran dachte, dass hier kleine Kinder spielten, fand ich Gubsers Mission auf einmal nicht mehr verrückt, sondern dringend notwendig.

«Ich fange hier schon mal an. Du kontrollierst zuerst die Nachbarhäuser dieser Strasse. Danach die Jurasüdstrasse und als Letztes den Narzissenweg. Wir müssen in allen Gärten nachschauen, ob sich der Saukerl schon weiter verbreitet hat. Wir treffen uns spätestens in einer halben Stunde wieder hier.»

Kein Bitte, kein Danke, aber das war ich von Gubser ja gewohnt. Er begann, seinen Rucksack auszupacken, und ich trollte mich davon. Eine halbe Stunde später hatte ich alle Strassen, Vorgärten und irgendwie zugänglichen Hinterhöfe kontrolliert und keine weiteren Invasionen gefunden. Dafür hatte ich einen Fuchsbau aufgespürt, der sich gut versteckt unter einem Gartenhäuschen befand. Vor dem Zugangsloch lag eine Sammlung von völlig verbissenen Schuhen, von Reebooks über Sandalen zu hochhackigen Pumps.

Ich ging zurück zu dem verfallenen Haus. Wo sich vorher der Riesen-Bärenklau ausgebreitet hatte, befanden sich jetzt zwei völlig kahle schwarze Flächen, auf denen kein einziges Grashälmchen mehr wuchs. Gubser hatte ganze Sache gemacht, wie auch immer er das erreicht hatte … Vielleicht mit einer Säure? Oder einem schnell wirksamen Pflanzengift? Wahrscheinlich besser, ich wusste es nicht allzu genau.

Aber wo war er?

Wieder musste ich auf ihn warten. Zehn Minuten später machte ich mich stocksauer auf die Suche. Ich wäre mir komisch vorgekommen, laut nach ihm zu rufen. Ausserdem war unsere Aktion zwar gut gemeint, aber aus Sicht jeder nur irgendwie zuständigen Behörde ganz sicher nicht koscher. Ich lief die Strasse entlang und spähte um jede Ecke. Zwischendurch blieb ich stehen, um zu lauschen. Tönte da etwas wie Gubser?

Das war das allerletzte Mal, dass ich mich auf etwas einliess, das Gubser organisiert hatte!

Bereits Viertel nach zwölf. Lange würde ich nicht mehr suchen. Zu meiner Rechten befand sich die Liegenschaft eines Unternehmens, das Kabelrollen herstellte. Rund um das Fabrikgebäude erstreckte sich eine karge Vegetationsfläche, einige verkrüppelte Bäumchen und Brombeerstauden, durchsetzt mit Abfall und altem Metallschrott. Ein typisches Brachland. Vielleicht suchte Gubser da nach Riesen-Bärenklau. Ich ignorierte mehrere «Betreten verboten»-Schilder, ging auf einem schmalen Fussweg dem Gebäude entlang und hoffte, dass mich niemand beobachtete.

Vorsichtig spähte ich um die Ecke. Was dann passierte, werde ich wohl nie mehr vergessen. Mit lautem Fauchen schlug mir eine Feuerwand entgegen, mitten ins Gesicht hinein. Ich schrie auf, mehr vor Angst als vor Schmerz, liess mich nach hinten fallen und knallte schmerzhaft auf meinen Hintern. Voller Panik robbte ich über den Boden, um mich vor dem Feuer zu retten, da hörte ich ein «Beck? Bist du das, Beck?» durch das Lärmen des Feuers.

«Gubser», brüllte ich, «ich bin hier! Was ist da los?»

Abrupt erstarb die Feuerwand zu einem winzigen Glimmen, das Fauchen verstummte. Vorsichtig rappelte ich mich auf, blieb aber tief geduckt stehen, fluchtbereit. Meine Augen waren von dem hellen Licht so geblendet worden, dass ich nur noch dunkle Flächen erkennen konnte. Da war eine Gestalt hinter dem Glimmen, eine rundliche kleine Figur …

«Bist du das, Gubser? Bist du verletzt? Hast du diese Explosion gesehen?»

Der dunkle Schemen schwieg.

«Was ist denn da passiert? Sag endlich was!», drängte ich voller Angst.

«Entschuldige, Beck. Das war nur ich. Mit meinem Flammenwerfer.»

Nur Oswald Gubser. Mit seinem Flammenwerfer.

Meine nächsten Worte sind nicht zitierfähig. Ich richtete mich lauthals fluchend auf und spürte deutlich, dass meine gesamte Kehrseite und die Knie nass und dreckig waren. Mein Gesicht brannte, als ob ich einen ganz üblen Sonnenbrand erwischt hätte. Ich tastete über meine glühend heisse Stirn und versuchte zu erkennen, ob meine Augenbrauen und Wimpern noch existierten. Meine Hände zitterten fürchterlich. Am liebsten hätte ich Gubser den Hals umgedreht.

«Bist du eigentlich wahnsinnig geworden? Total übergeschnappt, oder was?»

«Ich wusste nicht, dass du das bist, Beck.» Mit zittriger Stimme fügte er hinzu: «Ich hatte Angst.»

«Angst? Warum?»

«Ich dachte, du bist der Serienmörder.»

«Was ist los?»

«Ich dachte, du willst mich umbringen.»

«Beinahe hättest *du mich* umgebracht, du verdammter Idiot!»

Ich ging einen Schritt näher auf ihn zu. Er trug noch immer seinen Overall, an seinem Hals baumelte eine Gasmaske, und auf seinem Rücken hing ein Kanister, der über einen Gartenschlauch mit einem gewehrähnlichen Ding verbunden war, an dessen Spitze es noch immer glimmte. Seine Hände, mit denen er das Flammendings hielt, zitterten stark.

«Stell endlich dieses Ding ab! Sonst geht es plötzlich wieder los», herrschte ich ihn an.

«Dort hinten liegt was, Beck», fuhr er fort und fuchtelte weiterhin mit dem Flammenwerfer herum.

Ich wich hastig einige Schritte zurück. Nun war Gubser definitiv durchgedreht, dachte ich.

«Dort hinten auf dem Gelände. Es ist absolut schrecklich, grauenhaft, schrecklich, furchtbar.» In Gubsers Augen stand das blanke Entsetzen.

Das war nicht mehr komisch. Ich fühlte, wie mein Körper taub wurde. «Was? Was liegt dort?», fragte ich.

«Es ist eine Leiche. Eine tote Leiche. Jemand hat sie nackt ausgezogen und mit einem Messer – komm!»

Er packte mich am Arm, und ich ging mit. Mein Herz klopfte heftig, seine Angst hatte mich angesteckt. Eigentlich hätten wir es beide besser wissen sollen, aber mein Gehirn weigerte sich, Gubsers Worte zu verstehen. Etwa zwanzig Meter weiter blieb Gubser abrupt stehen.

«Dort hinten ist er. Schau! Dort!»

Die letzten Meter ging ich alleine.

Dann sah ich Füsse. Grosse, bleiche Männerfüsse mit schwarzen Härchen auf den Zehen. Und Blut, eine riesige Blutlache. Ich warf einen hastigen Blick auf den Körper. Gestank stieg mir in die Nase: Blut, Fäkalien und frische Farbe, alles durcheinander. Mein Magen hob sich. Ich machte ein paar Schritte weg und erbrach mich heftig gegen eine Mauerwand.

Gubser, der unbemerkt neben mir aufgetaucht war, drückte mir eine Packung Papiertaschentücher in die Hand und entfernte sich rasch wieder. Ich wischte mir die Kotze aus dem Gesicht und taumelte weg von dem Gestank und dem Anblick, zurück auf die Strasse.

«Ich musste auch kotzen», sagte Gubser neben mir, «hast du das gesehen? Und die Farbe? Mein Gott, wer kann nur so was machen? Einem anderen Menschen so etwas antun?»

Ein junges Paar ging innig knutschend neben uns vorbei, schaute nicht einmal auf. Eine Frau auf absurd hohen Stöckelschuhen kam auf uns zu, die sich laut mit jemandem stritt, ihr Handy ans Ohr gepresst.

Hier ging das Leben weiter, als ob nichts passiert wäre, und ein paar Meter weiter hinten, da lag dieser …

«Hast du das Blut gesehen und die Spritzer an der Wand? Der arme Kerl war völlig zerfetzt, grauenhaft, und das Blut, diese riesige Blutlache, und die Farbe, warum nur diese Farbe? Und das Kreuz? Da war ein Kreuz, hast du es gesehen? Und –»

«Halt den Mund, Gubser! Sei mal eine Sekunde still, verdammt!», brachte ich schliesslich heraus.

Gubser klappte den Mund zu und schaute mich mit weit aufgerissenen Augen an.

«Ruf sofort die Polizei!», keuchte ich.

«Ich besitze kein Handy, das solltest du doch wissen», sagte Gubser. «Ich habe die ganze Zeit hier auf dich gewartet. Warum hast du so lange gebraucht? Und wenn nun der Mörder zurückgekommen wäre? Man kann sich nicht auf dich verlassen.»

Ich ersparte mir eine Antwort und wählte den Notruf. Ich hatte Mühe, mich verständlich zu machen, weil meine Zähne vor Angst laut klapperten.

Kurz danach traf ein Einsatzwagen ein, aus dem zwei Polizisten stiegen. Wir wiesen ihnen die Richtung. Der Jüngere blieb bei uns, der andere ging mit gelassenen Schritten los, um nachzusehen. Zurück kam er im Laufschritt. Wenige Minuten später kamen ein zweiter und ein dritter Wagen, danach wurden wir hastig aus dem Weg geschafft. Gubser und ich wurden getrennt in je einen Wagen verfrachtet – damit wir niemandem im Weg seien –, und die polizeiliche Maschinerie lief an. In einem lichten Moment sendete ich Tscharya eine SMS: «Bin Zeuge eines Unfalls, muss Polizei Auskunft geben. Komme später. Lou.»

Ich wartete, fror und fühlte mich elend. Ich sah den geschundenen Körper vor mir, ganz gleich, ob ich die Augen offen oder geschlossen hielt. Als endlich eine Polizistin zu mir in den Wagen stieg, um mich zu befragen, war ich ihrer grimmigen Miene zum Trotz unendlich erleichtert. Sie war offensichtlich gestresst, nervös und angeekelt vom Gestank, den ich verbreitete. Die Stimmung wurde zunehmend angespannt, die Frau glaubte mir kein Wort. Nach einigen Minuten nahm sie mich mit zu dem zweiten Wagen, wo Gubser gerade versuchte, einen Polizisten von der Gefährlichkeit des Riesen-Bärenklau zu überzeugen.

Es half unserer Sache nicht, dass er einen selbst gebastelten Stadtgärtnerei-Overall trug. Seine Erklärungen, dass er den Flammenwerfer nur dazu benutzen wollte, gefährliche Pflanzen zu vernichten, überzeugte die Uniformierten ebenfalls in keiner Weise. Er habe eine illegale Waffe bei sich und sei in einen Mordfall verwickelt, hiess es. Das sei keine Waffe, sondern nur ein winziger Flammenwerfer mit ungefährlichem Butangas, eigentlich ein Gartengerät, ereiferte sich Gubser. Auch das half nichts.

Wir führten die Polizisten zum ehemaligen Standort des Riesen-Bärenklau. Die schwarzen Flecken wurden vermessen und fotografiert. Und wir wurden auf den Polizeiposten verfrachtet.

Unsere Angaben wurden überprüft, unsere Identitäten inklusive Mitgliedschaft in «Brachland» und «Ala Bern» bestätigt. Die Beamten, die danach mit uns sprachen, behandelten uns als Zeugen und nicht mehr als Verdächtige. So schien es mir wenigstens. Wir konnten uns waschen. Wir bekamen einen Kaffee und ein Biberli. Und anschliessend mussten wir minutiös rekonstruieren, wann wir wo gewesen waren und wen und was wir gesehen, gehört oder berührt hatten. Unsere Fingerabdrücke wurden genommen. Ein Flyer der Opferhilfe wurde mir in die Finger gedrückt. Die Protokolle wurden ausgedruckt, und wir mussten sie unterschreiben. Ausserdem noch eine Erklärung, in der wir uns verpflichteten, während der laufenden Ermittlungen mit niemandem darüber zu sprechen, was wir gesehen und erlebt hatten. Das war mir recht. Ich wollte nicht darüber reden, sondern das Ganze so schnell wie möglich vergessen. Als Kind hatte ich mich jahrelang vor dem Bösen gefürchtet, das im Dunkeln lauerte. Heute hatte ich es gesehen. Am heiterhellen Tag.

***

Ich wollte nach Hause, duschen, schlafen und vergessen, was ich erlebt hatte. Stattdessen schaute ich auf das Display meines Handys und sah, dass Tscharya mehrere Male versucht hatte, mich zu erreichen. Und da waren auch zwei SMS von ihr. Das erste lautete: «Lou! Es sind Unterlagen für die GEKO gekommen.»

Eine halbe Stunde später hatte sie wieder eine Meldung geschickt. «GEKO verschoben auf 16:15. Du musst heute teilnehmen. DU MUSST!»

Die Dringlichkeit ihrer Worte drang trotz Müdigkeit, Angst und Ekel bis zum Sprachzentrum in meinem Hirn. Sie hatte offensichtlich grosse Angst, ihre Stelle zu verlieren.

Ich antwortete: «Druck das Zeugs aus. Ich komme.»

Zehn Minuten nach vier Uhr traf ich im Walmont ein. Tscharya starrte mich mit verzweifelter Miene an.

«Du wirst zu spät kommen! Dabei hat Schneider die Sitzung nur wegen dir verschoben. Dein Gesicht ist knallrot, was hast du gemacht? Mein Güte, Lou, machst du das eigentlich absichtlich?»

«Hast du die Traktanden ausgedruckt?»

Tscharya drückte mir hastig einen Stapel Unterlagen in die Hand, und ich rannte so rasch es ging in Richtung des grossen Sitzungsraums im ersten Stock. Vor der geschlossenen Tür holte ich noch einmal tief Atem, ich zitterte und ärgerte mich darüber. Dann öffnete ich die Tür. Schneider unterbrach sein Referat, während ich versuchte, möglichst unauffällig Platz zu nehmen.

«Ach, wie nett! Frau Doktor Beck beehrt uns also doch noch.»

Ich spürte Hitze in meinen Kopf steigen und starrte auf meine Unterlagen.

«Dem Zustand Ihrer Kleidung nach haben Sie einen anstrengenden Nachmittag hinter sich. Aber jetzt müssen wir hier mit unserer bescheidenen Arbeit weitermachen. Also, wo waren wir stehen geblieben?»

Vorsichtig schaute ich mich um und sah sowohl neugierige, schadenfrohe wie auch mitleidige Blicke. Ich setzte mich etwas bequemer hin und begann, in den Dokumenten herumzublättern, ohne wirklich etwas zu lesen. Die Zeit verging, meine Anspannung liess nach, und ich wurde schlagartig extrem müde. Meine Augenlider wurden schwer, und ich versuchte, sie mit aller Macht offen zu halten. Schneider referierte. Ab und zu stellte jemand eine Frage. Es wurde abgestimmt. Ich war wie in Trance. Irgendwann standen alle auf und ich auch.

Helga wartete beim Ausgang auf mich.

«Was ist eigentlich mit dir los, Lou?»

Ich war mit einem Kumpel unterwegs, der mich mit seinem Flammenwerfer braten wollte, habe eine grauenhaft zugerichtete Leiche gesehen, gekotzt und wurde von der Polizei als Mörderin verdächtigt.

«Warum? Was soll schon los sein?», sagte ich.

«Entschuldige, aber du siehst aus, als ob du zu lange im Solarium warst. Und du sprichst so komisch. Hast du etwa getrunken?»

Ich holte tief Atem und gab mir Mühe, deutlicher zu artikulieren: «Hast du nicht erst gestern gesagt, ich sei zu bleich?»

«Hast du überhaupt etwas mitbekommen von dem, was wir heute beschlossen haben?»

Das schien wichtig. Ich versuchte, meine Gedanken zu sammeln. Aber mir fiel nichts ein, und ich schaute sie nur schweigend an.

«Das Organigramm! Wir haben das neue Organigramm verabschiedet», fuhr sie aufgebracht fort. «Dort bist du namentlich als Leiterin der Arbeitsgruppe ISO-Zertifizierung aufgeführt. Ich habe erwartet, dass du dich dagegen wehren würdest!»

«Mmh.»

«Warum sagst du nichts?», fragte Helga.

«Sonst noch etwas?»

«Noch mehr? Also, nur so ein Detail am Rande: Schneider hat, bevor du gekommen bist, angekündet, dass das Personal des Walmont demnächst einen Kleider-Knigge erhalten wird.»

«Was?»

«Für weibliche Angestellte sind ab sofort kurze Röcke oder kurze Hosen nur noch mit Strümpfen zugelassen. Und Piercings an Körperstellen, die nicht von Kleidern bedeckt werden, sind ebenfalls nicht mehr zulässig. Das dürfte Tscharya interessieren.»

«Ach?»

Helga schüttelte den Kopf. «Ich verstehe dich nicht mehr, Lou. Du schluckst das einfach alles runter.»

***

Ich spürte erst Erleichterung, als ich zu Hause ankam und meine dreckigen, stinkigen Kleider loswerden konnte. Nach kurzem Zögern warf ich sie in den Abfall. Ich ging unter die Dusche. Ich stand lange Zeit einfach nur da, während mir das Wasser über den Kopf lief, und wartete. Das Gefühl, sauber zu sein, wollte sich einfach nicht einstellen. Nach der Dusche überwand ich mich und schaute in den Spiegel. Augenbrauen und Wimpern waren noch da, aber mein Gesicht sah aus, als ob ich ein paar Tage durch die Wüste geirrt wäre. Ich behandelte die angesengte Haut mit Ringelblumensalbe, zog mein liebstes Nachthemd an und dazu Wollsocken. Dann schenkte ich mir mit noch immer zitternden Fingern ein grosses Glas Cognac ein. Die Flüssigkeit brannte in meiner Kehle und in meinem leeren Magen. Ich setzte mich an den leeren Küchentisch. Diese ganze Geschichte ging mich im Grunde überhaupt gar nichts an. Gubser hatte mal wieder Mist gebaut, sonst wäre das gar nicht passiert. Ich meine, dann hätte ich das gar nicht sehen müssen. Ich versuchte, an etwas anderes zu denken, und blätterte in einer Zeitschrift herum. Plötzlich schnupperte ich. Mir war, als hätte ich noch immer den Geruch der Leiche in der Nase. Ich schnüffelte an beiden Armen und Händen und an meinem Haar – nichts als Rosenseife. Die Erinnerung an den Gestank hatte sich in meinen Synapsen festgesetzt. Ich sollte mein Gehirn neu formatieren, dachte ich.

Auch diese Nacht liess ich das Licht in meinem Schlafzimmer brennen.

4

Donnerstag, 20. September

Holger wollte mich dringend sprechen. Wir trafen uns in seinem Büro. Er sah müde, aber auch aufgeregt aus. Er habe gestern spät am Abend nochmals mit Frau Bauer gesprochen, und da habe sie ihm anvertraut, dass sie zwar nicht wisse, wo Elsa sei, dass diese aber einen Blog führe, und vielleicht helfe das, sie zu finden.

«Einen Blog? Warum denn das?»

«Auf diese Weise kann sie ihrer Familie berichten, wie es ihr geht. Und kann gleichzeitig nicht identifiziert werden. Sie ist anscheinend sehr clever. Ausserdem hat sie Frau Bauer gesagt, dass sie noch eine Art Tagebuch schreibe, ebenfalls als Online-Blog. Ich habe die beiden Internetadressen aufgeschrieben. Hast du Zeit, dir die Texte anzuschauen? Wenn wir Glück haben, können wir sie auf diese Weise finden.»

«Warum hat sie das nicht bereits früher gesagt? Diese Frau nervt mich. Sie ist falsch.»

«Hör auf, Lou. Hast du nicht Psychologie studiert? Ihr neugeborenes Kind liegt auf der Intensivstation. Da kannst du doch nicht erwarten, dass sie sich an jedes Detail erinnert. Versuchst du es?»

Ich nickte. Aber das hatte mehr damit zu tun, dass ich einfach zu müde war, um mich aufzulehnen, als dass ich vom Erfolg dieser Strategie überzeugt war. Ich steckte die Notiz ein und versprach Holger, es zumindest zu versuchen. Es würde mich ablenken.

Nach Eingabe der ersten Internetadresse erschien tatsächlich ein Blog. Die Datumsanzeigen waren allerdings das Einzige, das ich lesen konnte. Ich verstand kein Wort. Das war wohl Somalisch oder so. Ich scrollte nach unten. Es hatte viele, viele Einträge. Der jüngste war einen Monat alt, der älteste drei Jahre. Ich kopierte einige Sätze aus dem neuesten Blog und sandte sie per E-Mail an unsere Fachstelle für interkulturelle Dienste. Ein paar Minuten später rief ich die Sekretärin des Dienstes an und bat sie, so rasch wie möglich abzuklären, was das für eine Sprache sei und wer diesen Text ins Deutsche übersetzen könne. Es sei ein Notfall.

«Kann denn der Patient nicht sprechen?», fragte sie mich.

«Nein, er ist ins Koma gefallen. Wir müssen unbedingt seine Krankengeschichte lesen können und brauchen deshalb eine Übersetzung», phantasierte ich wild drauflos.

Sie versprach mir, einen Übersetzer zu organisieren. Eine halbe Stunde später rief sie mich bereits wieder an. Sie habe einen Übersetzer für Zigula, genauer gesagt für Mushungula, gefunden. Um diese Sprache handelte es sich nämlich. Es sei eine seltene Sprache, die in Somalia nur von einer Minderheit gesprochen würde, den somalischen Bantu. Ob der Patient aus dem Süden des Landes stamme? Vielleicht aus dem Tal des Jubba? Zum Glück wartete die Sekretärin nicht auf eine Antwort und fügte an, Herr DaBerta würde sich sofort an die Arbeit machen und mir die übersetzten Texte laufend zusenden. Ob ich damit einverstanden sei? Ich bejahte. Sie diktierte mir die Kontaktdaten des Übersetzers und wünschte mir zum Abschied noch gute Besserung für den komatösen Patienten. Ich dankte ihr mit leicht schlechtem Gewissen. Ich schrieb eine E-Mail an DaBerta, gab die Blog-Adresse an und bat ihn darum, Textstellen, die etwas mit Elsas Krankheit oder mit Hinweisen auf ihren Aufenthaltsort zu tun hatten, prioritär zu übersetzen. Anschliessend öffnete ich den zweiten Blog von Elsa, den sie gegenüber Frau Bauer als ihr Tagebuch bezeichnet hatte. Der Blog war vom Layout her fast gleich gestaltet wie der erste, aber erstaunlicherweise in italienischer Sprache verfasst. Kam das daher, dass ein Teil von Somalia einmal von den Italienern besetzt gewesen war? Auch für die italienischen Texte benötigte ich eine Übersetzung, meine Sprachkenntnisse waren allzu rudimentär. In diesem Moment kam Tscharya in mein Büro. Sie müsse dringend mit mir sprechen, sagte sie in entschlossenem Ton.

«Kannst du Italienisch?», fragte ich sie.

«Nein. Was machst du denn da?» Sie hatte sich hinter mich

gestellt und starrte auf den Bildschirm, auf dem Elsas Familienblog sichtbar war. «Was ist denn das für eine Sprache?»

«Zigula.»

«Zigula? Und was hat das mit der Arbeit der Forschungsabteilung zu tun?» Tscharyas Ton war sachlich, aber dahinter lauerte knapp beherrschte Wut.

Ich drehte mich erstaunt um. «Was willst du, Tscharya?», fragte ich.

«Wenn du es genau wissen willst: Ich will, dass du sofort damit aufhörst, uns in die Scheisse zu reiten. Wenn du so weitermachst, werden wir beide in kurzer Zeit keinen Job mehr am Walmont haben. Du findest sicher sofort wieder eine andere Stelle. Aber was ist mit mir?»

«Was ist denn los?»

«Du hast seit gestern bereits drei E-Mails von Schneiders Sekretärin erhalten. Hast du nur eines davon geöffnet und angeschaut? Nein, natürlich nicht, du hast ja Wichtigeres zu tun und machst irgendwelche Sprachforschungen oder liegst stundenlang im Solarium.»

Ich fasste mir an die Wange. Ich hatte ganz vergessen, dass meine Haut noch immer rot verbrannt war.

«Heute Morgen hat Schneiders Sekretärin bereits zweimal angerufen, weil sie mit dir einen Termin für diese Coachingsache vereinbaren will.»

«Ach Gott. Schneider will ja an meiner Motivation arbeiten. Es tut mir leid, aber das schaffe ich einfach nicht, Tscharya. Kannst du nicht eine Ausrede erfinden?»

«Nein, Lou. Das kann ich nicht.»

Ich seufzte. «Also gut. Ich werde mich bei ihr melden und einen Termin mit ihr vereinbaren. So etwa für nächsten Sommer oder so.»

«Mach, was du willst, Lou, aber zieh mich da nicht hinein. Die Tante vom Personaldienst hat übrigens ebenfalls mehrere Male versucht, dich zu erreichen. Sie kann ihre Controlling-Auswertung nicht abschliessen, wenn du deine Ferien nicht ins System einträgst. Sie will bis heute Abend wissen, wann du endlich deine Überzeit einziehst. Du musst – ach Scheisse, du machst ja trotzdem nie, was du solltest. Ich bin dir einfach egal.»

Sie drehte sich auf dem Absatz um und knallte die Tür hinter sich zu. Mist. Was sollte ich nur machen? Tscharya hatte ja nicht unrecht. Schneider würde nichts lieber tun als die Forschungsabteilung wegsparen und mich zum Teufel jagen. Und Tscharya würde wohl auch gehen müssen. Wenn ich nur den richtigen Knopf fände, mit dem man diesen Kerl ins Weltall schiessen könnte …

Kurz vor elf erhielt ich bereits die ersten Übersetzungen von Herrn DaBerta. Er hatte eine Notiz beigefügt, dass er bisher kaum konkrete Hinweise auf Wohn- oder Arbeitsort gefunden habe. Gespannt druckte ich die Texte aus und begann zu lesen. Der erste Eintrag, den ich las, war vor rund einem Jahr geschrieben worden.

Blog-Eintrag Nr. 62:
Meine lieben Eltern, mein lieber Bruder Robiye, meine lieben Schwestern,
seit vielen Wochen habt ihr nichts mehr von mir gehört und euch sicher viele Sorgen gemacht. Es geht mir gut, aber meine Situation hat sich sehr verändert. Mit Allahs Hilfe wird es schon bald wieder einfacher werden.
Leider muss ich euch mitteilen, dass ich mein Zimmer im Zentrum verlassen habe und mir etwas Neues suchen muss. Glücklicherweise habe ich jemanden getroffen, der mir Arbeit geben will. Es ist gute Arbeit und auch gut bezahlt. Dann kann ich euch endlich Geld schicken.
Seid ihr alle gesund? Wie geht es der Familie Osman? Oh, wie sehr vermisse ich euch. Macht euch keine Sorgen. Ihr wisst, ich bin stark und voller Hoffnung. Ich habe zurzeit kein Telefon und auch keine E-Mail-Adresse. Alles ist etwas kompliziert, aber das Wichtigste ist, dass wir voneinander hören.
Ich liebe euch alle.
Eure Elsa

Von welchem Zentrum sprach sie da? Wenn wir nur ihren ganzen Namen wüssten, wäre es vielleicht möglich, sie zu finden. Und warum musste sie es später wieder verlassen? War sie zunächst legal in der Schweiz gewesen? Das sollte irgendwo dokumentiert sein. Den zweiten Eintrag hatte Elsa zehn Tage danach gepostet.

Blog-Eintrag Nr. 63:
Meine lieben Eltern, mein lieber Bruder Robiye, meine lieben Schwestern,
ich habe gestern mit der Arbeit angefangen. Ich bin sehr froh. Ich werde euch Ende des Monats Geld schicken können. Geht bitte zum Café «Palombini» und erkundigt euch.
Mir geht es gut, macht euch keine Sorgen. Ich habe mit Hilfe von Freunden eine neue Unterkunft gefunden, nicht weit vom Zentrum entfernt. Ich habe eine Arbeit und lerne neue Menschen kennen, die wie ich in die Schweiz geflüchtet sind und hier in einer ähnlichen Situation leben. Wir helfen uns gegenseitig.
Aber es ist kalt hier, und ich vermisse unsere Sonne. Wie gerne wäre ich wieder mit euch zusammen!
Ich weiss, dass das nicht geht, und gleichzeitig empfinde ich Schuld, dass ich keine gute Tochter bin, dir, Mama, nicht Essen kochen und dich pflegen kann, wenn du mich brauchst. Und dass ich nicht bei den Festen der Familie dabei bin. Robiye muss ja jetzt schon vier Jahre alt sein! Am 13. Juli hat er Geburtstag. Stimmt es? Bitte gebt ihm meine lieben Wünsche. Und kauft ihm etwas Kleines von dem Geld, das ich euch schicke. Ein Auto? Schenkt ihm bitte ein rotes Auto von mir. Er spielt sicher gerne mit Autos.
Allahs Schutz sei mit euch allen!
Elsa
P.S.: Lieber Vater, schon bald werde ich Florenz besuchen!

Die neue Unterkunft war nicht weit von dem Zentrum entfernt, in dem sie zunächst untergebracht war, hatte sie geschrieben. Aber wo? Diese Information war ebenfalls wertlos. Ich kaute nervös auf einem Bleistift herum. Der Blog war unsere einzige Chance, sie zu finden. Immerhin war Elsa nicht völlig isoliert. Sie war untergetaucht, illegal in der Schweiz, aber es gab andere in einer ähnlichen Lage, mit denen sie Kontakt hatte. Was wollte sie in Florenz? Hatte sie dort vielleicht Verwandte? Ich las den nächsten Eintrag, der fünf Monate später geschrieben worden war.

Blog-Eintrag Nr. 81:
Meine lieben Eltern, mein lieber Bruder Robiye, meine lieben Schwestern,
leider muss ich euch sagen, dass ich krank geworden bin. Ich kann nicht arbeiten, und ich muss im Bett liegen. Ich habe Fieber und bin müde. Ich war noch nie so müde. Wenn ich nur bei euch zu Hause wäre, ganz sicher ginge es mir bald besser. So liege ich nur den ganzen Tag in meinem Bett. Morgen werde ich mich mit Hedwig treffen. Sie ist meine Freundin. Sie wird mir helfen. Ich vertraue auf Allahs Hilfe und hoffe, euch geht es allen gut.
Elsa

DaBerta hatte angemerkt, dass dies der erste Eintrag war, in dem sie ihre Krankheit erwähnte. Sie hatte Hedwig Bauer als ihre Freundin bezeichnet. In den restlichen Blog-Einträgen, die DaBerta übersetzt hatte, schrieb Elsa hauptsächlich über das Wetter und die Schweizer, die ihrer Meinung nach merkwürdige Bräuche pflegten. Der Ton war fröhlich-ironisch, die Einträge kurz. Nur zweimal hatte sie erwähnt, dass sie sich müde fühlte. Es gab keinerlei klare Hinweise auf ihren Aufenthaltsort. Sie sprach nur von diesem Zentrum. Das konnte irgendwas sein. Ohne eine Adresse oder ihren Familiennamen war es unmöglich, sie zu finden.

Etwas an diesen kurzen Texten berührte mich zutiefst. Hinter den bemüht fröhlichen Worten spürte ich tiefe Einsamkeit und Trauer. Und den ungebrochenen Willen, diese Zeit zu überstehen. Ich dachte an meine letzten Wochenenden, in denen sich eine unüberwindliche Stille ausgedehnt hatte und die ich nur im Gedanken an den geschäftigen Lärm des Montagmorgens überstanden hatte.

Ich wählte die Nummer der Geburtsstation. Als Helga sich meldete, bat ich sie, mir zu helfen. Es sei ein Notfall.

«Was soll das heissen, ein Notfall? Bist du mal wieder verprügelt worden, oder was?»

«Nein, ich brauche einfach deine Hilfe.»

Einen Moment war es still. «Bist du schwanger?», fragte sie leise.

Ich musste lachen. «Nein. Ich brauche keine Hebamme, sondern eine Übersetzerin.»

Sie protestierte, versprach aber, in ihrer Mittagspause nach oben zu kommen.

«Ich möchte den Blog, den Elsa an ihre Familie schreibt, zuerst lesen», verlangte Helga, nachdem ich ihr erklärt hatte, worum es ging.

«Hier ist er. Und denke daran, dass ich vor allem wissen muss, wo Elsa sich aufhält. Wir müssen sie finden, bevor sie halb Bern ansteckt.»

«Klar. Ich bin ja nicht blöd. Geh du in der Zwischenzeit runter ins Café oder in den Park. Du machst mich nervös, wenn du so um mich rumtigerst. Und bring mir zuerst noch ein Sandwich. Ich möchte eines mit Thonmousse. Und zum Trinken eine Apfelschorle.»

Ich holte das Bestellte, brachte es hoch zu Helga, die bereits konzentriert an der Arbeit war, und ging wieder runter in den Park, wo ich unruhig im Kreis herumlief. Ich traf auf ungewöhnlich viele rauchende Kolleginnen und Kollegen. Als ich näher kam, ging mir auf, dass sie ihre Rauchpause ausdehnten, um über die Mordfälle zu diskutieren. Ich ging rasch weg. Ganz hinten bei der Hecke bewegte sich etwas Grosses, Rosarotes. Ich ging näher. Es war ein junger Mann in einem rosafarbenen Overall, der dabei war, die Hecke zu schneiden. Ich grüsste ihn und bat ihn, nicht zu viel zurückzuschneiden, da dies das Brutrevier eines Nachtigallenpärchens sei. Er schaute mich verständnislos an und zuckte die Schultern. Ich versuchte es noch einmal, diesmal ganz langsam, in englischer und französischer Sprache. Er schüttelte nur den Kopf. War er taub, oder beherrschte er keine dieser Sprachen? Auf seinem Overall war in altmodisch-schnörkeliger Schrift und brauner Farbe der Firmenname aufgedruckt: «houseandgarden.com». Das war nun wohl diese neue Firma, die Schneider damit beauftragt hatte, das Spital zu reinigen und den Park zu pflegen.

Zuletzt versuchte ich, dem Mann pantomimisch zu zeigen, was ich wollte. Er nickte und lächelte. Ich war mir nicht sicher, ob er wirklich verstanden hatte, oder ob er nur meine «Vogel im Nest»-Darstellung witzig fand.

Mein Magen begann laut zu knurren, und ich machte mich auf den Weg Richtung Essen. Auf dem Pfad, der um den Teich führte, entdeckte ich ein zweites rosarotes Wesen. Diesmal war es ein älterer ziemlich beleibter Herr, der in seinem Gewand frappante Ähnlichkeit mit einem riesigen Osterei hatte. Er trug einen dieser grauenhaft lauten Laubbläser auf dem Rücken und pustete Blätter in der Gegend herum, ohne dass man erkennen konnte, was der Zweck dieser Übung war. Ich ging auf ihn zu und machte Zeichen, dass ich mit ihm sprechen wollte. Er stellte seine Krachmaschine ab, zog den Gehörschutz aus und zupfte sich als Letztes noch die Ohrstöpsel eines MP3-Players aus den Ohren. Er hatte seine Musik extrem laut eingestellt, und ich konnte erkennen, dass er gerade die Leonoren-Ouvertüre von Beethoven hörte. Er sprach ein holpriges, aber gut verständliches Englisch. Er komme aus Rumänien, erzählte er mir, machte einen Witz und zeigte auf seine Zähne. Nach mehreren Anläufen verstand ich, dass er aus den Karpaten stammte und eine Anspielung auf Graf Dracula gemacht hatte. Ich wollte wissen, wie lange er schon in der Schweiz arbeitete. Er sei nur während seinen Ferien hier, gab er zur Antwort. Er sei von Beruf Chorleiter, und der Lohn reiche nicht aus, um das Studium seines Sohnes zu bezahlen. Jetzt müsse er aber weitermachen, meinte er, und ich entfernte mich so rasch es ging von dem wieder einsetzenden Gedröhne.

In der Cafeteria liess ich automatisch meinen Blick über die Tische schweifen. Kein Philipp.

Natürlich kein Philipp, du dumme Gans. Glaub es endlich, er ist weg.

Dafür entdeckte ich Holger, der mir sofort Zeichen machte, ich solle zu ihm kommen. Er sass zusammen mit seiner Frau an einem kleinen Tisch. Ich fühlte mich unwohl, aber Holger winkte weiterhin energisch. Irina begrüsste mich mit schmalen Augen.

«Schneider will uns beide heute Nachmittag noch mal sprechen. Es geht um eine Medienoffensive, wie er das nennt. Bei der ersten Pressekonferenz will er die neuen Finanzzahlen der Kinderklinik präsentieren. Du sollst die Patientendaten der Klinik aufbereiten, mit Grafiken und so. Schneiders Sekretärin wird dir noch eine E-Mail senden. Er will die Entwicklung der letzten fünf Jahre haben.»

Ich stöhnte. «Ich hab keine Zeit für so was.»

«Meinst du nicht, dass du es langsam zu weit treibst? Er kann dich entlassen, das ist dir doch wohl bewusst, Lou.»

«Ich weiss, ich weiss! Aber ich kann mit diesem Menschen nicht zusammenarbeiten. Etwas wird passieren. Entweder ich gehe oder er.»

«Im Moment hat er alle Vorteile auf seiner Seite.»

«Hör zu, Holger. Ich gebe dir die Tabellen mit, die Schneider haben will. Das habe ich alles griffbereit. Erfinde bitte eine Ausrede für mich. Helga übersetzt gerade den Blog von Elsa.»

«Was soll ich ihm denn sagen?»

«Ich kann nicht kommen, ein Notfall.»

«Ein Notfall in der Forschung?»

«Dir fällt sicher etwas ein.»

Sandwich und Apfelschorle waren noch immer unberührt, als ich mein Büro betrat. Helga reichte mir schweigend eine Handvoll Seiten, auf die sie handschriftlich die Übersetzungen geschrieben hatte. Der erste Eintrag stammte von Ende September des Vorjahrs.

Blog-Eintrag Nr. 17:
Seit heute bin ich ein Nichts. Die Schweizer Behörden haben entschieden, dass ich mich nicht in der Schweiz aufhalten darf und dass ich die Schweiz nicht verlassen darf. Ich werde mich also

in ein Nichts verwandeln, in einen Schatten unter der Sonne, in eine Nichtexistenz.
E.

«Verstehst du, was Elsa damit meint?», fragte ich Helga.

«Nicht genau. Ich weiss nur, dass das Asylgesetz in den letzten Jahren immer wieder verschärft wurde.»

Blog-Eintrag Nr. 25:
Mein Lächeln ist in Stein gemeisselt. Wer lächelt, hat keine Angst vor der Polizei, wer lächelt, ist nicht illegal. Die Kunden mögen mein Lächeln. «Du bist immer so fröhlich, meine Liebe» – «Das ist, weil ich aus Afrika bin.»
Mein Lächeln ist mein Schutz und Schild. Aber Achtung, nicht jedes Lächeln ist gültig. Es muss ein echtes Lächeln sein, nur gerade am Rand etwas angefroren, das ist in Ordnung, aber keine Karikatur, bitte schön, wir sind auch nicht blöd hier in der Schweiz.
E.

Ich las den Eintrag ein zweites Mal, diesmal langsam und konzentriert. Ihrer Familie hatte sie immer nur von Hoffnung geschrieben und davon, dass sich mit Allahs Hilfe alle Probleme lösen würden. Das war nun wohl die wahre Elsa, die da schrieb. Ich schaute zu Helga auf. Ihre Augen waren grau verschleiert, und sie wich meinem Blick aus. Den nächsten Post hatte Elsa im Januar geschrieben.

Blog-Eintrag Nr. 27:
Leg dich hin, spreiz die Beine, entspann dich, lass es geschehen, dann tut es weniger weh, weniger weh, weniger weh. Ich lege mich hin, ich entspanne mich, ich lasse es geschehen, und es tut weniger weh. Aber später merke ich, dass ich tot bin ohne den Schmerz. Es ist der Schmerz, nur der Schmerz, der mich am Leben hält.
E.

Ich schaute wieder hoch, und diesmal begegneten sich unsere Augen.

«Wurde sie vergewaltigt?», fragte Helga.

«Ich weiss es nicht.» Mein Hals war wie zugeschnürt.

Blog-Eintrag Nr. 29:
Ich bin gut als Illegale, sehr, sehr gut. Ich werde nie kontrolliert. Ich weiss, wie ich mich bewegen muss, ich kenne die Regeln. Geh nie nach draussen ohne einen klaren Plan. Gehe von A nach B, geh geschäftig, du willst nach B, du gehörst dazu, du eilst, du arbeitest, du bist unterwegs. Du hast kein B? Erfinde es, träume es, sieh es vor dir und dann eile dorthin. Du kreist nur um das A? Du hängst fest? Du bist nicht unterwegs in die Zukunft? Du hast gar keine Zukunft? Du gehörst nicht zu uns, du gehörst nicht in unser Land.
E.

Rasch las ich die nächste Seite, die Helga mir gereicht hatte. Der Eintrag war erst vor einem Monat geschrieben worden.

Blog-Eintrag Nr. 42:
Angst macht hart, eine gute, starke Härte, Lebenshärte, ein Leben ohne Seele. Man gewöhnt sich an alles. Aber meine Seele war einst gross und strahlend, übermütig, warm und stark. Jetzt ist sie noch nicht nichts, aber fast. Ich habe sie in Stein eingeschlagen, sie reibt sich an den rauen Wänden. Das bisschen mehr als nichts reibt und reizt und schmerzt.
Das bisschen mehr als nichts ist mein Leben. Ich will es nicht verlieren, so armselig es auch ist. Meine Hände sind Klauen, nicht loslassen, nie loslassen. Schmerz, so viel Schmerz in meinem Nacken, meinem Rücken. Ich huste Blut. Schmerz ist Leben. Noch lebe ich.
E.

«Helga, das hilft mir nicht weiter. Sie ist am Sterben, ich muss wissen, wo sie ist.»

Meine Stimme tönte schrill in meinen Ohren. Kurz blitzte vor meinen Augen der Anblick der aufgerissenen und geschändeten Leiche auf, und ich fühlte so deutlich einen kalten Luftzug in meinem Nacken, dass ich mich rasch umdrehte.

«Warte, warte! Ich habe etwas gefunden», sagte Helga hastig. «Weiter hinten.» Sie blätterte hastig durch die losen Blätter. «Hier. Lies das. Den letzten Eintrag. Sie hat ihn am 2. September geschrieben.»

Blog-Eintrag Nr. 48:
Es ist so weit, es ist so weit, meine Lieben. Ich muss raus, ich gehöre nicht zur Familie, ich gehöre zu nichts, zu rein gar nichts. Nicht einmal zur Zuflucht. Wenn ich nur schon dieses Wort höre, Zuflucht, könnte ich kotzen. Wir steigen immer weiter ab, sagt Pedro. Zuerst hatte ich eine Zukunft, dann das IRZ, dann die Zuflucht. Und jetzt gar nichts mehr. Aber irgendwann geht es einfach nicht mehr weiter nach unten. Nur noch raus. Aber wohin? Ich habe keine Ahnung.
E.

«IRZ? Was ist das? Oder kennst du eine Organisation mit Namen Zuflucht?»

Helga schüttelte den Kopf. «Nie gehört, Lou. Aber immerhin haben wir jetzt Namen, einen Anhaltspunkt.»

«Sie hat im anderen Blog von einem Zentrum gesprochen. IR-Zentrum?»

Ich setzte mich an meinen Rechner, öffnete Google, suchte nach «Zuflucht Bern» und fand nichts Zutreffendes. Dann gab ich IR-Zentrum Bern ein und fand sofort einen Eintrag, der auf dieses Kürzel passte: IRZ Bern, Interreligiöses Zentrum Bern an der Freigutstrasse 16, 3018 Bern, Stiftung der Berner Mission mit Sitz in Solothurn.

«Was ist das für eine Mission? Hast du je davon gehört?», fragte Helga, die mir über die Schulter gespäht hatte.

Ich schüttelte den Kopf. «3018 – das ist in Bümpliz, im Stöckacker.»

«Ich muss jetzt wieder runter», sagte Helga und erhob sich. «Da warten Kinder darauf, dass sie endlich geboren werden. Gib mir Bescheid, wenn du was rausfindest.»

Nachdem Helga weg war, suchte ich nach Informationen, die ich zu diesem IRZ und der Berner Mission finden konnte. Sie hatte eine eigene Homepage, und es existierte sogar ein kurzer Artikel auf Wikipedia über sie. Die evangelische Missionsgesellschaft war 1835 in Bern gegründet worden. Schon bald war sie mit Spendengeldern aus der Nordwestschweiz und aus Süddeutschland in Russland, in Westafrika und Indien tätig. Ihr Ziel war es, christliche Schulen zu gründen und die Dorfbewohner zum christlichen Glauben zu bekehren. Anfangs des 20. Jahrhunderts war die Blütezeit ihrer missionarischen Tätigkeit erreicht. Die Berner Mission verfügte über ein beträchtliches Budget und war nun auch in Südamerika tätig. Die zwei Weltkriege brachten aber die missionarische Arbeit fast gänzlich zum Erliegen. Auch die Spendenmenge brach aufgrund der Armut in Europa stark ein. Nach Beendigung des Zweiten Weltkriegs änderte sich die Zielsetzung der Gesellschaft von Grund auf. Zunehmend ging es um eine partnerschaftliche Zusammenarbeit mit den Kirchen in Übersee, die Missionare wurden zu Mitarbeitern, und die Zusammenarbeit war immer mehr auf praktische Probleme ausgerichtet und nicht auf religiöse Fragen.

Ich wurde vom Klingeln des Telefons unterbrochen. Am Empfang warte ein Herr Kummer auf mich.

Hans-Ruedi? Was wollte der hier im Walmont?

Der Herr wolle nicht nach oben kommen, ich solle ihn bitte in der Lobby treffen, hiess es. Ich hatte kein gutes Gefühl bei dieser Sache, und damit hatte ich für einmal vollkommen recht. Hans-Ruedi begrüsste mich ungewohnt förmlich. Seine Augen waren kalt.

«Was ist los, Hans-Ruedi?»

«Nicht hier. Gehen wir nach draussen.»

Wir gingen schweigend nebeneinander bis zum hintersten Winkel des Parks, urplötzlich blieb er stehen.

«Was wird da gespielt, Lou?», herrschte er mich an.

«Ich habe keine Ahnung, was du meinst.»

«So?»

«Warum bist du so wütend auf mich?»

«Jetzt hör mal gut zu», fuhr er fort, «heute Morgen hatte ich Besuch von der Polizei. Kriminalpolizei, um genau zu sein. Und weisst du, was sie mich gefragt haben?»

Ich schüttelte hilflos den Kopf.

«Ob mir in der letzten Zeit Fälle von multiresistenter TB gemeldet worden seien. Besonders aus der Region Bern.»

«Was? Aber warum?»

«Weil die beiden Mordopfer von Bümpliz an multiresistenter TB erkrankt sind, darum!»

«Was?»

«Der Xpert MTB/RIF-Test war positiv. Resistenz für Rifampicin. Kommt dir das bekannt vor?»

«Ich –» Einen Moment war ich sprachlos. «Was hast du ihnen gesagt?», fragte ich schliesslich.

«Dass uns am 18. September zwei Fälle aus Bern gemeldet worden seien. Dass es sich um eine Frau und ihr neugeborenes Kind handle. Dass die beiden Schweizer Bürger seien. Und dass ich ihnen wegen dem Arztgeheimnis und der Registerverordnung die Namen nicht nennen dürfe.»

«Und?»

«Sie wurden wütend, haben mich unter Druck gesetzt. Ich habe nicht nachgegeben. Jetzt werden beiderseits die Juristen beigezogen. Und das kann dauern.»

«Danke.»

«Das habe ich nicht für dich getan, Lou. Die Typen waren so was von arrogant, da habe ich mich stur gestellt. Aber was ich jetzt wissen will: Hast du davon gewusst? Warum bist du mir am Telefon so ausgewichen? Was geht da ab?»

«Ich weiss es ja auch nicht, Hans-Ruedi.»

Ich dachte nach, versuchte, die neue Information in die Bruchstücke einzubauen, die mir bekannt waren. Wie hing das alles zusammen? Was hatte Frau Bauer mit den Mordopfern zu tun? Eine Sekunde lang sah ich das Gesicht des getöteten

Mannes vor mir, und dann war auch wieder der Geruch da. Ich fasste mich an den Magen, hielt den Atem an.

«Was ist los mit dir? Bist du krank?», fragte Hans-Ruedi.

Ich schüttelte den Kopf und atmete langsam ein und aus. Besser.

«Waren die Opfer als Flüchtlinge in der Schweiz?», fragte ich.

«Das haben sie mir nicht gesagt.»

Hans-Ruedi versuchte, einen Stein wegzukicken, traf aber daneben und fluchte.

«Sie haben mir überhaupt gar nichts gesagt, die arroganten Wichser!»

Er holte nochmals weit aus, traf diesmal den Stein, der mit einem weitherum hallenden Bong an einen Wegweiser knallte.

«Vielleicht ist es ja ein zufällig gehäuftes Auftreten dieser TB-Form?», wagte ich mich vor.

«Zufall? Das glaubst du ja selbst nicht, Lou.»

«Ich weiss jedenfalls nichts über die Mordopfer, Hans-Ruedi. Ich schwöre es.»

Hans-Ruedi scharrte mit einem Fuss die Kieselsteine auf dem Parkweg hin und her und schien nachzudenken. Er schaute wieder auf.

Ich realisierte erleichtert, dass seine Augen wieder den gewohnt freundlichen Wärmepegel erreicht hatten.

«Also gut, ich glaube dir. Aber etwas stimmt da nicht. Ich an deiner Stelle wäre sehr vorsichtig. Und übrigens, du weisst kein Wort davon, dass die Mordopfer TB hatten. Got it?»

Die Mordopfer hatten ebenfalls aktive multiresistente TB wie Frau Bauer, Josephine und wahrscheinlich auch diese Elsa. Wenn es ein Beziehungsdelikt war und sich Mörder und Opfer kannten? War der Täter ebenfalls an TB erkrankt? Frau Bauer würde ich es sofort zutrauen, jemanden umzubringen. Aber sie lag bei uns in der Klinik und war vierundzwanzig Stunden täglich unter Aufsicht. Ich schüttelte den Kopf über die Absurdität meiner eigenen Gedanken. Drehte ich langsam durch? Was tat ich da eigentlich?

In einem Punkt hatte Hans-Ruedi jedenfalls völlig recht: Wir mussten alle, die sich bereits mit multiresistenter TB angesteckt hatten, so rasch wie möglich finden. Ich ging zurück ins Büro, setzte mich wieder an meinen Rechner und las hastig weiter. Ziele der heutigen Arbeit der Berner Mission, Völkerverständnis, bla, bla … Zentren in der Schweiz, Organisationsmatrix, bla, bla … Seelsorge, kultureller Austausch, bla, bla.

Wo waren bloss die Informationen zu diesem verfluchten Zentrum in Bern? Konnte denn niemand eine Website so aufbauen, dass man die Informationen fand, die man suchte? Endlich fand ich den richtigen Link. Das Interreligiöse Zentrum, kurz IRZ, 1997 von der Berner Mission gegründet, war «ein Treffpunkt für MigrantInnen und SchweizerInnen und ein Flüchtlingszentrum mit einer maximalen Platzzahl von sechzig Personen». Aufgenommen wurden anerkannte Flüchtlinge und Personen, die ein Asylgesuch gestellt hatten, von achtzehn bis fünfundsiebzig Jahren. Familien mit minderjährigen Kindern wurden ebenfalls betreut.

Sollte ich einfach dort anrufen und fragen, ob bei ihnen eine Elsa wohne? Oder früher gewohnt habe? War das eine vertrauliche Information? Aber hundertpro, wie Helga sagen würde. Vielleicht war ja der Zentrumsleiter der Mörder?

Mitten in meine Überlegungen platzte Holger herein.

«Schneider war stinkwütend, dass du nicht gekommen bist. Er hat gesagt, dass die Forschungsabteilung seine Weisungen nicht ernst nimmt und dass das nicht so weitergehen kann.»

Ich zuckte mit den Achseln und klickte weiter auf der Internetseite herum.

«He, Lou, ich rede mit dir.»

«Ich habe herausgefunden, wo Elsa wohnt. Oder jedenfalls bis vor Kurzem gewohnt hat.»

«Was? Wo?», fragte Holger, und Schneider war für den Moment vergessen.

«In einem Flüchtlingszentrum, das von der Berner Mission betrieben wird. Es heisst Interreligiöses Zentrum, IRZ, schon mal gehört?»

Holger schüttelte den Kopf. Ich erklärte ihm kurz, was Elsa in ihrem Blog geschrieben hatte.

«Wir müssen dahin», sagte Holger.

«Und wenn wir dort Leute mit Verdacht auf TB finden, müssen wir die Behörden informieren», sagte ich.

«Oh nein, Lou, das kannst du nicht machen, wir haben Frau Bauer versprochen –»

«Stopp. *Du* hast das versprochen, nicht ich. Hast du mir überhaupt zugehört? Wir haben in Bern ein Zentrum voller Leute, die wahrscheinlich multiresistente Tuberkulose um sich streuen. Dieses Zentrum befindet sich mitten in einem Wohnquartier.»

«Ich bin Arzt. Meine Pflicht ist es, den Kranken zu helfen.»

«Und ich bin Epidemiologin. Meine Pflicht ist es, die Gesunden zu schützen.»

Unsere Stimmen waren so laut geworden, dass Tscharya ins Zimmer gelaufen kam.

«Was ist denn nur in euch gefahren?», fragte sie vorwurfsvoll.

«Entschuldige, Tscharya. Bitte lass uns allein. Und mach die Tür hinter dir zu.»

Tscharya schüttelte unwillig den Kopf, gehorchte aber.

«Die Menschheit hat nur überlebt, weil wir irgendwann angefangen haben, Regeln aufzustellen, wie wir mit ansteckenden Krankheiten und den Kranken umgehen sollen. Wann und wie wir die Gesunden von den Kranken trennen müssen», versuchte ich Holger zur Vernunft zu bringen. «Ist dir eigentlich bekannt, dass in der grossen Pest-Pandemie im 14. Jahrhundert alleine in Europa mehr als fünfundzwanzig Millionen Menschen gestorben sind? Damals hatte dieser Erreger die reelle Chance, die gesamte Menschheit von der Erde zu tilgen. Und behaupte ja nicht, so etwas wäre heute nicht mehr möglich!»

«Vielleicht wäre es ja besser gewesen, wenn wir ausgestorben wären», sagte Holger.

Darauf wollte ich nicht eingehen.

«Jedenfalls sind die Seuchengesetze wichtig», sagte ich.

«Du hast mir doch selbst erzählt, dass die Pest nur dadurch verschwunden ist, weil die eine Rattenart die andere verdrängt hat und damit der Erreger keinen Wirt mehr hatte», fuhr Holger wiederbelebt fort. «Das hatte überhaupt gar nichts mit irgendwelchen Gesetzen zu tun.»

Ich seufzte. Ich fuhr den Rechner herunter, räumte meine Unterlagen weg und zog mir die Jacke an.

«Wo gehst du hin, Lou?»

«Fussball spielen.»

Er glaubte mir nicht, aber das war mir egal. Eine Fussballnacht mit dem alten Haufen, Wurst und Bier und natürlich der Wille, zu siegen, auch wenn man kaum mehr wusste, wo sich das Tor befand. Das war jetzt genau das richtige Programm für mich.

***

Sobald ich zu Hause angekommen war, verliess mich der Mut. Welcher Wahnsinn hatte mich gepackt, als ich Felix versprach, da mitzumachen? Wenn die Musik allzu übel war, würde ich so bald wie möglich abhauen. Wegen Herzschwäche, einem akuten Malariaschub oder vorzeitigen Wehen. Eine Ausrede würde mir sicher in den Sinn kommen. Vielleicht fanden sie ja eine Ersatzfrau für die «Brain Drain».

Mit mulmigem Gefühl machte ich mich auf den Weg nach Köniz. Wenigstens regnete es gerade nicht. Ich stellte mein Velo unter dem Glasdach bei der Gemeindeverwaltung ab und ging die letzten Schritte zu Fuss. Auf dem steilen Weg zum Schlosshof hinauf hörte ich ein energisch wütendes Wummern, das mich sofort elektrisierte. Das war weder Ländler noch Schlager noch Pop. Das war Energie, Wut und ein Pace nahe der Raserei. Und es tönte wie nichts, was ich bisher gehört hatte.

Der DJ-Stand befand sich noch immer am gleichen Ort vor dem Ritterhaus. Ein gross gewachsener, schlanker Typ mit langen schwarzen Haaren und Kopfhörer stand hinter der Theke und blickte erst von seinem Laptop auf, als ich mit meiner Hand vor seinen Augen herumwedelte. Sein konzentrierter Blick brauchte einen Moment, um aufzuklaren und mich zu fokussieren.

Ich deutete auf den Lautsprecher und schrie: «Was ist das?»
Er nickte, lächelte und streckte mir eine CD hin: Apocalyptica. Vier Cellisten aus Finnland. Cellos? Dann hörte ich es endlich: Saiten! Unglaublich! Cellos als Rhythmusinstrumente, hart und klar wie ein Schlagzeug, die Akkorde wuchtig mit satten Bässen und sägenden Obertönen. Das nächste Stück war von Metallica. Wunderschöner Anfang einer Ballade, singender, schmelzender Ton – und dann der Wechsel ... gnadenlose Härte und Speed! Das war der Moment, in dem ich mich auf diese Nacht zu freuen begann. Der DJ wählte Apocalyptica, Metallica, Iron Maiden, Favez. Und traf damit genau meine Stimmung.

Die «Brain Drain» hatten auch Fortschritte gemacht. Wir hatten sogar ein richtiges Mannschaftstenue. Unsere T-Shirts (meines wie gewohnt viel zu lang und weit) waren schwarz, verziert mit den Typen aus «Mars Attacks», porträtiert in dem Moment, in dem gerade ihre giftgrünen Hirne platzten.

Ich hackte und schupfte, krallte mich in Arme und T-Shirts, bremste aus, drängelte mich mit den Gegnern herum und knallte bei Gelegenheit mit allem, was ich hatte, auf den Ball, und das alles zu Songs wie «Disposable Heroes». Technisch war ich eine miserable Spielerin, aber wenn ich wütend wurde, klebte ich wie eine Klette an den Gegnern. Ich war unnötig grob und erntete mehrmals schräge Blicke. Aber da die meisten meiner Gegner doppelt so schwer waren, blieb der Schaden, den ich anrichtete, gering.

«Eine verdammte Nervensäge mit spitzen Ellbogen, hueresiech», hat mich einer genannt.

Wir schieden erst kurz vor zwei Uhr früh aus, im Viertelfinale, ein Rekord für uns mittelalterliche Spastis. Ich kam um fünf Uhr humpelnd nach Hause, mit einem aufgeschlagenen Knie, blauen Flecken an Oberarm und Schienbein, siegestrunken und extrem zufrieden.

5

Freitag, 21. September

Beim Aufstehen taten mir alle Knochen weh, aber ich fühlte mich in dem Hochgefühl, etwas furchtbar Blödes gemacht und extrem genossen zu haben. Ich benötigte etwa die doppelte Zeit, um mit meinem Velo zum Walmont zu fahren, aber ich hatte es nicht eilig, und die schüchterne Morgenröte schien mir nach all dem Grau der letzten Wochen wie ein berauschendes Farbenspiel.

Unter meinen E-Mails war eine Nachricht von Philipp. Er erkundigte sich, wie weit ich mit der Wohnungssuche sei, ob ich etwas Interessantes in Aussicht hätte. Falls ich es vorziehe, in der Stadt zu wohnen, könne er sich das auch vorstellen, auch wenn ihm eine Siedlung im Grünen mehr zusagen würde. Ich solle mir doch einmal die neuen Siedlungen beim Westside anschauen. Die Parterrewohnungen hätten einen Gartensitzplatz, und ganz in der Nähe sei eine Kita und die Schule mit Kindergarten. Eine familienfreundliche Siedlung werde auch in Niederscherli gebaut. Die Fünf-Zimmer-Wohnungen seien Ende nächsten Jahres bezugsbereit. Er habe Anfang Oktober zwei Wochen Ferien bekommen und plane eine Reise durch das Hinterland von Québec. Er würde ein Wohnmobil mieten. Er würde sich sehr freuen, wenn ich mitkäme. Wir könnten durch die Wälder fahren, uns die grossen Seen anschauen, ein Vogelparadies, das seinesgleichen suche, und, falls ich es wünschte, auch ganz in den Norden zu den Schnee-Eulen fliegen. Ich öffnete das Attachment und sah eines dieser grässlichen Monster vor mir. Ein Haus auf vier Rädern. Wusste denn Philipp nicht, dass ich diese Dinger hasste und am liebsten mit dem Velo und Zelt unterwegs war?

Kurz entschlossen schrieb ich zurück, ich wisse nicht, was ich in meinen Ferien machen würde. Er solle sich seine Wohnung bitte selber suchen. Ich hätte überhaupt kein Interesse, aus meiner Wohnung auszuziehen. Ich gab mir Mühe, einen etwas versöhnlichen Schluss zu finden, und schrieb noch etwas vom Wetter und dass ich hoffe, es ginge ihm gut beim Wälderdurchstreifen. Ich dachte noch immer über Philipp und unsere Beziehung nach, da schaute Helga bei mir vorbei.

«Die Polizei sagt nun auch, dass es sich möglicherweise um einen Serienmörder handelt», sagte sie, wuchtete mein Zehn-Kilogramm-«Oxford Textbook of Public Health» auf die Seite und platzierte ihren Hintern mitten auf meinen Arbeitstisch.

«Vielleicht ist es so ein Typ wie der in ‹Seven› oder in ‹Das Schweigen der Lämmer›, was meinst du, Lou?», fuhr sie fort.

«Das glaube ich nicht.»

«Was glaubst du nicht?»

«Dass es sich um einen solchen Täter handelt. Die gehen doch immer sehr überlegt vor. Alles muss bis ins Detail ganz genau stimmen. Diese Menschen sind während der Tat völlig kontrolliert. Das war hier nicht der Fall. Da ist jemand vor Wut und Hass regelrecht durchgedreht.»

«Bist du jetzt eigentlich bei der Polizei, oder was? Du redest über diese Morde, als ob du die Toten gesehen hättest.»

«Habe ich ja auch.» Ich bedauerte sofort, was ich gesagt hatte.

«Was? Was soll das heissen, Lou?»

«Nein, stimmt nicht.»

«Was: Nein, stimmt nicht? Jetzt sag, was los ist. Oh nein, mach nicht dieses Gesicht, als ob ich eine eklige Spinne wäre oder so.»

Ich seufzte. Es hatte doch keinen Sinn, Helga hatte Blut gerochen und würde nicht lockerlassen, bis ich ihr einen Happen hingeworfen hatte. Vielleicht würde es mir ja helfen, wenn ich wenigstens einmal mit jemandem darüber sprechen konnte, was geschehen war. Ich schloss die Tür.

«Du darfst niemandem davon erzählen. Versprochen?»

Helga nickte eifrig. Das Nicken kam zu rasch, die Augen waren zu leuchtend.

«Es ist mir ernst, Helga.»

Diesmal zögerte sie einige Sekunden und versprach es in ernstem Ton.

«Die zweite Leiche – ich habe sie gesehen», sagte ich.

«Aber was hast du mit dem Fall zu tun? Hat die Polizei dich angefragt? Warum?»

«Es war ein blöder Zufall. Ich habe ...», noch immer hatte ich Mühe, die richtigen Worte zu finden, «es war dieser Spinner Oswald Gubser, der die Leiche gefunden hat. Und er hat sie mir gezeigt.»

«Wer ist Oswald Gubser? Wie hat sie ausgesehen?»

«Grauenhaft, Helga, es war – grausig.»

Helgas Augen brannten vor Neugierde.

«Ich habe gar nicht richtig hingesehen. Es war ein Schlachtfeld, der Körper war völlig zerfetzt. Und die Farbe – der Mörder hat den Toten von oben bis unten mit weisser Farbe vollgeschmiert. Und die Farbe hat sich mit dem Blut vermischt.»

Der Gestank stieg mir wieder in die Nase. Mir wurde übel. Helga legte ihre Hand auf meine.

«Soll ich dir was zu trinken holen?», fragte sie.

«Und deshalb glaube ich auch nicht, dass es ein Profi war», konnte ich endlich fortfahren. «Diese Tat – das war das Gegenteil einer überlegten Handlung.»

«Mit Farbe vollgeschmiert? Was soll denn das bedeuten? Das macht man aber nicht spontan», widersprach Helga.

Ich erzählte ihr die Geschichte nochmals von Anfang an. Danach fühlte ich mich tatsächlich etwas besser. Dass die Mordopfer an TB erkrankt waren, verschwieg ich allerdings. Helga versuchte, mich zu trösten, und verschonte mich mit Fragen nach den grausigen Details, die ich gesehen hatte.

«Dieser Oswald Gubser ist ja wirklich völlig verrückt!», sagte sie schliesslich. «Ein Wunder, dass die Polizei ihn wieder laufen liess.»

«Der Mörder hat ein Messer verwendet und keinen Flammenwerfer. So viel jedenfalls ist klar.»

«Der Typ zieht mit einem Flammenwerfer in den Kampf

gegen Pflanzen!» Helga lachte. «Du hast immer wieder die merkwürdigsten Freunde.»

«Gubser ist definitiv nicht mein Freund, Helga. Aber *du* bist es. Denk mal darüber nach.»

«Reg dich nicht auf. War ja nicht so gemeint.»

Sie empfahl mir noch eine Kräuterteemischung zur Aufhellung meiner Stimmung und zur Heilung von traumatischen Erlebnissen.

«Aber so geschafft, wie du heute Morgen aussiehst, hast du wohl die ganze Nacht gesoffen. Das hilft nie, das weisst du doch.»

«Ich habe nicht gesoffen, Helga, sondern Fussball gespielt.»

«Fussball gespielt? Die ganze Nacht? Du hast dir auch schon bessere Ausreden ausgedacht, Lou.»

Zwei Stunden später platzte eine aufgeregte Tscharya in mein Büro. Das schweizerische Rote Kreuz mache im Rahmen des Schengenabkommens eine grenzsanitarische Kontrolle, und ich sei aufgeboten worden, teilzunehmen.

Es vergingen einige Sekunden, bis dieser Wasserfall an Wörtern in meinem müden Gehirn bis zum Sprachzentrum durchgedrungen war und sich in eine Botschaft verwandelte. Eine Botschaft, die mich schlagartig hellwach machte. Tscharya reichte mir den Brief mit Absender SRK und beobachtete mich, die Augen blank vor Neugierde. Laut dem Schreiben waren vom SRK offiziell aufgeboten worden: Dr. med. Holger Grimm, Dr. phil. Louisa Beck und Frau Helga Sommer. Eine heisse Welle der Wut schoss durch meinen Körper.

«Ich muss mal telefonieren», knurrte ich Tscharya an, schob sie unsanft aus meinem Büro und knallte die Tür zu.

Das würde ich büssen müssen. Tscharya hasste es, wenn ich sie aus irgendetwas, was die Forschungsabteilung anging, ausschloss. Und es gab bisher auch keinen Grund, dies zu tun. Sie war die Zuverlässigkeit, Loyalität und Cleverness in Person. Auch wenn sie mit ihren sich alle paar Wochen wandelnden Punkfrisuren und zwischen drei und sieben variierenden Piercings im Gesicht nicht so wirkte.

Holgers Stimme klang gehetzt. «Moment, Lou.»

Ich hörte, dass er ebenfalls seine Bürotür schloss. Wir hatten da eine richtige kleine Verschwörung am Laufen.

«Bist du eigentlich verrückt geworden? Ich habe gesagt, dass ich da nicht mitmache, und du …!», brüllte ich ihn an.

«Beruhige dich Lou.»

«Ich habe aber keine Lust, mich zu beruhigen. Das ist eine Unverschämtheit. Ich mach da nicht mit, auf gar keinen Fall.»

«Ich weiss, dass das nicht ganz korrekt ist, aber mir ist nichts anderes in den Sinn gekommen.»

«Das kostet dich was, Holger, das kann ich dir schon mal sagen. Was hast du dir da nur ausgedacht? Eine Delegation des SRK? Wie sollen wir das durchziehen?»

«Das ist doch eine prima Idee, dass wir eine Kontrolle machen müssen. Möglichst offiziell und bürokratisch, du weisst schon. Und Irina ist doch Vorstandsmitglied im SRK, Bereich Migration. Mir ist nichts anderes in den Sinn gekommen.»

Irina? Schlagartig bekam ich Magenschmerzen.

«Ach, Holger. Das kommt nicht gut.»

«Irina wird mich nicht im Stich lassen, das weisst du. Ich habe ihr das Ganze erklärt, und sie findet auch, dass wir versuchen müssen, etwas zu unternehmen. Sie hat wirklich positiv reagiert.»

Der letzte Satz kam zögerlich.

«Erzähl mir keine Märchen, Holger.»

«Nun ja, sie hat mir wirklich geholfen. Bis sie erfahren hat, dass du dabei bist, da ist sie ausgeflippt.»

Ich spürte, wie mein Herz zu rasen begann. Irina würde mich mit Begeisterung auffliegen lassen. «Wir müssen das sofort abblasen, das wird eine Katastrophe!»

«Zu spät. Sie erwarten uns heute um Viertel nach elf im Zentrum.»

«Aber das ist ja schon in einer Stunde!»

«Kreisch mir nicht so in die Ohren, Lou. Ich habe fast nichts geschlafen letzte Nacht.»

Mein Magen verknotete sich. Diese Geschichte war bereits jetzt völlig verfahren. In diesem Moment klopfte jemand an, und ich hängte auf. Es war Helga, die mir ein Bündel Kleider entgegenstreckte.

«Hat dich Holger schon angerufen? Hier, das wirst du für unsere Inspektion brauchen.»

«Was ist denn das?»

«Das habe ich von einer meiner Hebammen ausgeliehen. Sie hat etwa deine Grösse und war früher Flugbegleiterin bei der Air Berlin. So, wie du immer angezogen bist, kannst du nicht mitkommen. Mach vorwärts, wir müssen gehen.»

«Helga, macht dir das eigentlich Spass? Hast du keine Angst, dass wir in Teufels Küche kommen?»

«Keine Panik, Lou, ich habe das voll im Griff. Du musst nur höchst bürokratisch tun, dann kannst du machen, was du willst. Die sind sich das gewohnt. Lass das nur meine Sorge sein.»

«Das ist kein Witz, Helga. Holger und du, ihr macht einen Riesenfehler.»

«Es ist für eine gute Sache. Komm mit und sorge dafür, dass wir nicht im Gefängnis landen. Mach vorwärts, wir sollten schon weg sein.»

Innerlich fluchend zog ich mich um, so schnell ich konnte. Das mit der gleichen Kleidergrösse stimmte nur bedingt. Die Hebamme war wohl etwa zehn Zentimeter grösser als ich. Der dunkelblaue Rock ging weit über meine Knie, das Jackett war bei den Schultern etwas zu breit und die Ärmel deutlich zu lang. Dazu kamen hautfarbene Strumpfhosen und braune Schuhe mit hohen Absätzen, die meine Zehen zusammenquetschten, obwohl sie mindestens eine Nummer zu gross waren. Ich sah aus wie eine grässlich altmodische Tante, die in der Reinigung eingegangen war. Leise fluchte ich vor mich hin, während Tscharya mit riesigen Augen von meiner Kleidung zu meinem Gesichtsausdruck hin- und herwechselte. Und dann fing sie an zu lachen.

«Sag ja kein Wort. Ich hoffe, dass wir heute Nachmittag wieder da sind.»

***

Mit drei Minuten Verspätung trafen Helga, Holger und ich in der Freigutstrasse ein. Die Nummer 16 stellte sich als dreistöckiger Siebziger-Jahre-Bau der übelsten Sorte heraus: völlig verwaschener dunkelgrauer Beton, gekrönt von dem üblichen Flachdach. Irgendwann hatte man das Teil aufgemotzt und die Balkone renoviert. Sie waren mit Glas und einer Menge Aluminium zu sogenannten Wintergärten umfunktioniert worden, in denen aber, wie allgemein üblich, keine Pflanzen wuchsen, sondern sich Altpapierstapel, Abfallsäcke und Wintersportgeräte stapelten. In einem der Balkon-Wintergärten war ein hübscher neuer Sonnenschirm aufgespannt, und ich versuchte mir vorzustellen, wie es war, in diesem hermetisch geschlossenen Glaskästchen unter dem Sonnenschirm zu sitzen, während draussen die Vögel sangen und der Wind durch die Bäume strich.

Der Eingang zum IRZ befand sich im Hochparterre. Mitten in der Eingangshalle des Gebäudes blieben wir alle drei wie erstarrt stehen. Auf der Eingangstür aus Milchglas lächelte uns eine Sonne freundlich an, und wir wurden in den verschiedensten Sprachen willkommen geheissen. Was uns erschreckte, waren die Schmierereien auf den Wänden rechts und links davon: drei Hakenkreuze und ein «Haut ab, Kanaken!».

Mein ungutes Gefühl verstärkte sich rapide. Ich hatte noch immer keine Ahnung, warum die beiden Opfer des Serienmörders von der gleichen, seltenen Krankheit betroffen waren wie Elsa. Aber irgendwann und irgendwo mussten sich die Lebenslinien dieser Menschen gekreuzt haben. Vielleicht hier in diesem hässlichen Betonklotz?

Nachdem wir die wenigen Stufen hochgestiegen waren, öffnete sich die automatische Glastür leicht stotternd. Sofort eilte eine junge Frau auf uns zu, die sich als Emilie vorstellte und uns mit eingeübter Herzlichkeit begrüsste. Nachdem wir Hände geschüttelt und den Zweck unseres Besuchs genannt hatten, rutschten ihre Mundwinkel rasant nach unten, und sie musterte uns mit zunehmender Nervosität. Nach kurzem Überlegen führte sie uns zu einer Tür mit der Aufschrift «Leitung», klopfte an und entfernte sich hastig.

Der Leiter des Zentrums, Paolo Tieri, bat uns herein und verschanzte sich hinter seinem Schreibtisch. Er war ein blasser Typ mit feinem blondem Haar, das sich stark lichtete. Sein Gesicht war schmal und lang, die hohe Stirn von scharfen Querfalten durchzogen. Sein Kopf wirkte auf dem aussergewöhnlich langen und dünnen Hals wie aufgestängelt. Er sah gleichzeitig intelligent und weltfremd aus. Helga hielt – wie abgesprochen – ihren kleinen Vortrag, und Tieri hörte schweigend zu. Etwas war sehr merkwürdig an ihm, aber es vergingen einige Minuten, bis ich es festmachen konnte. Er hörte zu ohne jegliche Zeichen, die man üblicherweise macht, also ohne jedes «Hm» oder Nicken als Zeichen dafür, dass man zuhörte und verstand. Dafür blinzelte er alle paar Sekunden etwa zehnmal hintereinander und blickte sein Gegenüber dann wieder völlig starr an. Die Ähnlichkeit mit einem Truthahn war frappant, aber in der Rolle des Serienmörders überzeugte er mich nicht.

Nachdem Helga geschlossen hatte, vergingen einige Sekunden, und dann sprach Tieri mit leiser Stimme über das Zentrum. Vor jedem Satz dachte er nach, und manchmal unterbrach er sich mittendrin, als ob er um die richtigen Begriffe ringen müsste. So wirkte seine Rede ungemein wichtig, aber ich hatte den Eindruck, dass er sie schon viele Male gehalten hatte. Er sprach über die Rolle der Kirche in der heutigen Gesellschaft, über die Notwendigkeit, die christlichen Glaubenssätze umzusetzen und in ihrer Umsetzung immer wieder zu hinterfragen.

«Die Kirche darf sich nicht aus allem heraushalten, was politisch umstritten ist. Sollen wir einfach wegschauen? Die Jugend von heute ist verwirrt und braucht einen Halt. Sie haben ja sicherlich die Sprayereien beim Eingang gesehen. Ich bin sicher, das sind Jungs, die nicht einmal wissen, wer Adolf Hitler war. Aber man muss sie ernst nehmen, sie sind voller Wut. Wir müssen unsere Verantwortung wahrnehmen.»

Er sprach noch über die Begleitung von Ausschaffungsflügen und dass sie die einzige kirchliche Organisation seien, die von Beginn an ihren Beitrag zu einer humanitären Abwicklung dieser leidvollen Momente beigetragen habe. «Das sind schwierige Entscheidungen. Aber wir müssen uns mit ihnen auseinandersetzen», schloss Tieri seine Rede salbungsvoll.

Helga, die sich als unsere Sprecherin etabliert hatte, war wieder an der Reihe. Sie sprach irgendeinen Unsinn von wegen Schengen, die Grenzen seien jetzt überall im Binnenland und der Notwendigkeit von grenzsanitarischen Kontrollen in den Flüchtlingszentren. Sie betonte, dass es ausschliesslich um die Gesundheit der Bewohnerinnen und Bewohner ginge und um die Hygiene, weshalb wir alle Räumlichkeiten inspizieren und mit den Bewohnern sprechen müssten.

Tieri schaute uns lange schweigend an.

«Unterstehen Sie dem Arztgeheimnis?», fragte er endlich.

Holger bejahte energisch, Helga nickte, und ich schwieg. Das schien ihm zu genügen.

«Dürfen wir jetzt das Zentrum sehen?», fragte Holger.

«Selbstverständlich. Wir haben nichts zu verbergen.»

Tieri führte uns einen Gang entlang, der zu zwei Sitzungszimmern und den Toiletten führte. «Alles behindertengerecht», sagte er.

Wir hörten Stimmen aus einem der Sitzungszimmer. Tieri öffnete die Tür so weit, dass wir alle hineinschauen konnten.

«Auf diesem Stockwerk sind unser Treffpunkt und die Fachstelle für interkulturelle Beratung und Austausch. Wir haben Besucher, die von Thun, von Fribourg und sogar von Olten hierherkommen. Das ist unser Gruppenraum. Jetzt findet gerade die Gesprächsrunde statt. Anschliessend gibt es immer Tee und Kuchen. Sehr beliebt.»

Es war ein gutes Dutzend Personen anwesend, das in einem Kreis auf Stühlen sass. In die Mitte hatte jemand ein üppiges Blumenarrangement platziert, und der süsse Duft von Lilien hing schwer in der Luft. Wir sahen einige schwarze Männer, einen in ein blaues Tuch gehüllten Tuareg, zwei Männer mit Turban und mehrere Frauen und Männer, die wahrscheinlich aus der Türkei stammten. Alles in allem eine eindrücklich gemischte Gruppe. Wir grüssten und gingen weiter. Pro forma liessen wir uns alle Räume zeigen, und Helga öffnete sogar einen Kühlschrank, um sich von der Sauberkeit zu überzeugen.

«Der Wohnbereich für die Asylsuchenden ist einen Stock weiter unten. Kommen Sie.»

Wir folgten Tieri zurück ins Treppenhaus und hinunter ins Sousparterre.

Die Wände im Eingangsbereich waren von Kindern bemalt worden. Es hatte eine Sonne, die lachte, Elefanten, Zebras, mehrere Kühe. Tieri drückte auf die Klingel.

«Werden die Bewohner etwa eingeschlossen?», fragte Holger.

«Das Schloss ist zu ihrem eigenen Schutz. Aber selbstverständlich erhalten alle einen Schlüssel. Wir haben immer mal wieder ungebetene Gäste. Und kürzlich gab es sogar einen Überfall auf unser Zentrum. Es handelte sich um eine Bande jugendlicher Rechtsradikaler oder eher Möchtegern-Nazis im Vollrausch. Sie waren ungefährlich, aber schrecklich laut und haben den Leuten Angst eingejagt.»

Wir hörten Schritte und das Rasseln eines Schlüsselbundes.

«Der Zugang zum Begegnungszentrum oben ist hingegen immer offen», erklärte Tieri. «Das ist uns wichtig. Aber dem Schutz der Flüchtlinge hier unten müssen wir selbstverständlich auch Rechnung tragen.»

Ein Hüne mit rostrot gelockten Haaren und ungepflegtem grauem Bart öffnete die Tür. Meine Hand verschwand vollkommen in seiner Pranke.

«Hannes Simonetti», stellte er sich vor, «das Mädchen für alles. Nicht zu verwechseln mit dem Chef.»

Es tönte, als ob er diesen Spruch schon tausendmal aufgesagt hätte.

Tieri lachte, aber es klang gezwungen. «Ich übergebe Sie jetzt Herrn Simonetti. Er wird Ihnen alles zeigen. Wollen Sie bitte nochmals bei mir erscheinen, bevor Sie gehen?»

Simonetti schloss hinter uns wieder sorgfältig ab und ging voraus. Vor uns lag ein langer schmaler Gang, ausgelegt mit hellgrünem Linoleum. Er bückte sich und sammelte gemächlich einige Papierfetzen auf, die herumlagen, rückte einen Stapel

Harassen mit Pepsi-Cola-Flaschen gerade und räumte ein Spielzeugauto weg, das mitten im Weg lag.

«Damit niemand darüber fällt», erklärte er.

Simonetti bewegte sich langsam und konzentriert, nahm seine Arbeit offensichtlich sehr ernst. Er zeigte uns als Erstes einen der Schlafräume. Ein langer schmaler Schlauch ohne Fenster, zwölf Doppelbetten an einer grellgelb bemalten Wand, pro Bewohner je ein Spind mit Zahlenschloss, zwei Lavabos ganz hinten. Alles war sehr sauber, sehr aufgeräumt, sehr eng und extrem ungemütlich. Von der Decke hingen einige nackte Glühbirnen. Das aufdringliche Gesurre einer schlecht gewarteten Klimaanlage nervte mich bereits nach wenigen Sekunden. Beim Gedanken, auch nur eine Nacht in diesem Raum schlafen zu müssen, schauderte es mich. Der zweite Schlafraum war ebenfalls fensterlos, etwas kleiner ausgemessen, mit acht Doppelbetten und – Luxus über Luxus – sogar einem Tisch, über den eine Häkeldecke gebreitet war, darauf eine Vase mit Trockenblumenstrauss und einige Zeitschriften.

Wir betraten ein halbdunkles grosses Zimmer, offensichtlich der Aufenthaltsraum des Heims, eingerichtet mit dem Charme und der Gemütlichkeit eines Bunkers der Schweizer Armee. An den Wänden hatte ein Witzbold Poster eines Reisebüros mit Ansichten der Copacabana, der Niagarafälle und des Eiffelturms angeheftet. Zwischen den Niagarafällen und dem Eiffelturm hing ein Fernseher hoch oben an der Wand, gesichert mit einem dicken Stahlkabel. Es lief «Die Sendung mit der Maus». Oberhalb der Tür war eine dieser grossen Bahnhofsuhren angebracht.

Auf den Sesseln und Sofas, die alle auf den Fernseher ausgerichtet waren, sassen knapp zwanzig Personen. Alle sahen uns schweigend an. Ein Kind lachte und wurde flüsternd zurechtgewiesen. Meine Hände wurden schweissnass. Helga begrüsste die Anwesenden, und Simonetti erklärte auf Deutsch und Englisch, dass wir Ärzte seien und mit ihnen sprechen wollten, um zu erfahren, ob sie hier im Zentrum gut behandelt würden. Holger bat darum, alle anwesenden Kinder untersuchen zu dürfen, und wurde von Simonetti in einen Nebenraum gebracht. Helga konzentrierte sich auf die Frauen. Nachdem sich herumgesprochen hatte, dass sie eine Hebamme war, erhoben sich zwei junge schwarze Frauen. Eine hatte ein Neugeborenes auf dem Arm, die andere war etwa im siebten Monat schwanger und hatte zwei Kleinkinder, die sich an ihren Rock klammerten. Helga verschwand ebenfalls in einem Raum, die Frauen im Schlepptau.

Und ich blieb stehen. Ich sollte versuchen, mit den Männern ins Gespräch zu kommen, und ansonsten die Augen offen halten, so der Plan, den wir fünf Minuten vor unserer Ankunft abgesprochen hatten. Das war mal wieder so eine Situation, wie ich sie von Herzen hasste. Ich riss mich zusammen und begrüsste die Anwesenden. Niemand antwortete. Ich setzte mich und richtete das Wort an meinen Nachbarn. Es war ein alter Mann, der aus der Türkei oder aus dem Balkan stammen mochte. Ich sprach ihn auf Deutsch, Englisch und Französisch an. Als einzige Antwort lächelte er mich freundlich mit seinen schlechten Zähnen an. Ob er mich nicht verstehen konnte oder nicht wollte, war nicht zu erkennen. Ich versuchte es bei den anderen Männern. Ich fragte, woher sie kamen, wie sie sich fühlten, ob sie gut behandelt würden und zuletzt, ob jemand von ihnen eine junge Frau kenne, die Elsa heisse, und vielleicht sogar wisse, wo sie wohne. Auf die unverfänglichen Fragen bekam ich meistens Antworten, wenn sie auch einsilbig ausfielen. Ein junger Mann aus dem Sudan hielt mir hingegen eine zehnminütige Lobrede auf die Schweiz, die in seinen Augen das Paradies auf Erden war. Aber Elsa schien niemand zu kennen. Bildete ich mir das nur ein, oder verschlossen sich ihre Gesichter, wenn der Name fiel?

Mein Blick fiel auf die grosse Uhr. Erst eine Viertelstunde war seit meiner Ankunft vergangen. Ich sass da und wusste nichts mehr zu sagen.

Ich versuchte, mir nicht anmerken zu lassen, wie unwohl ich mich fühlte. Immerhin hatte ich Zeit, mich umzuschauen. Die Vorhänge waren zugezogen. Es herrschte stickige Enge hier drin. Der Fernseher lief halblaut, und alle Augen waren auf den Bildschirm gerichtet. Ich musste gähnen. Meine Augen fühlten sich tonnenschwer an. Die Maus versuchte gerade, Wasser in Wein zu verwandeln. Jemand brachte eine Kanne Tee. Es wurden Tassen verteilt und Gläser, jemand verlangte Milch. Die Augen blieben gebannt auf den Fernseher gerichtet. Niemand wollte mit mir sprechen. Ich zuckte innerlich mit den Schultern. Ich hatte es versucht. Wieder musste ich gähnen. Mein Gott, war ich müde!

Mit Ausnahme des gedämpften Tons aus dem Fernseher hörte man kaum Geräusche. In dem einzigen Lichtstrahl von draussen, der durch ein Oberlicht eindrang, tanzten Staubpartikel. Die Welt schien stillzustehen. Die Situation erinnerte mich an ein Schiff auf hoher See, die Segel schlaff, kein Windhauch seit Monaten. Man hängt fest im Nirgendwo. Man harrt aus und versucht, sich gegenseitig nicht auf den Wecker zu gehen. Aber diese Enge, wenn auch nicht feindlich, war doch gefährlich. Hier könnte die Quelle der TB-Infektion sein, die Josephine an den Rand des Todes gebracht hatte.

«Man sollte mal lüften», sagte ich leise zu Simonetti, als er zurückkam.

«Das geht nicht. Die Fenster sind zugeschraubt.»

«Weshalb denn das?»

«Das ist eine Vorgabe der Gemeinde. Der Quartierleist befürchtet, dass die Anwohner gestört werden, wenn die ganze Nacht getrommelt wird und wenn es vom Kochen stinkt.»

«Meinen Sie das ernst?»

Er nickte.

Der Gedanke an die stickige Enge und die TB-Erreger weckte mich aus meinem Halbschlaf.

«Ich möchte gerne Ihre Unterlagen sehen mit den Namenslisten der Personen, die in den letzten zwölf Monaten hier gewohnt haben», sagte ich, ganz die strenge Inspektorin.

Simonetti nickte und führte mich zu einem kleinen Holztisch, der mit Brettspielen verstellt war. Eile mit Weile, passend für die Situation der Menschen, die hier festsassen … Nach kurzer Zeit kam Simonetti zurück mit einem Bundesordner, den er mir ohne Zögern aushändigte. Im Verzeichnis fand ich die Liste mit den Ein- und Austritten der Bewohnerinnen und Bewohner des Flüchtlingszentrums.

Ihr Name sprang mir sofort ins Auge: Nur, Vorname: Elsa;

geboren am 12. August 1993, aus Somalia. Sie war knapp zwei Jahre im IRZ gewesen und vor mehr als einem Jahr ausgetreten. Ich blätterte nach hinten zu Elsas Dossier und begann zu lesen. Das oberste Dokument begann mit amtlichem Blabla, dann wurde es interessant.

> Eltern: Osman und Habiba Nur. Angehörige der Minderheit der somalischen Bantu. Älteste Tochter von vier Kindern. Familie wohnhaft 50 km nördlich von Kismaayo, Tal des Jubba, lebt vom Gemüseanbau, Kinder arbeiten mit. Die Eltern sind Analphabeten, den Besuch einer Schule kann sich die Familie nicht leisten. Als E. N. 13 wird, schicken ihre Eltern sie weg. Eine entfernte Verwandte, Name unbekannt, nimmt das Kind mit in die Schweiz. E. N. gibt zu Protokoll, ihr sei versprochen worden, dass sie hier die Schule besuchen und später eine Stelle erhalten würde. Es würde ihr gut gehen, und sie würde so viel Geld verdienen, dass sie die ganze Familie ernähren könnte.

Ich hatte schon von solchen Geschichten gehört, sie endeten niemals gut. Die Frage war, wie viel davon der Wahrheit entsprach.

Die Reise in die Schweiz sei problemlos verlaufen, obwohl E. N. keine Papiere bei sich hatte. Bei der Passkontrolle habe sich die Verwandte als Angestellte der südafrikanischen Botschaft in Bern ausgegeben und gefälschte Papiere vorgewiesen. Gemäss Angaben von E. N. sei sie aber nicht in eine Schule gebracht worden, sondern in ein Bordell in der Nähe von Solothurn. An dieser Stelle war dem Dossier eine zusätzliche Aktennotiz des Bundesamtes für Migration angefügt.

> Die Angaben von Frau Nur über ihren Aufenthalt in einem Schweizer Bordell konnten nicht überprüft werden, da sie sich weigerte, Namen oder Adresse des Etablissements anzugeben. Frau Nur weigerte

sich auch, den Namen der Verwandten, die sie in die Schweiz eingeschleust habe, mitzuteilen. Eine Identifikation der beteiligten Personen und eine Bestätigung der Schilderungen konnten deshalb nicht vorgenommen werden.
Die Verwandte verlangte gemäss Angaben von E. N., dass sie zunächst 20.000 Franken Reise- und Vermittlungskosten abarbeiten müsse. E. N. habe nach einigen Monaten eine Prostituierte kennengelernt, die aus Tansania stammte. Diese gab ihr den Rat, zu fliehen und sich bei einem Sozialamt zu melden.
Vorläufige Aufenthaltsgenehmigung im Kanton Aargau und Eintritt im Zentrum für unbegleitete minderjährige Asylsuchende, ZUMA, in Bremgarten (AG).
Besuch der Erlenmatt-Oberstufen-Schule (Bremgarten, AG). Gemäss telefonischer Auskunft der Schuldirektion ausgezeichnete Schülerin. Gute Leistungen in Deutsch, Englisch und Mathematik. Nach Schulabschluss Aufnahme einer kaufmännischen Lehre bei der Firma Kimmler & Söhne, Sanitärinstallationen, in Bethlehem bei Bern und Bezug eines Zimmers im Interreligiösen Zentrum, IRZ, Bern.
Nichteintretensentscheid des Bundesamtes für Migration bei Eintritt in die Volljährigkeit. Verfügung, die Schweiz unverzüglich zu verlassen. Einstellung der Leistungen der Sozialhilfe per sofort.

«Ist das normal, dass auf Frau Nurs Asylantrag nicht eingegangen wurde?», fragte ich Simonetti, als er in meiner Nähe war.

«Welche Frau Nur?»

Ich zeigte auf das offene Dossier.

Simonetti las einige Zeilen, dann erinnerte er sich offenbar. «Ach ja, Elsa.» Er überlegte eine ganze Weile und sagte: «Diese Entscheidung ist nicht unüblich.»

«Warum?»

Er blätterte in Elsas Dossier und las einige Minuten.

«Sie hatte keine gültigen Papiere auf sich, als sie in die Schweiz kam», sagte er. «Sie hat bei der Befragung viele Informationen verschwiegen. Zum Beispiel den Namen der Frau, die sie in die Schweiz eingeschleust hat. Man kann ihre Geschichte nicht überprüfen. Es könnte alles erfunden sein. Ausserdem schien sich damals die Lage in Somalia etwas beruhigt zu haben.»

«Schien?»

«Nun ja, die Konflikte gingen leider bald darauf wieder weiter. Somalia ist nach wie vor eines der gefährlichsten Länder der Welt. Und praktisch unregierbar. Ausserdem leidet der Süden des Landes unter einer massiven Hungerkatastrophe.»

«Was hat diese Elsa Nur gemacht, als sie hier wegmusste?»

«Das weiss ich nicht.»

Hatte sich seine Stimme bei dieser Antwort verändert, oder bildete ich mir das wieder nur ein?

«Glauben Sie, dass sie wieder nach Hause zurückgekehrt ist?»

«Nach Hause?» Er schüttelte entschieden den Kopf. «Nein. Wie soll sie die Schweiz verlassen, durch halb Europa und Afrika reisen ohne Papiere? Und ausserdem, in Somalia hätte sie nichts als Armut und Unterdrückung erwartet.»

«Ja, aber – das heisst doch, sie kann die Schweiz nicht verlassen ohne Papiere, darf sich aber auch nicht in der Schweiz aufhalten. Das ist ja völlig schizophren.»

Er überlegte lange und antwortete dann: «Ja. Das ist es.»

«Und dem Bundesamt für Migration ist das klar?»

«Ja. Wahrscheinlich ist sie untergetaucht, wie alle anderen auch. Bei einem Sachabgabezentrum hat sie sich jedenfalls nicht angemeldet, das wüssten wir.»

«Was ist das für ein Zentrum?»

«Dort erhalten Flüchtlinge, die ausreisen müssen und keine Sozialhilfe mehr erhalten, etwas zu essen, Kleidung und ein Dach über dem Kopf.»

Er schwieg kurz und fragte: «Warum interessieren Sie sich eigentlich so für Elsas Geschichte?»

«Einfach so ... um zu verstehen, wie das hier funktioniert», antwortete ich. Simonetti schien zufrieden und machte sich wieder an die Arbeit.

Die Ungerechtigkeit und Stupidität des Vorgehens der Schweizer Behörden machte mich wütend. Wenn ich daran dachte, was Elsa in der Schweiz alles erlitten hatte, fühlte ich mich voller Scham und Trauer. Sie war noch so jung. Ihr Leben durfte nicht so enden. Ganz am Schluss des Dossiers war noch eine Aktennotiz angefügt, datiert einige Wochen vor Elsas Austritt aus dem IRZ, geschrieben und unterzeichnet von IRZ/SIM, das war wohl das Kürzel für Simonetti.

Die diplomatische Vertretung von Somalia hatte das IRZ informiert, dass die Eltern, zwei Schwestern und ein Bruder von Elsa bei einem Verkehrsunfall getötet worden waren. Zwei Überlandbusse waren zusammengestossen, siebenundvierzig Personen waren verletzt worden, zwölf davon starben. Darunter die gesamte Familie von Elsa. Simonetti hatte angefügt, dass sie Elsa daraufhin vorgeschlagen hatten, eine psychotherapeutische Behandlung zu beginnen. Sie sei aber nicht darauf eingegangen.

Damit endete das Dossier über Elsa. Ich blätterte weiter zum nächsten Fall, las aber nichts mehr. Ich versuchte, die kargen Worte, mit denen Elsas Schicksal zusammengefasst worden war, zu verstehen, zu verdauen. Aber es gelang mir nicht … und da war noch ein Detail, etwas, das mit Elsas Blog zusammenhing und das ich nicht verstand. Ich blätterte zurück zu ihrem Dossier, verglich die Daten der Ereignisse.

Und dann sah ich es: Elsa hatte ihren Blog auch nach dem Unfalltod ihrer Angehörigen weitergeführt. Hatte in ihrem Blog weiter diese bemüht hoffnungsfrohen Briefe an ihre Elterm und ihre Geschwister geschrieben, die längst tot waren. Warum?

Ein Satz stach mir in die Augen: Die Eltern sind Analphabeten, den Besuch einer Schule kann sich die Familie nicht leisten.

Elsas Blog … Ihre Eltern hatten ihre Texte gar nie lesen können. Sie schrieb diese Texte, damit sie sich nicht so einsam fühlte. Und nach deren Tod hielt sie ihre Familie auf diese Weise für sich am Leben.

All diese Schicksale, Geschichten von Not, Gewalt, Vertreibung, Angst und Einsamkeit. Im Grunde meines Wesens bin ich ein Feigling. Ich liebe mein geordnetes kleines Leben, ich will mich nicht mit den grossen Fragen auseinandersetzen: Warum lässt Gott diesen Wahnsinn zu? Warum gibt es Krieg? Warum werden Kinder geboren, um wenige Wochen später an Hunger zu sterben? Weil es keinen Gott gibt und auch keine Gerechtigkeit, das ist die einzig logische Antwort. Es bleibt eine Welt, entstanden durch Zufall, überzogen von menschlichen Kreaturen, die ihrer eigenen Gattung Tag für Tag Schreckliches antun.

Aus dem Nebenzimmer hörte ich lautes Lachen und ging hinüber zu den anderen. Die Maus führte gerade ein merkwürdiges Experiment mit einem Kranwagen durch. Ich setzte mich und versuchte, nicht einzuschlafen. Zehn Minuten später betraten vier junge Männer den Aufenthaltsraum und veränderten die bis dahin friedliche Stimmung schlagartig. Ein alter Mann verzog sich auffällig hastig. Unter den restlichen Anwesenden entstand eine kurze, aber heftige Diskussion über das Fernsehprogramm, dann setzten sich die Neuankömmlinge durch. Sie zappten durch das Programm, bis sie auf eine Fussballübertragung stiessen, drehten dem Fernseher aber den Rücken zu und scheuchten zwei Tamilen weg, die ihnen im Weg waren. Einer der vier, Typ aufgemotzter Latin Lover mit gegeltem Haar, entdeckte mich, machte eine Bemerkung, die lautes Gelächter bei seinen Kumpels auslöste. Er setzte sich neben mich auf die Bank und begann, mich unglaublich aufdringlich anzubaggern. Ich bemühte mich freundlich zu bleiben, obwohl ich mich extrem unwohl fühlte. Seine Kollegen amüsierten sich bestens. Er sprach ausgezeichnet Englisch, nannte sich Tom, «like Tom Cruise, you know?», und war davon überzeugt, der Traum aller Schweizer Frauen zu sein. Ich machte den Fehler, seine Frage, ob ich verheiratet sei und Kinder habe, ehrlich zu beantworten. Er rutschte immer näher, nahm mir Raum und Atem. Als er auch noch begann, meinen Arm zu streicheln, fuhr ich ihn wütend an. Da verwandelte sich sein Gesicht von einer Sekunde zur andern – von diesem schmierig verächtlichen «Ich kann jede Frau flachlegen, wenn ich will» zu einem Hass, der mich schockierte. Er fuhr mich an – diesmal auf Deutsch –, ob ich mir zu gut wäre für einen wie ihn. Er wandte sich seinen Kollegen zu und schimpfte weiter über mich, nannte mich Nazischwein und rassistische Hure, während seine Kollegen halbherzig versuchten, ihn zu beschwichtigen. Der Mann ist ja völlig verrückt, dachte ich. Zum Glück kam Holger in diesem Moment zurück. Wir gingen in einen kleinen Nebenraum, der als Küche diente.

«Was war denn da los?»

Ich schüttelte nur den Kopf. Ich fühlte mich schmutzig, dort, wo der Kerl mich angefasst hatte, und ärgerte mich, dass ich mich so hatte erschrecken lassen.

«Die Leute hier leiden alle an Schlafstörungen», erklärte Holger, «kein Wunder bei diesen Schlafräumen. Und offensichtlich gibt es hier immer einige Bewohner, die keinerlei Rücksicht nehmen und auch um zwei Uhr früh auf dem Gang herumstreiten oder telefonieren.»

«Könntest du dir vorstellen, hier zu schlafen?», fragte ich Holger.

«Ich kann sowieso nicht in Räumen schlafen, die kein Fenster haben. Ich habe eine Bitte an dich. Da ist eine Frau mit heftigen Alpträumen, Lou. Ein Folteropfer, eine Kurdin aus der Türkei. Könntest du mit ihr sprechen? Du bist doch Psychologin.»

«Aber keine Psychotherapeutin. Die Frau müsste eine Spezialistin für Traumaopfer haben, nicht mich.»

«Du bist aber das Beste, was sie bekommen kann. Sie weigert sich, zum Arzt zu gehen. Sie sagt, sie sei nicht krank.»

«Holger, du weisst doch, dass ich solche Sachen nicht gerne mache. Herumpfuschen ist keine gute Sache, wenn jemand ernsthaft psychische Probleme hat.»

«Sie hat mir ein wenig von ihrer Geschichte erzählt. Ihr Mann war Lehrer und hat sich anscheinend politisch engagiert. Jedenfalls wurde er verhaftet. Das war kurz nach der Geburt ihrer Tochter. Er wurde beschuldigt, eine Polizeiwache überfallen und drei Polizisten erschossen zu haben. Sie haben ihn gefoltert, er gestand den Überfall und wurde hingerichtet. Sie selbst wurde systematisch schikaniert, mehrmals verprügelt, bis sie um ihr

Leben fürchtete. Sie ist mit ihrer Tochter geflohen. Jemand hat ihr geholfen und die beiden bis nach Österreich geschmuggelt. Die wollten sie aber nicht, da sie ihren Mann als Mörder betrachteten und nicht als politisch Verfolgten, und sie sollte in die Türkei zurückgeschafft werden. Da ist sie nochmals geflohen. Das war im letzten Winter, und sie ist bei dem Fussmarsch über die Alpen fast erfroren. Sie hat wenig Chancen, in der Schweiz Asyl zu bekommen, da sie sich zuerst in Österreich gemeldet hat.»

«Was hat das damit zu tun? Und wenn sie jetzt tatsächlich vom Tod bedroht ist?»

«Scheissegal, das geht uns Schweizer nichts an. Wir vollziehen das Schengen-Abkommen, das ist alles.»

«Willst du mir Schuldgefühle machen?»

«Verträgst du die Wahrheit nicht?»

Ich seufzte tief auf. Ich wollte mich nicht auf all diese Geschichten einlassen.

Ich kann die Welt nicht retten. Ich kann ja nicht einmal mich selbst retten.

«Sie sieht jede Nacht ein Geisterwesen», fuhr Holger fort, «es ist nicht schwarz und nicht weiss, nicht Mann und nicht Frau. Es ist voller Bosheit. Kannst du damit was anfangen?»

Ich schüttelte den Kopf. Holger starrte mir wütend ins Gesicht. Ich senkte als Erste die Augen.

«Schon gut, schon gut. Ich versuch es.»

«Gut.»

«Wie heisst die Frau? Und in welcher Sprache können wir uns überhaupt unterhalten?»

«Besma Alakom. Sie spricht sehr gut Deutsch.»

Zuerst sah ich nur ein Kopftuch in einem wunderschönen Türkiston. Als sie den Kopf hob, sah ich auch ihre wunderschönen Augen. Das Kopftuch passte genau zu ihrem Teint und der dunklen Augenfarbe. Der Rock war unerwartet kurz, die Stiefel betonten die wohlgeformten Waden. Eine Klassefrau. Sie betrachtete mich kritisch und misstrauisch, und angesichts meiner ungenügenden Kompetenz bedauerte ich bereits zutiefst, dass ich mich auf diese Sache eingelassen hatte. Sie war eine dieser Frauen, die mich mit einem Blick zur Schnecke machen konnten. Holger stellte mich vor, und sie sprachen nochmals kurz über ihre Tochter Luz, die sich anscheinend gerade von einer Mittelohrentzündung erholte. Sie sei sehr tapfer gewesen, sagte Holger. Die Frau lächelte, und ihre strengen Gesichtszüge entspannten sich. Sie betrachtete mich danach mit einer minimalen Wärme, und das genügte mir. Ich wollte das Ganze rasch hinter mich bringen und hier wieder weg.

Nachdem Holger das Zimmer verlassen hatte, begann Frau Alakom zu erzählen. Sie könne nicht verstehen, dass sie all diese schrecklichen Geschehnisse überstanden habe, und jetzt, wo das Schlimme überstanden sei, drehe sie durch. Ich sprach über posttraumatische Störungen, darüber, dass manche Personen das Erlebte erst Monate später nochmals durchmachten, zu dem Zeitpunkt, da Seele und Körper bereit dazu waren. Ich sprach auch von ihrer jetzigen unsicheren Situation in der Schweiz und dem Stress, den das auslösen könne.

«Pah! Das ist nichts, gar nichts. Und hier habe ich Freunde, gute Menschen gefunden. Ich komme gut zurecht. Nein, nein.»

Das erstaunte mich zwar etwas, aber ich ging nicht näher darauf ein, sondern fragte sie nach dem Traum.

«Er ist nicht immer gleich», begann sie, «aber immer sehe ich dieses Wesen. Es kommt in unser Zimmer», sie atmete heftig und hatte ihre Augen aufgerissen, «es ist sehr gross, sehr schlank … es ist schwarz und es ist weiss, ich verstehe es nicht, keine Frau und kein Mann, aber ein Mensch, nein, kein Mensch, ein Geisterwesen. Es ist verdammt bis in alle Ewigkeit. Es stöhnt und wiegt sich, und dann stampft es voller Wut. Ich schreie, und so wache ich auch auf.»

Sie lehnte sich in ihrem Sessel zurück und kramte hastig eine Zigarette hervor.

«Wie lange träumen Sie das schon?»

«Es ist nicht eigentlich ein Traum. Es passiert auch nicht jede Nacht. Begonnen hat es etwa vor zwei Monaten. Was auch immer es ist, ich wünschte mir, es würde endlich aufhören.

Dieses Wesen … ich hasse es, aber ebenso sehr möchte ich ihm helfen. Es ist verflucht, verflucht bis in alle Ewigkeit.»

Sollte ich ihr nun sagen, dass dieses Traumwesen ein Teil ihrer eigenen Persönlichkeit war? Dass es vielleicht ein Schattenwesen war, das akzeptiert und integriert werden musste, um Ruhe zu geben? Oder sollte ich versuchen, sie zur Einnahme von Beruhigungsmitteln zu überreden? Ich hatte doch keine Ahnung, was man in einem solchen Fall machen müsste.

«Frau Alakom. Es tut mir sehr leid, aber ich müsste länger mit Ihnen sprechen können, um Ihnen helfen zu können. Und eigentlich bin ich auch gar nicht die Richtige für diese Therapie. Gehen Sie bitte zu einer Psychotherapeutin oder einer Psychiaterin. Die Krankenkasse wird die Kosten übernehmen.»

Sie drückte mit einer wütenden Bewegung ihre Zigarette aus.

«Nein! Sie haben gar nichts verstanden. Ich bin nicht krank. Das Geisterwesen ist hier, es ist real. Es streicht um das Haus. Es rüttelt an den Türen. Ich träume davon, und dann erwache ich. Und ich sehe es. Ich sehe es wirklich. Ich habe mich gekratzt, bis ich blutete, um sicher zu sein, dass ich wach bin und nicht träume. Sehen Sie hier.»

Sie zeigte mir ihr Handgelenk, das an einer Stelle aufgekratzt und wund aussah. Soweit ich das beurteilen konnte, hatte sie sich die kaum verheilte Wunde immer wieder von Neuem blutig aufgekratzt. Wollte sie sich unbewusst für etwas bestrafen?

«Sie glauben wohl, ich bilde mir das alles nur ein, weil ich traumatisiert bin. Aber meinen Sie, nur weil ich *ein Mal* Opfer geworden bin, kann das nie mehr in meinem Leben passieren? Bin ich jetzt immun geworden gegen Gewalt?»

Ich spürte ihre Angst. Und wenn sie nun recht hatte? Tieri hatte ja gesagt, dass Rechtsextreme vor Kurzem das Zentrum überfallen hatten. Vielleicht gab es ja tatsächlich jemanden, der versuchte, die Flüchtlinge zu ängstigen? In den letzten Jahren waren in der Schweiz einige Flüchtlingszentren in Flammen aufgegangen. Es passierte immer nachts. Ich versprach ihr, mich für ihre Sicherheit einzusetzen, und fragte mich gleichzeitig, wie um Himmels willen ich dieses Versprechen einhalten könnte.

Bevor ich ging, fragte ich sie noch, ob sie Elsa kennengelernt hatte. Die Antwort war nein. Deprimiert ging ich zurück in den Aufenthaltsraum, wo Helga und Holger auf mich warteten.

«Und? Habt ihr etwas erfahren?»

Sie schüttelten beide den Kopf.

«Du?», fragte Helga.

«Nichts. Das Ganze war von Anfang an eine blödsinnige Idee.»

«Es gibt noch einen Hinterhof mit Spielplatz. Den sollten wir uns noch anschauen», sagte Helga, die ungewöhnlich verzagt wirkte.

Meine Stimmung hob sich etwas, als wir draussen lautes, fröhliches Kindergeschrei hörten. Wenigstens durften die Kinder hinaus, um zu spielen. Es war wirklich nur ein Hof, kein Garten. Der Spielplatz war klein, aber mit Liebe eingerichtet. Ritigampfi, Klettergerüst, Rutschbahn, Sandkasten und ein kleines selbst gebautes Holzhäuschen mit rot-weiss karierten Vorhängen. Als uns die Kinder erblickten, kreischten sie und rannten auf direktem Weg zu ihren Müttern, die verteilt auf drei Holzbänkli um den Sandkasten sassen. Auf einer alten Armeewolldecke lagen die Reste eines Picknicks. Ich erkannte gebratene Maiskolben, einen Salat, Würstchen und einen weissen Brei. Das Wasser lief mir im Mund zusammen. Mit Hilfe einer ebenfalls anwesenden Übersetzerin aus der kirchlichen Frauengruppe konnten wir den Grund unseres Besuchs erklären. Die Frauen entspannten sich, die kleineren Kinder blieben alle in ihren sicheren Verstecken halb unter den Röcken oder tief vergraben in den Armen der Mütter, von wo sie uns mit grossen Augen anschauten.

«Wir sind wohl schreckliche Monster für diese Kinder», sagte ich im Flüsterton zu Helga.

Eine der Mütter hatte das gehört und antwortete in gebrochenem Deutsch, dass in ihrem Land der Teufel eine grässlich weisse Hautfarbe habe. Sie wiederholte das in englischer Sprache. Alle Anwesenden lachten, während die Kinder eines nach dem anderen ihre Spiele wieder aufnahmen. Schon bald wurden wir von den Müttern für medizinische Fragen in Anspruch genommen. Es handelte sich um das Übliche: Bauchweh, entzündete Augen, ein Bébé, das nicht genug zunimmt, Ohrenschmerzen. Holger schaute sich die Kinder eines nach dem anderen an, Helga sprach mit den Frauen und fragte nach ihrer Gesundheit, und ich fühlte mich wieder reichlich überflüssig.

Von irgendwo hörte ich ein kleines Kind singen. Magisch angezogen ging ich den süssen Klängen nach, um eine Ecke herum, und landete bei einem Stewi voll nasser Wäsche. Daneben war eine dieser altmodischen Teppichstangen montiert. Auf der Stange sass ein kleines Mädchen mit fein geschnittenem, perfekt herzförmigen Gesicht, etwa sechs Jahre alt, die Arme breit ausgestreckt, voller Konzentration balancierend. Als es mich sah, riss es die riesigen Augen noch mehr auf, klammerte sich schwankend wieder an der Stange fest und versuchte, sein Brüderchen mit dem Fuss anzustupsen, ohne von der Stange herunterzufallen. Der Kleine hing mit den Knien eingehängt kopfüber an der Stange und sang vergnügt ein italienisches Lied, das von einer schönen Polenta handelte, wenn ich es richtig verstand: *«Come si pianta la bella polenta …»*

«Ciao bambini», sagte ich. Viel mehr kann ich nicht auf Italienisch.

Der Knabe erschrak, liess die Stange los und landete geschickt auf allen vieren am Boden. Beide Kinder waren starr vor Angst. Ich wich vorsichtig einige Schritte zurück, kauerte mich hin, dass ich auf ihre Augenhöhe kam, lächelte sie beruhigend an und sagte, dass ich nur zu Besuch sei und dass das ein schönes Lied gewesen sei und solche Dinge. Sie verstanden offensichtlich kein Wort, und meine Bemühungen, ihnen die Angst zu nehmen, fruchteten nicht im Geringsten. Sie wirkten auf mich wie in die Enge getriebene Kaninchen. Ich winkte ihnen nochmals freundlich zu, erhob mich und ging zurück zu Helga und Holger. Wie versprochen verabschiedeten wir uns noch von Tieri. Selbst Helga war zu enttäuscht, um noch eine bürokratische Show hinzulegen. Sie machte es kurz und versprach ihm einen Bericht in den nächsten Tagen.

Wir hatten niemanden gefunden, bei dem wir Symptome einer schweren Erkrankung finden konnten. Nirgends eine Spur von TB-Kranken. Und Elsa blieb weiterhin verschwunden.

***

«Erreicht haben wir rein gar nichts mit dieser Aktion», sagte ich, als wir wieder draussen auf der Strasse standen.

«Du siehst immer alles so negativ», gab Holger genervt zurück.

«Wer weiss, was wir mit unserem Besuch bewegt haben», meinte Helga.

Ich verkniff mir eine zynische Antwort. Eigentlich passten Holger und Helga hervorragend zusammen: Er gab sich etwa so optimistisch wie sie mystisch – und beide waren perfekt irrational. Holger stellte sein iPhone wieder an, und es begann sofort, empört zu quieken und zu vibrieren. Das war wohl die Rache dafür, dass Holger das Ding zwei Stunden lang abgestellt hatte. Und dann klingelte es auch noch, respektive es ertönte das Quaken von Grasfröschen. Ich wollte gerade eine ironische Bemerkung zu Helga machen, aber die fummelte ebenfalls an ihrem Handy herum.

Ich entfernte mich ein paar Schritte von den beiden. Trotz meiner Worte von vorhin beschäftigte mich etwas. Wir hatten nichts gehört und nichts gefunden bei unserem Besuch im IRZ, und dennoch war ich sicher, dass da etwas war, dass ich etwas gesehen hatte, was nicht so hätte sein sollen. Aber was?

Holger beriet sich mit jemandem aus seinem Team über die Medikation eines seiner kleinen Patienten. Er beendete das Gespräch und sagte, dass er jetzt losmüsse. In diesem Moment quakte sein Ding schon wieder. Ich wandte mich ab. Ich musste nachdenken. Was war mir aufgefallen … wann und wo? Es war mehr eine Ahnung als ein Wissen, der Schatten eines Gedankens, der sich hartnäckig in meinem Kopf festgesetzt hatte. Es war etwas Beunruhigendes, etwas, das ich vorhin übersehen hatte oder dessen Bedeutung ich nicht erkannt hatte.

Holger sprach mit einem seiner Assistenzärzte und gab uns gleichzeitig energische Handzeichen, ihm in Richtung Tram zu folgen. Ich schüttelte den Kopf und versuchte, mich zu konzentrieren und gleichzeitig geistig loszulassen.

«Ich muss nun wirklich dringend zur Arbeit. Kommt ihr auch, oder was?», fragte er, nachdem er auch dieses Gespräch beendet hatte.

«Ich komme mit», sagte Helga.

«Nur eine Sekunde noch», bat ich.

Das Problem hatte mit den Kindern zu tun. Aber was war es gewesen? Wann hatte ich es gesehen oder gehört? Ich gab mir Mühe, die Kinder wieder vor mir zu sehen, mich an den Ablauf des Geschehens zu erinnern.

Warum, warum, das war die Frage. Toll! Das hilft mir weiter …

Warum was? – Angst, es hatte etwas mit der Angst zu tun …

Die Kinder hatten sich vor uns gefürchtet. Das war normal in diesem Alter, wir waren Fremde. Aber etwas war nicht normal gewesen … nicht normal …

Und dann wusste ich es mit einem Mal. Wir mussten nochmals zurück ins IRZ.

«Wir müssen nochmals ins IRZ», sagte ich zu Holger und Helga, «etwas war merkwürdig mit diesen beiden Kindern.»

«Von welchen Kindern sprichst du?», fragte Holger genervt.

«Du hast sie nicht gesehen. Sie waren auch im Hof, aber um die Ecke und spielten an einer Teppichstange. Sie hatten grosse Angst vor mir.»

«In diesem Alter haben doch alle Kinder Angst vor Fremden. Das ist normal.»

«Ja, ja, das weiss ich doch.»

«Vielleicht haben sie auch etwas Schreckliches erlebt», sagte Holger und schaute auf seine Armbanduhr. «Ich muss jetzt wirklich –»

«Sei still und hör mir zu.»

«Du bringst mich in Teufels Küche, Lou!»

«Die Kinder hatten furchtbare Angst vor mir. Warum sind sie nicht zu ihrer Mutter gelaufen wie alle anderen?»

«Und?»

«Das ist wichtig. Ich weiss nicht genau, warum, aber ich bin mir absolut sicher, dass da etwas nicht stimmt.»

«Vielleicht sind es Waisen?»

«Nein. Sie nehmen im IRZ nur Kinder in Begleitung ihrer Eltern auf. Es gibt andere Heime, die auf allein reisende Unmündige spezialisiert sind.»

«Es gibt hundert andere Gründe ... vielleicht ist ihre Mutter gewalttätig?»

Ich schüttelte störrisch den Kopf.

«Oder sie war gerade beim Zahnarzt», versuchte es Holger noch einmal.

«Ich sage dir, wir müssen sofort zurück», sagte ich.

«Mamma mia, Lou. Jetzt reg dich ab», herrschte Holger mich an und hob abwehrend beide Arme.

«Dieser Besuch war doch verdammt noch mal deine Idee, Holger, und jetzt, wo ich glaube –»

«Pssst!», fuhr uns Helga an. «Schaut da!»

Wir fuhren herum.

Aus dem Gebäude, in dem das Zentrum untergebracht war, trat gerade jemand heraus. Es war Simonetti, und an jeder Hand hielt er ein Kind.

«Das sind die beiden, die ich gemeint habe», flüsterte ich.

Holger schüttelte den Kopf, verabschiedete sich mit Handzeichen und ging eilends davon in Richtung Tramhaltestelle. Helga und ich folgten Simonetti und den beiden Kindern. Weit mussten wir zum Glück nicht. Wir überquerten eine Strasse, folgten einem Quartierweg und bogen zweimal rechts um die Ecke. Wir standen genau dort, wo ich vor wenigen Tagen auf Gubser gewartet hatte. Mit einmal ahnte ich, wo unser Ziel lag. Und tatsächlich, Simonetti steuerte präzise auf das Haus zu, wo ich den vom Fuchs zerrissenen Abfallsack gefunden hatte. Morgartenstrasse 67. Was hatte der unsympathische Typ damals gesagt? Die wohnen zu zehnt in einer Wohnung?

In diesem Moment rissen sich die Kinder von Simonettis Hand los, rannten voraus und verschwanden im Hauseingang.

Simonetti rief den Kindern etwas hinterher und drehte sich um, bevor wir auch nur darüber nachdenken konnten, wo wir in Deckung gehen sollten. Der grosse Mann erstarrte, stellte sich vor den Hauseingang, die dicken Arme vor dem mächtigen Brustkorb verschränkt, die Beine gespreizt.

«Was wollen Sie hier? Warum sind Sie mir gefolgt? Das ist eine Verletzung der Privatsphäre», fuhr er uns an.

Er war noch immer langsam in seinen Bewegungen, aber er war auch überaus kräftig, entschieden und wütend.

«Wir möchten wissen, wo die Mutter dieser Kinder ist. Wir haben noch nicht mit ihr sprechen können», antwortete Helga ruhig, ohne auf seinen aggressiven Ton einzugehen.

«Sie können nicht einfach hier herumschnüffeln, wann immer es Ihnen passt. Das geht nicht, das bringt unser Tagesprogramm durcheinander. Sie machen unseren Gästen Angst. Ich kann das nicht erlauben. Gehen Sie.»

«Wir entschuldigen uns für die Störung Ihres Tagesprogramms», antwortete Helga mit gerade noch hörbarer Ironie, «aber wie Sie wissen, ist es unsere Pflicht und auch unser Recht, mit allen Personen zu sprechen, die im IRZ leben.»

«Das haben Sie bereits getan. Das hier hat nichts mit dem IRZ zu tun.»

«Wir wollen die Mutter dieser Kinder sehen.»

«Die Mutter dieser Kinder lebt aber nicht im IRZ. Das sollten sogar Sie erkennen können.» Und so ging es hin und her, bis Simonetti plötzlich ganz nahe an Helga heranrückte und halblaut sagte: «Hören Sie endlich auf. Ich weiss ganz genau, dass Sie nicht vom SRK kommen.»

Einen Moment lang waren wir baff. Als Erstes erholte ich mich von dem Schrecken, vielleicht weil ich von Anfang an befürchtet hatte, dass unsere Tarnung auffliegen würde.

«Sie haben recht, wir sind nicht vom SRK, und wir machen hier auch keine Inspektion. Aber wir sind Gesundheitsexperten und stehen in direktem Kontakt mit dem Bundesamt für Gesundheit. Wir gehen hier nicht weg, bevor wir mit dieser Mutter gesprochen und gesehen haben, wo sie untergebracht ist.»

Simonetti wiederholte noch einige Male sein «Das geht nicht», aber man konnte erkennen, dass ihm langsam die Luft ausging wie einem kaputten Ballon.

«Ich werde meine Stelle verlieren», sagte er mit gesenkter Stimme.

«Wir werden Sie nicht verpfeifen», sagte ich.

«Warum sollte ich Ihnen vertrauen?»

«Es geht uns nur um die Gesundheit der Leute, alles andere interessiert uns nicht.»

«Ja, ja, ja.» Er fuchtelte mit den Armen herum. «Ich wusste, dass diese Geschichte nicht gut ausgehen wird. Ich wusste es. Aus Mitleid bieten wir illegalen Flüchtlingen ein Dach über dem Kopf an, und jetzt werden wir dafür an den Pranger gestellt.»

Wir betraten den Hauseingang. Es war so still, dass man das wütende Surren einer Fliege hörte, die bei ihrem Versuch, zu entkommen, immer wieder gegen das Oberlicht knallte. Treppe und Wände waren verwohnt, aber sauber. Im ersten Stock klopfte Simonetti an eine der drei Wohnungstüren. Sie war mit «A. Sierentz» angeschrieben. Eine Minute später öffnete sie sich einen Spalt, und eine dunkelhäutige Frau mit herzförmigem Gesicht und noch ganz verschlafenen Augen starrte uns voller Angst an. An jedem ihrer Beine hing eines der Kinder, eng angeschmiegt.

«Sie will wissen, ob etwas passiert ist», übersetzte Helga leise ihre Worte.

Simonetti versuchte, sie zu beruhigen, und sie verschwand wieder in der Wohnung. Dicke, abgestandene Luft, Gestank von Schweiss und fauligem Gemüse strömte uns entgegen, als wir den Flur betraten.

Und dann hörten wir das Husten.

Alarmiert liess ich meinen Blick über den Raum schweifen.

«Warte», sagte ich zu Helga und packte Schutzmasken und Handschuhe aus. «Es dauert normalerweise acht Stunden, bis man sich mit TB ansteckt, wenn man in einem Raum mit einem akut Erkrankten ist. Wenn du allerdings in direkten körperlichen

Kontakt mit dem Erreger kommst, angespuckt oder angehustet wirst, genügt eine einmalige Exposition.»

Sie nickte, und wir gingen weiter dem lauten Husten entgegen. Es kam aus dem Zimmer rechts neben der kleinen Küche. Simonetti klopfte an und öffnete die Tür, ohne auf eine Antwort zu warten. Der Raum war etwa vier auf fünf Meter gross und vollgestellt mit drei metallenen Kajütenbetten, einem grossen Tisch und verschiedenen Polstersesseln. Das Fenster war geschlossen, die Luft stickig. Auf einem der Polstersessel sass ein junger Mann und blickte stoisch in einen Fernseher. Er reagierte kaum auf unser Eindringen. Dafür tat sich etwas bei dem hintersten Kajütenbett. Langsam und sichtlich mit Mühe setzte sich ein Mann auf, der stark abgemagert war. Husten schüttelte ihn krampfartig, und ich musste einen starken Fluchtreflex unterdrücken. Helga zog sich rasch eine Schutzmaske über Nase und Mund und ging zu dem Mann, um mit ihm zu sprechen und ihn zu untersuchen.

Im zweiten Zimmer fanden wir die Schlafplätze der Kinder, Matratzen mit Schlafsäcken darauf, das Ganze mit hübschen farbigen Tüchern überspannt. Die Mutter der beiden wirkte auf den zweiten Blick wie ein Teenager auf mich. Wie war sie mit ihren Kindern nur hier gelandet? Helga, die sofort von dem Buben belagert wurde, der ihr sein Bettchen und ein Spielzeugauto zeigen wollte, kauerte sich auf den Boden und begann, mit der Familie zu plaudern. Neben den Schlafplätzen der kleinen Familie befanden sich noch ein Kajütenbett und ein Tisch mit sechs Plastikstühlen.

«Ich würde einen Jahreslohn darauf verwetten, dass der junge Mann im anderen Zimmer aktive TB hat. Er ist schwer krank», sagte Helga leise zu mir.

In das dritte Zimmer waren vier Kajütenbetten hineingezwängt worden.

«Hier sind nur Männer untergebracht. Die sind alle auf der Arbeit», sagte Simonetti.

Helga klopfte an die vierte Zimmertür. Die Tür öffnete sich einen Spalt, ein untersetzter Mann mit indianischen Zügen blickte uns erschrocken an. Simonetti sprach ihn in spanischer

Sprache an, und er liess uns eintreten. Die Einrichtung bestand aus drei Kajütenbetten, einem Sofa und einem Fernseher. Ein Mann schlief, zwei schauten fern, die anderen waren nicht zu Hause. Als wir das Zimmer wieder verlassen wollten, wachte der Schläfer auf, begann, heftig zu husten, und spuckte den Hustenauswurf neben das Bett auf den Boden. Ich spürte, wie selbst Helga neben mir zusammenzuckte.

«Die Luft hier drin ist mörderisch», flüsterte ich.

Ich hatte den Drang, auf der Stelle die Fenster aufzureissen und alle Personen zu evakuieren. Wahrscheinlich hatte Helga gespürt, was in mir vorging, da sie mir beruhigend die Hand auf meinen Arm legte. Ihre Hand zitterte, aber ihre Botschaft war trotzdem klar: keine Panik. Wir müssen die Dinge sorgfältig und umsichtig angehen.

«Sind das alle?», fragte ich Simonetti.

Er schüttelte den Kopf. «Im dritten Stock ist noch eine Wohnung», sagte er.

Helga wandte sich abrupt um und eilte die Treppenstufen hoch. Ich konnte ihren Bewegungen ansehen, wie wütend sie war. Mitten auf dem zweiten Treppenabsatz schrie sie laut auf. Ich machte automatisch einen Schritt nach hinten und stiess heftig mit Simonetti zusammen. Mein Herz raste.

Zwei Stufen weiter oben hatten sich vier Gestalten aufgebaut. Sie sahen aus wie eine Erscheinung, völlig identisch, weiss gekleidet von Kopf bis Fuss, mit einem chirurgischen Mundschutz und darüber mandelförmigen schwarzen Augen mit hartem Glanz. Die vier Männer hatten sich uns offensichtlich in den Weg gestellt und sahen nicht aus, als ob sie weichen würden.

«Schon gut, Li», sagte Simonetti ruhig, «ich habe sie mitgebracht.»

Nach einem merklichen Zögern zogen sich die vier zurück, weiter die Treppe hoch.

«Wer war denn das?», fragte Helga.

Ich zitterte heftig und war froh, dass die anderen es nicht bemerkten. Ich hatte mir eine Sekunde eingebildet, ein Messer aufblitzen zu sehen.

«Waren das Ärzte?», fragte Helga.

Simonetti lachte kurz auf. «Nein, nein. Das sind unsere vier Quacksalber aus China. Ich nenne sie alle vier Li, weil ich sie nicht unterscheiden kann.»

Ob Quacksalber oder nicht, diese Männer hatten jedenfalls realisiert, wie gefährlich das Atmen hier war, und trugen als einzige Schutzmasken.

«Sie haben ein Zimmer für sich allein», erklärte Simonetti. Im dritten Stock waren wiederum drei Wohnungen. Simonetti wies stumm auf die Wohnung rechts vom Treppenhaus, die mit «M. H.» angeschrieben war, und klopfte an.

Eine junge weisse Frau mit langen blonden Haaren öffnete auf das Klopfen hin. Simonetti begrüsste sie in englischer Sprache. In dieser Wohnung habe man versucht, für jede der Familien oder Paare mit Tüchern und Zeltplanen Sichtschutz und eine gewisse Privatsphäre aufzubauen, erklärte er. Es waren wiederum vier Zimmer, durch die uns Simonetti führte. Ohne Hemmungen zog er überall Tücher oder Zeltplanen weg und liess uns ins Innere schauen. Die meisten Schlafplätze waren leer, aus anderen starrten uns Augen an, ängstliche Augen, müde Augen, wütende Augen. Ich spürte, wie mir am ganzen Körper der Schweiss ausbrach. Ich fühlte mich extrem unwohl.

«In dieser Wohnung leben vor allem Personen, die einen Nichteintretensentscheid erhalten haben. Es sind Leute aus Staaten der ehemaligen Sowjetunion und aus Südosteuropa. Sie brauchen Zeit, um ihre Zukunft zu organisieren», sagte Simonetti. «In die Sachabgabezentren will niemand, und die Ausschaffungshaft ist noch schlimmer.»

Ein Kleinkind war aufgewacht und hatte zu weinen begonnen. Wir gingen weiter. Ein Mann, den Simonetti als Marko aus Serbien vorstellte, schnappte mich wütend an.

«What do you stare at me? We are no fucking freakshow.»

Aus der Distanz sah er gesund aus, und ich ging weiter, ohne ihm zu erklären, was wir wollten. Was hätte ich schon sagen sollen – wir sind die Gesundheitspolizei, dein Freund und Helfer?

«Hier wohnen die vier Lis», sagte Simonetti, eilte weiter und klopfte an die daran anschliessende Tür, die bereits einen Spaltbreit offen stand. Der Raum war abgedunkelt. Zunächst hatten wir den Eindruck, dass niemand anwesend war. Aber dann erkannte ich im Halbdunkel eine alte schwarze Frau. Sie war sehr gross und dünn, hatte ihre langen wie dürre Stöcke aussehenden Arme fest um sich geschlungen und wiegte sich langsam hin und her. Ihr vollkommen verknoteter starrer Körper schien eine unermessliche Not herauszuschreien.

Neben mir zog Helga scharf die Luft ein.

«Was ist mit ihr?», fragte ich Simonetti flüsternd.

«Das ist Rebecca Mayek Biljok», sagte er. «Sie ist eine Dinka und stammt aus dem Südsudan. Kennen Sie die Geschichte des Sudans ein wenig?»

Ich schüttelte peinlich berührt den Kopf.

«Nord- und Südsudan waren während Jahrzehnten in Bürgerkriege verwickelt. Der Südsudan wollte sich schon Mitte des 20. Jahrhunderts unabhängig machen. Der erste Bürgerkrieg dauerte von 1955 bis 1972, der zweite von 1983 bis 2005. Aber auch danach flackerten immer wieder einzelne Konflikte auf. Es ging einerseits um ethnische und religiöse Differenzen, aber ganz besonders um Bodenschätze. Im Jahr 2008 gab es nochmals Auseinandersetzungen zwischen den Regierungstruppen des Nordsudan und den Rebellen, welche für die Unabhängigkeit des Südsudans kämpften. Aber in Wirklichkeit war es ein Kampf ums Erdöl.»

Simonetti ging zur Toilette und kam mit einem gefüllten Wasserglas zurück, das er neben Frau Biljok auf den Boden stellte. Sie reagierte nicht. Ich ging zu ihr hin, hockte mich auf den Boden und versuchte, Blickkontakt aufzunehmen. Sie wich meinem Blick aus. Immerhin zeigte das, dass sie noch wahrnahm, was um sie herum geschah. Die alte Frau dünstete einen grässlichen Geruch aus. Sie roch nicht so wie alte verwahrloste Menschen, sondern stank intensiv nach einer Mischung aus verdorbenem Fleisch und etwas Chemischem. Ob das Teil ihrer Krankheit war oder nahm sie Medikamente oder Drogen ein?

Ich versuchte nochmals vergebens, in ihre Augen zu blicken, und ging zurück zu Simonetti.

«Als Rebecca noch sprach, hat sie mir ein wenig davon erzählt, was damals passiert ist. Ihre Familie lebte im Gebiet Abyei, und sie gerieten im Mai 2008 mitten in die Kämpfe um das Erdöl. Irgendwie hat es Rebecca geschafft zu fliehen. Davon hat sie nicht viel erzählt. Sie war mindestens ein Jahr unterwegs, bis sie nach Europa gelangte. Ich weiss nur, dass sie all diesen Horror durchgestanden hat: die Durchquerung der grossen Wüste, die Brutalität von Soldaten und Polizei, die sie mehrmals verprügelten und ihr noch die letzten Habseligkeiten raubten, Hunger, Durst und schliesslich die Überquerung des Meeres in einem kleinen Boot. Es ist unvorstellbar –»

Simonetti verstummte mitten im Satz. Dann fuhr er fort: «Jedenfalls ist sie im Frühling letztes Jahr in der Schweiz angekommen und kurz danach dem IRZ zugewiesen worden.» Er ging einige Schritte weiter und wechselte das Thema. Er wollte uns die Küche zeigen.

«Moment! Was ist nachher passiert mit Frau … äh, mit Rebecca?»

«Sie hat einen Nichteintretensentscheid erhalten. Den Grund dafür kenne ich nicht. Früher wäre sie sicher als Härtefall behandelt worden und hätte bleiben dürfen. Nach dem Nichteintretensentscheid hätte sie in eines dieser Sachabgabezentren ziehen sollen. Aber diese Zentren …» Er verstummte und kaute auf seiner Unterlippe herum. «Viele Leute dort drehen schon nach wenigen Wochen durch vor Langeweile und Elend. Rebecca war schon damals nicht ganz gesund. Jedenfalls haben wir sie hier untergebracht.»

Ich schaute nochmals zurück zu dieser erstarrten Gestalt, die ihre langen dünnen Armen so fest um sich geschlungen hatte, dass es aussah, als würde sie diese niemals wieder lösen können. «Seit wann ist sie in diesem Zustand?», fragte ich.

«Seit drei Monaten», sagte er kaum hörbar.

Ich spürte, wie sich mein Magen zusammenzog. Was war das hier für ein Ort? Was passierte hier? Diese Frau war schwer krank und benötigte dringend psychiatrische Hilfe. Helga machte zwei rasche Schritte auf Simonetti zu und packte ihn am Arm.

Erschrocken riss er sich los. «Was soll das?»

«Das frage ich Sie», gab Helga wütend zurück. «Wie konnten Sie nur so etwas zulassen?»

Simonetti zögerte. Sein grosser Kopf schwankte hin und her, und seine Finger zupften an seinem Bart herum. «Es war ja nicht unsere Absicht, dass das passiert. Ich habe wenigstens dafür gesorgt, dass die Kinder jeden Tag rauskönnen, um zu spielen.»

Man konnte ihm ansehen, dass er selbst realisierte, wie schwach seine Erklärung klang. Nachdem wir alle Anwesenden angeschaut hatten, kamen wir zum Schluss, dass mindestens fünf davon so stark erkrankt waren, dass man die Diagnose aktive TB sogar aus dieser flüchtigen Begutachtung heraus stellen konnte. Zwei davon, junge schwarze Männer, waren mir besonders aufgefallen. Der eine wog bei einer Körpergrösse von etwa einem Meter neunzig vielleicht noch siebzig Kilogramm. Er erinnerte mich an ein Geisterwesen mit diesem ausgemergelten Gesicht und Körper, mit seinen extrem verlangsamten Bewegungen. Eine schmerzhafte Hustenattacke schüttelte seinen Körper. Ich dachte an die umfangreichen Hygienemassnahmen, die wir im Walmont ergriffen, um uns vor der TB-Ansteckung zu schützen. Die Leute hier lebten gedrängt auf engstem Raum, ohne auch nur ein Fenster, das man hätte öffnen können.

«Sind zurzeit alle Betten besetzt?», fragte ich Simonetti.

«Normalerweise schon. Aber Tieri weiss da besser Bescheid als ich.»

«Das wären fünfundvierzig Menschen in diesen zwei Wohnungen», sagte ich bemüht sachlich.

Helga war ganz weiss im Gesicht. «Das ist eine unglaubliche Schweinerei hier. Wir müssen etwas unternehmen», flüsterte sie mir zu.

«Stellen Sie sich vor, dass uns das hier Spass macht?», gab Simonetti, der zugehört hatte, wütend zurück. «Es ist eine Zuflucht für Menschen, die niemand haben will und die doch nur ihr Glück suchen. Und jemand muss ihnen diese Zuflucht anbieten. Das ist seit jeher Aufgabe der Kirche.»

Mir platzte der Kragen. «Aufgabe der Kirche?», schrie ich ihn an. «Ihre Zuflucht, wie Sie dieses Loch nennen, ist eine tödliche Falle. Die Menschen werden hier drin alle an Tuberkulose sterben!»

«Und wo sollen sie hin, Ihrer Meinung nach?», gab er höhnisch zurück. «Etwa in ein Privatsanatorium an bester Lage in Davos? Das sind alles Illegale. Wir dürfen sie im IRZ nicht aufnehmen. Die sind auch nicht versichert und haben kein Geld. Sie wollen nicht zum Arzt, um keinen Preis. Die werden doch nur notdürftig zusammengeflickt, und dann wird man sie zurückschaffen an den Ort, wo sie am wenigsten hinwollen auf der Welt. Zurück an den Ort, von wo sie mit aller Energie, die sie aufbringen konnten, geflohen sind. Aber vorher kommen sie noch für ein, zwei Jahre in eines unserer wunderbaren Ausschaffungsgefängnisse.»

«Auch Flüchtlinge wollen menschenwürdig wohnen. Und viele dieser Leute brauchen dringend ärztliche Hilfe», sagte Helga.

«Und seit wann sind Sie Spezialistin für Flüchtlinge? Das sind Sans-Papiers. Wo sollen sie sonst hin?»

«Hören Sie doch auf! Sans-Papiers gibt es überall in der Schweiz! Schauen Sie sich in einem Tram um, an einem Kiosk, in einem Restaurant, irgendwo. Immer haben Sie ein paar Sans-Papiers vor sich. Überall dort, wo Hungerlöhne gezahlt werden, übernehmen die Sans-Papiers die Arbeit. Manche von ihnen arbeiten seit zwanzig Jahren in der gleichen Baufirma, sie haben ganz normale Wohnungen, essen in der Pizzeria, gehen in die Kirche und ins Kino und spazieren am Sonntag im Park. Sie haben sich perfekt organisiert.»

Simonetti schüttelte den Kopf. «Es gibt auch die anderen. Diejenigen, die traumatisiert und verstört hier ankommen, die sich nicht organisieren können, die keine Arbeit finden und Mühe haben, Deutsch zu lernen, die krank sind oder zu alt. Was ist mit denen?»

«Aber ich habe hier in diesen zwei Wohnungen viele junge Leute gesehen. Und wenn sie krank aussehen, ist es, weil sie hier bei Ihnen krank geworden sind. Die Wohnungen sind doch mindestens vierfach überbelegt!»

«Diese Leute brauchen einige Wochen bis ein paar Monate, um in der Schweiz selbstständig leben zu können. Wir geben ihnen eine Zuflucht, bis sie so weit sind. Wollen Sie uns das zum Vorwurf machen?»

«Wer weiss eigentlich von dieser Unterkunft?», fragte ich Simonetti.

«Nur Tieri und ich.»

«Warum haben Sie nichts unternommen, als die Flüchtlinge krank wurden?»

«Ich habe es ja versucht. Aber sie wollten einfach nicht zum Arzt. Sie haben sich mit Händen und Füssen dagegen gewehrt. Wir konnten sie ja nicht dazu zwingen. Es ist, weil diese Menschen riesige Angst davor haben, ausgeschafft zu werden.»

«Wo ist Elsa? Ist sie noch hier?», fragte ich Simonetti.

«Die vier Lis haben gesagt, sie müsse gehen. Das war, als Elsa angefangen hat, Blut zu husten.»

«Und wo ist sie jetzt?»

«Keine Ahnung. Ehrlich, ich habe keine Ahnung.»

Wir gingen nach unten auf die Strasse. Ich nahm einen tiefen Atemzug. Die Luft hier draussen hatte mit einmal die Frische und Reinheit einer unberührten Alp. Von aussen wirkte das Haus völlig unauffällig. Es war mittlerweile halb sechs Uhr, und ich fühlte mich erschöpft.

«Wir müssen die Leute sofort hier rausholen», flüsterte ich Helga zu.

«Nein, Lou. Lass uns zunächst überlegen, wie wir vorgehen müssen, damit wir die Leute nicht gefährden.»

«Nicht gefährden? Spinnst du eigentlich, Helga? Das ist eine tödliche Falle hier. Für alle.»

«Ja, schon klar. Aber auf ein paar Tage mehr oder weniger

kommt es auch nicht mehr an. Und vielleicht gelingt es uns, ihnen zu helfen, ohne dass wir die Polizei einschalten müssen.»

«Ich will ja nicht die Polizei holen. Aber wir müssen die Leute in ein Spital bringen, sie müssen isoliert werden, bis wir wissen, wer an TB erkrankt ist. Multiresistente Tuberkulose ist eine gefährliche ansteckende Krankheit.»

«Das weiss ich, Lou. Im Gegensatz zu dir habe ich schon mal Patienten mit TB behandelt, schon vergessen?», fuhr sie mich giftig an.

«Pssst! Nicht so laut», ermahnte ich sie. «Hör zu, Helga. Ich will die Leute ins Walmont mitnehmen. Dort können wir nach ihnen schauen und dafür sorgen, dass sie nicht verhaftet werden. Schliesslich gilt immer noch das Arztgeheimnis. Und auch Illegale haben Anrecht auf medizinische Versorgung.»

«Schneider wird das niemals genehmigen», sagte Helga, «nicht, wenn sie keine Krankenversicherung haben.»

«Aber Merian wird es tun. Und Merian ist der Direktor des Walmont, nicht Schneider. Ich versuche, ihn zu erreichen.»

In der folgenden halben Stunde hinterliess ich mehrere Mitteilungen auf Merians Combox. Keine Reaktion. Danach rief ich Holger an, erzählte, was wir erfahren hatten, und bat ihn, ausfindig zu machen, wie man Merian erreichen konnte. Wir warteten und froren. Eine Ewigkeit später kam ein Auto in hohem Tempo die Strasse entlang und hielt direkt vor uns an. Holger sprang heraus. Er trug noch immer seinen weissen Arztkittel und sah ausgesprochen wütend aus.

«Merian konnte ich einfach nicht erreichen, da habe ich Schneider angerufen. Schliesslich ist er ja auch Arzt und hat einen Eid abgelegt, Kranken zu helfen. Ich habe argumentiert und gedroht, und am Schluss habe ich gebettelt; nichts zu machen.»

«Und jetzt?», fragte Helga.

«Ich schlage vor, dass wir sie ins Inselspital bringen», sagte ich, «dort dürfen sie medizinische Notfälle nicht ablehnen. Mit oder ohne Krankenversicherung.»

«Dort gibt es auch eine Gefängnisabteilung irgendwo im

siebten Untergeschoss. Da fühlen sich diese Leute ja wie zu Hause», sagte Holger in diesem neuen zynischen Tonfall.

«Sie dürfen sie gar nicht einsperren. Nicht, solange sie krank sind. Und eine TB wird nicht so rasch geheilt. In dieser Zeit können wir ihnen gute Anwälte organisieren und all das», meinte Helga in ruhigem Ton.

Holger schüttelte den Kopf.

Ich fühlte mich elend und am Ende meiner Kraft. «Was sollen wir denn anderes machen, Holger? Es gibt gar keinen anderen Weg. Wir können doch nicht einfach ignorieren und vergessen, was hier passiert.»

«Diese Nacht können wir sowieso nichts mehr unternehmen», sagte Helga in entschiedenem Ton. «Es ist unnötig, die Leute mitten aus dem Schlaf zu reissen und sie in ein Spital zu schleppen. Morgen ist früh genug, denkt an die Kinder!»

Helga hatte recht. Wir setzten uns in Holgers Auto, und er fuhr langsam in Richtung Zentrum. Jemand hupte ungeduldig hinter uns und überholte mit einem gefährlichen Manöver.

«Ich kenne jemanden beim Sozialdienst des Inselspitals», sagte Holger, als wir vor einem Rotlicht standen. «Ich werde morgen versuchen, diese Frau Zumbrunn zu sprechen und ihre Unterstützung zu bekommen. Bevor ich sie erreicht habe, unternimmt niemand von uns etwas. Auf einen Tag mehr oder weniger kommt es jetzt auch nicht mehr an. Einverstanden?»

Wir nickten. Beim Bahnhof liess Holger uns aussteigen, und ich schleppte mich müde nach Hause.

6

Samstag, 22. September

Ich erwachte um halb zwölf Uhr mit heftigen Kopfschmerzen. Mein Nacken war steif wie ein Eisenträger, und ich hatte den Eindruck, über Nacht alterssichtig geworden zu sein. Zwei Kopfschmerztabletten und einige Espressi später ging es langsam etwas besser, solange ich nicht versuchte, meinen Kopf zu drehen. Das Wetter wechselte von Nieselregen zu böigen Regengüssen und wieder zurück. Müde und schlecht gelaunt machte ich mich am Nachmittag dennoch auf den Weg ins Walmont. Ich nahm mir vor, mindestens zwei Stunden zu arbeiten und nach Geldgebern für meine geplante Forschungsstudie über die Wirkungen des Wachstumshormons zu suchen.

Nach nicht einmal einer halben Stunde Arbeit wurde ich von Holger unterbrochen. Er sah auch nicht besser aus als ich.

Der kleinen Josephine ginge es noch immer nicht besser, obwohl sie mittlerweile fünf verschiedene Antibiotika bekomme. Es gebe nur noch zwei weitere, die man ausprobieren könne, danach sei Schluss.

«Gibt es denn wirklich Bakterienstämme, die gegen alle bisher entwickelten Antibiotika resistent sind?», fragte er.

«In Indien, ja. Aber in Europa bisher noch nicht, soviel ich weiss.»

«Hoffentlich sind die Bauers nicht die Ersten.»

«Es tut mir sehr leid für die Familie Bauer», sagte ich, «aber fast noch mehr Sorgen macht mir, dass wir noch immer keine Ahnung haben, wie viele Personen sich bereits mit diesem Erreger infiziert haben. Ich wäre schon mal extrem froh, wenn das Haus in der Morgartenstrasse endlich geräumt würde und die Leute medizinisch korrekt betreut werden könnten.»

Holger wurde angepiept. Alarmiert schaute er auf das Display, schnappte mein Telefon und wählte. Das Gespräch dauerte nur einige Sekunden. «Josephine», sagte er, «Meningitis!», und rannte los.

Ein heftiges Gefühl der Angst nahm mir einen Moment den Atem. Das war die am meisten gefürchtete Komplikation bei Kleinkindern mit TB: eine Gehirnhautentzündung. Am liebsten wäre ich Holger sofort gefolgt, aber dort unten stünde ich nur allen im Weg. Arbeiten konnte ich aber auch nicht mehr. Ich musste raus hier.

Dem schlechten Wetter entsprechend war kein Mensch im Park. Ich ging mit raschen Schritten in Richtung Hecke, um nachzuschauen, wie es ihr ging. Immerhin! Der Typ von «houseandgarden.com» war tatsächlich rücksichtsvoll gewesen. Anschliessend besuchte ich die alte Linde, meinen Lieblingsbaum. Zerzaust, aber standhaft, stellte ich erleichtert fest. Ich hob meine Nase in den Wind und schnupperte. Da war ausser mir doch noch jemand hier draussen. Ich ging dem Zigarettenrauch nach und traf auf das rosarote Riesenosterei. Der Mann aus den Karpaten belud gerade einen kleinen Lieferwagen mit Hacke, Schaufel und einer Leiter. Als er mich sah, schmiss er seine Zigarette auf den Boden. Diese Bewegung verriet ihn. Er war wütend. Neugierig geworden, verwickelte ich ihn in ein Gespräch. Er gab knurrende Antworten, die kaum verständlich waren, aber ich ahnte, dass sein Ärger daher stammte, dass er zu viel arbeiten musste oder seine Überzeit nicht wie abgemacht bezahlt bekam. Ganz klar wurde es mir nicht. Wäre er nicht so wütend gewesen, hätte er meine Fragen wohl nicht beantwortet.

Ich erfuhr, dass er sechs Tage die Woche arbeitete, und zwar meistens etwa zehn Stunden. Die Pausen wurden von der Arbeitszeit abgezogen. Wer krank war, bekam gar nichts. Ich sagte ihm, das entspreche nicht unserem Arbeitsrecht, und er könne diese Firma verklagen. Das gehe nicht, meinte er, denn er sei nicht von «houseandgarden.com» angestellt, sondern von einer rumänischen Firma, die ihn nur an die Schweiz ausgeliehen habe. Ausserdem sei der Lohn trotzdem in Ordnung und die Unterkunft auch. Abends wurden sie von der Firma zu einer Barackensiedlung in der Nähe von Langnau transportiert. Es gebe eine Gemeinschaftsküche. Aber er sei verdammt froh, wenn es wieder nach Hause ginge. Er seufzte und zupfte an seinem Overall herum. Und wenn er endlich dieses peinliche rosarote Ding los sei, ergänzte er noch. Ich lächelte, und er antwortete mit einem leicht gequälten Grinsen. Ich nahm mir vor, bei Gelegenheit mehr über dieses «houseandgarden.com» herauszufinden. Das würde mich ablenken.

Neunzig Minuten später kam endlich ein Anruf von Holger. Josephine war wieder stabil. Sie hatten sie intubieren müssen, da ihre Atmung ausgesetzt hatte und sie es nicht sofort geschafft hatten, den Atemreflex wieder zu aktivieren. Er bat mich, bei Frau Bauer vorbeizugehen. Es gehe ihr schlecht, und meine Anwesenheit würde sie vielleicht beruhigen.

«Du meinst wohl, sie kann an mir ihren Frust ablassen?»

«Ihr Kind liegt im Sterben, Lou, und sie darf nicht zu ihm gehen. Ausserdem hat sie kaum Besuch, da sie ja im Isolationszimmer liegt.»

«Haben sie ihren Mann noch immer nicht ins Walmont verlegt?», fragte ich.

«Sie will ihn nicht sehen und er sie offensichtlich auch nicht. Also, machst du es?»

Ich hatte nicht die geringste Lust, mich jetzt noch um Frau Bauer zu kümmern. Der Tag bei den Flüchtlingen hatte mich geschafft, ich fühlte mich wie nach einer Sechsunddreissig-Stunden-Schicht.

«Sie ist ganz alleine, Lou.»

«Ja. Ja! Ja! Ich gehe hin.»

Holger knallte den Hörer auf, anstatt mir zu danken.

Ich fluchte halblaut vor mich hin und machte mich auf den Weg. Ich wollte diesen Besuch so schnell wie möglich hinter mich bringen.

Vor Frau Bauers Krankenzimmer zog ich mir Maske und Handschuhe an.

Frau Bauer sass auf dem Bett und las in einer FAZ. Jedenfalls sah es zuerst so aus. Als sie aufblickte, erkannte ich, dass sie mit ihren Gedanken ganz woanders war. «Wenn Josephine stirbt, werde ich keine Familie mehr haben», sagte sie in einem Ton, als ob sie über das Wetter reden würde.

Mein Gesicht wurde ganz heiss. Ich räumte ihren Laptop und einen Berg Zeitschriften vom Besucherstuhl und rückte den Tisch gerade, um Zeit zu gewinnen. «Wissen Sie, wie es Josephine geht?», fragte ich schliesslich.

«Ja. Sie bringen mir sogar alle paar Stunden Polaroids von ihr. Als Erinnerung an sie? An ihre letzten Stunden?»

Ich schüttelte stumm den Kopf.

«Gehirnhautentzündung», sie sah mich an, Angst und Verzweiflung in ihrem Blick, «als ob es ihr nicht sonst schon schlecht genug gegangen wäre. Das Intubieren ist ein schlechtes Zeichen, nicht?»

Ich zögerte und nickte.

«Die Fotos sehen schlimm aus. Sie ist so klein und zerbrechlich geworden, und da sind all diesen Maschinen und Geräte und Schläuche rings um sie.»

«Das Personal ist sehr erfahren. Sie tun alles, was sie können, für Josephine. Wissen Sie, dass sie sogar mit einer Farbtherapie arbeiten? Es gibt Tücher in den verschiedensten Farben, die über die Isoletten gehängt werden. Jede Farbe hat eine andere Wirkung, kann beruhigen, trösten, die Stimmung erhellen oder stimulieren.»

«Sie wollen mich trösten. Das ist freundlich von Ihnen.»

Sie versuchte ein Lächeln, und ich bewunderte sie für ihre Contenance. Wir sprachen noch etwa eine halbe Stunde, hauptsächlich darüber, ob sie nicht schon früher hätte erkennen müssen, dass ihr Kind an TB erkrankt war. Ich versuchte, sie davon zu überzeugen, dass sie sich nicht schuldig fühlen dürfe. Nicht einmal die Ärzte hätten sofort die richtige Diagnose gestellt. Sie liess sich nicht überzeugen. Als ich mich verabschieden wollte, packte sie mich am Arm. Ich erschrak und riss mich sofort los.

«Entschuldigen Sie. Ich habe vergessen, dass ich ja jetzt eine Art Pestbeule bin», sagte sie mit einem ironischen Lächeln, das sie mir fast sympathisch machte. «Würden Sie bitte heute

Abend noch zu Josephine gehen und ihr von mir Gute Nacht wünschen. Ich darf sie ja nicht besuchen.»

Ich nickte und hatte plötzlich Tränen in den Augen. Sie bemerkte es, sagte aber nichts.

7

Sonntag, 23. September

Diese Nacht schlief ich unruhig und oberflächlich. Ich hatte mein Versprechen eingehalten, aber es war mir sehr schwergefallen. Immer wieder schreckten mich Alpträume aus dem Schlaf. Einer davon war besonders schrecklich gewesen.

Ich hatte geträumt, vor dem Eingang zur Neonatologie zu stehen. Von innen piepste und jaulte der Alarm. Voller Angst trat ich ein und sah Hunderte von Inkubatoren vor mir. Das Jaulen steigerte sich, bis es kaum mehr auszuhalten war. Ich rannte von einem Monitor zum nächsten, aber ich konnte einfach nicht herausfinden, woher der Alarm kam. Ich wusste nur, dass Josephine sterben würde, wenn ich sie nicht fand. Plötzlich sah ich eine Spur von weissen Flecken quer durch den Raum. Weisse Farbe, heruntergetropft … Ich rannte der Spur nach, rutschte aus und fiel zu Boden. Mein ganzer Bauch war mit eklig glitschiger Farbe verschmiert. Sie war noch ganz frisch. Ich versuchte, sie abzuwischen, und verschmierte mich immer mehr. Ich rannte weiter. Die Spuren führten mich zu einem der Glaskästen ganz hinten an der Wand. Da war auch das Blinken und Piepsen des Monitors.

Mach schnell, Lou, mach schnell!

Da sah ich das Blut. Im Brutkasten schwappte das Blut.

Ich schrie.

Und so erwachte ich auch. Im Bett sitzend, nass geschwitzt und schreiend.

Ich taumelte zum Badezimmer, zog die nassen Kleider aus, wusch mich und zog mich frisch an. Dann legte ich mich auf die andere, trockene Seite des Betts und schlief erstaunlicherweise sofort wieder ein.

Wieder träumte ich. Diesmal von Elsa. Der Traum war genauso schrecklich wie der erste, obwohl gar nichts passierte.

Da war nur diese junge Frau, ein Gesicht sah ich nicht, aber ich wusste, dass es Elsa war.

Sie sass da und wartete.

Wartete auf ihren Tod.

Das zweite Mal in dieser Nacht erwachte ich sitzend im Bett und völlig nass geschwitzt. Halb fünf Uhr morgens. Ich duschte, beschloss, vorsichtshalber wach zu bleiben, und kuschelte mich auf meinen Schaukelstuhl, eingewickelt in eine warme Decke. Der Gedanke an Elsa Nur liess mich nicht mehr los. War sie auch wach? Sie konnte sicher nicht schlafen, weil sie immerzu husten musste. Ich musste sie finden und ihr helfen. Das schien mir plötzlich unendlich wichtig zu sein. Um die Welt wieder ins Gleichgewicht zu bringen. Lächerlich. Und dennoch, wenn ich sie nur finden könnte – es war wichtig. Irgendwann schlief ich doch noch ein.

Den Rest des Tages verbrachte ich in einem Zustand von Erschöpfung und Zerstreutheit. Ich musste zum Bahnhof fahren, um einzukaufen, wählte aber die falschen Lebensmittel; wieder zu Hause liess ich meinen Schlüssel aussen an der Wohnungstür hängen und suchte ihn darauf eine halbe Stunde lang; als krönenden Abschluss sortierte ich meine Post: achtzig Prozent Mist, zehn Prozent Rechnungen und eine Mahnung der Bibliothek. Ich verkroch mich um halb zwei Uhr wieder in mein Bett.

Schliesslich hielt ich die Unruhe nicht mehr aus und rief in der Kinderklinik an. Ich war nicht erstaunt, dass Holger auch an diesem Sonntag arbeitete.

«Wie geht es Josephine?», fragte ich.

Anstatt einer Antwort hörte ich einen Seufzer.

Ich erschrak. «Ist sie gestorben?»

«Nein, das nicht. Aber als Komplikation der Meningitis hat sie eine Sepsis entwickelt. Das ist ein sehr ungünstiger Verlauf. Und ihr Organismus war ja schon vorher stark geschwächt.»

«Wie geht es ihr denn jetzt?»

«Das grösste Problem ist der Blutdruckabfall. Das bedeutet, dass ihre Glieder nicht genug durchblutet werden. Die Körpertemperatur ist auch nicht mehr stabil, aber das haben wir im Griff. Wir behandeln sie weiterhin mit Antibiotika, aber geben ihr jetzt auch Corticosteroide. Bei Erwachsenen wirkt das meistens gut, aber bei Kindern sind die Befunde widersprüchlich. Die nächsten Stunden sind kritisch.»

«Wie geht es Frau Bauer?»

«Ich finde es ungeheuerlich, dass ihr Mann sie in dieser Situation alleine lässt», ereiferte sich Holger.

«Kannst du nicht versuchen, ihn zu erreichen? Vielleicht ist sie zu stolz, ihn um einen Besuch zu bitten?»

«Sie sollte ihn nicht bitten müssen, verdammt noch mal! Was ist denn das für eine Beziehung?»

«Apropos Beziehung, solltest du nicht auch wieder mal zu Hause bei deiner eigenen Familie sein?»

Holger knurrte etwas Unverständliches und legte auf.

Ich ging wieder ins Bett und begann den neuen Roman «Reamde» von Neal Stephenson. Ich war mir fast sicher, dass Philipp das Buch schon gelesen hatte. Es war genau nach seinem Geschmack: gescheit, komplex, rasant, böse und mit einem unglaublichen Sog, der nicht mehr losliess. Wir liebten beide «Snow Crash», Stephensons dritten Roman, und Philipp hatte sogar einmal darüber gewitzelt, dass er seinen ersten Sohn «Hiro Protagonist», seine erste Tochter «Y.T.» nennen würde.

Am Abend kontrollierte ich meine E-Mails und sah, dass Philipp mir geantwortet hatte.

Hallo Lou,
ich durchstreife keine Wälder. Es gibt hier gar keine Wälder zum Durchstreifen. Ich sitze von morgens früh bis abends spät am Computer. Was ist eigentlich mit dir los?
Philipp

Ich schrieb ihm eine Antwort.

Hallo Philipp,
gar nichts ist los. Ich habe einfach keine Lust, zehn Kilometer

von der nächsten Stadt entfernt auf hundertfünfzig Quadratmetern schmutzversiegeltem Parkett (hergestellt aus Bäumen des indonesischen Regenwalds, wofür wieder drei Indiodörfer vernichtet werden mussten) zu wohnen. Auch wenn dazu ganze vier Nasszellen inklusive Spa-Zone und Kabelfernsehanschluss in allen Zimmern angeboten werden. Und eine Kita oder einen Kindergarten benötige ich auch nicht, soviel ich weiss.
Lou

Seine Antwort bestand aus zwei Worten.

«Ach, Louisa.»

8

Montag, 24. September

Im Postfach fand ich die Einladung zu einer ausserordentlichen GEKO noch an diesem Vormittag, unterzeichnet von Schneider. Beginn zehn Uhr dreissig. Dauer: dreissig Minuten.

«Ja, spinnt denn der eigentlich?», entfuhr es mir laut. Schneider war offensichtlich der Meinung, wir könnten alle unsere Arbeit einfach stehen und liegen lassen, wie es ihm gerade in den Sinn kam. An diesen Sitzungen nahmen sämtliche leitende Angestellte des Walmont teil, das hiess über dreissig Personen. Zu Merians Zeiten hatte die GEKO unabänderlich zur immer genau gleichen Zeit stattgefunden, hatte genau sechzig Minuten gedauert und war zwar stinklangweilig, aber immerhin unschädlich gewesen. Ich rief Helga an. Sie war ebenfalls empört, vor allem weil auf der Einladung keinerlei Traktanden aufgeführt waren.

«Was hat er diesmal wieder für eine Teufelei im Sinn?», fragte sie.

«Wir werden es nur allzu bald erfahren.»

Ich hatte vor der GEKO gerade noch genug Zeit, um nach Frau Bauer zu sehen. An ihrer Zimmertür war in der Zwischenzeit der Isolationsraum-Kleber entfernt worden, was bedeutete, dass Frau Bauers Tuberkulose nicht mehr ansteckend war und dass sie ihre Tochter endlich wiedersehen konnte. Ich klopfte. Als keine Antwort kam, betrat ich leise das Zimmer. Frau Bauer lag auf ihrem Bett, den rechten Arm über ihr Gesicht gelegt. Ihre Schultern zuckten. Sie weinte. Ich unterdrückte meinen ersten Impuls, mich unauffällig davonzuschleichen, und berührte sie sachte an der Schulter.

Sie setzte sich sofort erschrocken auf und versuchte, ihre Gefühle zu beherrschen. Aber nach wenigen Sekunden flossen die Tränen erneut.

«Wenn sich Josephines Durchblutung nicht verbessert,

müssen sie ihr morgen Arme und Beine amputieren», brachte sie zwischen den Schluchzern hervor. Sie begann, lauthals zu weinen, das Gesicht zwischen ihren Händen verborgen.

«Wer hat das gesagt?», fragte ich.

«Diese junge Ärztin, Frau Sonnabend.»

Das war die neue Assistenzärztin der Kinderklinik.

«Sie hat mir ein Bild gezeigt, oh mein Gott! Von einem Baby Charlotte.»

Mehr brachte sie nicht mehr heraus. Ich fasste sie an den Schultern und hielt sie fest, während sie von einem Weinkrampf geschüttelt wurde. Nach und nach wurde sie etwas ruhiger, und ich liess sie los. Mit kaum hörbarer Stimme entschuldigte sie sich und bat mich, sie jetzt alleine zu lassen.

Danach ging ich direkt zu Holger und fragte ihn, ob das stimme, dass man Josephine Arme und Beine amputieren müsse. Holger fiel aus allen Wolken, und dann wurde er so wütend, wie ich es selten erlebt hatte. «Frau Sonnabend hat ihr Fotos von Baby Charlotte gezeigt? Ja, ist sie denn von allen guten Geistern verlassen?»

«Wer ist Baby Charlotte?»

«Ein Mädchen aus Neuseeland. Es machte einen schweren Verlauf einer Gehirnhautentzündung durch, ausgelöst durch Meningokokken. Man musste ihr alle Extremitäten amputieren, aber sie überlebte. Später wurde sie als ‹Baby Charlotte› berühmt, weil sie von den Präventionsheinis», giftiger Blick auf mich, «als abschreckendes Beispiel überall gezeigt wurde, damit die Eltern ihre Kinder impfen liessen.»

«Und was ist jetzt mit Josephine?», fragte ich.

«Es besteht eine theoretische Möglichkeit, dass eine Amputation nötig wird, ja. Aber nur beim schlimmstmöglichen Verlauf.»

Holger hämmerte eine Nummer in seinen Telefonapparat und knallte den Hörer nach wenigen Sekunden wieder auf.

«Nimmt nicht ab! Himmel noch mal. Muss man denn der Mutter eines todkranken Kindes mit solchen Bildern noch zusätzlich Angst machen? Ich weiss schon, was mir dieses dumme Huhn sagen wird: Man muss die Patienten offen informieren und darf ihnen nichts vorenthalten. Die wird noch was zu hören bekommen!»

«Wirken die Medikamente, die Josephine erhält?», fragte ich rasch, da er den Telefonhörer bereits wieder in der Hand hielt.

«Es ist noch zu früh, um das definitiv sagen zu können. Bisher hat sich ihr Zustand nicht verschlimmert. Und der Hirndruck hat sich sogar etwas normalisiert. Immerhin das.»

Als ich etwas später mit ungutem Gefühl den Sitzungsraum betrat, sassen die meisten meiner Kolleginnen und Kollegen bereits da. Punkt halb elf betrat Schneider schwungvoll den Raum, begrüsste uns kurz und begann eine Rede, die er mit hübsch verzierten und animierten PowerPoints untermalte.

«Ich werde Ihnen jetzt das Projekt vorstellen, das Sie die nächsten zwölf Monate intensiv challengen wird. Der Stiftungsrat hat das Konzept an seiner letzten Sitzung einstimmig verabschiedet und verspricht sich sehr viel davon. Heute darf ich Ihnen nun das Projekt endlich präsentieren: Wir werden im Walmont die drei Ks einführen.»

Schneider machte diese Ankündigung mit einer perfekten Mischung aus Selbstsicherheit und missionarischem Eifer. Niemand machte ihm die Freude und fragte nach, was diese drei Ks sein sollten. Wir warteten schweigend und sorgenvoll.

«Das erste K steht für Konkurrenz», sagte er, was keinen der Anwesenden wirklich überraschte. «Eine gesunde Konkurrenz spornt zu Höchstleistungen an, und das ist dringend erforderlich, wenn das Walmont auf Erfolgskurs kommen soll. Dann konzentrieren sich die Mitarbeiter für einmal auf das, was für diesen Betrieb wichtig ist, und nicht auf alle möglichen anderen Dinge. Persönliche Angelegenheiten und Arbeitsinhalte sind strikt zu trennen, da sind wir uns ja wohl einig, nicht?»

Bildete ich mir das nur ein, oder sah er ausgerechnet mich bei diesen Worten so eindringlich an?

«Gewinnmaximierung und Fehlerminimierung. So einfach ist das, was ich von Ihnen will. Das zweite K steht für Kontrolle.» Er lächelte uns alle an, nichts als Haifischzähne. «Kontrolle,

Kontrolle, Kontrolle! Sie wissen genau wie ich, wie wichtig das ist. Ich will wissen, wie auf unseren Abteilungen gearbeitet wird, wer wie viele Fehler macht, ob das WC sauber ist und ob jeder die Hygienevorschriften befolgt. Ich will wissen, ob eine Pflegerin mit den Medikamenten geschlampt hat und ob das wiederholt passiert. Ich will wissen, wer eine halbe Stunde Pause macht und nicht ausstempelt. Ich will Bescheid wissen, wenn jemand immer am Montag krankfeiert. Und mit dem Anhäufen von Überstunden ist jetzt auch Schluss.»

In der folgenden Sprechpause spürte ich, wie die Anspannung im Raum wuchs. Der Typ wollte das Walmont in einen Orwell'schen Überwachungsstaat verwandeln.

«Und das dritte K …» Er machte eine bedeutungsschwangere Pause.

Hinter mir flüsterte jemand: «Jetzt kommt sicher Kualität», und ich hatte Mühe, nicht aus lauter Anspannung zu kichern.

«… das dritte K steht für Kultur, meine verehrten Kolleginnen und Kollegen. Ja, Kultur! Ein Spital braucht Kultur.»

Helga warf mir quer durch den Raum einen Blick zu, ihre Augenbrauen bis zum Haaransatz hochgezogen. Was kam jetzt?

«Unsere Walmont-Kultur wird schon bald glänzen durch hoch qualifizierte Kundenpflege und Kundenbindung, durch eine Ausstrahlung von Optimismus und Erfolg. Lächeln Sie!» Schneider zeigte uns allen sein Colgate-Gebiss mit den spitzen Eckzähnen. «Lächeln Sie, und die Patienten fühlen sich wohl und sicher. Das ist das Wichtigste überhaupt. Und ab sofort erhält jeder Patient beim Austritt einen Blumenstrauss.»

Die PowerPoint-Präsentation zeigte einen riesigen Strauss mit verschiedenfarbigen Rosen und viel Grünzeugs drum herum. Dazu eine Schlaufe mit den Worten «Walmont – gesund werden mit Stil!».

«Ich danke Ihnen für Ihre Aufmerksamkeit und freue mich darauf, mit Ihnen zusammen die drei Ks Wirklichkeit werden zu lassen! Die Sitzung ist geschlossen.»

Heftiger Applaus einer kleinen Gruppe, die in der vordersten Reihe direkt vor dem Rednerpult Platz genommen hatte. Ich erkannte Glauser, den stellvertretenden Finanzchef, samt seiner Entourage von drei Mitarbeitern, dann Riesen, den Magenspezialisten des Walmont und auch Kaufmann, die Abteilungsleiterin Personal. Allesamt Schleimer, die bei Schneider Punkte sammeln wollten.

Alle Übrigen waren sprachlos vor Überraschung. Oder gaben ihrer Empörung halblaut Ausdruck. Allerdings erst, nachdem Schneider den Raum, dicht gefolgt von den Schleimern, verlassen hatte.

«Wir sind Ärzte und keine Autoverkäufer!»

«Haben wir eigentlich überhaupt nichts zu diesem Projekt zu sagen?»

«Seit wann ist das eine Diktatur?»

«Wenn das eingeführt wird, bin ich hier weg!»

Helga kam auf mich zugesteuert. «Kultur nennt er das? Einen Blumenstrauss? Soll ich jetzt lachen oder weinen, Lou?»

«Lächeln, Helga, lächeln», sagte ich, «das gibt sonst Minuspunkte in Kultur.»

Helga zeigte ihre Zähne und sagte leise: «Ich will den Typ hier weghaben. Kannst du das für mich erledigen?»

«Gib mir etwas Zeit, ich arbeite daran.»

Nach der GEKO schwirrte das Walmont von Gerüchten. Überall sah man Personal auf den Gängen zusammenstehen. Die Neuigkeiten wurden weitergegeben, und schon bald machten wilde Spekulationen die Runde, wie es im Walmont jetzt weitergehen würde. Auch Tscharya war vom Fieber erfasst und platzte alle zehn Minuten in mein Büro, um mir den neuesten Klatsch zu erzählen. Ich bekam unzählige Anrufe von Kolleginnen und Kollegen, die alle damit endeten, dass man doch etwas unternehmen müsse, aber niemand einen konkreten Vorschlag machen wolle. Ich konzentrierte mich auf meine Arbeit. Trotz aller Neuerungen und kultureller Höhenflüge mit und ohne Blumenstrauss hatte ich hier einen Job zu erledigen, den ich eigentlich mochte und als sinnvoll erachtete.

9

Dienstag, 25. September

Würde dieser Regen jemals wieder aufhören? Ich hatte die Nase voll von Regenbekleidung, nassen Schuhen und Autos, die mich mit Dreckwasser vollspritzten, während ich an einem Rotlicht wartete. Ich hatte genug von diesem Herbst, genug von Bern, genug von meiner Arbeit. Und auch genug von meinem Leben. Aber da bei keinem dieser Probleme eine wie auch immer geartete Lösung in Aussicht stand, ging ich auch an diesem Morgen zur Arbeit und versuchte, so zu tun, als ob alles in Ordnung wäre. Meine Gedanken waren bei dem Haus in der Morgartenstrasse und den Menschen, die dort dicht gedrängt hausen mussten.

Im Büro blätterte ich einen Artikel durch, den ich kürzlich ausgedruckt hatte, weil ich ihn offensichtlich als wichtig erachtet hatte. Ich versuchte, mich zu konzentrieren, und machte mir gewissenhaft Notizen. Irgendwann realisierte ich, dass ich keine Ahnung hatte, um was es eigentlich ging, und dass es mich auch nicht im Geringsten interessierte. So konnte es doch nicht weitergehen!

Ich sehnte mich nach Ruhe und Weite, nach dem Frieden eines Sonnenaufgangs irgendwo in den Bergen oder am Meer, begleitet vom Zwitschern der Vögel. Ich wollte hier weg. Ich wollte an einen Ort, den ich kannte, den ich liebte. Ich hatte keine Lust auf dieses unbekannte Kanada, keine Lust auf eine lange Flugreise, und wenn ich ehrlich war, hatte ich auch keine Lust, meine Ferien mit Philipp zu verbringen und mit ihm über diese vermaledeite Neubausiedlung zu streiten. Während ich noch über Philipp nachdachte, stürmte Tscharya in mein Büro.

«Hast du es schon gehört?», platzte sie heraus.

«Was?»

«Sie haben wieder einen gefunden!»

Ich wusste sofort, was sie meinte, und erstarrte. Ich wollte das nicht hören, erneut mit den Bildern und dem Gestank konfrontiert werden … Ich hob abwehrend meine Hände, aber sie schien es gar nicht zu merken.

«Wieder ein Mann, nackt, voller Messerwunden. Und das Opfer sei mit weisser Farbe bemalt worden», fuhr sie aufgeregt fort.

Erneut knallte dieser widerliche Gestank in mein Gehirn, mein Magen hob sich, ich rannte los und erreichte die Toilette in letzter Sekunde. Danach wusch ich mir mein Gesicht und putzte die Zähne. Ich fühlte mich schwach und elend.

«Bist du krank, Lou?», fragte Tscharya besorgt. Und, mit ganz hellem Klang: «Bist du etwa schwanger?»

Ich musste trotz allem lächeln. «Nein.»

Tscharya interpretierte das Lächeln als gutes Zeichen und erzählte weiter.

Wenn ich diesen Redefluss nur stoppen könnte!

«… kam gerade im Radio», hörte ich ihre aufgeregte Stimme, während ich mich wieder an meinen Arbeitsplatz schleppte, Tscharya hart an meinen Fersen. «Die Leiche lag im Hinterhof einer Pizzeria an der Weststrasse. Ringsherum eine riesige Blutlache. Der arme Mensch, der sie gefunden hat. Das Ganze ist widerlich und schrecklich.»

Schweig doch endlich!

Sie holte tief Atem. «Das ist jetzt schon das dritte Opfer. Mir macht das Angst. Dir nicht? Das nächste Mal trifft es vielleicht meinen Vater. Oder meinen Freund.»

«Vielleicht finden sie den Täter nun. Es muss Hinweise geben. Spuren, die sie auswerten können.»

«Die Polizei ist doch völlig überfordert. Offiziell gibt es keine neuen Informationen. Es heisst immer nur, dass sie ermitteln.»

Ich stellte mir einen Moment den Druck vor, dem die Beamten der Kantonspolizei ausgesetzt waren.

«Wenn man nur wüsste, warum das passiert», fuhr sie fort. «Es muss ein Wahnsinniger sein. Sie haben gesagt, dass der Mörder seine Opfer mit weisser Farbe anmalt. Was will er denn damit sagen? Vielleicht ist es ein Fanatiker? Ein religiöser Spinner? Oder – schnell! Die Nachrichten.»

Sie packte mich am Arm und zerrte mich zu ihrem Arbeitsplatz, wo gerade die Neun-Uhr-Nachrichten auf dem Lokalradio begannen. Der Mord war *das* Thema. Nach einer kurzen Information über den Fund von heute Morgen folgte ein Interview mit der Kantonspolizei. Der Pressesprecher gab bekannt, die Polizei gehe zurzeit davon aus, dass es sich um den immer gleichen Täter handle. Als Waffe sei ein Messer mit einer etwa zwanzig Zentimeter langen Klinge verwendet worden. Es könnte sich um ein Küchenmesser handeln. Die vom Täter verwendete Farbe sei leider ein gängiges Produkt, eine Acrylatfarbe, wie man sie zum Bemalen von Holz im Aussenbereich verwende. Der Farbton sei Mandelweiss. Dieses Produkt könne überall im Fachhandel gekauft werden.

Mandelweiss – mein Magen protestierte erneut. Ich schluckte Magensäure hinunter und fühlte Schweiss auf meiner Stirn. Rasch wandte ich mein Gesicht ab.

Der Pressesprecher sprach nun über die Opfer. Die drei Leichen würden im Institut für Rechtsmedizin untersucht. Bisher liege noch keine definitiv bestätigte Identifikation vor. Bei den Ermittlungen sei intensiv nach Gemeinsamkeiten gesucht worden. Und dann kam doch noch etwas Neues: Die bisher vorliegenden Hinweise liessen vermuten, dass es sich um ein Verbrechen im Rahmen der organisierten Kriminalität handeln könnte, sagte der Pressesprecher. In Zusammenarbeit mit Europol werde eine intensive grenzüberschreitende Fahndung vorbereitet.

«Ja was denn nun?», reagierte Tscharya erbost auf diese Mitteilung. «Erst ein wahnsinniger Serienmörder und nun die Mafia? Die haben doch keine Ahnung, was vor sich geht.»

«Ich weiss nicht, Tscharya. Etwas wird sie auf die Idee gebracht haben», entgegnete ich lahm.

Einen Moment lang sah ich wieder das schreckliche Bild vor meinen Augen aufblitzen: diesen zerfetzten, mit Farbe geschändeten Körper. Die unglaubliche Wut, die aus dieser Zerstörung sprach.

Ich wollte, das Ganze wäre weit weg von hier geschehen und ginge mich nichts an. Aber immer mehr verdichtete sich in mir die Gewissheit, dass diese Morde mich sehr wohl etwas angingen. Dass ich etwas wusste … Nein. Ich wusste rein gar nichts. Alles, was ich hatte, waren Fragen. Was hatte nur diese Wut geweckt? Und hatte die Mordserie etwas mit der Tatsache zu tun, dass die Opfer an TB erkrankt waren? Oder war das ein Zufall? Was spielte Elsa für eine Rolle in dem ganzen Geschehen? War sie abgetaucht, weil sie etwas wusste?

Tscharya schaute mich noch immer abwartend an, als ob sie von mir Trost erwarten würde, aber es gab nichts, was ich hätte sagen können. Nach einigen Sekunden gab sie sich sichtlich einen Ruck und teilte mir mit, dass wir eine Anfrage von Schneider besprechen müssten. Die Forschungsabteilung sollte einen Mitbericht zu seinem KKK-Qualitätssicherungs-Konzept verfassen. Termin: Freitag diese Woche. Sie reichte mir ein dickes Dokument, vierfarbig auf Hochglanzpapier gedruckt und aufwendig gelayoutet. Einhundertsiebenunddreissig Seiten.

Ich blätterte das Ding zunächst lustlos, dann empört durch. Die Vorschläge im ersten Kapitel zur Leistungskontrolle waren nicht nur dilettantisch, sondern auch schädlich. Vor fünf Jahren hatten wir im Walmont endlich begonnen, eine echte Fehlerkultur einzuführen. Es ging dabei darum, dass alle dazu stehen konnten, dass Fehler passierten, und dass dies nicht moralisch verwerflich war. Verwerflich hingegen war es, diese Fehler zu vertuschen und daraus nichts zu lernen. Und nun, da das Konzept Wirkung zeigte und die Mitarbeitenden gelernt hatten, offen über ihre Erfahrungen zu sprechen, und ernsthaft versuchten, daraus Verbesserungen abzuleiten, sollte der ganze Prozess wieder rückgängig gemacht werden.

Schneider hatte tatsächlich den schwachsinnigen Plan, einen Wettbewerb zwischen den Abteilungen und Kliniken einzuführen: Wer bei hoher Qualität am meisten Geld für das Walmont erwirtschaftet, gewinnt. Hohe Qualität hiess bei ihm null Fehler. Irgendwo hatte er etwas von Nulltoleranz für Schlampereien und Fehlbehandlungen geschrieben.

Den Verlierern dieses Wettbewerbs sollte das Budget um fünf, zehn oder sogar zwanzig Prozent gekürzt werden, was bedeutete: Leute entlassen oder sogar Abteilungen schliessen. Diese Konkurrenzsituation unter den Abteilungen sollte nach Schneiders Meinung die Menge und die Qualität der Leistungen im Walmont signifikant steigern.

Wenn unser Vize nur ein wenig gesunden Menschenverstand gehabt hätte, hätte er gewusst, dass er durch einen solchen «Wettbewerb» genau das Gegenteil bewirkte. Das Personal würde nicht weniger Fehler machen, aber diese vertuschen. Als Zweites würden schon bald schwierige Fälle an andere Spitäler abgeschoben und als Drittes die medizinischen Daten der Patienten «geschönt» und aus einfachen komplexe Fälle gemacht, sodass die Abteilung einen höheren Case-Mix-Index ausweisen konnte und im Wettbewerb besser dastand. Sehr beliebt war beispielsweise der Vermerk in der Krankengeschichte, dass ein Patient eine künstliche Beatmung inklusive Luftröhrenschnitt benötigte (äusserst lukrativ). Der Luftröhrenschnitt würde natürlich nur auf dem Papier stattfinden – jedenfalls ging ich davon aus, dass die Ärzte im Walmont trotz finanziellen Drucks noch nicht so weit waren, bei einem Patienten einen solchen Eingriff tatsächlich durchzuführen, nur um den Case-Mix-Index ihrer Abteilung zu erhöhen. Wütend packte ich das Konzept und warf es in Richtung meines kleinen Besprechungstisches, verfehlte ihn, und das Machwerk landete hässlich verdreht auf dem Boden unter dem Stuhl. So ein Pech aber auch!

In diesem Moment rief Holger an. Er hatte nun die Zusicherung dieser Frau Zumbrunn erhalten, dass das Inselspital die akut erkrankten Flüchtlinge behandeln würde, unabhängig von Versicherungsfragen oder Aufenthaltsstatus. Was nach dem Spitalaufenthalt passiere, könne sie nicht bestimmen. Aber das Inselspital gäbe ohne Gerichtsbeschluss keine Informationen über Patienten an die Polizei weiter.

«Das muss uns genügen», sagte ich.

«Hast du dir eigentlich schon Gedanken darüber gemacht,

wie wir die Flüchtlinge überhaupt ins Spital bringen können? Sie wollen ja offensichtlich nicht dahin», fragte Holger.

«Wir müssen sie irgendwie überzeugen.»

«Das tönt nicht wirklich wie ein Plan, Lou.»

«Vielleicht hat Simonetti einen Vorschlag», meinte ich.

«Er wird sagen, dass das unsere Sache ist.»

Etwas in mir drin explodierte. «Weisst du was?», schrie ich ins Telefon. «Ich habe die Schnauze gestrichen voll von Tieri und Simonetti, diesen beiden Arschlöchern. Sie haben eine Riesenscheisse gebaut! Was auch immer das Motiv war, das Ergebnis ist eine Riesenscheisse!»

«Beruhige dich, Lou, beruhige dich doch. Du solltest nicht so fluchen.»

Ich hatte keine Lust, mich zu beruhigen. «Hör mir genau zu, Holger! Du kannst Tieri und Simonetti Folgendes ausrichten, und zwar wortwörtlich: Wenn sie bis heute Nachmittag Punkt zwei Uhr nicht alle Bewohner ihrer ‹Zuflucht› versammelt haben, zeige ich diese beiden Idioten wegen fahrlässiger Tötung, Körperverletzung und Unterlassung von Hilfeleistung an!»

«Aber Lou –»

«Halt die Klappe, ich bin noch nicht fertig. Richte ihnen aus, dass ich beim letzten Besuch von allen Bewohnern der beiden Flüchtlingswohnungen in der Morgartenstrasse 67 DNA-Spuren sichergestellt habe und dass ich diese im Institut für Rechtsmedizin abgleichen lassen werde. Falls auch nur einer fehlt, gehe ich zur Polizei.»

«DNA-Tests? Das ist doch viel zu teuer. Das kannst du doch gar nicht machen.»

«Ich habe ja auch keine Proben genommen. Aber verdammt, Holger, ist dir eigentlich bewusst, was wir hier machen?»

Ich hörte nur sein lautes Atmen.

«Offensichtlich nicht!»

Ich knallte den Hörer auf.

***

Erstaunlicherweise klappte es. Tieri liess uns ausrichten, dass sich die Bewohner der «Zuflucht» um halb zwei Uhr im grossen Saal des IRZ versammeln würden. Tieri war ausser Haus, als wir im IRZ eintrafen. Simonetti liess uns ein und begleitete uns zum Saal, dann verkrümelte auch er sich feige. Wir waren zu fünft, da Helga noch zwei Dolmetscherinnen aufgeboten hatte. Ich zählte einundvierzig Personen: Junge, Alte, Frauen mit Kindern, Familien. Die vier Lis fehlten. Wir würden uns später darum kümmern müssen. Helga begrüsste die Anwesenden in englischer, deutscher und italienischer Sprache und informierte in kurzen, klaren Worten über die Symptome und die Folgen der Tuberkulose. Sie erklärte, wie man diese Krankheit heilen konnte, und auch, wie ansteckend sie war. Sie machte es sehr gut.

Die beiden Dolmetscherinnen übersetzten Helgas Worte in verschiedene Sprachen. Die Flüchtlinge waren unglaublich ruhig, als ob sie das alles gar nicht berühren würde. Ich nehme an, jeder versuchte für sich, die Folgen dieser Nachricht zu verarbeiten. Nachdem Helga geendet hatte, gab ich Holger und Helga zu verstehen, dass wir uns einen Moment zurückziehen sollten. Ich hatte recht gehabt. Sobald wir ausser Sichtweite waren, begann ein aufgeregtes Stimmengewirr, Fragen und Antworten in verschiedenen Sprachen, Ausrufe der Wut und der Angst. Ich fühlte mein Herz klopfen und versuchte, ruhig und gefasst zu wirken, als ein älterer Mann einige Minuten später zu uns kam und uns bat, zurückzukommen, um Fragen zu beantworten.

Die folgende halbe Stunde werde ich nie vergessen. Immer und immer wieder wurden wir gefragt, was mit ihnen geschehen würde. Das Einzige, was wir antworten konnten, war, dass sie alle sterben würden, wenn sie in diesem Haus wohnen blieben, und dass sie sich unbedingt untersuchen lassen mussten, ob sie sich bereits angesteckt hätten. Zwei Familien mit Kindern liessen sich als Erste überzeugen. Eine Gruppe von acht Personen ging mit Helga nach draussen, wurde auf verschiedene Ambulanzwagen verteilt, die wir aufgeboten hatten, und fuhr los in Richtung Inselspital. Eine zweite Gruppe wartete bereits auf den nächsten Transport, und ich ging zurück zum Versammlungsraum.

Ein kleiner Mann mit Bierbauch und mächtigen Oberarmen hatte sich bedrohlich dicht vor Holger hingestellt.

«Ich bin jetzt seit achtzehn Jahren in der Schweiz, ich bezahle Steuern und die AHV und alles», zischte er Holger in perfektem Berndeutsch an. «Ich habe immer gearbeitet, bis sie letzten Sommer Kurzarbeit eingeführt haben. Da mussten wir in dieses Rattennest ziehen. Und jetzt wollt ihr mich rauswerfen? Weswegen? Was habe ich euch angetan? Ich bin gesund, ich arbeite, ich bin ehrlich, ich bin kein Verbrecher!»

«Wir sperren Sie nicht ein. Wenn sich herausstellt, dass Sie gesund sind, können Sie gehen, wohin Sie wollen», sagte Holger.

«Ich glaube Ihnen kein Wort. Sie sind ein Lügner wie alle Schweizer. Ich war völlig gesund, als ich in der Schweiz ankam. Ihr habt mich krank gemacht! Das ist ein schlechtes Land. Ihr seid schlechte Menschen.»

Er spuckte und traf Holgers Hosenbein. Ich fühlte, wie mir der Schweiss ausbrach, da packte eine Frau den Mann am Arm und zog ihn weg. Sie stritten sich lauthals in einer Sprache, die ich nicht verstehen konnte.

«Sie stammen aus Bolivien», sagte Helga, die sich neben uns gestellt hatte. «Die Frau will, dass er ins Spital mitgeht, damit die Familie zusammenbleibt. Ihr fünfjähriger Sohn ist seit zwei Monaten krank. Sie hat Angst, dass sie sich niemals wiedersehen werden, wenn sie jetzt getrennt werden.»

«Vielleicht hat sie recht, wer kann das schon wissen?», sagte ich leise.

Der Bolivianer wandte sich wieder an Holger. «Ich gehe mit ins Spital, aber nur unter der Bedingung, dass meine Familie und ich nicht getrennt werden. Wir müssen zusammenbleiben, auch im Spital. Ist das klar?», sagte er in bemüht aggressivem Ton, während er sich Tränen aus den Augen wischte.

«Meinst du, es war ein Fehler, dass wir uns eingemischt haben?», fragte ich Helga, nachdem sie gegangen waren.

Sie schüttelte den Kopf, aber ihr Gesicht spiegelte das Unbehagen und die Sorge wider, die ich selbst empfand.

Vierzig Minuten später waren alle abtransportiert. Holger

und Helga beschlossen, ins Inselspital zu fahren, um zu schauen, wie es den Flüchtlingen ging und ob sie gut untergebracht wurden. Ich selbst machte mich auf den Weg zur Morgartenstrasse. Vielleicht waren die vier Lis inzwischen zurückgekommen.

In dem Haus war es still, was aber nicht hiess, dass sich niemand dort aufhielt. Die Wohnungstür im ersten Stock war unverschlossen, und ich öffnete sie vorsichtig. In den Zimmern lagen nur noch kaputtes Spielzeug, sonstiger Müll, einige Kleider und alte Decken herum. Im dritten Stock in der zweiten Flüchtlingswohnung sah es genau gleich aus. Auch das Zimmer der vier Lis war leer geräumt worden. Hier wohnte niemand mehr.

***

Zurück im Büro, fand ich Schneiders Konzept mitten auf meinem Arbeitstisch. Tscharya hatte es vom Boden aufgehoben, wieder ordentlich gefaltet und zwei Post-its daraufgeklebt: «Noch heute besprechen!», stand auf dem ersten. «Ampelwarnung Rot: Nimm deine Ferien *jetzt*!!!» auf dem zweiten.

Mein Telefon klingelte.

«Louisa Amalia, ich habe fünftausend Franken gewonnen. Was soll ich tun?»

Oh, nein! Ich gab mir Mühe, freundlich und gelassen zu klingen. «Wo liegt das Problem, Mutter?»

«Oh weh, wenn du mich Mutter nennst, bist du hochgradig genervt.»

Ja, ja, dachte ich tatsächlich genervt. Seit ich sechs Jahre alt geworden bin, habe ich versucht, sie zu überreden, nicht mehr auf diesem grässlichen «Louisa Amalia» zu beharren. Vergeblich. Also nannte ich sie stur Mutter, ausser wenn ich besonders guter Laune war.

«Soll ich ein andermal anrufen? Es ist nur – sie sagen, ich soll mich bis Montagmittag entscheiden. Also, äh, sie sagen es nicht, sie schreiben es.»

«Wer schreibt was?»

«Na, diese Reihe, die Ladenkette, äh, ‹Fenster zur Welt› heissen sie. Die hast du sicher schon gesehen. Sie verkaufen Bestseller und Filme zum halben Preis.»

«Hast du etwa bei einem Preisausschreiben mitgemacht?»

«Nein. Nicht im Geringsten, ich bin ja nicht blöd. Ich weiss genau, dass man da nur betrogen wird.»

«Ich verstehe nicht –»

«Ich habe einfach vergessen, das Kästchen anzukreuzen.»

Ich versuchte, ruhig zu bleiben. Manchmal, wenn sie mich mit ihrem chaotischen Gesprächsstil besonders wütend machte, war ich überzeugt, dass sie nun seit zwanzig Jahren eisern die Rolle der verwirrten alten Tante gab – eine Privatvorstellung nur für ihre geliebte Tochter.

«Welches Kästchen hast du nicht angekreuzt?»

«Ob ich am Wettbewerb teilnehmen will. Jedenfalls habe ich jetzt teilgenommen, obwohl ich gar nicht wollte. Und päng!»

Ich riss mit schmerzhaft verzogenem Gesicht das Handy von meinem Ohr weg. Meine Mutter verfügte über eine prächtig kraftvolle Bühnenstimme.

«Ich habe gewonnen! Fünftausend Franken! Ist das nicht wie ein Wink des Schicksals?»

«Nein, ist es nicht. Hast du den Fetzen vor dir?»

«Ja, Louisa Amalia.» Mit Kleinmädchenstimme jetzt. Auch eine Rolle.

«Schau mal ganz unten im Text oder auf der Rückseite des Briefes. Das Kleingedruckte.»

«Da ist eine ganze Seite … es geht von Punkt eins bis Punkt vierzehn. Muss ich das etwa alles lesen?»

«Such nach Worten wie Chance, Wahrscheinlichkeit, Option, Möglichkeit oder Glück. Und ruf mich wieder an.»

Ich legte auf und nahm Schneiders Konzept zur Hand. Eine halbe Stunde später meldete sie sich wieder. Sie hatte tatsächlich gewonnen. Und zwar eine kostenlose Teilnahme an einem Gewinnspiel, bei dem man fünftausend Franken gewinnen konnte. Und sie hatte nebenbei ihre Adresse für Werbezwecke zur Verfügung gestellt.

«Diese Hurensöhne», sagte sie mit grimmiger Stimme und knallte den Hörer auf.

Einen Moment schaute ich ratlos das Telefon an. Wie beurteilen Sie die Beziehung zu Ihrer Mutter? *Sehr gut / gut / neutral / schlecht / sehr schlecht?*

Ich wusste beim besten Willen nicht, welches Kästchen ich ankreuzen sollte.

Ich holte mir einen Espresso und ein grosses Stück Schokoladenkuchen. Ich brauchte Trost. Vor mir in der Schlange der Cafeteria stand eine ältere Frau mit Kopftuch, was mich an das Versprechen erinnerte, das ich Frau Alakom gegeben hatte. Ich entschied mich, es bei der Kantonspolizei zu versuchen, auch wenn die im Moment ganz andere Sorgen hatte, und wurde nach mehrmaligem Hin und Her mit der zuständigen Stelle «Stadtteil Bern-West» verbunden. Im selben Moment, als sich eine Frau mit einem ungeduldigen «Linder» meldete, wurde mir mit Schrecken klar, dass ich keine Ahnung hatte, wie ich mein Anliegen in Worte kleiden sollte.

«Hm, es geht um das Interreligiöse Zentrum an der Freigutstrasse … ich –»

«Klagen? Lärm? Dreck? Sonst was? Geben Sie mir bitte Ihren vollständigen Namen und Adresse an.»

«Louisa Beck in Bern. Aber es geht darum, dass sich eine Frau bedroht fühlt. Ich meine eine Frau, die im Zentrum wohnt.»

«Name.»

Mein Gott! War das ein Mensch oder eine Protokolliermaschine am anderen Ende des Drahtes?

«Frau Linder», versuchte ich es nochmals, «ich möchte gerne wissen, ob Sie Kenntnis davon haben, dass jemand die Flüchtlinge bedroht. Oder in der Nacht um das Zentrum herumschleicht.»

«Sind Sie vom Roten Kreuz oder so was?», fragte sie.

Ich verneinte das und stellte nochmals hartnäckig meine Fragen. Endlich gab mir Frau Linder einige Auskünfte, die mir aber auch nicht weiterhalfen. Es gab keinerlei protokollierte Vorkommnisse, dass die Flüchtlinge bedroht oder schikaniert worden seien. Die Anwohner hätten sich natürlich im Vorfeld heftig gegen die Eröffnung des Zentrums gewehrt.

Natürlich.

Es habe auch einen Vorstoss der lokalen SVP gegeben, das Zentrum ins Gantrischgebiet auszulagern, mit der Begründung, das Zentrum stelle eine Gefahr für die Anwohner dar, insbesondere für die Kinder, die in der Nähe in den Kindergarten gingen. Aber der Vorstoss sei im Stadtrat nicht überwiesen worden. Das Quartier werde seit der Eröffnung regelmässig von der Polizei kontrolliert. Aber es sei ja allgemein bekannt, dass die Polizei nach wie vor stark unterdotiert sei. Mit dem Gefühl, meine Pflicht erledigt, aber nichts erreicht zu haben, machte ich mich wieder an meine Arbeit.

Als ich auf Seite dreiundsechzig von Schneiders Konzept angelangt war, gab ich völlig entnervt auf. Wie konnte Merian nur einen solchen Schwachkopf als Stellvertreter einsetzen? War das vielleicht ein erstes Anzeichen einer Altersdemenz? Mit einem Mal war mir regelrecht übel vor Müdigkeit. Ich wartete, bis Tscharya kurz im Gang verschwand, um ein Fax abzusenden. Dann haute ich ab.

***

Auf dem Heimweg holte ich mir ein Take-away-Menü bei dem thailändischen Restaurant in meinem Quartier und genoss endlich wieder mal ein richtig feines warmes Essen. Die Schärfe trieb mir die Tränen in die Augen, und ich ass alles auf bis zum letzten Reiskorn. Danach hatten sich meine Kopfschmerzen in Nichts aufgelöst, und ich suchte mir einen meiner Filme für die ultimativ regressiven Stunden heraus: «The Electric Horseman», «Bridget Jones's Diary» oder «Pride and Prejudice»? Ich entschied mich für den Letzteren und sah hintereinander drei Folgen der BBC-Serie. Dazwischen genoss ich zwei Espresso kombiniert mit extra schwarzer Schokolade und später einen feinen Grappa.

Ich fühlte mich super, als ich kurz nach neun Uhr ins Schlafzimmer ging und mein Bett frisch bezog. Die Vorhänge beim

Schlafzimmerfenster liess ich offen, lag lang ausgestreckt im Bett und schaute zu, wie die Dämmerung langsam zur Nacht wurde. Ich hatte das ganze Bett für mich alleine, und niemand war da, der mich störte, zu viel Platz brauchte oder mir im Schlaf ins Ohr pustete. Ich breitete Arme und Beine aus und genoss es, so viel Raum einzunehmen. Mein Lieblingsleintuch war so alt, dass es extrem weich war. An einem der wenigen Sonnentage hatte ich es gewaschen und draussen trocknen lassen. Alles um mich duftete nach Sonnenwärme. Vor dem Fenster war es pechschwarze Nacht geworden. Keine Sterne zu sehen, dafür die blinkenden Lichter eines Flugzeugs, das wohl in Belp landen würde. In weiter Ferne hörte ich das Hupen eines Autos. Das Laken fühlte sich seidenzart an auf meiner Haut. Ich lag da, starrte die Decke an und lauschte. Nachtgeräusche. Ich spürte ein leichtes Ziehen in meinem Bauch. Die Scheinwerfer eines Autos strichen über mein Fenster.

Mein Körper begann, vor Sehnsucht zu schmerzen, vor Verlangen nach seiner Haut, seinem Geruch, seinen Berührungen. Ich wollte die Form seiner Schultern spüren, seinen Hals streicheln, dem Schlüsselbein entlangtasten. Ich wollte den Rhythmus seines Herzens unter meiner Hand spüren, die Melodie seiner Stimme hören, wollte das Aufblitzen seiner Augen sehen, wenn ich ihn herausforderte. Ich wollte sein Gewicht auf mir spüren, das Eindringen in meinen Körper.

Ich wollte eine einzige Nacht mit ihm verbringen.

Nur – eine – einzige – Nacht, Herrgott noch mal, war das denn zu viel verlangt? Sollte ich nach Kanada fliegen? Sollte ich ihm hinterherrennen wie eine – oh Gott, ich hasse das, ich hasse das!

Ich rollte mich zu einer Kugel zusammen, die Arme fest um die Knie geschlungen. Dann stand ich auf, zog mir mit fahrigen, rasend schnellen Bewegungen ein paar Kleidungsstücke über und rannte aus dem Haus. Hinaus in die kühle Nacht. Ich lief und stolperte, fluchte und lachte über meinen Irrsinn.

Genau um Mitternacht war ich wieder zu Hause. Ich schnatterte vor Kälte und machte mir eine Bettflasche. Ich fühlte mich wieder ganz. Ich hatte einen Plan: Ich würde diese verdammten Ferien endlich einziehen. Aber ich würde nicht nach Kanada fliegen. Ich setzte mich an meinen Computer, die Bettflasche auf meinem Schoss, und reservierte für die folgende Nacht ein Bett im Nachtzug nach Toulon. Basel SNCF ab zwanzig Uhr dreiundvierzig nach Mulhouse, von wo der Nachtzug um einundzwanzig Uhr neunundzwanzig abfuhr.

Zwei Wochen an der Côte d'Azur. Nostalgische Hotels, Meer, Mistral und Pastis. Nur ich.

Im Verlauf dieser Nacht wachte ich mit dem Gefühl auf, dass etwas nicht stimmte. Ich lag da, lauschte meinen viel zu hastigen Atemzügen und versuchte herauszufinden, was los war. Mein Gesicht war nass von Tränen. Ich hatte im Schlaf geweint.

Ich musste etwas Beunruhigendes oder Trauriges geträumt haben, konnte mich aber nicht erinnern, was es gewesen war. Nur eine vage Erinnerung an kindliche Verlorenheit war geblieben. Ich dachte an Elsa. Hatte ich etwa von ihr geträumt?

Drei Uhr fünfzig. War Elsa ebenfalls wach? Ich setzte mich auf, zog meine wärmste Fleecejacke über den Pyjama und machte mir einen Tee. Ich presste meine kalten Hände an die Tasse. Eigentlich hatte ich in dieser Nacht einige Stunden vorschlafen wollen.

Was ging mich diese Elsa überhaupt an? Ich hatte nicht die geringste Chance, sie zu finden. Ich war nicht verantwortlich für sie.

Es nützte nichts; das Bedürfnis, sie zu finden und ihr zu helfen, war so stark, dass es mir keine Ruhe liess. Ich dachte eine Weile nach und setzte mich an meinen Rechner.

Kurze Zeit später hatte ich eine Spur.

10

Mittwoch, 26. September

Viertel nach sechs Uhr rief ich Helga an.

«Elsa hat wieder geschrieben», sagte ich.

«Wasistlos?»

«Aufwachen, Helga. Es ist wichtig.»

«Bist du wahnsinnig, mich mitten in der Nacht aufzuwecken?»

«Es ist sechs Uhr. Elsa hat wieder etwas geschrieben.»

«Lass mich in Ruhe.»

«Du musst sofort herkommen und übersetzen.»

«Und sonst noch was?»

«Streite nicht herum, sondern steh auf, Helga. Ich habe nur noch ein paar Stunden Zeit, um Elsa zu finden. Ich fahre in die Ferien.»

«Verdammt.»

Das hiess wohl, dass sie kommen würde. Ich startete meine Kaffeemaschine, strich ein paar Brote und druckte die neuen Blog-Einträge aus.

Als Helga klingelte, konnte ich sie mit einer grossen Tasse heissem Kaffee und einem Honigbrot empfangen, was sie milder stimmte. Sie nahm einen Schluck Kaffee und zog Mütze, Schal, Handschuhe, Winterjacke, Windstopper und Helly Hansen aus, warf den ganzen Berg achtlos auf mein Sofa und begrub meine Reisedokumente inklusive der Identitätskarte darunter. Ich sagte nichts, sondern streckte ihr wortlos die Blog-Texte entgegen.

«Mach mir noch ein zweites Honigbrot», sagte sie und begann zu lesen.

Während Helga übersetzte, ging ich unruhig hin und her. Am liebsten hätte ich ihr über die Schultern auf ihre Notizen gelinst, aber sie hasste das. Es verging eine lange halbe Stunde.

«Ich bin fertig, Lou. Aber ich glaube nicht, dass uns das weiterhilft», sagte sie endlich.

Ich schnappte mir ihre handschriftlichen Notizen, die im Gegensatz zu meinem Gekritzel gut lesbar waren.

Blog-Eintrag Nr. 49:
Pedro hat mir einen Laptop gebracht. Ich kann wieder schreiben. Wie wichtig mir das geworden ist, ganz gleich, wer das je lesen wird oder ob meine Worte einfach verloren gehen, ungelesen. Das ist nicht wichtig, wichtig ist nur, dass ich mich ausdrücken kann, dass nicht all diese Worte in mir eingesperrt bleiben. Seit ich in dieser Wohnung bin, gibt es nur Pedro für mich, jeden Tag zwanzig Minuten. Es gibt niemanden mehr, mit dem ich mich unterhalten kann, kein Geplauder an der Kasse über das Wetter, kein «Danke und Ihnen auch einen schönen Tag» an den Briefträger, kein vertrautes Wort mit einem lieben Freund, kein Gelächter mit einer Freundin. Wenn ich nicht schreiben kann, sind in mir drin immer mehr und mehr Worte. Ich muss schreiben, sonst platze ich.
E.

«Hast du eine Ahnung, wer dieser Pedro sein könnte?», fragte ich Helga.

«Ich habe keine Ahnung. Bisher hat noch niemand einen Pedro erwähnt.»

Ich kaute auf einem Bleistift herum, und Helga trommelte nervös mit ihren Fingern auf meinen Tisch. Mir blieb nicht mehr viel Zeit.

«Ruf noch mal im IRZ an. Vielleicht kennen Simonetti oder Tieri einen Pedro», schlug ich vor.

Helga ging zum Telefon im Wohnzimmer, und ich las weiter. Kurz darauf kam sie zurück, ein Notizblatt in der Hand.

«Ich habe Simonetti erreicht. Er sagt, sie hätten nie einen Flüchtling mit dem Vornamen Pedro im IRZ aufgenommen. Aber es habe mal im Freiwilligenteam einen Peter gehabt, der sich Pierrot genannt habe. Er sei sich nicht mehr ganz sicher. Es sei ein Schweizer, ein pensionierter Postangestellter, gewesen, und sein Familienname habe Fichter oder Fischer gelautet.

Oder Fürst oder so ähnlich. Sie führen kein Verzeichnis der ehrenamtlichen Helfer, deshalb kann er das nicht nachschauen.»

Ich gab Peter Fürst, Peter Fichter und Peter Fischer im elektronischen Telefonbuch ein und bekam zwar unzählige Treffer, aber sie alle kamen nicht in Frage. Entweder wohnten sie viel zu weit weg, oder die Berufsbezeichnung stimmte nicht. Ich versuchte es noch mit Pedro und mit Pierrot und sogar mit Pierre und Pit, aber das brachte gar nichts.

«Vielleicht hat sich Simonetti im Namen geirrt. Oder beim Beruf», sagte Helga entmutigt.

Blog-Eintrag Nr. 50:
Heute hat mir Pedro Brot, Butter und Milch mitgebracht. Ich weiss nicht, weshalb er mir hilft, diese Wohnung, das Essen, er kommt, wann immer er kann, nur seine Frau darf nichts wissen, sie ist eifersüchtig, sie hat Angst.
Mein Husten ist schlimm, ich kann nicht mehr aus dem Haus. Ich darf nicht auffallen, nicht auffallen, muss unsichtbar sein, aber der Husten macht mich laut, macht mich auffällig.
Ich habe nichts zu tun ausser schlafen, ich schlafe von morgens bis abends und in der Nacht, ich schlafe, wann immer ich kann. Ich höre nichts mehr, ich schlafe, ich höre die Züge nicht mehr, nur das Rütteln spüre ich. Die Züge sind so nahe, sie rütteln uns alle durch, und der Hund jault. Ich habe keinen Hunger, ich bin zu müde, sterbe ich?
E.

Pedro war also verheiratet. Aber das half uns auch nicht weiter.

Blog-Eintrag Nr. 51:
Ich will nicht schlafen in der Nacht, die Nacht ist voller Lichterketten, sie wischen an mir vorbei, sie sind farbig, sie sind hübsch. Und manchmal bleibt ein Zug stehen, gerade hier vor meinem Fenster, und ich schaue, ich schaue mich satt am Leben, dem kleinen zufriedenen Leben. Ich träume mich dazu in dieses Leben. Ich bin auf dem Weg nach Hause mit meiner Familie,

die Kleinste ist bereits eingeschlafen, denk an die Wollmütze, sie hatte gestern Ohrenschmerzen, sie schläft so tief, so weich.
Und ich bin auf dem Weg nach London, fahr endlich weiter Zug, ich bin ungeduldig, ich bin wichtig, ich muss zu einem Meeting, Meeting tönt gut, ich arbeite an meinem Laptop. Handy am Ohr, nein, ich kann morgen noch nicht zurück sein, Schatz, ich komme übermorgen, du weisst doch, dieser Abschluss ist wichtig, ich muss jetzt aufhören, ja, ich dich auch.
Und ich trinke Bier aus der Dose, bin müde von der Arbeit, stumpfsinnige Arbeit, aber zu Hause wartet der Fernseher, und ich werde Fussball schauen, und ich werde noch ein Bier trinken, und morgen ist auch noch ein Tag.
E.

«Das war der letzte», sagte Helga niedergeschlagen.

Einen Moment schwiegen wir beide.

«Es geht ihr wirklich schlecht, nicht? Ich glaube nicht, dass wir sie finden können. Jedenfalls nicht rechtzeitig», sagte ich.

«Wir haben es versucht, Lou. Immerhin das.»

Wir räumten schweigend unser Geschirr weg, und ich packte meine Siebensachen, die ich für die Arbeit benötigte. Als ich das Licht im Wohnzimmer löschte, fiel mein Blick auf das Aquarium.

Mist! Das hatte ich ja ganz vergessen.

«Ich brauche jemanden, der Philipps Garnelen füttert, während ich in den Ferien bin», sagte ich möglichst beiläufig.

Helga runzelte ihre Stirn. «Ich hab's nicht so mit Tieren, das weisst du doch.»

«Du musst sie ja nicht streicheln. Gib ihnen alle zwei Tage Futter, und das ist alles.»

«Das ist wirklich alles?»

«Ja. Es ist völlig unkompliziert. Ich mache dir eine Notiz.»

Helga glaubte mir, die gute Seele.

***

Als wir das Haus verliessen, staute sich der Verkehr am Rotlicht der nächsten Kreuzung. Direkt vor uns hatte ein Postauto angehalten, und wir mussten warten. Automatisch liess ich meine Augen über die Fahrgäste schweifen, die schliefen, Zeitung lasen oder an ihrem Handy herumspielten. Ein vager Gedanke setzte sich in meinem Kopf fest …

Und manchmal bleibt ein Zug stehen, gerade hier vor meinem Fenster, und ich schaue, ich schaue mich satt am Leben, dem kleinen zufriedenen Leben.

Ich hielt den Atem an und packte Helga unwillkürlich am Arm.

«Au. Spinnst du?»

«Ich weiss, wo sie ist, Helga!»

Während meine Freundin mich mit Fragen bestürmte, schaute ich auf die Uhr: bereits halb zehn. Ich musste im Walmont den Monatsrapport ausfüllen, mit Tscharya die anstehenden Arbeiten besprechen, dieses vermaledeite Konzept von Schneider torpedieren und tausend andere Dinge. Dann nach Hause, fertig packen und den Zug nach Basel nehmen.

Ich musste diesen Zug erwischen. Ich musste an diesem Abend noch reisen, oder ich würde untergehen, das Walmont würde mich ersticken. Ich brauchte Luft zum Atmen, salzige Luft, und die Weite des Meeres. Ich schaute wieder auf die Uhr und versuchte, die Stunden, die ich für all das benötigte, zusammenzurechnen.

Ach Mist! Es wird nicht klappen.

Ich sagte: «Komm! Rasch!»

Helga machte grosse Augen, aber sie fragte nicht nach, sondern rannte mit mir zurück in meine Wohnung. Ich schnappte mir Wegwerfhandschuhe und zwei chirurgische Gesichtsmasken, die ich vom letzten Besuch beim IRZ zu Hause herumliegen hatte, und drückte Helga einen kleinen Notfallkoffer in die Hand. «Wir müssen die Velos nehmen. Für den Bus haben wir nicht mehr genug Zeit.»

«Ich habe aber kein Velo dabei», sagte Helga.

«Kein Problem, du kannst mein altes Mountainbike nehmen.»

«Du weisst, dass ich Velos hasse.»

«Wir haben keine Zeit für deine Empfindlichkeiten», sagte ich mit einer gewissen Schadenfreude.

Ich zerrte mein altes, leicht verrostetes Bike hervor, stellte den Sattel höher und drückte das Ding in Helgas unwillige Hände. Wir rasten los in Richtung Lorraine. Überall Rotlichter, ein Tram blockierte uns. Beim Bahnhof mussten wir endlos warten, bis der Fussgängerstrom unterbrochen war. Ausser Atem fuhren wir über die Lorrainebrücke. Auf der anderen Seite nutzte ich eine Lücke im Gegenverkehr und bog links ab. Helga folgte mir trotz Rotlicht. Ein kleiner Lieferwagen musste heftig abbremsen, und der Fahrer beschimpfte uns wütend.

«Spinnst du eigentlich, Lou?», keuchte Helga, als wir von der Lorrainestrasse wieder links in eine Einbahnstrasse eingebogen waren und uns kurzfristig aufs Trottoir flüchten mussten, weil ein Idiot unbedingt auf seinem Recht bestand und uns mit seinem Auto plattmachen wollte. Endlich waren wir am Ziel: der Randweg. Eine hässliche ungepflegte Häuserzeile, die so nahe an der Zuglinie Bern–Zürich steht, dass man sich bei geöffnetem Zugfenster die Kleider vom Wäscheständer auf den Balkonen schnappen könnte.

«Elsa hat geschrieben, dass sie direkt in die Eisenbahnwagen hineinsehen kann. Ich glaube, sie wohnt hier in einer Parterrewohnung.»

Helga sagte nichts. Sie war noch immer völlig ausser Atem. Ich ging rasch zum ersten Haus in der Reihe und las die Namensschilder in der Hoffnung, dass wir einen Hinweis auf die Bewohner bekommen könnten. In der Parterrewohnung links lebten Fam. L. und F. Kaufmann. Rechts davon eine oder ein C. Battaglia. Im nächsten Haus war in einer der Parterrewohnungen eine Fusspflegepraxis untergebracht, und daneben wohnte ein F. Duport. Danach kam eine Wohnung, die von Hand angeschrieben war mit «Alicia Imhof, Tamara Baumann, Vanessa Keller».

«Eine Wohngemeinschaft?», fragte Helga.

«Scheint so.»

Daneben wohnte eine Fam. Abaglia und ein Haus weiter ein Mansur Türksoy.

«Auf diese Weise finden wir Elsa nie», sagte Helga, «sogar wenn sie hier wohnen sollte, was überhaupt nicht sicher ist.»

Ich ging weiter zum nächsten Haus.

«Warte, Lou! Du glaubst doch nicht im Ernst, dass es hier eine Wohnung gibt, die mit «Elsa Nur» angeschrieben ist? Das bringt doch nichts.»

Das nächste Haus war übersät mit alten Satellitenschüsseln.

«Serbische oder albanische Namen», sagte ich und ging stur voran.

Zwei Häuser weiter blieb ich stehen. Auf einem Namensschild stand «Vera Ingold mit Leonie und Mia». Auf dem zweiten Schild war lediglich «P. F.» eingraviert. «P. F.» wie Pedro oder Pierrot oder Peter Fichter, Fischer oder Fürst oder was auch immer.

«Komm, schau da!»

Helga bewegte sich demonstrativ langsam auf mich zu, schaute das Namensschild an, runzelte die Stirn und nickte schweigend. Die Haustür war nicht verschlossen. Auf den Stufen, die zu den Wohnungen im Hochparterre führten, waren Stapel mit Zeitungsbündeln aufgetürmt. Vor der Tür der Familie Ingold standen zwei Paar kleine Gummistiefel. Wir wandten uns der anderen Tür zu. Ich holte tief Atem und klingelte. Nichts passierte. Ich klingelte ein zweites Mal, lange. Noch immer keine Reaktion. Wir sahen uns einen Moment unentschlossen an, Helga presste ihr Ohr an die Tür und lauschte.

«Da hustet jemand», flüsterte sie mir zu. Ich lauschte ebenfalls.

«Du hast recht, ich höre es auch», sagte ich leise.

«Was sollen wir jetzt tun?», fragte Helga.

Ich überlegte einige Sekunden, dann drückte ich vorsichtig die Klinke nach unten und öffnete langsam die Tür. Helga riss die Augen auf, folgte mir aber hinein. Gestank von etwas Fauligem schlug uns entgegen. Wir standen in einem kleinen Entree, das vollkommen leer war. Eine Milchglastür führte in die Küche. Der Küchentisch war mit Brotkrümeln übersät. Die zweite Zimmertür war geschlossen, und von dort ertönte der Husten. Ich kramte in meinem Rucksack, holte eine Schutzmaske hervor und zog sie an. Die zweite reichte ich Helga. «Ich gehe jetzt da rein. Ich glaube nicht, dass Elsa mich gleich umbringen wird.»

«Ich warte hier, damit einer übrig bleibt, der die Leichen entsorgen kann», sagte Helga trocken.

Ich lächelte. Notfalls würde sie mir immer helfen, das wusste ich. Langsam öffnete ich die Tür und blickte in einen kleinen halbdunklen Raum mit Tisch, Bett und einem schmutzigen Fenster, das direkt auf die Gleise ging. Eben ratterte ein Intercity vorbei. Der Lärm war ohrenbetäubend. Ein hohes Pfeifen kreischte mir in den Ohren, als der Zug abbremste. Die schmale Gestalt, die auf dem Bett lag, hatte mich noch nicht bemerkt. Ihr Gesicht bestand nur aus Augen und scharfen Knochen. Die Haut war grau und wirkte dünn wie Papier. Ich wartete. Als der Zug vorbei war, versuchte ich, ein möglichst freundliches Gesicht zu machen. Ich war mir bewusst, dass ich mit meiner Maske bedrohlich aussehen musste. Als die Frau mich bemerkte, schrie sie laut auf vor Schreck, und dann hustete sie, rang nach Atem. Ich kniete mich hin und reichte ihr die Tempo-Box, die neben dem Bett lag. Am Boden lag bereits ein Haufen gebrauchter Papiertaschentücher. Sie waren rot von Blut.

Tuberkulose war früher auch «die Auszehrung» genannt worden. Bei Elsa war diese Bezeichnung sehr treffend, ich schätzte ihr Gewicht auf etwa fünfunddreissig Kilogramm. Ihre Augen waren tief in den Höhlen versunken und glänzten vor Fieber.

«Hallo, Elsa. Ich bin Louisa Beck. Ich will Ihnen helfen.»

Sie schüttelte stumm den Kopf, die Augen weit aufgerissen, ob aus Angst oder Atemnot, konnte ich nicht erkennen.

«Sie sind sehr krank. Sie haben Tuberkulose.»

«Ich weiss», sagte sie ausdruckslos.

Wieder ratterte ein Zug vorbei und machte jedes Gespräch unmöglich.

«Es gibt wirksame Medikamente dagegen, aber Ihre Krankheit ist bereits weit fortgeschritten. Sie müssen sofort in ein Spital.»

«Und was ist der Preis dafür?», flüsterte sie knapp hörbar.

«Die Kosten werden von der Krankenkasse übernommen.»

«Sie verstehen nicht. Der Preis, was ist der Preis? Gefängnis? Ausschaffung?»

«Ich weiss es nicht, Elsa. Aber wenn Sie nicht mitkommen, werden Sie sterben.»

Sie drehte sich von mir weg, starrte lange an die Wand, während ihre knochigen Finger unablässig über das Bettlaken strichen. Ich fühlte Tränen in meinen Augen. Zwei Ratterzüge später erwiderte sie meinen Blick.

«Im Gefängnis sterbe ich weniger einsam als hier», sagte sie und versuchte, sich aufzurichten.

Ich rief Helga, und zusammen kleideten wir sie an. Wir versuchten so vorsichtig wie möglich zu sein, aber sie hatte offensichtlich schon bei den kleinsten Bewegungen starke Schmerzen. Als Elsa bereit war für den Transport, nahm ich Helga kurz beiseite.

«Hör zu, Helga. Wir nehmen sie unter einer falschen Identität mit ins Walmont. Ich werde mit Isabelle von der Patientenaufnahme sprechen. Sie wird uns helfen. Ausser uns dreien braucht das niemand zu wissen.»

Helga nickte.

«Ich will, dass sie lebt. Und ich will, dass sie in der Schweiz bleiben kann», sagte ich.

Helga nickte wieder.

Elsa hatte erneut eine schreckliche Hustenattacke, und ich hoffte, dass dieses ganze Unterfangen nicht vergeblich war. Dass es nicht bereits zu spät war. Die Ambulanz brachte uns auch ohne Sirene in einer knappen Viertelstunde ins Walmont, wo wir bereits erwartet wurden. Der zuständige Notarzt war mir unbekannt, aber er sah sympathisch aus. Er machte grosse Augen, als wir ihn informierten.

«Eine Frau mit aktiver TB?», fragte er mit leuchtenden Augen.

Ich hatte den Verdacht, er konnte sich gerade noch zurückhalten, um nicht ein «Wow!» anzufügen. Ich informierte ihn, dass wir im Walmont bereits zwei Fälle mit dieser Diagnose aufgenommen hatten und dass er sich mit Holger Grimm in

Verbindung setzen solle. Wir besprachen die notwendigen Schutzmassnahmen, um die Ansteckungsgefahr zu minimieren, es wurde ein Isolationszimmer vorbereitet und Elsa vorsichtig zu ihrem Bett transportiert. In der Zwischenzeit war Holger bereits eingetroffen, die beiden Ärzte machten sich mit spürbarem Eifer an die Untersuchung dieses speziellen Falls, und ich hatte den Eindruck, dass Elsa in besten Händen war.

Helga versprach mir, unsere Velos am Randweg abzuholen und zu mir nach Hause zu bringen. Ich verabschiedete mich hastig und suchte Isabelle, die stellvertretende Leiterin der Patientenadministration auf, um mit ihr die Aufnahmeformalitäten zu besprechen. Ich hatte sie richtig eingeschätzt. Nachdem ich ihr kurz Elsas Geschichte geschildert hatte, sagte sie mir, ich solle mir keine Sorgen machen, es sei kein Problem, diese Sache zu deichseln.

***

Es war bereits halb zwölf Uhr, als ich endlich in der Forschungsabteilung ankam. Ich fühlte mich wie unter Strom. Tscharya empfing mich mit heftigen Vorwürfen. Sie war empört, dass ich am Vortag einfach abgehauen war. Und heute Morgen habe sie auch nicht gewusst, wo ich abgeblieben sei. Und da sei eine Menge zu besprechen und dieses Qualitätsding von Schneider und überhaupt. Ich entschuldigte mich, gab ihr recht und teilte ihr im gleichen Atemzug mit, dass ich noch diesen Abend in die Ferien fahren würde. Sie geriet in helle Aufregung. Schneider mache Druck, sie wolle ihre Stelle hier nicht verlieren. Sie warf mir vor, verantwortungslos und unfair zu sein.

«Aber Tscharya, du hast mir doch täglich zweimal gesagt, ich solle endlich –»

«Ja, ja!», unterbrach sie mich. «Aber du kannst doch nicht einfach von einer Sekunde zur nächsten verschwinden und die laufenden Arbeiten unerledigt lassen.»

«Moment, Moment! Ich mache das alles noch, bevor ich gehe.»

«Ha! Und wie willst du das schaffen? Hast du dir dieses Qualitätsding überhaupt mal angesehen? Das ist ein Wälzer! Dann der Artikel für «Social Science and Medicine», du hast versprochen, das Peer-Review zu machen, das kannst du nicht mehr absagen. Und der Monatsrapport? Und die Genehmigung von Fort- und Weiterbildung?»

«Die Genehmigung von Fort- und Weiterbildung? Was ist denn das jetzt schon wieder?»

«Das habe ich dir letzte Woche schon erklärt, aber du hast ja nicht zugehört. Von jetzt an müssen wir unsere Fortbildung genehmigen lassen, mit ausführlicher Begründung, sonst werden die Stunden einfach gestrichen. Weisung von Schneider.»

«Der wird mir gar nichts streichen, der Schneider, das kann ich dir sagen. Nicht eine Minute wird der mir streichen!»

«Deshalb musst du eben jedes Mal beantragen und begründen, Lou.»

Am liebsten hätte ich alles stehen und liegen lassen und wäre einfach gegangen. Ich hatte die Nase gestrichen voll von dieser verdammten Bürokratie. Aber da war noch Tscharya, die ich nicht hängen lassen konnte. Ich hatte noch etwa fünf Stunden Zeit, das musste reichen.

Als Erstes las ich den Artikel, den ich reviewen musste. Zum Glück erkannte ich keine grösseren Probleme. Nur bei der Interpretation hatten sich die Autoren vergriffen: Sie hatten Korrelationen analysiert und diese als Wirkungszusammenhänge interpretiert. Den kritischen Kommentar dazu hatte ich in fünf Minuten geschrieben. Die nächste Stunde verbrachten Tscharya und ich mit den Formalitäten. Dann nahm ich Schneiders Konzept, las es quer, dann nochmals genau, klebte es voll mit Post-its und machte mir Notizen. Mein Kopf brummte. Es war bereits halb vier Uhr. Ich spürte, wie mir der Schweiss ausbrach.

Tscharya rannte in die Cafeteria und brachte mir einen doppelten Espresso. Ich begann mit dem Mitbericht. Zwei Stunden später hatte ich sechs Seiten geschrieben. Punkt eins bis siebzehn zum Thema, warum dieses Konzept auf keinen Fall im Walmont umgesetzt werden durfte. Ein Frontalangriff auf Schneider. Ich hatte auf wissenschaftliche Literatur verwiesen, ich hatte logisch argumentiert, ich hatte an den gesunden Menschenverstand appelliert. Der Brief ging an Schneider, eine Kopie an Merian, weitere Kopien an alle Abteilungen des Walmont.

«Ich verspreche dir, dass ich dir eine neue Stelle organisieren werde, falls die Forschungsabteilung dichtgemacht wird», sagte ich zu Tscharya, als ich ihr den Mitbericht übergab.

Sie schaute sorgenvoll auf den Text. Dann gab sie sich einen Ruck. «Geht in Ordnung. Wann geht dein Zug? Ich habe heute das Auto da. Ich fahre dich nach Hause.»

Auf dem Weg nach draussen machten wir noch rasch einen Besuch in der Kinderklinik. Frau Bauer sass neben Josephines Inkubator und hielt die Hand ihrer Tochter. Die Durchblutung hatte sich verbessert, flüsterte sie mir zu und lächelte mich an.

Tapfer, diese Frau, dachte ich und stellte verwundert fest, dass ich sie wirklich mochte.

Um halb sieben Uhr war ich zu Hause, rannte durch meine Wohnung, zerrte Kleider hervor und warf sie wieder auf einen Haufen, fand zunächst meinen Rucksack nicht, dann war er innen noch voller Dreck von meinem letzten Ausflug, egal, alles rein und zu. Ich rannte los, erwischte gerade noch einen Bus und schaute auf der Fahrt zum Bahnhof alle fünf Sekunden auf die Uhr. Am Hirschengraben sprang ich aus dem Bus, rannte bei Rot über die Kreuzung, wurde beinahe von einem Postauto angefahren und rannte und rannte hakenschlagend zwischen den Pendlermassen hindurch zur Welle und die Rolltreppe runter. Ich konnte gerade noch in den Zug springen, bevor die Türen sich schlossen.

Ich war völlig verschwitzt, meine Lunge brannte, und ich japste wie ein übergewichtiger Pekinese nach einem Marathonlauf. Ich hatte es geschafft!

11

Donnerstag, 27. September, bis Sonntag, 7. Oktober

«Marseille-Saint-Charles–Marseille-Saint-Charles–Marseille ...»

Ich erwachte von dem krächzenden Singsang der Bahnhofsdurchsage. Sechs Uhr. Ich fror jämmerlich in dem papierdünnen Schlafsack, die Wolldecke war heruntergerutscht. Ich zog sie wieder nach oben und wickelte mich fest ein. In meinem Viererabteil reiste nur noch ein zweiter Passagier: ein Mann, der mitten in der Nacht eingestiegen und sofort eingeschlafen war. Er hatte sich nicht mal die Schuhe ausgezogen. Endlich ruckelte der Zug aus dem Bahnhof. Schon bald würde ich das Meer sehen können!

Südfrankreich – der einzige Ort, an dem meine Eltern als Paar glücklich gewesen waren. Sie erzählten von dieser Zeit Anfang der sechziger Jahre, erzählten von den Entbehrungen, den Abenteuern, erzählten mit leuchtenden Augen. Zwei Habenichtse im Paradies. Ich erinnerte mich an ein Foto, schwarz-weiss, in der Mitte eine Vespa, rundum beladen mit Zelt, Schlafsäcken und Taschen, daneben zwei schmale Gestalten in selbst gestrickten dicken Rollkragenpullovern, die runden, mit Leder eingefassten Schutzbrillen verwegen auf die Stirn hochgeschoben.

Südfrankreich – damals ein magischer Ort: leuchtende Farben, Wärme, Baguette, Oliven, Rotwein, Gelächter und eine Jukebox. Edith Piaf: Padam, padam, padam, da da di, da da da, da da da.

Ich war mit meiner Familie viele Male im Sommer dort gewesen, später alleine im Februar zur Mimosenblüte, einige Male im April und Mai, aber auch im späten November, als ein eiskalter Wind die Masten der Segelboote im Hafen packte, sie schüttelte wie ein zorniger Riese und eine schwarze Gewitterwolke das Ende der Welt ankündigte.

Ich werde immer wieder dorthin zurückkehren.

Als ich kurz nach sieben Uhr in Toulon den Zug verliess, war der Bahnhof menschenleer bis auf ein paar Soldaten, Mitglieder der Marine nationale, die schlafend oder rauchend auf ihren riesigen Seesäcken hockten. Ein «Café au lait» wärmte mich etwas auf. Der Bus Richtung Hyères, Morgenverkehr in Toulon, dicht und chaotisch. Wir beschleunigten endlich, verliessen die Stadt und fuhren auf die Autoroute, die durch das Einkaufs- und Industriequartier von Toulon Est führte. Seit dem letzten Mal war die Zone mächtig gewachsen, hatte gierig Land verschlungen. Mit knapp hundert Stundenkilometern rauschte die Szenerie an mir vorbei: Carrefour, Decathlon, Tankstelle, Europcar, Toyota-Garage, eine Marbrerie, wieder eine Garage, ein Intermarché, Bricolages, Piscines und wieder eine Tankstelle. Kilometer um Kilometer. Mitten in der Zone machten wir einen Halt. Ein Campus: Université du Sud Toulon-Var, Umschlagplatz Dutzender Schülerinnen und Schüler. Weiter. Ein McDonald's, ein riesiger Parkplatz, angrenzend Autoschrott, ein aufgeschichteter Haufen brennender Autopneus, niemand kümmert's, Gestank bis in den Bus, Reparaturwerkstätte für Yachten, ein kleines Schild: «Château Cru Classé», einige Meter offenes Land, ein paar serbelnde Palmen, es stank noch immer, ein Kanal voll mit gelblichem Schaum. Eine weitere Haltestelle bei einem schäbigen Restaurant, «Formule expresse 9 €», am Strassenrand lag die Leiche einer Katze mit obszön aufgetriebenem Bauch.

Als ich in Hyères aus dem Bus stieg, empfing mich ein scharfer, kalter Wind. In dem Hotel, das ich von früher kannte, hatten die Besitzer gewechselt. Trotz meines Protests gaben sie mir das schlechteste Zimmer direkt neben dem lärmigen Aufzug und mit Fenster auf die Strasse. Das Bettzeug war klamm vor Kälte und fühlte sich feucht an. Ich hatte gerade so ziemlich alle Kleider angezogen, die ich in meinem Rucksack finden konnte, als mein Handy klingelte.

«Louisa Amalia. Hör dir das an!»

Mutters Stimme war laut wie immer. Aber ich konnte nicht erkennen, ob sie wütend oder begeistert war oder beides zusammen.

«Die Hurensöhne haben wieder geschrieben. Ich zitiere: ‹Frau Vikky Beck, können Sie es sich wirklich leisten, auf Ihren Gewinn zu verzichten? Es handelt sich um fünftausend Franken. Gibt es nicht einen Traum, den sie sich seit Jahren verwirklichen wollen? Ferien? Ein neues Auto? Falls Sie so glücklich sind, nicht auf diese Summe angewiesen zu sein, denken Sie doch auch an Ihre Familie.› Frech, nicht?»

«Verdammt dreist, du hast recht.»

«Sie haben mich zu einer Carfahrt eingeladen. Exklusiv für die Gewinner. Schon am nächsten Montag. Ich habe beschlossen hinzugehen.»

«Was? Bist du wahnsinnig geworden?»

«Schrei nicht, Louisa, Kind. Ich weiss, was ich tue. Diese Hurensöhne sind dermassen frech, verlogen und aufdringlich, dass sie begnadete Schauspieler sein müssen. Stell dir vor, sie müssen den Leuten beibringen, dass sie nichts gewonnen haben, aber etwas Teures kaufen sollen, was sie nie im Leben benötigen werden. Ein grandioses Schelmenstück. Wo kriegst du das heute noch geboten? Und kostenlos. Es gibt sogar noch Kaffee und Gipfeli dazu.»

Nach dem Gespräch musste ich lachen. Ich griff nochmals nach dem Telefon und wählte Philipps Nummer. Das musste ich ihm erzählen. Mitten im Wählen fiel mir wieder ein, wo er war.

Ich zögerte – und liess es bleiben. Vielleicht war er gerade auf Bärenjagd und mein Anruf würde ihm drei Tage Anschleichen und Spurenlesen zunichtemachen? Oder vielleicht war er auch mit seiner neuen wunderschönen und superelegantcn Freundin in einem schlossähnlichen Hotelzimmer mit Aussicht auf einen herrlichen See. Sie hatten eben phantastischen Sex gehabt, und während sie ermattet auf dem Bett lagen, Champagner schlürften und den klagenden Schreien der Kanadagänse lauschten, würde ich anrufen und Philipp von der Werbefahrt meiner Mutter erzählen. Er würde der schönen Angelica mit nach oben gedrehten Augen zu verstehen geben, dass da eine Irre am Telefon war und mich möglichst bald in freundlichstem Ton abklemmen. Vielleicht hatte er sogar mit Angelica zusammen Bären gejagt!

Ich liess mich rücklings auf das klamme Bett fallen und zog die Einhundert-Prozent-Synthetik-Wolldecke hoch bis zum Kinn. Philipp hatte meine Mutter erst einmal live erlebt. Sie hatte uns zum Nachtessen eingeladen und im Verlauf dieses einen Abends das Poulet anbrennen lassen, die Erbsen verkocht und eine Flasche Rotwein umgestossen, und zwar direkt auf Philipps weisses Hemd. Dann hatte sie sich praktisch auf seinen Schoss gesetzt, um die Flecken notdürftig abzutupfen. Alles sehr theatralisch inszeniert.

Und das muss man Philipp lassen: Er hatte sich trotzdem köstlich amüsiert. Auf jeden Fall war dieser Abend das ziemlich genaue Gegenteil dessen, was wir beim Besuch bei seinen Eltern erlebt hatten.

Den ersten Nachmittag in Hyères verbrachte ich trotz all meiner Kleiderschichten fröstelnd in verschiedenen zugigen Cafés und ging danach früh ins Bett. Ein Fehler. Die Matratze war u-förmig, und ich schlafe üblicherweise auf der Seite oder auf dem Bauch. Ich zerrte das Ding auf den Boden und versuchte, mir auf diese Weise eine bequeme Liege zu organisieren. Aus dieser intimen Nähe stank der Teppich nach einer Mischung aus Erbrochenem und Desinfektionsmittel. Ich wuchtete die Matratze stöhnend wieder aufs Bett, legte mich auf der tiefsten Stelle des U quer darauf und rollte mich zusammen. Jemand hatte vergessen, einen Fensterladen festzumachen. Der Wind knallte das Ding alle paar Sekunden an die Hauswand. Irgendwann schlief ich trotz Lärms und heftiger Kopfschmerzen ein. Um zwei Uhr nachts weckte mich das Geräusch einer laufenden Dusche. Kurz vor fünf jaulte die Strassenreinigung vor meinem Fenster durch.

Ich versuchte, mich davon zu überzeugen, dass all dies keine schlechten Vorzeichen für meine Ferien waren.

***

Am Samstag wurde es endlich warm, und meine Lebensgeister krochen zunächst misstrauisch, aber dann mit immer mehr

Zuversicht aus ihrem Loch. Nach dem Frühstück entschied ich mich für einen Ausflug, packte meinen Rucksack und stieg in einen Bus, der entlang der Küste Richtung Saint-Raphaël fuhr. Irgendwo stieg ich aus und machte mich auf den Weg zum Meer.

Nach einer Weile landete ich auf einer Bank mitten in einem Pinienwäldchen. Die schlanken Baumstämme warfen ein schwarzes Muster auf das leuchtend blaue Meer vor mir. Dicht neben meinen Füssen raschelte es im Gebüsch. Zwei schlanke Körper wischten an meinen Füssen vorbei. Eidechsen. Der warme Wind brachte Schwaden von südlichen Gerüchen, die ich gierig einatmete: Jasmin, Ginster, Pinien und Eukalyptus. An diesem schattigen Plätzchen war ich vor dem grellem Licht und dem Lärm geschützt. Nur das sanfte Rauschen der Wellen, gurrende Tauben und weit entfernt die Schreie der Möwen waren zu hören.

Ich sass eine lange Zeit da.

Wie viel Zeit verstrichen war, kann ich nicht sagen, aber irgendwann fiel die Spannung von mir ab. Es war, als würde etwas in mir schmelzen, das Herz wurde mir leichter, das Atmen freier.

Wenig später donnerte ein Militärflugzeug im Tiefflug über mich hinweg, und ein Hund begann zu jaulen. Ich machte mich auf den Weg zu einem Pastis.

Zurück im Hotel stand ich gerade unter der Dusche, als mein Handy klingelte. Ich wickelte mich hastig in ein grosses Badetuch und nahm ab.

«Ich habe immer wieder versucht, dich zu Hause zu erreichen. Wo bist du eigentlich?» Philipps Stimme tönte ganz nahe und deutlich vorwurfsvoll.

«Am Meer», sagte ich.

«Willst du mich verarschen, Lou?»

«Ich hatte keine Lust, meine Ferien in Kanada zu verbringen. Vielleicht komme ich dich später mal besuchen. Im Frühling?»

Nach einem langen Schweigen sagte er: «So ist das.»

Danach lauschte ich eine Zeit lang den Geräuschen der Stadt Montréal: eine weit entfernte Sirene, Autohupen, jemand, der

Tonleitern auf einem Klavier übte. Und schliesslich ein Räuspern.

«Und ist das Wetter schön am Meer?», fragte Philipp in forciert munterem Tonfall.

«Heute war ein wunderbarer Tag. Sonnenschein mit einer warmen Brise, nicht zu heiss. Ganz wunderbar. Nicht zu heiss.» Ich merkte selbst, dass ich mich wiederholte, und biss mir auf die Lippe, bis es schmerzte.

«Und wo ist das, wo es so schön ist?»

«In Südfrankreich. Ich verbringe gerade ein paar Tage in Hyères. Später werde ich auf die Insel Porquerolles weiterreisen und dann will ich noch zu den Calanques in der Nähe von Marseille. Ich habe die Kletterausrüstung mitgenommen.»

«Tönt gut, Lou. Ich wünsche dir schöne Ferien.»

Klick, und weg war er. Mist, das war gar nicht gut. Ich konnte verstehen, dass Philipp wütend war. Und verletzt. Ich konnte es nicht ändern. Ich konnte mich nicht ändern. Obwohl ich vor Sehnsucht nach Philipp fast durchdrehte, wollte mir mein elender Stolz nicht erlauben, ihm nachzurennen. Und vielleicht enttäuscht zu werden.

Zum Glück wusste Helga nicht, was gerade zwischen Philipp und mir abging. Sie würde mich kaltblütig zur Schnecke machen. Und mir einen Vortrag darüber halten, was ich doch für ein elender Feigling war. Wer Angst davor hat, verletzt zu werden, muss sich gar nicht erst verlieben – und solchen Schmus.

***

Am Sonntag nahm ich das Fährschiff von der Tour Fondue aus auf die Porquerolles. Die Insel schien sich seit meiner Kindheit kaum verändert zu haben. Sie ist nicht gross – mit dem Velo kann man sie in etwa zwei Stunden umrunden. Als wir Kinder noch klein waren, verbrachten wir viele Sommer auf einem Zeltplatz in der Nähe von Hyères. Wir setzten jeden Tag mit dem damals noch winzigen Fährschiff auf diese Insel über – ein unerhörter Luxus für unsere finanziellen Verhältnisse. Dafür gab es wochenlang nichts als Baguettes, Salami und Tomaten zu essen. Damals badeten wir meistens ganz alleine in einer kleinen Bucht mit feinem sauberen Sand, warm duftenden Pinien und türkisfarbenem Wasser.

Das Dorf auf der Porquerolles besteht auch heute noch aus einigen wenigen Häusern, die sich in der Nähe des Hafens zusammendrängen. Es gibt insgesamt sieben Hotels und etwa doppelt so viele Restaurants. In der Hauptsaison wimmelt die Insel von Tagesausflüglern. Es gibt zwei Arten davon: die traditionellen Franzosen, die auf die Porquerolles fahren, um hier in einem der Restaurants stundenlang zu speisen und zu trinken. Und die Badegäste, die das kristallklare Wasser, die Unterwasserwelt und die schroffen Felsen lieben. Zu dieser Jahreszeit waren nur wenige Gäste auf der Insel, hauptsächlich abgehärtete Segler mit braun gebrannten Gesichtern und ausgeprägten Krähenfüssen um die Augen.

Ich hatte im Hotel de la Pinède ein Zimmer reserviert. Es war direkt am kleinen Dorfplatz gelegen, ein zweistöckiges Gebäude, das aussah, als ob es seit Jahren dringend neu gestrichen werden sollte. Auch im Innern sah alles klapprig und abgeschossen aus. Der Kachelboden hatte Sprünge und Unebenheiten, die Wände waren rissig. Aber das Ganze hatte Charme und Charakter, und die Hotelbesitzer waren auf eine freundliche Art zurückhaltend, die ich sehr mochte.

Mein Zimmer war einfach eingerichtet, aber grosszügig, und das Bett, das ich sofort testete, war diesmal so bequem, dass ich mich am liebsten gleich zum Schlafen hingelegt hätte. Das wäre jedoch ein Fehler gewesen, das Nachtessen war grandios. Es gab Soupe de poisson und danach ein Ragout. Die übrigen Tische waren von einer Tauchergruppe besetzt – erkennbar an den wollenen Pudelmützen, die alle trotz der Wärme aufhatten. Ich war halbwegs mit meinem Hauptgang fertig, da klingelte mein Handy. Es war Helga.

«Einmal füttern alle zwei Tage, ganz unkompliziert, hast du mir gesagt! Weisst du eigentlich, dass ich fast einen Herzschlag hatte, als einer der Frösche mir ins Gesicht gesprungen ist! Garnelen, hast du gesagt – nichts anderes! Betrachte dich ab sofort als meine Exfreundin, Lou Beck.»

Sie schimpfte noch eine Weile von den Wasserwechseln und dass sie bei diesem Sauwetter im Wald nach Eichenblättern suchen musste, um den Nitratgehalt im Wasser zu senken. Ich entschuldigte mich, während ich mir das Lachen verkneifen musste, und langsam beruhigte sie sich. Später wollte sie wissen, ob es mir gut ginge, wo ich war, was ich in den nächsten Tagen vorhatte, und war erst zufrieden, als sie alles bis ins Detail in Erfahrung gebracht hatte.

Josephine ging es endlich deutlich besser. Sie atme wieder selbstständig, die Meningitis sei abgeklungen, und sie habe bereits etwas Gewicht zugenommen, berichtete mir Helga. Grüsse von Holger müsse sie auch ausrichten. Danach erzählte sie auch von unseren – wie sie es nannte – internationalen Patienten, denen es den Umständen entsprechend gut ginge. Wir hätten gar nicht schlecht geraten: Sechs Erwachsene und ein Kind hätten eine aktive TB. Bei zwölf weiteren habe man den Erreger nachweisen können. Bei mehr als der Hälfte der Fälle handle es sich um eine multiresistente Form, aber sie würden alle auf die Antibiotikabehandlung ansprechen, und bisher sei noch von keiner Seite irgendeine administrative Schwierigkeit aufgetaucht, sodass sich die Stimmung langsam bessere. Das hiess wohl, dass die Sozialarbeiterin des Inselspitals nicht zu viel versprochen hatte und bisher noch niemand der Polizei von unseren Illegalen auf der Isolationsstation Meldung gemacht hatte. Ich erkundigte mich nach der alten Frau aus dem Sudan. Sie war körperlich gesund, aber ich hatte mich nicht geirrt, was ihre Psyche anging: Sie war in die psychiatrische Abteilung verlegt worden. Die bisherige Diagnose lautete auf katatone Schizophrenie.

«Sind in der Zwischenzeit die vier Lis wieder aufgetaucht?», fragte ich.

«Bisher nicht. Ich habe vor ein paar Tagen nochmals mit Tieri gesprochen. Er hat versprochen, sie zu überreden, sich untersuchen zu lassen, wenn er sie sieht. Aber er glaubt nicht, dass sie sich angesteckt haben, da sie, seit sie in der ‹Zuflucht› eingezogen sind, immer Atemmasken getragen haben.»

«Und wie geht es Elsa?»

«Unverändert. Aber keine Sorge, Holger kümmert sich rührend um sie.»

«Holger? Warum denn das? Sie ist doch kein Kind mehr.»

«Ich glaube, er nimmt diese Geschichte sehr persönlich. Er ist auch schon mehrere Male mitgekommen und hat die Internationalen im Inselspital besucht. Er will einfach sicher sein, dass alle gut behandelt werden.»

«Und sonst? Alles ruhig im Walmont?»

«Schneider wirbelt Staub auf, und wir putzen hinter ihm her. Tscharya hat mir erzählt, dass Merian für ein paar Tage in der Schweiz war und sogar kurz in der Forschungsabteilung aufgetaucht sei. Er wollte mit dir über deinen Mitbericht sprechen. Gestern ist er aber schon wieder verreist. New York. Er will die Met besuchen. Ist das eine Oper oder Baseball?»

«Äh –»

«Ist ja egal. Jedenfalls ist er schon wieder weg.»

***

Der Montag war sonnig und das Meer so warm, dass ich baden konnte. Ich lieh mir im Hotel eine ABC-Ausrüstung aus und ging Schnorcheln. Ich entdeckte wieder die knallfarbigen Seegurken, die mich bereits als Kind fasziniert hatten, ganze Schwärme von silbernen Fischen, Seeigel, Seesterne, jede Menge kleine Krebse und einmal sogar einen kleinen Tintenfisch, der neugierig hinter einem Felsen hervorguckte.

An diesem Abend kam wie erwartet der Anruf meiner Mutter.

«Es war absolut wahnsinnig, Lou. Ein Hammer von einer Vorstellung. Und ich kann das nach dreissig Jahren beim Theater beurteilen.»

Meine Mutter hatte bei der Begrüssung vergessen, mich Louisa zu nennen. Ein klares Zeichen für ihre Erregung.

«Die Typen waren genial. Das Stück, das sie gegeben haben, ebenfalls.»

Sie erzählte, dass sie auf der Carfahrt, organisiert von «health international», von vier Männern begleitet worden waren: einem Fahrer, dessen tödlicher Hirntumor sich spurlos aufgelöst hatte, einem Reiseführer, der nach dreissig Leidensjahren plötzlich kein Asthma mehr hatte, und zwei weltberühmten chinesischen Ärzten, die einen medizinischen Durchbruch erzielt hatten, der ihnen in den nächsten Jahren den Nobelpreis einbringen würde. Angefangen hatte die Fahrt damit, dass der Reisebegleiter jeden einzelnen der Passagiere nach Beschwerden fragte. Natürlich hatte jeder ein Wehwehchen. Aber aufgepasst: Alle Symptome, von Fussschweiss über Müdigkeit, Nervosität, schlechtem Schlaf bis hin zu Magenbrennen waren klare Anzeichen dafür, dass die Elemente des Körpers im Ungleichgewicht waren. Kein Wunder in dieser Zeit, in der wir leben! Die chinesische Medizin beschäftige sich seit Jahrtausenden damit, dieses Ungleichgewicht an der Wurzel zu packen und wieder in Harmonie zu bringen.

«Sie haben behauptet, mit ihrer Heilmethode könne man jede Krankheit heilen. Auch Krebs, Herzkrankheiten, Nierenversagen oder Schizophrenie. Weil sie eben die Ursache angehe und nicht nur die Symptome. Das Schlimme sei, dass das Ungleichgewicht im Körper sich rasant verschlimmern könne. Stell dir vor, Louisa, es fängt mit Müdigkeit oder mit nächtlichem Schwitzen an, und wenn man nichts unternimmt, ist man in wenigen Wochen mausetot.»

Meine Mutter kicherte zufrieden.

«Du weisst ja, mit welcher Einstellung ich da mitgefahren bin, aber nach dieser Rede habe ich mich todkrank gefühlt. Todkrank, Louisa, der Wahnsinn! Es wurden Kaffee und Gipfeli serviert, und dann kam der Höhepunkt: Auftritt der chinesischen Wunderärzte! Zwei Männer ganz in Weiss gekleidet, leicht gebeugt und sehr schüchtern. Ganz grandios gespielt. Der Reisebegleiter stellte sie vor und erzählte, dass sie wegen ihrer wunderbaren Erfindung vom chinesischen Staatsschutz verfolgt und schrecklich gefoltert worden waren. Sie waren zu erfolgreich, das sei gefährlich in

China. Sie konnten fliehen und haben jetzt in der Schweiz ihre Erfindung weiterentwickelt. Tausend Jahre altes Wissen auf dem höchsten technologischen Stand. Dann kamen die Fanfaren: tätärätätääa! ‹Und hier ist sie: die Bio-Magnet-Resonanz-Decke. In zehn Farben. Exklusiv für Sie mit einem einmaligen Rabatt von dreissig Prozent.›» Mama liess ihr berühmtes extra tiefes Bühnenlachen hören. «Ich habe mich grossartig amüsiert.»

«Hast du die Decke gekauft?»

«Nein. Nicht nötig. Und falls ich mal todkrank werde: basta! Du kennst mich ja.»

«Hm.»

«Und wie geht es eigentlich dir?», fragte sie zum Schluss, aber bevor ich antworten konnte, fuhr sie fort: «Man ist ja seines Lebens nicht mehr sicher in diesem Bern. Willst du wirklich dort wohnen bleiben?»

«Warum?»

«Warum? Du bist mir ja lustig. Jetzt hat dieser Wahnsinnige doch schon drei Menschen umgebracht. Und läuft immer noch frei herum.»

***

Das sonnige Wetter hielt die nächsten Tage an, und ich verbrachte sie alle auf dieselbe Weise. Es stellte sich ein vertrauter Tagesablauf ein, und ich fühlte mich auf eine merkwürdig tröstliche Weise melancholisch. Am Donnerstagabend blieb ich lange am Strand. Ich glaube, ich sass da, ohne auch nur etwas zu denken, nahm einfach nur wahr, wie die Sonne sich über das Meer neigte und sich rötete, wie der Sand unter meinem Hintern und unter meinen nackten Füssen kühler wurde und wie die Schatten der in der Bucht ankernden Segelyachten länger und länger wurden. Als ich mich auf den Weg zu meinem Hotel machte, fröstelte ich in der Dämmerung. Meine Haut war noch immer salzig, und der Sand knirschte zwischen meinen Zehen. Das Entree war in ein warmes Licht getaucht, ich hörte lebhaftes Geklapper aus der Küche und war froh, mich für diesen alten Kasten entschieden zu haben. Aus der Dunkelheit einer Sitzgruppe erhob sich ein Mann und stellte sich mir in den Weg.

Philipp.

Zunächst erstaunte mich diese Erscheinung nicht besonders, hatte ich ihn doch in den letzten Monaten an den unmöglichsten Orten vor mir gesehen. Dann aber realisierte ich, dass mein Tagtraum ein mir unbekanntes Hemd trug und eine Schnatte vom Rasieren hatte.

«Philipp?», frage ich.

«Hallo», sagte die Erscheinung, blieb aber stocksteif stehen.

Rasch ging ich auf ihn zu und musterte sein starres Gesicht.

«Was ist passiert?»

«Es ist alles in Ordnung», sagte er leise, und dann, mit einem schrägen Lächeln: «Ich fühle mich nur etwas schüchterig.»

«Schüchterig? Hast du in Québec etwa dein Deutsch verlernt?»

Philipp runzelte die Stirn und lachte laut auf.

«Jetzt bin ich um die halbe Welt gereist, um dich zu sehen, und das Erste, was du machst, ist, meine Sprache zu kritisieren. Da fühl ich mich doch gleich wieder wie zu Hause.»

Ich musste auch lachen, und wir redeten eine ganze Weile wirr durcheinander, bis uns jemand mit einer Ladung Koffer aus dem Entree vertrieb. Beim Nachtessen erholte ich mich etwas von meiner Überraschung.

«Wie hast du mich eigentlich gefunden?», fragte ich ihn.

«Ich habe Helga gefragt. Dann habe ich auf gut Glück einen Flug gebucht und mich aufgemacht, dich zu suchen.»

«Mir scheint das etwas dramatisch.»

«Ich habe mich eben dramatisch dringend nach dir gesehnt, Lou.»

Gegen zehn Uhr fiel Philipp fast vom Stuhl vor Müdigkeit. Er hatte sich im zweiten Stock meines Hotels ebenfalls ein Einzelzimmer gebucht – falls er nicht schlafen könne –, wünschte mir nun eine gute Nacht und ging nach oben.

***

Am Freitag sprachen wir nicht viel. Philipp war noch immer müde von der Zeitverschiebung und der langen Reise. Und ich wusste nicht, was ich sagen sollte.

Der Tag verging wie in einem merkwürdigen Traum. Wir machten einen langen Spaziergang der Küste entlang, stapften durch den nassen Sand, kletterten steile Felsen hinauf und hinab und gelangten so von einer Bucht zur nächsten. Ich machte Philipp auf allerlei hübsche Dinge aufmerksam, wir beobachteten schweigend die sanften Wellen und die tanzenden Möwen. Ich konnte mich nicht entscheiden, ob ich mich über seinen Besuch freuen oder ärgern sollte.

Am Nachmittag nahmen wir das Fährschiff aufs Festland und machten einen Ausflug nach La Londe-les-Maures. Dort, im Hafen bei «Chez Francis», gab es die besten Moules frites der Welt. Nach dem Essen machten wir einen Spaziergang in Richtung Brégançon und setzten uns nach ein paar hundert Metern unter eine Pinie, die sich sachte im Wind bewegte. Unter uns erstreckte sich das Meer im abendsanften Licht. Die Strassenlampen markierten eine Strasse, die hinauf ins Massif des Maures führte.

«Ist das Cannes?», fragte mich Philipp und zeigte zu den Lichtern an der Küstenlinie im Osten.

«Le Lavandou.»

Wir schwiegen und schauten aufs Meer hinaus. Ein kleines Segelboot tuckerte zurück in den Hafen, gefolgt von kreischenden Möwen. Das Dunkelblau des Himmels verlor sich langsam in einem grauschattigen Schwarz. Von einem Moment zum nächsten wurde das Zirpen der Grillen durchdringend. Ein erstes sehnsüchtiges Piüüüp ertönte. Weit entfernt. Ein zweites Piüüüp, viel näher diesmal, antwortete. Philippe schaute mich fragend an.

«Zwergohreulen.»

«Piüüüp.»

Weit entfernt hörte man ein Motorrad aufheulen. Ein Baby weinte. Stille.

«Piüüüp.»

Ich hätte nur den Arm ausstrecken müssen, um Philipp zu

berühren. In den wenigen Wochen seiner Abwesenheit war mir sein Körper fremd geworden. Ich spürte, wie schnell mein Herz schlug, und versuchte, ruhiger zu atmen. In der Dunkelheit konnte ich gerade noch seine Konturen erahnen. Er streckte mir seine Hand entgegen.

«Komm», sagte er.

Wir verbrachten die Nacht zusammen in meinem Zimmer. Philipp hatte sich verändert. Er war bestimmter und fordernder, suchte Berührung mit offenen Sinnen. Und stiess dabei auf meine Resonanz. Ich blieb noch lange danach wach, wollte dieses Gefühl in mir festhalten.

***

Der Samstagmorgen brachte wieder schönes Wetter. Die Welt sah aus, als ob irgendwo ein riesiges Schild hängen müsste: «Achtung frisch gestrichen!».

Ich weckte Philipp und überredete ihn, mit mir in die Calanques klettern zu gehen. Wir nahmen kurz nach neun Uhr die Fähre aufs Festland und stiegen eine Viertelstunde später in Philipps Mietauto. In Hyères kannte ich einen Outdoorladen, wo wir die fehlende Ausrüstung für Philipp mieten konnten. Je näher wir dem Klettergebiet kamen, umso nervöser wurde er.

«Diese Kletterfinken sind mir wirklich zu klein», nörgelte er. «Spätestens nach einer Stunde habe ich genug. Wo gehen wir überhaupt hin? Kennst du dich da aus? Hast du den Wetterbericht gehört?»

Einige Minuten später: «Siehst du die Wolken da? Gibt es ein Gewitter? Sollten wir nicht ein andermal klettern gehen?»

«Es wird dir gefallen.»

Mehr sagte ich nicht. Vor allem würde ich ihm nicht verraten, welche Route ich mit ihm klettern wollte. Sie hiess Löwenherz, wegen einer einzigen Stelle, die weder gefährlich noch technisch schwierig war. Aber so ausgesetzt, dass jedem beim ersten Mal das Herz in die Hose fiel.

Wir parkierten unser Auto auf einem fast voll besetzten Parkplatz zehn Kilometer westlich von Cassis. Ornithologen und Sportkletterer machten sich hier die Plätze streitig. Ich packte das Fünfzig-Meter-Seil, Lebensmittel, Wasserflasche und Kletterfinken in meinen Rucksack, und wir machten uns zu Fuss auf den Weg zu den Kletterfelsen. Die Luft roch nach Salz, und von den Felsen stieg der Duft des Südens auf. Langsam liess sich auch Philipp von meiner Stimmung anstecken. Zum Aufwärmen wählte ich eine einfache, übersichtliche Route mit dem Schwierigkeitsgrad vier. Seit wir zu Beginn unserer Beziehung einmal zusammen in der grossen Kletterhalle in Niederwangen gewesen waren, wusste ich, dass Philipp trotz seiner geringen Erfahrung gut kletterte. Er war keiner dieser Cliffhanger-Typen, die meinen, sich mit roher Kraft an einem Berg hochstemmen zu müssen. Er bewegte sich erstaunlich gewandt, mit wenig Aufwand und einem guten Auge für die Griffe. Mit etwas mehr Übung würde er schon bald besser klettern als ich.

Ich stieg als Erste in die Route ein, damit Philipp toprope, das heisst mit Seilsicherung, von oben beginnen konnte. Das ist einfacher und sicherer als im Vorstieg. Seit unserer ersten und einzigen Biketour hatte ich dazugelernt: Wenn Philipp sich bereits zu Beginn überfordert fühlte, blockierte er sich total.

Wie erwartet kam Philipp rasch und mühelos nach oben und strahlend wieder unten an. Die zweite Route war nur unwesentlich schwieriger. Danach wollte Philipp im Vorstieg klettern, und es gelang ihm auf Anhieb ohne Probleme. Gut gelaunt befreiten wir unsere zusammengequetschten Zehen aus den Finken und machten uns auf zu einem Plateau, von dem man eine wunderbare Weitsicht hatte.

Weit unter uns segelte ein Falke. Seine Flügel leuchteten auf wie Feuer, wenn er sich in den Kurven schräg stellte.

«Schau, dort unten!»

«Ist das ein Falke?», fragte Philipp.

Ich nickte und hob den Finger an den Mund zum Zeichen, dass er still sein solle. Ein paar Sekunden später war der Falke im

Aufwind bis auf unsere Höhe aufgestiegen und segelte knapp über unsere Köpfe hinweg. Man konnte jede einzelne Feder sehen und sogar seine wunderschönen goldgelben Augen, als er uns kurz den Kopf zuneigte, um diese beiden merkwürdigen Wesen zu betrachten.

«Wunderschön, Lou!»

Wir schwiegen eine Weile und schauten dem Falken nach, der rasch kleiner wurde.

«Je gesünder wir leben wollen, umso mehr existieren wir nur noch», sagte Philipp auf einmal.

«Wie meinst du das?»

«Wenn man gesund leben will, vermeidet man immer mehr Gefahren. Man zieht sich zurück auf eine vermeintlich sichere Strategie, dabei ist es ein Rückzug vom Leben, von der Freude, von allem, was einem wieder Kraft verleihen würde.»

Er lachte. Das Klettern hatte tatsächlich die graue Müdigkeit aus seinem Gesicht vertrieben und seine Augen wieder zum Leuchten gebracht. Er sah unglaublich vital und attraktiv aus. Ich küsste ihn.

Die nächste Route, sie hiess rätselhafterweise «Pia Berta Thunderbird», war perfekt gelegen, um die schwache Nachmittagssonne einzufangen. Der Kalkstein schien die Sonnenstrahlen zu speichern und vielfach zurückzugeben. Ich übernahm wieder den Vorstieg, da ich die Route bereits gut kannte. Sie war nicht besonders schwierig, eine Fünf – aber an einer Stelle musste ich wegen meiner geringen Körpergrösse einen kleinen Hüpfer machen, um einen idealen Henkelgriff zu erreichen. Das brauchte jedes Mal wieder Mut, auch wenn man wie ich schon viele Male ohne Folgen im Seil gelandet ist.

Ein blöder Kerl, der vor einiger Zeit meinen Hüpfer in dieser Route beobachtet hatte, wollte die Strecke offiziell umtaufen lassen in «Minnie Mouse Jumping». Reizend, nicht?

Auch diesmal ging alles gut. Und so führte ich Philipp einige hundert Meter weiter zu unserer letzten Route von heute. Wir besprachen das Nötige, und los ging es.

«Oh nein, nein, nein!»

Philipp hockte vor mir auf allen vieren, schaute wieder nach vorne und nach unten. Er schüttelte heftig den Kopf.

«Ganz sicher nicht, Lou. Das mache ich nicht, ich bin doch nicht verrückt!»

Wir hatten gerade den ersten Teil von Löwenherz hinter uns gebracht. Es war wirklich eine ganz besondere Route. Zuerst ging es etwa fünfunddreissig Meter senkrecht hinauf, aber mit guten Griffen. Danach kam ein leicht ansteigender Quergang von mehr als fünfzehn Metern, der überdeckt war und den man auf allen vieren krabbelnd hinter sich bringen musste. Queren am Fels ist immer unangenehm, weil man bei einem Sturz im falschen Moment in eine seitlich verlaufende Pendelbewegung gerät. Nach diesen fünfzehn Metern robben kam der kritische Moment: Der Quergang hörte abrupt auf, und darunter war nur noch die gähnende Leere. Von nun an hiess es, sich vorsichtig rückwärts aus diesem Quergang hinauszuschieben, bis man nur noch unter den Zehenspitzen festen Boden hatte, und ohne zu sehen, wo man sich als Nächstes festhalten konnte, in die völlige Leere hinausschwingen, zack – über den Vorsprung greifen, sich blind festkrallen, an was auch immer, und mit aller Energie hochziehen.

«Du kannst das», sagte ich in ruhigem Ton. «Ich weiss es. Der Griff ist da. Er wartet auf dich.»

Philipp stand mit dem Rücken zum Abgrund, seine Zehen fest in den Fels gekrallt, Schweisstropfen auf der Stirn.

«Nein, das mache ich nicht. Nein, niemals! Das ist Wahnsinn!»

Er holte tief Luft und schwang sich hinaus ins Leere, packte zu und zog sich über die Felsnase. Ich folgte ihm.

«Oh Gott, oh Gott, oh gottverdammt, Lou!», stotterte er freudestrahlend, während er sich mit schlotternden Gliedern am Fels festklammerte.

«Gut gemacht. Du kannst dich jetzt entspannen. Du bist gesichert.»

Ich löste seine völlig verkrampften Finger von dem Griff, drückte seine Hand und war voller Stolz auf meinen Liebsten.

«Lou das war genial, einfach genial.»

Philipp hatte eine rot verbrannte Nase, einen blutigen Kratzer auf der rechten Wange und strahlte wie ein Marienkäfer.

«Ich fühle mich glücklich, ich fühle mich jung, ich fühle mich stark!»

Er wandte sich zur Spitze der Felsnase um, blickte in die grandiose Weite, breitete seine Arme aus und machte eine Art Jauchzer, der mehr an einen erkälteten Tarzan erinnerte als an einen Bergler. Philipp drehte sich wieder zu mir, betrachtete mich einen Moment, und dann sagte er, dass er mich liebe, und es klang erstaunt.

Wir kamen an diesem Abend körperlich erschöpft und sehr hungrig auf der Porquerolles an. Nach einer hastigen Dusche gingen wir in das nächstgelegene Restaurant und bestellten beide eine extragrosse Portion Spaghetti. Die meisten Gäste hatten sich an die Tische draussen unter einer alten Kastanie gesetzt, trugen dicke dunkelblaue Rollkragenpullover (die Segler) oder dicke dunkelblaue Rollkragenpullover, kombiniert mit Strickmütze (die Taucher). Dazu kamen ein paar Yachtbesitzer in Kleidung, die schon von Weitem «Ich bin reich» schrie. Die Männer hatten ihre Bäuche in helle Anzüge mit bekannten Logos gequetscht, an ihren Handgelenken kiloschwere Armbanduhren mit mindestens hundert Funktionen; die Frauen, allesamt von der dürren Sorte, waren in diesem etwas peinlichen Kapitäns-Look gekleidet: weisser, allzu transparenter Stoff mit goldenen Applikationen, dazu klumpiger Goldschmuck an Ohren, Hals, Handgelenk und Fingern.

Die letzten Strahlen der Abendsonne wärmten angenehm meinen Rücken, während Philipp seine Augen zusammenkneifen musste. Wir waren mit unserem Essen fast fertig, als ein lauter Knall alle Gespräche verstummen liess. Im nächsten Moment fauchte der Mistral um die Hausecke, wirbelte Staub auf, packte die Tischdecken, warf Gläser um, Wein und Wasser spritzte, ein schwerer Ständer eines Sonnenschirms fiel krachend zu Boden, niemand verletzt, alles fluchte oder kreischte, rieb sich

Staubkörner aus den Augen und versuchte, gleichzeitig Tücher und Geschirr festzuhalten.

Schlagartig wurde es schneidend kalt.

Frierend eilten wir zurück in unser Hotel und kuschelten uns unter der klammen Bettdecke aneinander. Trotz der zusätzlichen Wolldecke wollten meine Füsse in dieser Nacht nicht mehr warm werden. Der Sommer war endgültig vorbei.

***

Den Sonntagmorgen verbrachten wir in einer Bäckerei, in der auch ein paar wacklige Tischchen aufgestellt waren, und versuchten, uns mit Milchkaffee und Croissants aufzumuntern.

«Ich muss mit dir sprechen», sagte Philipp nach dem zweiten Kaffee.

«Wegen der Wohnung?», fragte ich ihn.

«Wegen allem.»

Das hörte sich ungut an.

«Wegen Kanada, wegen meiner Arbeit dort, vor allem wegen uns. Und ja, auch wegen der Wohnung.»

«Was ist mit Kanada?», fing ich mit dem harmloseren Teil an.

«Ich muss mich entscheiden. Ob ich bleiben will oder nicht. Merian hat mir geschrieben, dass ich bereits in acht Monaten nach Bern zurückkommen könnte. Er würde mir wieder die Oberarztstelle in der Geriatrie geben. Mein Exil wäre zu Ende.»

«Und das Geld deiner Eltern würde in der Stiftung im Walmont bleiben?»

«Ja. Das ist alles juristisch abgesichert. Aber ich will nicht zurück in diese ungemütliche Wohnung.»

«Du findest sicher etwas Besseres. Und überhaupt, es kommt vor allem darauf an, wie du sie einrichtest. Ich helfe dir dabei.»

«Darum geht es doch gar nicht, Lou», sagte er ungeduldig.

«Und worum geht es dann», gab ich in gereiztem Ton zurück.

Eine Weile schwieg er und trommelte mit den Fingerspitzen auf dem Tisch herum. «Weisst du, was für mich Heimat ist? Wann und wo ich mich wirklich zu Hause gefühlt habe?»

Ich schüttelte den Kopf.

«Ich habe mich zu Hause gefühlt bei dir in deiner Wohnung, abends, wenn du das Zimmer für die Nacht hergerichtet hast. Also, es war dieser Moment …», er lächelte, «du musstest immer ein wenig hüpfen, um dich auf das Fensterbrett hochzustemmen. Dann hast du dich weit hinausgelehnt, bis du diese alten hölzernen Fensterläden packen konntest, diese zugezogen und sorgfältig mit den eisernen Haken geschlossen.»

«Und das war für dich Heimat?»

«Ja.»

Wir schwiegen.

«Du kannst mich doch in meiner Wohnung besuchen? Wie bisher?», wagte ich mich vor.

«Und was ist mit Kindern?», fragte er.

Ich verzog das Gesicht.

«Warum willst du keine Kinder mit mir?», fragte er.

«Es ist nicht wegen dir», antwortete ich hastig. «Ich bin sicher, du wärest ein guter Vater. Ein sehr guter Vater …»

«Was ist es dann?»

Ich seufzte.

«Ich kann das nicht. Ich bin nicht dafür gemacht. Diese Nähe, man hockt immer aufeinander, man hat nicht mehr die Möglichkeit, für sich alleine zu sein. Alles dreht sich immer nur um die Familie, um die Kinder.»

«Das muss doch nicht so sein.»

«Doch, das ist so. Wenigstens die ersten zehn Jahre.»

Philipp sagte eine Weile nichts.

«Und zusammen wohnen?», fragte er.

«Wie wäre es, wenn wir zwei Wohnungen direkt untereinander hätten. Du bist im zweiten und ich im dritten Stock? Oder in zwei Häusern nebeneinander? Mit gemeinsamem Garten?»

«Das ist nicht das, was ich suche, Lou. Du weisst das genau.»

Ja, ich wusste es. Und ich wusste auch, dass das, was er wollte, für mich nicht funktionieren würde.

Wir wanderten hoch zur Klippe neben dem Hafen. Der Mistral zerrte wütend an unseren Kleidern.

«Man hat mir in Montréal eine feste Stelle angeboten», sagte Philipp, nachdem wir lange auf das aufgewühlte Meer hinausgeblickt hatten.

«Und, möchtest du sie annehmen?»

«Ich habe keine Heimat, ich bin überall fremd auf der Welt. Aber in Québec fühlt sich das Fremdsein richtig an.»

Ich lächelte ihn an, während mir Tränen über das Gesicht liefen.

Den restlichen Tag brachten wir nur mit Mühe hinter uns. Es gab nichts mehr zu sagen. Beim Nachtessen kämpfte ich mit den Tränen und brachte kaum einen Bissen hinunter. Zwischendurch fühlte ich Philipps Blick auf mir. Gleichzeitig hatte ich den Eindruck, dass er schon weit weg war. Was hatten wir getan? Was hatten wir bloss getan?

Das Atmen fiel mir schwer. War es möglich, dass ich ihn gerade das letzte Mal sah? Den Klang seiner Stimme, die Melodie seiner Sprache hörte? Schweigend verliessen wir das Restaurant. Ich schaffte es nicht, mich zu verabschieden und die Nacht alleine in meinem Zimmer zu verbringen, und so folgte ich ihm schweigend hinauf in den zweiten Stock und setzte mich auf den Rand seines Bettes.

«Es tut mir leid, Lou», sagte er und setzte sich neben mich.

Ich versuchte zu lächeln, aber es ging nicht. Philipp legte tröstend seine Hand auf meine Schulter. Wir küssten uns, und dann hatten wir noch einmal Sex. Es war nicht schön, viel zu heftig, eine Mischung aus Verzweiflung und Wut. Danach lag ich da, wund gerieben, und weinte leise in das Kissen, während Philipp schlief oder vorgab zu schlafen. Bei der ersten Morgendämmerung entschloss ich mich zu gehen. Ich nahm vorsichtig Philipps Hand, die auf meiner Hüfte gelegen hatte, streichelte sie eine Weile und legte sie sanft auf die Bettdecke. Eine halbe Stunde später stand ich beim Hafen und wartete schlotternd auf die Fährverbindung zum Festland. Ich nahm den ersten Zug, der gegen Norden fuhr, und kam elf Stunden später bis ins Mark durchfroren und mit einer Blasenentzündung zu Hause an.

12

Montag, 8. Oktober, bis Mittwoch, 10. Oktober

Die folgenden zwei Tage verliess ich mein Bett nur, um in die Apotheke zu gehen. Ich fühlte mich schrecklich. Der Bruch mit Philipp war wie eine Klinge, die mein Innerstes aufriss. Meine Brust war wund, das Atmen schmerzte, rings um mich waren Schatten, die mein Gesichtsfeld einschränkten. Ich schaute starr geradeaus.

Viel zu sehen gab es ohnehin nicht. Bern lag unter einer zähen Hochnebeldecke, die alles grau verhüllte. Das war kein romantisch wallender Nebel mit Weichzeichner-Effekt; es war ein bitterböser, ätzend kalter Eishauch, der sich durch alle Kleiderschichten frass und sich in Knochen und Gelenke verbiss.

Frau Bauer hatte mir einen Brief geschrieben. Sie werde Josephine in wenigen Tagen mit nach Hause nehmen können. Sie bedanke sich für meine Unterstützung und hoffe, mich vor dem Spitalaustritt noch zu sehen, damit sie sich verabschieden könne. Ich sah wieder das graue Altmännergesichtchen vor mir und freute mich auf den Anblick der gesunden Josephine. Manchmal geschahen im Walmont wirklich Wunder.

Irgendwann schleppte ich mich ein Stockwerk nach unten und schnappte mir ein paar Zeitungen aus dem Altpapierstapel meiner Nachbarn. Die Morde von Bern waren in der vergangenen Woche die grosse Sensation gewesen, obwohl es kaum Neuigkeiten gab. Die Polizei wusste immer noch nichts Konkretes über den Täter, oder sie wollte nicht darüber informieren. Zum Glück gab es keine weiteren Morde. Bisher hatte die Fahndung in den Kreisen der organisierten Kriminalität offensichtlich nichts gebracht. Die offiziellen Verlautbarungen waren mit Ausnahme des Hinweises auf das Kreuzzeichen, das der Täter hinterliess, kurz und sehr allgemein gehalten.

Mangels Fakten hatten die Journalisten über Täter, Opfer

und Motiv spekulieren müssen. Einige nutzten diese Freiheit, um über sämtliche Feindbilder herzuziehen, wobei natürlich nie ein konkreter Vorwurf gemacht wurde. Selbst ernannte Kriminalisten, Kirchenleute, ein Kenner der Sektenszene, eine Astrologin und Politiker von rechts bis links, alle hatten ihre Theorien, wer der Täter war und warum es gerade diese Opfer getroffen hatte. Insbesondere die Farbe und das Kreuzzeichen lösten Fragen aus. Ich las keinen Beitrag, der überzeugend erklären konnte, was diese symbolischen Handlungen des Täters bedeuten sollten. Nach wie vor hatte ich das Gefühl, dass der Täter die Opfer kannte und aus irgendeinem Grund unendlich hasste.

***

Am Mittwoch kurz nach zwölf Uhr hörte ich dieses charakteristische Fummelgeräusch, das entsteht, wenn jemand versucht, eine Tür aufzuschliessen, die gar nicht verschlossen ist. Eine Sekunde war ich starr vor Schreck, dann hörte ich Helgas Stimme, die unsicher fragte, ob jemand da sei. Ach ja, die Garnelenhüterin war gekommen. Sie bestürmte mich sofort mit Fragen, aber mehr als die Tatsache, dass Philipp in Kanada bleiben würde und wir kein Paar mehr waren, wollte ich ihr nicht verraten. Sie betrachtete mich kritisch und verschwand ohne Kommentar. Eine halbe Stunde später war sie wieder da, mit mehreren Tüten Essen, Zeitungen und Zeitschriften.

«Ich muss dir etwas zeigen», sagte sie und streckte mir eine der beiden Berner Tageszeitungen entgegen. «Du hast doch das zweite Opfer gefunden. Schau da!»

Die Schlagzeile auf der Titelseite lautete: «Die Opfer des Serienmörders: Kannten sie sich?» Darunter waren Fotos von drei Männern abgebildet. Ich schaute Helga fragend an.

«Die Polizei hat die Männer endlich identifizieren können. Das war gestern in allen Nachrichten. Hast du es nicht gehört? Das hier sind ihre Fotos. Erkennst du den Mann wieder, den du gesehen hast?»

Sie tippte auf das mittlere Foto, betitelt als Opfer Nummer

zwei. Ich schaute hin, ich konnte gar nicht anders. Erleichtert stellte ich fest, dass das Gesicht keinerlei Erinnerungen in mir wachrief, und begann zu lesen.

Opfer Nummer eins wurde als Jorge Roserio identifiziert, geboren am 24. Dezember 1959 in Mompós, Kolumbien. Sein letzter bekannter Aufenthaltsort war La Janda in der Nähe von Cádiz in Andalusien, wo er als Erntehelfer und Altenpfleger gearbeitet hatte. Mitte Juni 2009 war er entlassen worden, hatte seine Arbeits- und Aufenthaltsgenehmigung verloren und Spanien zwei Wochen später verlassen. Weitere Informationen über seinen Aufenthalt waren nicht bekannt.

Opfer Nummer zwei war ein Schweizer. Michael Werner Schönenberger, geboren am 31. Juli 1975 in Aarwangen, Kanton Bern, geschieden, zuletzt wohnhaft in Ittigen, bis zu seinem Tod angestellt bei der Migros Zollikofen als Detailhändler.

Opfer Nummer drei sah ein bisschen aus wie eine jüngere Variante dieses Typen, der mich im IRZ bedrängt hatte. Simon Kantscheli, geboren am 10. Dezember 1971 in Tiflis, Georgien.

«Weisst du, wo Georgien liegt?», fragte ich Helga.

«Grenzt an Russland und die Türkei», antwortete sie.

Kantscheli hatte in Tiflis am Konservatorium Piano und Cembalo studiert, war mit dreiundzwanzig Jahren nach Moskau gegangen und hatte sich dort in Kompositionslehre weitergebildet. Danach hatte er sich ein paar Jahre in Paris und Marseille aufgehalten, war aber 2005 wieder nach Georgien zurückgekehrt. Im Mai 2007 hatte er in der Schweiz einen Asylantrag eingereicht, mit der Begründung, er sei in Georgien wegen seiner politischen Haltung verfolgt, von der Polizei misshandelt und gefoltert worden. Im November 2009 war sein Antrag abgelehnt worden, da er in der Schweiz im Vorjahr wegen Drogenhandels straffällig geworden war. Nach der Ablehnung seines Asylgesuchs war Kantscheli untergetaucht.

«Die Polizei bittet um unsere Mithilfe, wie es so schön heisst. Alle Personen, die mit einem der drei Männer Kontakt hatten oder etwas über sie wissen, sollen sich melden.»

Ich las das wenige, was die Polizei über die drei Opfer wusste oder uns wissen lassen wollte. Opfer Nummer eins war nie in der Schweiz angemeldet gewesen. Die Polizei hatte Hinweise, dass das Opfer Nummer drei, Kantscheli, Kontakt zu Mitgliedern des russischen Zweigs der 'Ndrangheta gepflegt habe, hiess es weiter unten. Die 'Ndrangheta sei die mächtigste Mafia-Organisation von Europa, die bereits Niederlassungen in Australien, Nord- und Südamerika und eben Russland habe. Ging es also doch um eine Auseinandersetzung unter rivalisierenden Mafiosi? Aber dann sollte es eine Verbindung zwischen den drei Opfern geben, und bisher hatte man offensichtlich kein Bindeglied gefunden. Was hatte der Schweizer mit den beiden anderen Männern zu tun? Irgendwo mussten sich die Wege dieser drei Männer vor ihrem gewaltsamen Tod gekreuzt haben. Oder waren sie einfach zur falschen Zeit am falschen Ort gewesen und auf einen Wahnsinnigen getroffen?

Nirgends stand ein Hinweis darauf, dass die ersten beiden Opfer, Roserio und Schönenberger, an TB erkrankt waren. Diese Information wurde offensichtlich noch immer unter Verschluss gehalten.

Sollte ich Hans-Ruedi Kummer anrufen und ihn fragen, ob das dritte Opfer, dieser Kantscheli, auch an TB erkrankt war?

Zwei Stunden später verabschiedete sich Helga wieder. Sie hatte ihr Ziel erreicht und mich von meinem Elend abgelenkt. Ich startete meinen Computer und las die neuesten Meldungen zu der Mordserie. Nach wie vor viel Spekulationen und wenig Fakten. Die Linke ging genauso überzeugt von rassistisch motivierten Morden aus wie die Rechte von einer Unterwanderung der heilen Schweiz durch kriminelle Ausländerbanden. Schuld an den Morden war im ersten Fall die SVP, die den Fremdenhass schürte, im zweiten die SP, die den fremden Schmarotzern Tür und Tor öffnete und die sogenannte Kuscheljustiz der Schweiz verteidigte. Die Polizei vermeldete weiterhin lediglich, dass sie in Zusammenarbeit mit Europol nach Gemeinsamkeiten der Opfer suche und eine Sonderkommission mit Experten zur organisierten Kriminalität zusammengestellt habe.

Per Zufallsklick geriet ich auf einen Blog und von da zu Twitter-Beiträgen zum Thema. Die fremdenfeindlichen Kommentare überwogen bei Weitem, und sie hatten ein beängstigendes Niveau erreicht. Man forderte eingezäunte und bewachte Lager für Flüchtlinge. Man forderte die Ausweisung aller Ausländer und ihrer Angehörigen, die sich auch nur der geringsten Verfehlung schuldig machten. Und man machte sich stark für die Einführung einer Bürgerwehr in der Stadt Bern, da die Polizei offensichtlich unfähig sei, ihre Bürger zu schützen. Unter anderem stiess ich auch auf das Bild einer dreiköpfigen Männertruppe, die, in schwarze Kutten gehüllt und mit langen Holzstangen bewaffnet, beim Bahnhof Bern aufgenommen worden war. Sie bot sich von jetzt an jede Nacht als Geleitschutz für Frauen an, solange der Mörder von Bern noch frei herumlief, vollkommen ignorierend, dass bisher alle Opfer männlichen Geschlechts gewesen waren. Ich schüttelte angewidert den Kopf und schaltete den Rechner ab.

Um die Stille in meiner Wohnung zu übertönen, hörte ich mir den Rest des Tages klassische Musik an, laut und heftig. Mahlers 6. Symphonie, gespielt vom Tonhalle-Orchester Zürich unter der Leitung von David Zinman, das Cello Concerto No. 2 von Shostakovich in einer Aufnahme mit Natalia Gutman. Kein Rachmaninow, kein Tschaikowski – beides zu romantisch. Und immer wieder: die Cellosonaten von Bach.

Diese Musik schien mir das einzige Mittel, das half, die Schatten auf Distanz zu halten.

Als es kurz nach neun Uhr abends an meine Wohnungstür klopfte, nahm ich an, es seien die betagten Nachbarn von unten, die ab und zu eine Handreichung benötigten. Da stand aber eine junge dunkelhäutige Frau, die ich noch nie gesehen hatte. Sie trug einen weiten violettfarbenen Kapuzenpullover, Jeans und abgetragene rote Turnschuhe. Sie schaute mich mit einem merkwürdigen Ausdruck an, als ob sie auf eine Reaktion meinerseits warten würde. Ich schaute zurück, versuchte, sie einzuordnen, und suchte vergebens nach Hinweisen. Aber sie hatte keine Versicherungsformulare, Prospekte für Kabelfernsehen oder religiöse Traktätchen der Zeugen Jehovas in den Händen und noch nicht mal eine Sammelbüchse dabei.

«Ja bitte?»

«Erkennen Sie mich nicht mehr?», fragte die junge Frau, und ich fühlte mich langsam ernsthaft irritiert.

«Tut mir leid. Sollte ich?»

«Ich finde schon, schliesslich haben Sie mir das Leben gerettet.»

Ich schaute die Frau genauer an. Sie war mittelgross, sehr schlank, ihr Gesicht perfekt herzförmig. Ihre Augen waren gross, die Wimpern bewundernswert lang. Man konnte erahnen, dass sie eine sehr schöne Frau war. Aber ein grauer Schatten lag über ihrer Haut, und sie sah aus, als ob sie einige Jahre zu wenig geschlafen hätte.

«Elsa?», fragte ich unsicher.

Ihr Lächeln wurde strahlend, und sie überfiel mich mit einer herzhaften Umarmung. Dann spürte sie wohl die Verspannung meines Körpers, denn sie liess mich hastig wieder los.

«Ich bin nicht mehr ansteckend», sagte sie. «Die Antibiotikabehandlung hat gewirkt. Und deshalb muss ich auch nicht mehr im Spital bleiben.»

«Ach, das ist ja erfreulich.»

«Darf ich reinkommen?»

«Entschuldigen Sie, bitte sehr.»

Was war nur los mit mir? So förmlich redete ich doch sonst nie. Aber etwas an diesem Besuch liess alle meine inneren Alarmglocken läuten. Wir setzten uns an meinen Küchentisch, tranken Tee und reichten uns mit grösster Höflichkeit Zucker und Milch.

«Helga Sommer sucht eine Wohnmöglichkeit für mich. Ein Zimmer genügt mir, aber zu einem fairen Preis.»

Ich nickte.

«Ich habe gedacht, ich komme mal vorbei … Sie haben es aber wirklich hübsch hier.»

Sie wies auf eine alte Kommode, nichts Besonderes, aber das einzige Erinnerungsstück an meine Grossmutter Olga.

«Darf ich mich mal umschauen?»

Sie erhob sich, bereit für eine Wohnungsbesichtigung.

«Elsa. Warum sind Sie hier?», fragte ich leise.

Sie seufzte, setzte sich wieder und nestelte an den schon ziemlich ausgefransten Bändeln ihres Pullovers herum.

«Hab mir gedacht, ich besuch Sie mal. Sie haben mich gerettet, also ...»

Ich glaubte ihr kein Wort.

«... und äh, ich wollte fragen, ob ich nicht für ein paar Tage bei Ihnen wohnen kann.»

«Bei mir? Aber das geht nicht.»

«Ich habe Angst, Louisa. Ich gehe auf keinen Fall zurück ins Walmont!»

«Angst? Aber weshalb? Ist etwas passiert? Hat Ihnen jemand gedroht oder etwas angetan?»

Sie schaute zu Boden und begann, an einem der Bändel ihres Pullovers herumzukauen. Es verging etwa eine Minute, und ich fragte mich, ob sie Zeit brauchte, um eine Geschichte zu erfinden.

«Ich habe Angst vor diesem Mörder», sagte sie, noch immer zu Boden schauend.

«Wir haben alle Angst vor diesem Wahnsinnigen. Ich hoffe, er wird bald gefasst.»

«Bei mir ist es etwas anderes –» Sie brach ab.

«Das verstehe ich nicht.»

Sie schaute mich an, die Augen weit aufgerissen. «Ich habe die Opfer gekannt. Ich habe alle drei gekannt, Louisa.»

«Gekannt? Aber – woher denn? Sind Sie sicher?»

«Alle drei waren in der ‹Zuflucht›, Sie wissen schon, in diesen Wohnungen in der Morgartenstrasse. Sie sind dort fast täglich ein und aus gegangen. Roserio, der Mann aus Kolumbien, wohnte sogar dort, in der Wohnung im ersten Stock. Er sprach kaum je ein Wort. Die anderen beiden, der Schweizer und der Georgier, waren dick miteinander befreundet.»

«Sind Sie sicher, dass es diese Männer waren?»

«Sicher genug. Der Georgier hat mehrere Male mit mir gesprochen. Er wollte mit mir ausgehen, hat mir den Himmel auf Erden versprochen.» Sie lachte verächtlich und fuhr fort: «Bei den anderen beiden bin ich mir auch sicher, auch wenn die Fotos gemacht wurden, als sie noch ein paar Jahre jünger waren.»

«Und was haben die Männer dort zu suchen gehabt?»

«Sie haben den Flüchtlingen geholfen, wenn man das so nennen will. Schönenberger zum Beispiel hat die Männer zu den Baustellen gefahren und dafür gesorgt, dass ihnen der Lohn ausbezahlt wurde. Er hat die Mieten eingezogen und solche Sachen. Der Georgier hat ebenfalls ab und zu den Lieferwagen gefahren und Leute zur Arbeit gebracht. Manchmal war er auch längere Zeit weg und hat von irgendwo neue Bewohner mitgebracht. Roserio hat die Einsätze der Hauspflege organisiert. Ich glaube, er selbst war Krankenpfleger, jedenfalls hat er sich ausgekannt und durfte die Leute auswählen, die in der Pflege arbeiten sollten.»

Das war also das Bindeglied zwischen den drei Männern! Und damit war auch erklärt, woher sie die Tuberkulose hatten.

«Aber das heisst doch nicht, dass Sie selbst in Gefahr sind, Elsa. Sicher waren diese drei Männer in irgendeine Sache verwickelt …»

«‹Blaming the victim› nennt man das, was Sie da machen!»

«Ja, aber –»

«Und was, wenn ein durchgedrehter Fremdenhasser beschlossen hat, alle Bewohner der ‹Zuflucht› zu töten? Das IRZ war ja bereits mehrmals Ziel von Attacken. Und die ‹Zuflucht› liegt gleich um die Ecke.»

«Ich kann mir das nicht vorstellen, Elsa.»

Etwas war merkwürdig. Elsas Gesichtsausdruck wirkte auf mich nicht mehr ängstlich, sondern eher, als ob sie auf der Hut wäre. Hatte sie diese Geschichte nur erfunden? Oder geschönt?

«Haben Sie vielleicht selbst etwas erlebt, das mit den Mordfällen zu tun hat?», fragte ich.

«Nein! Hören Sie auf, mich zu verdächtigen. Wenn Sie mir nicht helfen wollen, sagen Sie es einfach.»

Ich starrte sie an, versuchte, ihr Gesicht zu lesen, den Ausdruck ihrer Augen. Wie vertrauenswürdig war diese Frau? Was wusste sie, und was war sie bereit, mir zu sagen? Oder war dies alles Humbug? Wollte sie lediglich meine Aufmerksamkeit? Geld? Ein Bett auf unbestimmte Zeit?

«Tut mir leid, Elsa, aber das tönt sehr unwahrscheinlich, was Sie da erzählen. Das würde ja bedeuten, dass der Mörder ohne besonderen Grund hinter den ehemaligen Bewohnern dieser Wohnungen her ist. Und warum sollte er das sein? Aus reinem Fremdenhass? Das passt nicht zu diesem grossen Aufwand, den der Mörder betreibt.»

Elsa sagte nichts.

«Oder geht es um etwas, das in diesem Haus geschehen ist? Haben Sie etwas gesehen oder gehört? Gab es eine Auseinandersetzung zwischen den Bewohnern?»

«Es gab täglich Auseinandersetzungen in diesem Haus.»

«War die ‹Zuflucht› ein Mafia-Nest, wie die Polizei annimmt? Haben Sie deswegen Angst?»

Sie schüttelte den Kopf.

«Haben Sie eine Ahnung, wer der Mörder sein könnte? Irgendeine Vermutung?», beharrte ich.

«Ich weiss es wirklich nicht, ich schwöre es!»

Sie sah mit einmal völlig erschöpft aus, und ich erinnerte mich daran, dass sie eben erst eine schwere Krankheit überstanden hatte. Ich richtete ihr in der Stube das Bettsofa her, zeigte ihr das Badezimmer, wärmte eine Kürbissuppe auf, die wir schweigend löffelten, und dann verkroch sie sich in ihr Bett und machte keinen Pieps mehr.

Ich war noch lange wach, schlich leise durch meine Wohnung, um sie nicht zu wecken, und dachte nach. Hatte Elsa das alles erfunden? Und wenn nicht? Immerhin würde ihre Geschichte erklären, warum zwei der Opfer an multiresistenter TB erkrankt waren. Wenn es sich um Männer handelte, die für eine Mafia-Organisation gearbeitet hatten, waren sie möglicherweise Opfer einer internen Auseinandersetzung geworden.

Aber da war noch etwas anderes, das mich wach hielt: Ich

war mir sicher, dass etwas an Elsas Geschichte nicht stimmte oder dass sie mir nicht alles erzählt hatte. War vielleicht sogar Elsa Mitglied einer kriminellen Organisation und hatte deshalb flüchten müssen?

13

Donnerstag, 11. Oktober, Morgen

Ich erwachte am Morgen um zehn nach sieben Uhr von dem Geräusch meiner Dusche und erinnerte mich daran, dass ich seit dem Vorabend eine Mitbewohnerin hatte. Ich seufzte und gab mir Mühe, das Positive daran zu sehen. Ich zog mich an und deckte den Tisch für zwei Personen. Elsa trank eine Tasse Tee und ass dazu einen trockenen Zwieback. Ich musste mich beherrschen, um ihr nicht einen Vortrag über gesunde Ernährung und Genesung zu halten. Dann realisierte ich, dass sie nur deshalb nichts ass, weil sie meine Gastfreundschaft nicht ausnutzen wollte.

Ich beobachtete sie unauffällig, versuchte, mir klar zu werden, ob ich ihr glauben solle. Ihr Blog fiel mir wieder ein. Und mit einmal war ich überzeugt, dass Elsa mir die Wahrheit gesagt hatte und dass sie in Gefahr war.

«Sie müssen sofort zur Polizei gehen», sagte ich.

«Auf gar keinen Fall!»

«Vielleicht wissen Sie etwas über den Mörder oder auch die Opfer, ohne dass es Ihnen bewusst ist. Das sind Hinweise, die die Polizei unbedingt benötigt. Dieser Alptraum muss doch endlich zu Ende kommen.»

«Ich riskiere auf gar keinen Fall, dass ich verhaftet werde, Louisa. Ausgeschlossen.»

«Aber – vielleicht sind Sie wirklich selbst in Gefahr. Und die anderen Flüchtlinge aus der Morgartenstrasse ebenfalls.»

«Es weiss ja niemand, dass ich hier bei Ihnen bin. Sie haben es niemandem erzählt, oder?»

«Nein, aber … was ist mit den anderen?»

«Die sind doch ebenfalls in Sicherheit in einem anderen Spital, nicht? Helga wollte nicht einmal mir anvertrauen, wo sie sich befinden. – Wissen Sie etwas über die Geschichte meines Volkes?», fragte sie mich plötzlich.

«Über die Somalier?»

«Nein, ich meine *mein* Volk, die Zigula. Somali-Bantus werden wir oft genannt. Oder Jarir. Wissen Sie, was Jarir bedeutet?» Elsas Augen blitzten vor Wut.

Ich schüttelte stumm den Kopf.

Sie griff sich in ihre krausen Haare und zog viel zu fest daran. «Harthaarig, das heisst es. Die Somali halten sich nämlich für weisse Afrikaner, weil sie ein wenig arabisches Blut haben. Für sie sind wir ungebildete, grobschlächtige Schwarze, gerade gut genug, um als Bauern zu arbeiten. Verkauft und verraten, auf diese Formel kann man unsere Geschichte verkürzen, und zwar seit Jahrhunderten. Die Somali verachten uns noch heute, weil wir Nachkommen von Sklaven sind. Und sie verachten uns nicht nur, sondern sie missbrauchen und unterdrücken uns. Mit grosser Wahrscheinlichkeit stammt meine Familie ursprünglich aus Tansania. Als der Sklavenmarkt in Amerika zusammenbrach und die Preise für Bantus günstiger wurden, konnten sich auch die Somali ein paar Bantus leisten. Damals war Sansibar einer der grössten Sklavenmärkte der Welt. Irgendwann wurden meine Vorfahren freie Menschen, ob freigelassen oder geflüchtet, weiss ich nicht. Jedenfalls besass meine Familie ein Stück Land im Tal des Jabbu. Bis die Italiener kamen und uns das Land wieder wegnahmen. 1960 wurde Somalia frei, aber wir Bantus blieben nach wie vor Menschen zweiter Klasse. Gerade gut genug, um als Kanonenfutter im Bürgerkrieg zu dienen. Man spricht davon, dass bereits neunjährige Kinder aus unseren Dörfern geraubt werden, um als Soldaten für einen der Clans zu kämpfen, zu morden und zu sterben. Zum Bürgerkrieg kommt bei uns im Süden noch die Dürre hinzu, die so viele Menschen an Hunger sterben lässt. Unsere Kindersterblichkeit ist horrend. Aber schauen Sie sich mal die europäischen Zeitungen an, Somalia ist kein Thema!»

Ich wusste nicht, was ich ihr antworten sollte.

«Jedenfalls habe ich keine Zukunft in Somalia. Meine Eltern haben immer davon geträumt, dass ihre Kinder in Sicherheit und Wohlstand leben können. Wenn mein Vater nicht so ein hartes

Leben gehabt hätte, wäre er ein grosser Künstler geworden. Er war Dichter und hat hervorragend Flöte gespielt.»

Elsa schwieg, dann erhellte ein schiefes Lächeln ihr Gesicht, und mir fiel wieder auf, wie hübsch sie war.

«Trotz unserer Geschichte war mein Vater regelrecht verliebt in alles Italienische. Er wünschte sich, dass eines seiner Kinder Florenz besucht. Er hat immer von Brunelleschi, Leonardo da Vinci und Michelangelo gesprochen. Ich glaube, das hat damit zu tun, dass er sich mit einem Priester aus Florenz angefreundet hatte. Aber das war lange vor meiner Geburt. Jedenfalls werde ich den Traum meines Vaters wahr machen. Und deshalb kann ich auf gar keinen Fall zur Polizei, das müssen Sie verstehen, Louisa.»

«Aber – der Täter muss auf jeden Fall verhaftet werden. Er hat drei Menschen regelrecht abgeschlachtet, da kann man doch nicht einfach so tun, als ob nichts passiert wäre. Und Sie wollen sich doch auch nicht ein Leben lang verstecken.»

«Bitte, Louisa, könnten nicht Sie für mich zur Polizei gehen?»

«Ich? Aber ich kannte diese Männer ja nicht. Was soll ich denn der Polizei erzählen?»

Elsa waren meine Einwände vollkommen egal. Sie wollte in ihrem sicheren Versteck bleiben, und ich konnte sie sogar verstehen. Dann kam mir der rettende Gedanke. «Tieri! Er muss die Opfer auf den Fotos ebenfalls erkannt haben, sie waren ja in allen Zeitungen abgebildet und kamen auch in den Nachrichten. Tieri ist sicher bereits zur Polizei gegangen.»

«Ganz sicher nicht.» Ihr Ton war merkwürdig.

«Aber … warum denn nicht?»

«Tieri kann nicht zur Polizei gehen.»

«Warum nicht? Was soll das heissen?»

Ich sah ihr an, dass sie überlegte, was sie mir erzählen sollte.

«Was wissen Sie über ihn, Elsa?»

«Über ihn? Gar nichts.» Sie zögerte. «Aber über das Haus, darüber weiss ich einiges», brach es endlich aus ihr heraus, «ich war ja selbst dort.»

Ich nickte.

«Wussten Sie, dass das Haus Tieri gehört? Und wussten Sie, dass die Bewohner zwischen siebenhundert und tausend Franken pro Monat für ein Bett bezahlen müssen?»

«Was? Sind Sie sicher?»

«Ich habe es mir mal ausgerechnet: Alleine mit den Mieten hat Tieri pro Monat an die fünfunddreissigtausend Franken eingenommen.»

«Dieser Schweinehund», sagte ich leise. Von wegen Zuflucht und kirchliche Barmherzigkeit. «Was meinen Sie mit: alleine mit den Mieten?»

«Nun, da war noch die Arbeit.»

«Wie meinen Sie das?»

«Es war Tieri, der uns die Arbeit organisiert hat. Die kräftigeren Männer gingen, wie gesagt, auf den Bau, da gibt es immer zu tun. Die Übrigen arbeiteten als Küchenhilfen, gingen putzen, arbeiteten als Haushaltshilfe oder als private Pflegerinnen.»

«Wie Sie bei Frau Bauer?»

«Ja. Tieri war so nett und hat uns Stellen vermittelt. Ich habe lange gebraucht, bis ich verstanden habe, dass er doch nicht ganz so nett war, der Herr Tieri! Irgendwann habe ich herausgefunden, dass er mindestens die Hälfte unserer Löhne selbst einsackt.»

«Warum sind die Leute in diesen Wohnungen geblieben? Das verstehe ich einfach nicht.»

«Oh, es sind ja nicht alle geblieben. Die Mutigeren sind abgehauen. Aber Tieri ist clever. Er hat uns Angst gemacht. Für Sans-Papiers sei es ohne Hilfe unmöglich, eine sichere Arbeit zu finden, hat er immer wieder gepredigt. Die meisten Schweizer würden Illegale sofort anzeigen. Und dann gab es auch das Gerücht, dass die Ärzte verpflichtet seien, Sans-Papiers bei der Fremdenpolizei zu melden. Und ohne Krankenversicherung würde man sowieso von niemandem behandelt.»

«Moment mal! Hat Tieri das gesagt? Das mit den Ärzten und der Behandlung?»

Sie schüttelte den Kopf. «Nein, das hat er nicht. Es war ein Gerücht. Alle haben das gesagt.»

Sie überlegte eine Weile. «Jetzt weiss ich es wieder. Es hiess, dem Cousin eines Flüchtlings aus Marokko sei genau das passiert. Er sei zum Arzt gegangen, ich glaube, in St. Gallen, und gleich aus der Arztpraxis von der Polizei abgeholt und ins Ausschaffungsgefängnis gebracht worden.»

«Das ist blanker Unsinn.»

«Jetzt schon – aber damals war ich mir nicht sicher. Angst ist ansteckend, das wissen Sie doch, oder?»

Für den Bruchteil einer Sekunde verwandelte ein Lächeln ihr Gesicht, dann wurde es wieder ernst.

«Tieri hatte ja auch Helfershelfer, die bei uns gewohnt haben.» Einen Moment verstummte sie, dachte nach. «Jedenfalls hat sich keiner getraut, mit den anderen darüber zu sprechen, ob wir hier fair behandelt würden und solche Dinge. Tieri wusste immer über unsere Gespräche Bescheid. Und er hat uns gedroht, jedenfalls indirekt. Wenn wir das Haus ohne sein Einverständnis verlassen würden, wenn wir zu laut wären und auf uns aufmerksam machen würden, könne er uns nicht mehr schützen. Einmal habe ich gehört, wie er mit Simonetti gestritten hat. Tieri wollte, dass die Kinder im Haus bleiben und still sind. Aber Simonetti hat sich durchgesetzt. Er hat gesagt, das ginge nicht, die Kinder würden krank. Also durften sie tagsüber ins Zentrum und mit den anderen Kindern spielen, die dort untergebracht waren.»

Und das war die schwache Stelle gewesen, dachte ich. So haben wir das Haus und die Sans-Papiers überhaupt gefunden.

«Hat Simonetti ebenfalls von diesem System profitiert?», fragte ich.

«Ich bin nicht sicher, aber ich glaube es nicht. Alles Finanzielle lief immer über Tieri. Der hat übrigens auch dafür gesorgt, dass sich alle Sans-Papiers zunächst mal kräftig bei ihm verschulden. Weil er ja nicht sofort Arbeit für uns finden konnte, nicht? Dazu kamen noch Vermittlungsgebühren und solche Dinge. Wir haben ihm geglaubt, wir Idioten. Nein, nicht alle, aber viele von uns.»

Mehr hatte sie mir offensichtlich nicht zu sagen. Wir schwiegen beide. Sie griff sich eine der Zeitschriften, die auf meinem Tisch herumlagen, und ich dachte nach.

«Wie lange kann ich hier wohnen?», fragte sie einige Minuten später.

Bevor ich antworten konnte, klingelte mein Handy. Es war Bernhard Schöni, Präsident der «Ala Bern».

«Hallo, Lou. Gut, dass ich dich erwische.»

«Entschuldige, Bernhard, es ist gerade ungünstig.»

«Nur ganz kurz. Ich warte noch immer auf deine Anmeldung für unsere Reise nach Mecklenburg. Wir müssen diesen Freitag die definitive Teilnehmerliste abschicken. Du warst dieses Jahr auch nicht mit auf unserer Reise, und an der letzten Mitgliederversammlung hast du ebenfalls gefehlt.»

Ich unterdrückte ein lautes Stöhnen und ging für das Gespräch in mein Schlafzimmer. Als ich einige Minuten später zurückkam, hatte sich Elsa wieder auf das Schlafsofa gelegt. Ihr Gesicht war verzerrt und hatte einen alarmierenden Graustich angenommen.

«Was ist los?», fragte ich. «Fühlen Sie sich nicht gut?»

Keine Antwort.

«Sagen Sie mir, was los ist, Elsa!»

«Ich habe Schmerzen. Es ist wieder die Lunge», sagte sie so leise, dass ich sie kaum verstehen konnte.

«Soll ich Sie ins Walmont bringen?»

«Es wird bald besser. Ich bin nur müde.» Offensichtlich war sie doch noch kränker, als ich zunächst gedacht hatte. Ihr ganzer Körper hatte sich verkrampft.

«Wollten Sie mir noch etwas erzählen?», fragte ich.

«Es tut mir leid, ich fühle mich wirklich nicht gut. Ich möchte jetzt alleine sein.»

Was war nur los mit ihr? Ich würde Holger fragen. Und was sollte ich mit dieser Geschichte machen, die mir Elsa erzählt hatte? Zur Polizei gehen? Und was sollte ich ihnen erzählen? Vielleicht, dass ich im Traum die drei Opfer in dem Haus Morgartenstrasse 67, genannt die «Zuflucht», gesehen hatte? Dass ich anonym einen Hinweis erhalten hatte? Dass ich – was für ein Schwachsinn! Und wenn ich einfach sagen würde, ich selbst hätte die Opfer in diesem Haus gesehen? Es war ja keine verbotene Zone. Das Haus war offiziell ein völlig normales Mietshaus.

Ich versuchte, Helga zu erreichen. Sie habe heute ihren freien Tag, hiess es, als ich in der Gebärabteilung anrief. Ich versuchte es bei ihr zu Hause. Ich hörte lautes Kindergekreisch im Hintergrund, als sie sich meldete. Die Nachbarskinder seien zu Besuch, sagte sie. Ich konnte noch knapp verstehen, dass sie mich zum Mittagessen einladen wollte.

***

Der Beamte der Kantonspolizei am Waisenhausplatz, zu dem ich nach einer Viertelstunde Wartezeit geführt wurde, schaute mich aus völlig übermüdeten Augen desinteressiert an, während ich meinen Spruch herunterbetete.

«Sie kannten die Opfer?», fragte er.

«Nun, äh, kennen ist zu viel gesagt. Ich habe sie gesehen.»

Sein vorher schon tiefer Aufmerksamkeitspegel sank schlagartig auf unter Null.

«Sie haben sie gesehen, ach so.»

Er wandte sich seinem Laptop zu und leierte: «Ihrnamevornamegeburtsdatumheimatortbitte?»

Während ich meine Angaben machte und zu Protokoll gab, wo und wann ich die Männer gesehen hatte, schaute der Polizist nicht eine Sekunde von seinem Laptop auf. Am Schluss reichte er mir das ausgedruckte Protokoll mit einem gemurmelten «Ihre Unterschrift, danke».

Ich unterschrieb und reichte ihm den Wisch zurück.

Er hatte mir bereits wieder den Rücken zugedreht.

«Entschuldigen Sie bitte», sagte ich, «und was passiert jetzt?»

«Wir überprüfen das, keine Sorge, Frau, äh … Danke für Ihre Mithilfe und schönen Tag.»

Der Typ machte mich rasend.

«Und wie wollen Sie das überprüfen, bitte schön?»

Er schaute auf, überrascht von meinem Ton, und schien mich das erste Mal überhaupt wahrzunehmen. «Haben Sie vielleicht

Streit mit einem der Bewohner des Hauses? Sind Sie gegen Ausländer, oder was ist Ihr Problem, Frau äh …?»

Ich atmete tief durch und hielt meine Stimme eisern ruhig. «Ich will lediglich wissen, ob Sie geruhen, meinen Hinweis ernst zu nehmen, das ist alles.»

«Selbstverständlich machen wir das. Wie die tausend anderen Hinweise auch, die wir in den letzten Tagen erhalten haben, werte Dame. Selbstverständlich, das ist ja unsere Aufgabe. Und jetzt bitte ich Sie zu gehen, damit ich weiter Beobachtungen von wohlmeinenden Nachbarn, eifersüchtigen Hausfrauen und überaus aufmerksamen Bürgerwehren überprüfen kann. Danke sehr.»

***

Auf meinem Weg zu Helgas Haus schimpfte ich laut vor mich hin. Die wenigen Passanten gingen mir grossräumig aus dem Weg. Ich wirkte wohl wie eine Irre, aber das war mir vollkommen egal.

Herrgottsakrament, wie soll die Polizei auf diese Weise den Mörder finden können? So eine peinliche Situation hatte ich schon jahrelang nicht mehr erlebt, und genützt hatte es rein gar nichts. Und wenn Elsa recht hatte? In der Zwischenzeit war ich ziemlich überzeugt von ihrer Geschichte. Die Morde hatten etwas mit dieser sogenannten «Zuflucht» zu tun. Mit Tieri, der die Notsituation von Illegalen schamlos ausnutzte? War etwa Tieri das Verbindungsglied zur 'Ndrangheta? War er selbst der Mörder von Bümpliz? Dieser Gummitruthahn?

Ich blieb erstaunt stehen. Vor mir tauchte das Wasserspiel des Bundesplatzes aus dem dicken Nebel auf. In meiner Wut war ich in die völlig falsche Richtung gelaufen. An diesem grauen kalten Tag war der Platz menschenleer. Die Einzigen, die hier ausharrten, waren die Schachspieler vor dem Fédéral. Einen Augenblick beobachtete ich einen alten Schwarzen, der sich mit Wollschal und Pudelmütze so warm eingepackt hatte, als ob er den Mount Everest besteigen wolle. Er spielte gegen einen jüngeren Mann mit rotblonden Haaren und Bart, der im Gegensatz dazu der Kälte mit löchrigen Turnschuhen und einem dünnen Pullover trotzte. Ein Tourist aus Sibirien, der sich hier aufwärmte? Um die zwei Spieler standen die unvermeidlichen «Schnuuri-Sieche», die alles besser wussten und jeden Zug kritisch bis offen höhnisch kommentierten.

Während ich in Richtung Bahnhof lief, versuchte ich, Tieri zu erreichen. Ich wusste nicht, was ich ihn fragen sollte, aber etwas musste ich unternehmen. Im IRZ wurde mir von seiner Sekretärin mitgeteilt, dass er sich am Mittwoch auf unbestimmte Zeit krankgemeldet habe. In dringenden Fällen könne man ihn zu Hause erreichen. Um was es gehe? Ich bedankte mich und rief bei den Tieris zu Hause an. Eine Frau Tieri-Ittin meldete sich. Das war wohl seine Ehefrau. Paolo könne leider nicht ans Telefon kommen, richtete sie mir nervös aus. Es sei dringend, sagte ich. Sie wollte Genaueres wissen, und ich erfand aus dem Stegreif eine Geschichte von wegen Reorganisation der gesamten Niederlassung in Europa und der Neuverteilung von Kompetenzen. Tieris Mitbericht sei offensichtlich verloren gegangen, die Frist sei gestern abgelaufen. Dies brachte Frau Tieri-Ittin wie erhofft in die Gänge. Ihr Mann sei leider zurzeit nicht erreichbar. Sie werde ihn frühestens heute Abend informieren können. Er sei auf einem Flug nach Frankfurt, um bei einer zweiwöchigen Weiterbildung teilzunehmen. Ich klickte sie weg, rannte bei Dunkelorange über die grosse Kreuzung beim Bubenbergplatz und ging die Passerelle hinauf in Richtung Länggasse.

Gestern hatte sich Tieri krankgemeldet, also genau einen Tag nachdem die Fotos der Opfer veröffentlicht worden waren. Für die Mitarbeitenden des IRZ war Tieri krank, für seine Frau auf einer Weiterbildung. Zwei Wochen in Frankfurt ... das tönte für mich, als ob er abgetaucht wäre. Oder seine Frau hatte mich angelogen, und er war gar nie abgereist.

***

Helga war zum Glück alleine zu Hause. Sie liess mich eintreten, nahm mir die Jacke ab und ging sofort zu dem hübschen alten Möbel mit den Weingläsern.

«Ich habe mir eben eine Flasche Montrachet geöffnet. Nimmst du auch ein Glas?»

«Ist das nicht ein sauteurer weisser Burgunder?»

«Exactement, ma chère! Drei Lappen kostet eine solche Flasche. Keine Angst, Paul hat sie geschenkt bekommen.»

«Gibt es etwas zu feiern? Du trinkst doch sonst nie so früh am Tag.»

«Ich brauche etwas, um mich aufzuwärmen.»

«Hast du auch etwas Essbares im Haus?»

«Darauf habe ich doch gewartet, dass das kommt», sagte sie mit gespielter Entrüstung. «Wir essen nachher etwas Kleines. Ich habe Brot, harte Eier und Bündnerfleisch.»

Während wir an dem Wein nippten, erzählte ich, was ich von Elsa erfahren hatte.

Helga fluchte. «Am liebsten würde ich diesem Drecksack die Pest anhängen! Das ist doch mal wieder typisch! Von wegen kirchliche Barmherzigkeit und so. Das ist doch alles ein einziger Filz: Kirche, Vatikan und Mafia.»

«Es gibt etwas anderes, das mir mehr Sorgen macht, Helga», unterbrach ich sie hastig, da ich einen ihrer langen Weltuntergangsmonologe fürchtete.

«Sag schon!»

«Du musst mir aber versprechen, dass du nicht gleich losrennst und etwas Unbedachtes unternimmst.»

«Etwas so Schlimmes? Was ist los? Hat es mit den Flüchtlingen zu tun? Mit Elsa?»

«Nur indirekt. Elsa meint, dass sie alle drei Mordopfer gekannt habe. Einer wohnte in der ‹Zuflucht›, die anderen beiden sind dort täglich ein und aus gegangen.»

«Was?» Helga liess ihr Glas auf den Tisch knallen. Es blieb auf wundersamere Weise heil.

«Wir wissen nicht, ob sie die Wahrheit sagt», fuhr ich bewusst sachlich weiter, «und wir wissen auch nicht, ob ihre Erinnerung sie vielleicht getäuscht hat. Sie war damals sehr krank. Wir sind also nicht viel weiter.»

«Merde alors! Natürlich sind wir weiter», fuhr Helga erregt auf, «das bedeutet, dass unsere Sans-Papiers in Gefahr sind! Vielleicht hat das Morden nur deshalb aufgehört, weil wir die Leute im Inselspital versteckt haben. Was machen wir jetzt?»

Sie war aufgesprungen und ging mit grossen Schritten im Zimmer hin und her. Ich schenkte mir ein halbes Glas voll nach; ein Kompromiss zwischen Vernunft und Verlangen. Dieser Wein war wirklich aussergewöhnlich.

«Moment mal, Helga. Vielleicht ist auch das Gegenteil der Fall! Wenn die Opfer Verbindungen zur 'Ndrangheta hatten, sind vielleicht noch mehr von deinen Patienten in diese Sache verwickelt.»

«Das glaube ich nun wirklich nicht, Lou.»

«Was wissen wir schon? Wir haben doch keine Ahnung, was diese Menschen für eine Geschichte haben. Ich habe von einem Fall gehört, da hat sich ein ehemaliger Kriegsverbrecher, der jahrelang politische Gefangene gefoltert und getötet hat, nach Holland abgesetzt und als Folteropfer Asyl erhalten. Er war ein besonders glaubwürdiges Opfer, da er über die Folterungen in allen Details sprechen konnte, was viele echte Opfer nicht über sich bringen.»

«Das ist ja widerlich!» Helga schüttelte störrisch den Kopf und fuhr fort: «Unsere Flüchtlinge sind in Gefahr, Lou. Ich bin ganz sicher. Wir müssen sofort zur Polizei, damit dieser Schlächter endlich gestoppt werden kann. Hat Elsa schon eine Aussage gemacht? Was unternimmt die Polizei in dieser Sache?»

«Stopp, Helga. Denk mal nach! Erstens kann Elsa nicht zur Polizei gehen. Zweitens wissen wir nicht, ob es sich nicht doch um ein Beziehungsdelikt handelt. Drittens nützt es überhaupt gar nichts, zur Polizei zu gehen.»

«Und woher willst du das jetzt wieder wissen, Frau Doktor?»

«Ich habe vor genau einer Stunde eine Zeugenaussage gemacht, Frau Oberin, und sie haben mich behandelt wie eine Dreijährige, die petzen will.»

Helga hielt endlich inne und liess sich auf den alten Holzstuhl fallen. «Etwas müssen wir aber unternehmen. Ich kann nicht einfach tatenlos herumhocken und darauf warten, dass der Mörder sich an unsere Flüchtlinge heranschleicht!»

«Niemand weiss, wo sie sind.»

«Weisst du, was das grosse Problem an dieser Geschichte ist?», fragte Helga. «Wenn die Polizei erfährt, dass diese Morde etwas mit den Sans-Papiers aus der Morgartenstrasse zu tun haben, werden sie alles daransetzen, diese zu finden. Es wird nicht schwierig sein, sie aufzuspüren. Sie müssen nur die öffentlichen Spitäler abklappern und Druck machen, dass diese Patienten im Zusammenhang mit den Morden befragt werden müssen.»

«Noch ist es nicht so weit. Vielleicht kann die Polizei den Mörder finden, ohne dass die Sans-Papiers hineingezogen werden müssen. Offensichtlich gibt es ja Spuren, die darauf hinweisen, dass es sich um eine Auseinandersetzung zwischen Mafia-Mitgliedern handeln könnte.»

Helga seufzte. «Du hast recht, Lou, und trotzdem … es macht mich ganz krank, wie verwundbar diese Leute sind. Sie werden ausgenutzt und schikaniert und können sich nicht dagegen wehren, jedenfalls nicht mit legalen Mitteln. Überall auf der Welt lauern Schweine wie dieser Tieri auf sie. Es sind Rechtlose, Vogelfreie.» Sie holte Atem und fuhr fort: «Ja, ich weiss, unter ihnen gibt es auch Halunken. Aber die meisten wollen einfach nur einen Ort auf der Welt finden, wo sie bleiben dürfen und mit ihrer Arbeit sich selbst und ihre Kinder ernähren können.»

«Ich werde nochmals mit Elsa sprechen», versuchte ich, sie zu beruhigen. «Vielleicht weiss sie mehr, als sie mir gesagt hat. Wenn ich irgendwelche Details über die Opfer in Erfahrung bringen kann, muss mich die Polizei ernst nehmen.»

«Du solltest dich unbedingt auch mit Frau Alakom unterhalten. Sie möchte sich sowieso mit dir treffen.»

«Frau Alakom?» Einen Moment konnte ich mit diesem Namen nichts anfangen.

«Die Frau mit den Alpträumen aus dem IRZ», erklärte Helga.

«Ach ja. Und warum will sie sich mit mir treffen?»

«Sie hat gesagt, sie will mit dir einkaufen gehen. Sie benötige Hilfe. Ich glaube, es geht um neue Kleidung. Ist ja egal, warum, aber vielleicht hat sie im IRZ etwas gehört oder gesehen, was wichtig wäre. Ein Detail, was weiss ich … Sie ist eine sehr intelligente Frau.»

Ich zögerte.

«Triff dich doch heute mit ihr, Lou. Du hast eh nichts Besseres vor.»

«Danke, Helga.»

«Für was?»

«Für deine Ehrlichkeit.»

Recht hatte sie trotzdem. Ich konnte erst morgen wieder arbeiten gehen und musste diesen Tag irgendwie füllen. Helga schrieb mir Frau Alakoms Handynummer auf, und wir verabschiedeten uns. Es war bereits halb drei Uhr. So spontan würde Frau Alakom wohl kaum noch etwas unternehmen wollen, dachte ich, versuchte sie aber trotzdem zu erreichen. Ich hatte mich getäuscht. Sie schlug vor, dass wir uns in einer Stunde beim Kaufhaus Loeb in Bern treffen sollten. Sie wolle mit mir Kleider einkaufen gehen. Sie benötige dringend etwas Elegantes, Seriöses und bat mich um meine Beratung und Unterstützung.

Das wird eine Katastrophe, dachte ich, versprach aber zu kommen. Shopping war vielleicht eine gute Therapie gegen das Gefühl, von Tag zu Tag mehr den Boden unter den Füssen zu verlieren. Ausserdem würde mich der Montrachet beflügeln.

14

Donnerstag, 11. Oktober, Nachmittag

Frau Alakom und ihre kleine Tochter standen um halb vier Uhr mitten im üblichen Gewusel vor dem Haupteingang des Loeb. Dieses altehrwürdige Warenhaus gehört ebenso zu Berns Wahrzeichen wie das Münster und der Bärengraben. Die Kleine klammerte sich am Rock ihrer Mutter fest und versteckte ihr Gesicht, als ich die beiden begrüsste.

«Guten Tag, Frau Alakom. Es tut mir leid, ich habe den Namen Ihrer Tochter wieder vergessen.»

«Sie heisst Luz.» Frau Alakom sagte etwas zu ihrem Töchterchen, das ich nicht verstand, und die Kleine streckte mir zaghaft ihre Hand entgegen, schaute dabei aber zu Boden. Wir schüttelten uns die Hand.

«Luz, das ist ein schöner Name. Ist das Türkisch?»

«Das ist Spanisch und heisst ‹Licht›. Mir gefallen der Klang und die Bedeutung.» Frau Alakom seufzte und strich ihrer Tochter über die Haare. «Seit einigen Wochen klebt Luz wie eine Klette an mir. Ich kann das gut verstehen, aber manchmal habe ich das Gefühl, keine Luft mehr zu bekommen.»

Sie wandte sich zu ihrer Tochter. «Wo hast du eigentlich deine Abuk?»

Mit wichtiger Miene holte Luz einen völlig verschlissenen Hund mit langen Ohren aus ihrem kleinen Rucksack und drückte ihn an sich.

«Bevor Sie fragen: Abuk ist auch kein türkischer Name. Luz und ich sind ziemlich allergisch gegen Türkisch.» Sie lächelte mich entschuldigend an.

Ich hatte vergessen, dass sie Kurden waren, verdammt.

«Abuk ist ein Wort aus der Sprache der Dinka. Ich glaube, so heisst eine wichtige Göttin. Luz hat ihn von einer alten Frau geschenkt bekommen.»

«Von Rebecca», sagte Luz und lächelte. «Sie ist lieb.»

Ach ja, Frau Alakom und Luz hatten Rebecca im IRZ kennengelernt. Das war wohl noch, bevor Rebecca in diese Starre verfallen war. Ich sagte nichts, ich wollte die Kleine nicht noch trauriger machen. Sie streichelte Abuk tröstend und sprach leise mit ihr.

Zufriedene Kinderstimmen haben etwas Heilsames, ob das schon Mal jemand untersucht hat?

«Ich muss Ihnen etwas erzählen», unterbrach Frau Alakom meine Gedanken.

«Ja?»

«Wir haben einen positiven Bescheid erhalten. Luz und ich dürfen in der Schweiz bleiben.»

«Das ist aber eine wunderbare Neuigkeit.»

«Und jetzt will ich sofort eine Arbeit suchen. Nächste Woche darf ich bereits zu einem Vorstellungsgespräch für eine Stelle als Deutschlehrerin in einem Integrationszentrum. Ich soll die Mütter in deutscher Sprache unterrichten und sie ganz allgemein beraten. Ich muss vorher noch zum Coiffeur und benötige neue Kleider. Etwas Seriöses, aber trotzdem elegant.»

Ich lächelte gezwungen und sagte mit mehr Zuversicht, als ich empfand: «Im Loeb finden wir ganz sicher etwas Passendes.»

«Wie ist das hier mit der Grössenbezeichnung? Sind das europäische Grössen?», fragte Frau Alakom viel zu laut.

Wir standen mitten in der Wäscheabteilung, umringt von anderen Frauen.

«Äh, ich glaube, das sind amerikanische Grössen.»

«Was haben Sie für eine BH-Grösse, Louisa? Das könnte mir auch etwa passen, denke ich.»

BH-Grösse, verdammt! Wann hatte ich das letzte Mal einen BH gekauft? Ich konnte mich wirklich nicht erinnern. Ich hasse die Dinger.

«Ach … so etwa ein 75 … C», murmelte ich.

«Warum hat es da überall diese Gummidinger drin? Muss man die rausnehmen?», fragte Frau Alakom immer noch viel zu laut.

Über diese Gummidinger hatte ich mich auch schon gewundert. Das letzte Mal, als ich einen BH gekauft hatte, waren die noch nicht da gewesen. Weil es ein Sport-BH gewesen war? Oder weil ich meinen letzten BH etwa 1865 gekauft hatte? Wollten jetzt alle Frauen grössere Titten haben, deshalb diese Einlagen? Ich hatte definitiv und hoffnungslos keine Ahnung von diesen Dingen.

«Vielleicht sollten Sie eine Verkäuferin fragen?»

Und so ging es weiter, ich fühlte mich wie der letzte Trottel. Aber ich gab mir Mühe. Als wir bei den Röcken angekommen waren, bat sie mich, ein paar Jupes Grösse achtunddreissig zu bringen. Ich suchte nach etwas Seriösem, Elegantem und war ganz zufrieden mit meiner Auswahl, die ich zu der Umkleide trug.

«Aber nein», war Frau Alakoms Reaktion, «das ist doch etwas für alte Frauen.» Sie kicherte, als sie mein betretenes Gesicht sah. «Nehmen Sie es sich nicht zu Herzen, bitte. Ehrlich gesagt habe ich Sie nicht wegen der Kleider um ein Treffen gebeten. Ich muss mit Ihnen reden. Aber das Einkaufen hat trotzdem Spass gemacht – als ob wir alte Freundinnen wären.»

Ihr Lächeln tröstete mich halbwegs.

Eine halbe Stunde später hatte sie einen Jupe, eine Bluse und zwei Paar Strümpfe gekauft.

«Das hat zusammen nur zweiundsechzig Franken gekostet», meinte sie strahlend. «An der Bluse hat ein Knopf gefehlt, deshalb habe ich sie günstiger bekommen, und der Jupe war Ausverkaufsware.»

Zur Feier des erfolgreichen Einkaufs lud sie mich zu einem Kaffee in der Konditorei neben dem Loeb ein. Luz wollte unbedingt auf dem Schoss der Mutter sitzen. Sie hielt noch immer Abuk an sich gepresst.

«Warum wollten Sie mit mir sprechen?», fragte ich.

Ihr Gesicht wurde ernst. «Dieser grässliche Alptraum ist wieder da. Vorgestern Nacht habe ich laut geschrien und sogar Luz geweckt. So kann es doch nicht weitergehen.»

Sie schwieg einen Moment und trank einen Schluck Kaffee.

«Der Traum ist furchtbar, so intensiv, ich meine die Schattengestalt berühren zu können. Die Gefühle sind so stark, die Farben auch, alles.»

Sie lächelte beruhigend ihrer Tochter zu und streichelte automatisch die Ohren des Hundes. «Manchmal habe ich Angst, dass ich so träume, weil ich verrückt geworden bin. Herr Grimm will mir jetzt Schlaftabletten verschreiben. Aber ich weiss nicht … Wissen Sie, ich möchte verstehen, was dieser Traum mir sagen will, warum ich ihn träume und warum ausgerechnet jetzt wieder, nachdem ich doch endlich Grund zur Freude habe.»

Wir sprachen über ihren Traum und ihre Gesundheit, und Luz ass in der Zwischenzeit ein Stück Truffe-Kuchen. Sie war vom Kinn bis zu der Nase schwarz verschmiert, sah aber äusserst zufrieden aus.

«Ich bin keine Psychotherapeutin, aber ich glaube nicht, dass Sie ein Problem damit haben, Realität und Fiktion auseinanderzuhalten», sagte ich schliesslich.

«Herr Grimm meinte auch, dass es keine Anzeichen für eine Psychose gäbe. Es könne sich vielleicht auch um ein neurologisches Problem handeln. Er hat mir vorgeschlagen, ein MRI des Schädels machen zu lassen.»

Sie sagte etwas zu ihrer Tochter, tunkte ihre Serviette in das Wasserglas und rubbelte so lange an dem zappelnden Mädchen herum, bis dieses wieder sauber war. Dann lächelte Frau Alakom mich strahlend an, und ich begriff, dass sie mit ihrer Willenskraft Angst und Schrecken hinter sich lassen wollte.

«Ich bin glücklich, dass meine Tochter und ich endlich eine Perspektive haben. Schon bald werde ich für uns eine Wohnung einrichten können. Ich freue mich so sehr darauf.»

Beim Abschied musste ich dem Abuk-Hund ein Küsschen geben – offenbar ein klares Zeichen, dass mich Luz ins Herz geschlossen hatte. Frau Alakom versprach, sich wieder bei mir zu melden, falls sie Hilfe benötige oder auch einfach nur mit mir sprechen wollte. Nachdem wir uns getrennt hatten, versuchte ich, Holger zu erreichen. Ich erzählte ihm kurz von meinem Gespräch mit Frau Alakom.

«Ich drücke Frau Alakom beide Daumen, dass sie den Job bekommt», sagte er und wollte sich verabschieden.

«Warte. Kannst du dir in den nächsten Tagen vielleicht mal Elsa Nur anschauen? Sie wohnt für ein paar Tage bei mir, und sie hat wieder schreckliche Schmerzen auf der Lunge.»

Einen Moment war es still auf der anderen Seite, dann fragte Holger: «Schmerzen auf der Lunge? Was für Schmerzen auf der Lunge?»

«Ich weiss es auch nicht genau. Aber sie hatte starke Schmerzen und hat mir gesagt, es sei wieder die Lunge.»

«Sie hat keine Schmerzen mehr auf der Lunge, auf gar keinen Fall. Das musst du falsch verstanden haben.»

Ich schüttelte den Kopf, aber das konnte Holger natürlich nicht sehen. «Pass auf dich auf», sagte ich zum Abschied.

Ich hatte Elsa ganz sicher nicht falsch verstanden. Und sie sprach perfekt Deutsch, sie hatte sich auch nicht falsch ausgedrückt. Es gab nur eine mögliche Erklärung für das, was geschehen war: Elsa hatte mich angelogen.

Ich drehte abrupt um, drängte mich ziemlich rücksichtslos durch die wartende Menge an der 10er-Haltestelle neben dem Loeb und rannte in Richtung Hirschengraben, wo ich mein Velo abgestellt hatte. Grimmig trampelte ich los.

Warum nur hatte sie mich angelogen?

Ich musste so schnell wie möglich nach Hause und mit Elsa sprechen.

***

Ich kam zu spät.

Elsa hatte die Bettwäsche abgezogen, Küche und Bad aufgeräumt, ihre Sachen gepackt und war gegangen. Auf dem Küchentisch fand ich eine Notiz.

Liebe Louisa,
ich danke dir sehr für alles, was du für mich getan hast. In einem anderen Leben wären wir vielleicht Freundinnen geworden.

Ich muss hier weg. Vielleicht bekomme ich noch einmal eine Chance, neu zu beginnen. Pass auf dich auf.
Elsa
P.S.: Ich hoffe, es stört dich nicht, wenn ich meinen neuen Blog an dich richte. Irgendwann, irgendwie werde ich nach Kanada gelangen, dann schreibe ich wieder. Du findest mich unter: www.elsasblogincanada.ca

Nach Kanada? Sie hatte ja nicht einmal ausreichend Geld, um für diese Nacht ein Bett in Bern zu finden. Wo war sie jetzt? Schlief sie irgendwo in einer Unterführung, oder hatte sie eine Notunterkunft gefunden?

Meine Wut wandelte sich abrupt in Sorge um sie. Der völlig zerstörte Körper des zweiten Opfers tauchte in meiner Erinnerung auf. Ich fühlte fast körperlich die wahnsinnige Wut, die der Täter empfunden haben musste. Was war das für ein Mensch? Was war sein Motiv? Und befand sich Elsa nun in Gefahr?

Ich tigerte durch die Wohnung, auf der Suche nach Anhaltspunkten, völlig unsystematisch und sinnlos. Ich startete meinen Computer, gab Elsas neue Blog-Adresse ein. Nichts als eine Fehlermeldung.

Warum hatte mich Elsa angelogen? Oder warum hatte sie zunächst mit mir gesprochen und war von einem Moment auf den anderen wie verwandelt gewesen? Vor der Unterbrechung durch den Telefonanruf hatte sie offen und vertrauensvoll auf mich gewirkt, war auf meine Fragen eingegangen. Hatte ihre Verwandlung vielleicht mit meinem Gespräch zu tun gehabt? Oder hatte sie in der Zwischenzeit etwas erfahren oder gesehen, was diese Veränderung ausgelöst hatte? Ich versuchte, mich zu erinnern, was sie gemacht hatte, als unser Gespräch unterbrochen wurde. Sie sass mir gegenüber am Esstisch und blätterte in einer Zeitschrift. Ich schaute mich suchend um. Der Stapel Zeitungen und Zeitschriften lag auf der Anrichte. Zuoberst lag die «Schweizer Illustrierte». – Und ja! Jetzt erinnerte ich mich, dass sie diese in den Fingern gehabt hatte. Ich begann zu blättern und wollte nach wenigen Seiten über Lokalprominenz und Gartentipps bereits aufgeben, da kam eine Seite, die ganz wellig war. Es sah so aus, als ob sie längere Zeit mit schweissnassen Fingern gehalten worden wäre. Es handelte sich um eine Autowerbung. Ein Mercedes Cabriolet in weisser Farbe, Modell SLK. Es sah chic und teuer aus. Ein auffälliges Auto, aber ich konnte beim besten Willen keinerlei Zusammenhang mit Elsas Verschwinden erkennen.

Ich blätterte die Seite um und fand auf der Rückseite einen Artikel über Ascona. Mildes Klima, Wellnesshotel, Begrüssungs-Apéro, traditionelle Gerichte, Fasnacht mit Risotto, Museum des Clowns Dimitri, eingerichtet von Harald Szeemann, heiliger Berg, mystische und magische Orte für spirituelle Touristen et cetera et cetera. Dazu ein paar Fotos mit See, Palme, Bergbahnen und das XXL-Lachen von Dimitri.

Na bravo, Madame Poirot!

Verärgert warf ich die Zeitschrift auf den Tisch. Vielleicht sollte ich meine nächsten Ferien in Ascona im Wellnesshotel verbringen, zwei Wochen meditieren und mich beruhigen. Stattdessen beschloss ich, eine Gemüsesuppe zu kochen. Gemüse schnippeln und Suppe rühren, das war mein ganz persönliches Rezept, um mich zu entspannen, und kostete definitiv weniger als Ferien im Wellnesshotel.

Ich schnippelte und rührte eine halbe Stunde und war noch immer genauso unruhig wie zuvor. Nur hatte ich mir beim Halbieren eines Lauchstengels beinahe den Finger amputiert. Ich blutete heftig, stellte das Feuer unter der Suppe aus und wickelte mir hastig einen Verband um den Finger. Der Hunger war mir vergangen. Beim Anblick des Bluts war mir wieder übel geworden.

Diese verdammten Flashbacks! Würde das nie mehr aufhören? Ich legte mich auf das Sofa und griff nochmals nach der «Schweizer Illustrierten». Miss Handicap auf dem Titlis, Bernhard Russi mit neuer Brille, Tipps zur Pflege von englischen Rosen, Ascona … vielleicht sollte ich wirklich einmal dorthin … im April oder Mai, wenn alles blüht …

Ich setzte mich abrupt auf.

Das weiss angemalte Gesicht des Clowns!

Der Mörder hatte seine Opfer mit weisser Farbe angemalt. War es vielleicht der Anblick dieses Fotos gewesen, der bei Elsa diese Veränderung bewirkt hatte? War ihr etwas eingefallen, das sie so verängstigt hatte, dass sie nicht mehr mit mir sprechen wollte und sobald als möglich untergetaucht war?

Aber was sollten die weissen Gesichter bedeuten? Was sagte dieses Symbol über den Täter aus? War Elsa wirklich wegen dieser Fotografie abgehauen? Aber warum?

Mein Telefon klingelte. In der Hoffnung, dass es Elsa war, drückte ich hastig auf den Knopf zur Gesprächsannahme.

Ich hörte lautes Trampeln. Jemand rannte wahrscheinlich unter den Lauben der Altstadt, dazu Keuchen und Japsen. Ich verstand kein Wort, war aber sicher, dass es sich um Helga handelte. Sie rannte und telefonierte gleichzeitig.

«Was ist passiert?», schrie ich. «Bleib stehen. Ich verstehe kein Wort.»

Sie blieb stehen, und ich hörte, dass sie tief Atem holte.

«Irgendein Schwein … hat der Presse gesteckt …», wieder musste sie Atem schöpfen, «dass sich im Inselspital Illegale mit einer hochansteckenden Krankheit verstecken. Sie seien eine tödliche Gefahr für ganz Bern.»

Der Adrenalinstoss vertrieb meine Müdigkeit und Übelkeit schlagartig. «So ein Mist!»

«Anscheinend haben die Journalisten sogar die Zimmernummern herausgefunden und versammeln sich bereits zu Dutzenden vor den Isolationsräumen. Fernsehteams seien auch dabei. Sie wollen in den Krankenzimmern filmen.»

«Das darf doch nicht wahr sein!»

«Es kommt noch schlimmer: Mein Kollege vom Syndikat hat gerade erfahren, dass der Informant die Presse auch zum IRZ geschickt hat. Simmen ist wie immer an vorderster Pressefront. Er will ein Fernsehinterview direkt vor dem IRZ geben. Und er spricht vom Schwarzen Tod, der von den Afrikanern in die Schweiz eingeschleppt werde! Er will das Zentrum schleifen. Originalton.»

«Was? Die Pest? Ja, ist er denn von allen guten Geistern verlassen?»

«Nein. Er ist ein gescheiter und verschlagener Lügner. Er weiss ganz genau, was er macht. Er verlangt, dass das IRZ sofort geräumt wird und die Flüchtlinge interniert werden. Die Bewohner des Quartiers seien ihres Lebens nicht mehr sicher. Komm, rasch!»

Voller Sorge dachte ich an Besma Alakom und Luz.

«Wo rennst du eigentlich hin, Helga? Zum IRZ?»

«Zuerst zur Insel. Falls sie dort Unterstützung brauchen sollten.»

***

Wir trafen uns in der grossen Eingangshalle des Inselspitals.

«Die Verbindung zwischen den Illegalen im Inselspital und dem IRZ kennen nur ganz wenige Personen», sagte ich, während wir auf den Lift warteten.

«Du hast recht. Das wissen nur du, ich und Holger. Und die Sozialtante von der Insel.»

«Sprich nicht so, Helga.»

«Entschuldige. Wer auch immer das war, ich bringe ihn um. Oder sie.»

«Ich helfe dir dabei.»

«Holger sollte auch bald kommen. Ich habe ihn angerufen.»

Als wir im siebten Stock des Bettenhochhauses ausstiegen, war der lange Gang völlig ausgestorben. Weiter vorne standen zwei Männer in Securitas-Uniform mit einem Hund. Verwirrt blieben wir stehen.

«Wo ist denn jetzt dein grosser Presseaufmarsch?», fragte ich.

«Keine Ahnung.»

«Falscher Alarm?»

Helga schüttelte verwirrt den Kopf. Als wir uns den Isolationszimmern näherten, versperrten uns die zwei Securitas-Angestellten den Weg und fragten nach Namen und Begehr. Wir mussten uns setzen, während sie telefonierten. Einige Minuten später gesellte sich ein aufgeregter Holger zu uns. Helga informierte ihn rasch, was passiert war.

«Hier ist aber keine Presse», sagte Holger.

«Das ist uns auch schon aufgefallen», gab Helga genervt zurück.

Wir warteten nochmals einige Minuten, und ich fragte mich, ob wir auf einen merkwürdigen Scherz hereingefallen waren, aber dann erschien Frau Zumbrunn und klärte uns auf. Die Presse war tatsächlich ins Spital reingestürmt, als ob sie einem unglaublichen Skandal auf der Spur wäre. Einige Journalisten hatten die Zimmernummern der Flüchtlinge in Erfahrung gebracht, wollten die anwesenden Spitalangestellten interviewen und in die Isolationszimmer eindringen, um die Kranken zu filmen. Zum Glück habe sie befürchtet, dass so etwas geschehen könne, und von Anfang an die Securitas aufgeboten.

«Und?», fragte Helga.

«Als sie von uns keine Informationen erhielten und nicht in die Zimmer hineindurften, stritten sie noch eine Zeit lang mit uns herum. Zum Glück hatten die Securitas-Leute den Hund dabei. Einer der Journalisten bekam einen Anruf, worauf sie alles zusammengepackt haben und abgehauen sind. Sie wollten nach Bümpliz, habe ich noch gehört. Ich befürchte, sie sind zu diesem Flüchtlingszentrum gefahren.»

«Wer hat die Presse informiert?», fragte Helga.

«Ich weiss es nicht. Aber ich kann Ihnen versichern, dass es niemand von dieser Abteilung war.»

«Das ist leicht gesagt, Frau Zumbrunn. Von uns dreien war es auch niemand. Und ausser Ihnen und uns wusste niemand, dass die Sans-Papiers etwas mit dem IRZ zu tun hatten.»

Frau Zumbrunn wurde einen Moment blass, dann legte sich ein bitterer Zug um ihren Mund. «Sie meinen, das war ich?», fragte sie leise. Und dann laut: «Haben Sie eigentlich eine Ahnung, was ich für Ärger wegen Ihrer Flüchtlinge gehabt habe? Haben Sie eigentlich eine Vorstellung davon, was das für ein Aufwand war, alle Verantwortlichen davon zu überzeugen, dass wir aus humanitären Gründen –»

Sie brach mitten im Satz ab und schüttelte mit einer wütenden Geste den Kopf. «Gehen Sie», sagte sie.

Holger flüsterte uns zu, wir sollten unten auf ihn warten, und wir gingen schweigend nach unten in die Cafeteria. Helga war völlig geknickt. Fünf Minuten später kam Holger zu uns.

«Sie hat sich wieder beruhigt.»

«Wir können davon ausgehen, dass Frau Zumbrunn nicht die Informantin war», sagte ich.

«Auf gar keinen Fall», versicherte uns Holger. «Und unabsichtlich ist hier auch nichts durchgesickert. Frau Zumbrunn ist ein Profi. Daten- und Persönlichkeitsschutz sind ihr enorm wichtig. Sie hat mir glaubhaft versichert, dass niemand ausser ihr selbst im Inselspital all diese Informationen über die Patienten haben konnte.»

«Aber von uns war es doch auch keiner. Und niemand sonst wusste etwas vom IRZ», sagte Helga.

In diesem Moment klingelte ihr Handy. Es war wieder der Typ vom Syndikat, und er bat uns, sofort zum IRZ zu kommen. Er habe Angst, dass es zu einer gefährlichen Konfrontation komme. Wir könnten vielleicht mit den Bewohnern sprechen und sie beruhigen. Helga und ich beschlossen hinzugehen, Holger musste nach Hause zu seiner Frau.

***

Als wir eine gute halbe Stunde später beim IRZ ankamen, war da tatsächlich eine eindrückliche Meute versammelt. Überall standen Fahrzeuge von Radio und Fernsehen und blockierten die beiden Trottoirs und den Platz weiter vorne bei der Strassenkreuzung. Die Strasse vor dem IRZ war voller Menschen, die sich beim Näherkommen in mehrere Gruppen aufteilten. Ganz in unserer Nähe hatte sich Simmen in Pose geworfen, gut sichtbar auf einem kleinen Podest, umgeben von Journalisten und Anhängern. Er hatte ein Mikrofon und einen Verstärker dabei, sodass man jedes seiner hasserfüllten Worte weit herum verstehen konnte. Er sprach gerade von dem Aufstand des Volkes und davon, dass er als Stadtpräsident von Bern dafür sorgen würde, dass die Menschenrechte auch für die Schweizer gälten und nicht nur für Ausländer, Illegale und Dealer.

Simmen als Stadtpräsident? Gute Nacht, Bern, sag ich da nur.

«Ich werde hier ausharren, bis das Zentrum geschlossen ist», fuhr Simmen fort. Er ereiferte sich über die Herren von Bern, die machten, was sie wollten. Das Volk habe gar nichts mehr zu sagen und müsse sich endlich wehren. «Notfalls werde ich diese Höhle eigenhändig ausräuchern», geiferte er, und mich schauderte von seinem Ton und seinen Worten.

Als Nächstes stellte Simmen einen Herrn Ulrich vor, Präsident des Elternrats der angrenzenden Schule.

«Wir fürchten um das Wohl unserer Kinder. Das Zentrum muss verlegt werden», sagte dieser nach mehrmaligem Räuspern ziemlich zaghaft.

Der von Simmen angekündigte «Aufstand des Volkes» war tatsächlich auch da, wirkte allerdings etwas verloren. Es war ein kleiner Haufen von sieben Frauen, eine davon mit Baby im Tragetuch, und einem alten Mann mit ungepflegtem grauen Bart. Sie sahen schon ziemlich verfroren aus und hielten sich mehr an den Stangen der Transparente fest, als dass sie diese hochhielten.

«Schützt Frauen und Kinder», las ich.

Bewährt, traditionell, sexistisch, was will man mehr?

«Menschenrechte auch für Schweizer», lautete eine andere Botschaft und kurz und prägnant: «Verbrecher und Ausländer raus».

Ja super, dachte ich, da wird «das Ausland» ja begeistert sein, wenn wir all unsere Schweizer Kriminellen exportieren.

Einen Moment überlegte ich mir, ob es überall auf der Welt Menschen gab, die so unglaublich dumme Forderungen stellten, oder ob das eine Schweizer Spezialität sei. Aber nein, eines unserer Probleme war ja gerade, dass wir etwas Spezielles zu sein meinten. Der Sonderfall Schweiz. Ob jetzt Sonder- oder Störfall, jedenfalls gab es wahrscheinlich überall auf der Welt solche Trottel. Ein Gedanke, der auch nicht wirklich tröstend war.

Ich staunte darüber, was Simmen in dieser kurzen Zeit alles organisiert hatte. Da war er selbst auf diesem kleinen Podest, ausgerüstet mit Mikro und Verstärker, da war der – wenn auch magere, aber immerhin professionell aufgemachte – «Aufstand des Volkes», und da war ein Grill und Getränkestand, gesponsert von der SVP, wo es Gratis-Würste, Weggli und Bier sowie Kaffee und selbst gebackenen Kuchen gab.

«Der Informant muss Simmen vorgewarnt haben», sagte ich zu Helga, «das kann er nie und nimmer in so kurzer Zeit organisiert haben.»

Ich hatte den Eindruck, dass die anwesenden Quartierbewohner vor allem an dem Rummel und den Gratiswürsten interessiert waren. Ab und zu machte einer eine giftige Bemerkung gegen Ausländer und «anderes Pack», halblaut, sozusagen aus dem Mundwinkel heraus. So richtig ihre Meinung sagen die meisten Schweizer ja sowieso nur zu Hause hinter verschlossenen Türen oder im Kreis der Vertrauten am Stammtisch. Diejenigen, die sich nicht daran halten, sind entweder Politiker oder psychisch krank. Der von Simmen gross angekündete «Aufstand des Volkes» schien jedenfalls noch nicht so recht in Gang gekommen zu sein.

Es gab auch Leute, die für die Flüchtlinge Partei ergriffen. Es sei eine Schande, dieses Getue, sagte eine alte Frau. Das seien anständige Leute, und sie seien dankbar für unsere Hilfe. Sie backe immer Kuchen für den Basar des IRZ und werde das auch weiterhin tun. Und ihre Freundinnen auch. Ein junger Mann meinte laut, der Simmen würde doch alles machen, um Stadtpräsident zu werden. Der sei mediengeil, und ihm sei jedes Mittel recht, um in die Nachrichten zu kommen. Andere stimmten ihm zu, und dann widmete man sich den wirklich wichtigen Dingen: Die Young Boys standen vor dem Abstieg, und man war gespannt, wie lange sich der Trainer halten würde.

Bedrohlich wirkte die Versammlung trotzdem. Das lag an Simmens lautem Gegeifer und auch daran, dass sich neben dem Getränkestand eine Gruppe von Glatzen versammelt hatte und sich fleissig bei dem Gratis-Bier der SVP bediente. Sie feuerten sich gegenseitig an, wer am lautesten grölen und rülpsen könne, und hoben alle paar Minuten die Arme zum Hitler-Gruss. Als einer der Kerle die gesamte Auslage an Bierdosen abräumen wollte, bekam er Streit mit dem Betreiber des Standes. Drei Beamte der Kantonspolizei tauchten auf, und es entstand ein kurzes Gerangel, dann verzogen sich die Glatzen auf die andere Strassenseite, von wo sie «Sieg Heil» skandierten.

Einer der Anwesenden, ob Glatze, Kirchenmensch oder braver Quartierbewohner, könnte der Serienmörder sein. Ich liess meine Augen über die Anwesenden schweifen, beobachtete sie. Aber woran sollte man diesen Menschen erkennen können?

Vor dem Eingang zum IRZ stand Simonetti, flankiert von zwei Polizisten, und versuchte vergeblich, sich in dem Getümmel Gehör zu verschaffen und zu vermitteln.

«Was für eine Katastrophe», sagte er, als er uns erblickte, «und ausgerechnet jetzt ist Tieri krankgemeldet.»

«Was hat er eigentlich?», fragte ich.

«Keine Ahnung. Bisher waren wir sehr gut akzeptiert und integriert im Quartier, und jetzt werden wir behandelt wie Verbrecher. Es ist eine Schande!»

«Ich nehme an, dass die Medienleute schon bald abmarschieren werden. Es wird Gras über die Sache wachsen», versuchte Helga ihn zu beruhigen.

Er wiegte bekümmert den Kopf. «Unsere Leute haben Angst. Vor allem wegen den Rechtsradikalen dort drüben.»

Er wies auf die andere Strassenseite, wo sich in der Zwischenzeit noch mehr Typen in uniformähnlichen Kleidern versammelt hatten. Die meisten trugen grosse Hakenkreuze auf dem Rücken ihrer Jacken. War das eigentlich nicht verboten?, fragte ich mich.

«Können wir Ihnen helfen?», fragte ich Simonetti.

«Wenn Sie mich so fragen – ich wäre froh, wenn ich diese Nacht nicht der einzige Betreuer im Zentrum wäre. Vielleicht benötige ich Hilfe, vielleicht brauche ich auch neutrale Zeugen, falls etwas passieren sollte. Würden Sie vielleicht hier übernachten?»

Helga und ich sahen uns sekundenlang schweigend an.

Wenn Helga mitmacht, kann ich nicht gut abseitsstehen, dachte ich.

Wir murmelten zeitgleich ein wenig begeistertes «in Ordnung» und «einverstanden».

Später gestand mir Helga, dass sie eigentlich hatte ablehnen wollen, aber vor mir nicht als Feigling dastehen wollte. Und so verbrachten wir die Nacht im Zentrum.

Simonetti wirkte deutlich erleichtert, bat uns herein und richtete sofort ein Zimmer für uns her, inklusive Survival-Kit mit Zahnbürste, Zahnpasta, Seife und einer winzigen Nivea-Dose. Unser Raum war wie alle anderen Zimmer der Flüchtlinge im Sous-Parterre des IRZ gelegen und verfügte lediglich hoch oben unter der Decke über ein Fensterchen, das zu einem Lichtschacht führte. Ich hatte bereits nach wenigen Minuten das Gefühl, zu wenig Luft zu bekommen.

Kurz darauf setzte ein heftiger Regen ein und verscheuchte die letzten Demonstranten, Neugierigen und auch alle besoffenen Glatzen. Trotz der späten Stunde machte sich Simonetti daran, ein Nachtessen zu kochen. Kurz nach zehn Uhr sassen Helga und ich zusammen mit einer Familie aus Somalia, die ich noch nie gesehen hatte, an einem Tisch und assen Hörnli, Ghackts und Apfelmus. Die Somalier flüsterten ganz leise miteinander und wirkten völlig eingeschüchtert. Nach dem Essen schauten sich alle eine Sendung über Buckelwale an, und dann zogen wir uns in unser kleines Zimmer zurück.

Eine Weile widmete sich Helga ihren Haaren, die sie jeden Abend intensiv bürstete. Ich legte mich aufs Bett und machte meine Rückenübungen. Danach wünschten wir uns eine gute Nacht. Wie immer an einem fremden Ort konnte ich nicht einschlafen. Dazu kam noch, dass hier so viele Leute auf engem Raum wohnten und dass das Haus ringhörig gebaut war. Bis um ein Uhr wurde auf dem Gang in voller Schreistärke telefoniert.

Danach wurde es endlich ruhiger. Ich nickte ein, schreckte vom Geräusch der Wasserleitungen wieder auf, schlief wieder ein und erwachte mit einem Ruck, weil ein Auto direkt vor unserem Fenster seinen Motor aufheulen liess. Ich schaute auf die Uhr. Viertel nach zwei.

Ich hörte lautes Grölen von Männern, ein zweites Mal röhrte der Motor, und das Fahrzeug beschleunigte mit quietschenden Rädern. Ich war nervös. Es war nicht ausgeschlossen, dass heute Nacht noch etwas passieren würde. Ich wartete, aber alles blieb still.

Ich erwachte von einem dumpfen Knall, dem ein Schmerzensschrei folgte. Ich fuhr hoch und stöhnte laut auf. Mein Nacken war völlig steif, ich konnte ihn kaum noch bewegen.

«Was war das?», fragte Helga, die ebenfalls aufgeschreckt war.

«Keine Ahnung. Jemand da draussen hat sich wehgetan. Jedenfalls hat es so getönt.»

Wir lauschten angestrengt und hörten gar nichts mehr. Drinnen wie draussen schien alles in tiefem Schlaf versunken zu sein.

Aber …

«Was ist das, Herrgott noch mal?», fragte Helga und sprang aus ihrem Bett.

«Das tönt wie …», begann ich leise und schrie dann laut: «Feuer! Es brennt!»

«Wo? Wo? Siehst du es?», schrie Helga.

Ich wollte das Fenster öffnen, um hinausschauen zu können, packte einen Stuhl und stellte mich darauf. Aber das Fenster war verriegelt. Ich schrie auf vor Wut und Angst. «Es ist verriegelt. Wir sind eingesperrt!»

Rechts von uns brannte etwas lichterloh.

«Ganz ruhig», schrie Helga, «wir müssen die anderen wecken.»

Ich rannte von Tür zu Tür, trommelte mit meinen Fäusten dagegen und schrie, so laut ich konnte. In der Zwischenzeit war auch Simonetti erschienen und öffnete den Notausgang. Wir stürmten hinaus und konnten endlich den Brandherd lokalisieren.

«Der Hauseingang brennt», rief Helga, «oh nein! Schaut dort!» Sie wies auf den hoch aufgetürmten Stapel von Altpapier direkt neben den gierigen Flammen, und da frass sich das Feuer auch schon durch das Papier und wurde mit einem Schlag doppelt so laut. Jetzt hörten wir auch die Schreie der anderen im Zentrum.

«Die Feuerwehr», schrie ich endlich. Helga wusste, wo ein Telefon war, und rannte los.

Simonettis Augen waren riesig vor Angst. «Ich werde die Leute evakuieren. Versucht ihr das Feuer zu löschen», sagte er und rannte wieder davon.

Die nächsten Minuten, bis die Feuerwehr mit drei Löschwagen bei uns ankam, verbrachten ein halbes Dutzend der Flüchtlinge, Helga und ich damit, Abfalleimer, Putzkessel und Pfannen mit Wasser zu füllen und über das Feuer zu giessen.

Die Feuerwehr löschte den Brand in weniger als einer Minute. Offensichtlich keine grosse Sache für die Profis, dieses Feuer. Aber wir alle hatten eine Todesangst ausgestanden. Nachher war es fast noch schlimmer. Der Adrenalinpegel sank, und uns wurde langsam bewusst, dass jemand versucht hatte, uns alle umzubringen. Dass wir alle mehr oder weniger in Pyjamas oder Unterwäsche herumstanden, während die Feuerwehrleute und die inzwischen eingetroffenen Polizisten in schwerer Ausrüstung zwischen uns herumliefen, verstärkte den Eindruck unserer Verwundbarkeit und Schutzlosigkeit noch.

Der Schaden durch das Feuer selbst war nicht gross, aber der Rauch war in jeden Raum des Gebäudes gedrungen. Wände, Decken und alle Möbel waren grau und stanken unerträglich nach kaltem Rauch.

Simonetti organisierte eine Notunterkunft im Zivilschutzbunker des nahe gelegenen Schulhauses, etwa zweihundert Meter entfernt. Eine Handvoll Polizisten half beim Umzug. Ich war müde, durchgefroren und schockiert über das Erlebte. Einer der Polizeibeamten befragte die Zeugen, und ich versuchte, ihm zu beschreiben, was ich erlebt hatte. Als ich den Knall und den darauffolgenden Schrei erwähnte, merkte er auf.

«Wir haben uns wie die letzten Idioten benommen», sagte

ich leise zu Helga, nachdem einer der Feuerwehrleute uns den Feuerlöscher gezeigt und gefragt hatte, warum wir ihn nicht benutzt hätten.

Helga sah völlig erledigt aus, das Gesicht schwarz verschmiert, die Augen gezeichnet von der ausgestandenen Angst.

«Gehen wir nach Hause», war das Einzige, was ich in dieser Nacht noch von ihr hörte.

Wir nahmen ein Taxi. Es war fünf Uhr, als ich zu Hause meine Kleider in einen Müllsack steckte und unter die Dusche ging. Ich fühlte mich, als sei ich mehrere Jahre gealtert an diesem einen langen Tag. Und morgen war mein erster Arbeitstag nach den Ferien. Super!

15

Freitag, 12. Oktober

Ich bin nicht sicher, ob ich es am Morgen geschafft hätte, rechtzeitig zur Arbeit zu erscheinen. Aber die Frage stellte sich gar nicht erst, da ich bereits um kurz nach sieben von einem uniformierten Polizisten geweckt wurde. Der ältere Beamte wartete geduldig in der Küche, bis ich mich angekleidet hatte, forderte mich auf, Kaffee zu machen, und schien die Ruhe selbst zu sein.

Er wollte wissen, wie ich mich fühlte, hörte mir zu und gab mir ein paar Ratschläge. Offensichtlich hatte er viel Erfahrung mit Opfern von Brandanschlägen. Darum handelte es sich nämlich jetzt auch offiziell, da die Feuerwehr Spuren eines Brandbeschleunigers gefunden hatte. Er kam wieder auf den Schrei zu sprechen, den ich gehört hatte.

«Was ist denn so wichtig an diesem Schrei?», fragte ich.

«Wir suchen zurzeit nach einer Person, die letzte Nacht oder heute Morgen wegen Brandverletzungen einen Notfall aufgesucht hat. Das passiert nämlich häufig. Ein Amateur will ein Feuer legen und holt sich dabei selbst Brandwunden.»

Ich hoffte von Herzen, dass der Saukerl sich Gesicht *und* Pimmel verbrannt hatte.

«Und? Haben Sie bereits jemanden gefunden?»

«Die Spitäler sind alle informiert. Aber bisher haben wir noch keine Meldung bekommen.»

***

Ich kam erst kurz vor elf ins Walmont, wo Tscharya mich ungeduldig erwartete. Sie war wütend. Das schien ein Dauerzustand zu werden.

«Du kannst nicht einfach kommen und gehen, wie es dir

gerade passt, Lou. Wir haben einen Arbeitsplan einzuhalten. Es gibt geregelte Arbeitszeiten, und ich muss jederzeit über deine Abwesenheiten informiert sein. In deinem Outlook-Kalender ist eingetragen, dass du heute den ganzen Tag arbeitest!»

«Was ist denn los? Warum bist du so wütend auf mich?», fragte ich.

Tscharya, die ihre Haare in der Zwischenzeit rabenschwarz gefärbt hatte, was ihre extrem helle Gesichtshaut noch bleicher und sie um Jahre älter machte, kaute auf ihrer Unterlippe herum. Die Zahl ihrer Piercings hatte stark zugenommen, kein gutes Zeichen.

«Schneider hat mich heute Morgen angerufen und wollte wissen, wo du bist», platzte sie heraus. «Als ich sagte, dass du nicht in deinem Büro seist, wollte er wissen, an welcher Besprechung du seist und warum diese nicht ordnungsgemäss in deinem Kalender eingetragen sei.»

Ich seufzte.

«Ich habe irgendwas herumgestottert, ich weiss nicht mal mehr, was es war, und er hat einfach mitten in meinen Erklärungen aufgehängt.»

«Nicht mal Manieren hat der Kerl!»

Tscharya war immer noch wütend auf mich. Ich konnte es nicht ändern.

Die Online-Redaktionen der lokalen Zeitungen berichteten ausführlich über den Brand. Obwohl sie sich bewusst vage ausdrückten, entstand doch der Eindruck, dass die Bewohner des Zentrums für das Feuer verantwortlich waren. Auch im Radio wurde diese Version verbreitet. Die Behörden würden wegen Brandstiftung ermitteln. Das Zentrum sei schon mehrmals von gewalttätigen Auseinandersetzungen betroffen gewesen. Die «gewalttätigen Auseinandersetzungen» in einem Flüchtlingszentrum finden in der Vorstellung der Schweizer selbstverständlich immer zwischen verfeindeten Gruppen aus dem Balkan oder konkurrenzierenden afrikanischen Drogendealern statt. An einen Überfall von Schweizer Rassisten auf schlafende Männer, Frauen und Kinder denkt man nicht.

Rassismus existiert nicht in der Schweiz. Man will einfach keine Fremden hier, das ist nicht das Gleiche.

Ich ging auf einen Sprung in der Kinderklinik vorbei, um nachzuschauen, ob Frau Bauer und Josephine noch da waren. Ich traf Frau Bauer in Josephines Zimmer, die Kleine auf dem Arm, damit beschäftigt, den Koffer zu packen. Josephine hatte sich in ein rosig süsses Ding verwandelt, allerdings mit noch immer viel zu grossen Augen im schmalen Gesichtchen. Aber die Augen schauten wach und fröhlich in die Welt.

«Das ist aber schön, dass Sie noch vorbeischauen. Ich habe gehört, dass Sie in den Ferien waren», begrüsste mich Frau Bauer.

Einen Moment musterte sie mein Gesicht, dann fragte sie: «Geht es Ihnen gut?»

Ich versicherte ihr, dass alles bestens sei.

Frau Bauer lächelte mich an, dann schaute sie auf ihre Armbanduhr. «Ich sollte rasch telefonieren. Darf ich Ihnen Josephine kurz geben?»

Bevor ich über diese Frage nachdenken konnte, hatte sie mir das kleine Bündel bereits entgegengestreckt, und ich fasste automatisch danach. Einen Moment später war Frau Bauer verschwunden und ich ganz alleine mit der Kleinen. Sie war schwerer, als ich gedacht hatte, und sie bewegte sich heftig, sodass ich sie beinahe hätte fallen lassen. Das zerbrechliche Bündel Nichts entpuppte sich als eigenwilliges kleines Motörchen mit erstaunlicher Kraft und Beweglichkeit. Ich drückte sie ganz nahe an mich, und schon knallte ihr Schädel von unten schmerzhaft an meinen Kiefer. Ich biss die Zähne zusammen.

Ich hatte wirklich nicht die geringste Ahnung, wie man sich in einer solchen Situation verhält. Hoffentlich fängt sie nicht an zu schreien, dachte ich, und da verzog sie schon ihren Mund zu einem Greinen.

Herrgottsakrament.

Ich hatte doch schon gesehen, wie andere Leute das machen, auf und ab wiegen, Kinderlieder singen und so Zeugs.

Ich ging mit Josephine durchs Zimmer, erklärte ihr den Notrufknopf und den Überwachungsmonitor, alle Funktionen des vollautomatischen Bettes und die Fernbedienung für Radio und Fernseher.

Wann kommt die Bauer endlich?

Josephine fing nun entschieden an zu weinen. Ich fühlte mich total hilflos, bis mir der Gedanke kam, was für ein Glück es war, dass dieses Kind nochmals ein Leben geschenkt bekommen hatte. Dass es das Glück hatte, Schmerzen zu erleben und Angst und Freude und Trost, dass es sich irgendwann verlieben und Einsamkeit erfahren würde, dass es Freunde finden und Blumen bewundern würde. Da drückte ich sie an mich, streichelte sie und sprach Worte zu ihr, die ich selbst nicht verstand. Josephine seufzte, legte das Köpfchen an meinen Hals und war Sekunden später eingeschlafen. Als die Mutter wenige Minuten später zurückkam, war ich in einer Art glückseliger Ekstase. Zwar ziemlich lächerlich, aber das war mir egal.

«Sie hat angefangen zu weinen», flüsterte ich, «aber ich habe ihr ein Lied vorgesungen, und das hat sie beruhigt, und sie ist eingeschlafen.»

Frau Bauer lächelte, aber irgendwie merkwürdig.

«Was stimmt denn nicht?», fragte ich.

«Sie wissen es noch gar nicht?»

Ich schüttelte den Kopf.

«Josephine ist taub. Das passiert oft nach einer Gehirnhautentzündung.»

Als sie mein Gesicht sah, fuhr sie rasch fort: «Grämen Sie sich nicht. Wissen Sie, ich bin so glücklich, dass meine Tochter lebt. Alles andere ist nebensächlich. Können Sie das verstehen?»

Ich zögerte und nickte dann.

«Und man kann heute sehr viel machen, um die Hörfähigkeit zu verbessern. Aber jetzt will ich mit meiner Kleinen nur noch nach Hause. Mein Mann und ich haben uns getrennt. Werden Sie uns einmal besuchen?»

Ich versprach es und legte Josephine vorsichtig in ihr Bettchen zurück. Sie schlief tief und fest, das Gesicht vollkommen entspannt.

«Sie ist wunderschön», sagte ich leise.

Frau Bauer lächelte mich an, ein Lächeln voll Glück und Schmerz, und ich vermisste die beiden bereits.

Kurz vor zwölf Uhr rief mich Schneiders Sekretärin an. Mit unguten Gefühlen lauschte ich ihrer zuckersüssen Stimme, die mich zu einer Aussprache mit ihrem Chef aufbot.

«Bitte erscheinen Sie pünktlich um halb drei. Herr Schneider hat noch andere Termine, die er wahrnehmen muss.»

Fünf vor halb drei fand ich mich vor dem angegebenen Sitzungsraum ein und musste feststellen, dass ausser mir auch Holger aufgeboten worden war. Kein gutes Zeichen, das war uns beiden sofort klar. Als wir beim Betreten des Raums nicht nur Schneider vorfanden, sondern mehr als zwanzig leitende Angestellte des Walmont, ausserdem Martin und Erismann, zwei der vier Stiftungsräte, sackte mein Herz in die Kniegegend ab. Ausgerechnet Martin und Erismann! Das waren die beiden Stiftungsräte, deren einziges Anliegen seit Jahren die Erhöhung der Rentabilität war. Es war wohl auch ihnen zu verdanken, dass Schneider – gegen Merians Willen – angestellt wurde. Was machten die beiden an dieser betriebsinternen Besprechung? Und warum hatte Schneider sie eingeladen?

Schneider begrüsste uns in gewohnt zackiger Manier und stellte die Traktanden vor. Ich hätte alles Mögliche erwartet, aber nicht das: Er wollte über die Sans-Papiers im Inselspital sprechen und darüber, dass Holger und ich uns für sie eingesetzt hatten.

«Eigentlich sollte ich mich ja über Sie beide ärgern, über Ihre falsch verstandene Humanität und Ihre erschreckende Verantwortungslosigkeit», begann er. «Als leitende Angestellte des Walmont sollten Sie einen fleckenlosen Leumund ausweisen können und sich nicht mit einer Bande Krimineller verbünden. Aber es braucht ja offensichtlich in jeder Gesellschaft ein paar Prozent Gutmenschen, nicht?»

Die Verachtung, die er für uns empfand, troff aus jeder Silbe seiner Worte. Mein Herz begann, heftig zu schlagen, und ich spürte, wie mir vor Empörung heiss wurde. Die beiden Verwaltungsräte schauten betreten auf ihre Papiere.

«Was ich hingegen nicht verstehen kann, ist die Bedenkenlosigkeit, mit welcher Sie die Schweizer Bevölkerung einer TB-Epidemie aussetzen wollten.»

Holger setzte zu einer Entgegnung an, aber Schneider fuhr ihm übers Maul.

«Lassen Sie mich ausreden, Herr Grimm. Niemand hat diese Leute gezwungen, in die Schweiz zu kommen. Jetzt, da sie hier sind, ist es selbstverständlich unsere Pflicht, sie medizinisch zu versorgen. Aber deswegen dürfen sie nicht einfach in der Schweiz bleiben, nicht? Es ist doch offensichtlich, dass diese Leute nun aus ihrer Krankheit Profit schlagen wollen. Sie meinen, sie können sich deswegen in der Schweiz ein schönes Leben machen.»

Holger umklammerte die Tischplatte, bis seine Hände weiss wurden, aber er schwieg.

«Diese Patienten gehen mich natürlich gar nichts an. Es liegt in der Verantwortung des Inselspitals, wie es mit solchen Fällen umgehen will. Aber in diese Geschichte war eben auch mein Personal verwickelt.» Schneider schaute uns vielsagend an. «Personal, das offensichtlich in seiner Arbeitszeit Anliegen nachging, die nichts mit den Leistungszielen des Walmont gemein haben.»

«Das war unsere Freizeit –», wollte Holger richtigstellen, aber Schneider unterbrach ihn erneut.

«Moment, Herr Grimm!» Seine Stimme war nun laut und schneidend. «Ob Freizeit oder nicht – Ihre falsch verstandene humanitäre Aktion war klar geschäftsschädigend für das Walmont. Sie engagieren sich da für Dinge, die unserem neuen Image zuwiderlaufen. Wir wollen an die Weltspitze für unsere internationalen Dienste. Das sicherste und am besten ausgestattete Hightech-Spital der Welt. Und Sie mischen mit bei dieser Posse um Illegale, die auch noch einen höchst gefährlichen Erreger um sich streuen. Das ist in höchstem Masse geschäftsschädigend. Das Walmont könnte Sie verklagen.»

Holger warf mir diesen Blick zu, der hiess: Ja, ja, ja … rede nur weiter solchen Blödsinn.

«Und deshalb bin ich froh, dass ich dazu beitragen konnte, diese Geschichte zu einem korrekten Abschluss zu bringen.» Er lächelte selbstzufrieden in die Runde. «Zufällig kenne ich den zuständigen Beamten bei der Fremdenpolizei. Ich habe ihn vor zwei Tagen darüber informiert, dass sich Patienten ohne Aufenthaltsbewilligung im Inselspital aufhalten. Er hat mir versichert, dass diese Leute unverzüglich in Ausschaffungshaft genommen werden. Selbstverständlich unter den notwendigen Sicherheitsvorkehrungen für ihre Gesundheit wie auch für diejenige des Personals. Dass diese leidige Geschichte nun auch zur Presse durchgesickert ist, ist mehr als ärgerlich, finde ich.»

Es vergingen einige Sekunden, bis die Botschaft angekommen war.

«Das, das …», stotterte Holger fassungslos, «in Ausschaffungshaft?»

«Ich habe mich doch deutlich genug ausgedrückt, Herr Grimm. Und ich hoffe, dass Sie sich von jetzt an wieder mit voller Kraft Ihrer Arbeit widmen können, nun, da diese Geschichte endlich abgeschlossen ist.»

Holgers Gesicht war dunkelrot vor Wut, die riesigen Fäuste geballt, bereit zuzuschlagen mit seiner ganzen Masse von über hundert Kilogramm. Ich war schneller als Holger – wie immer.

Ich sprang auf. «Merken Sie eigentlich nicht, was für ein Charakterschwein Sie sind, Schneider?», brüllte ich ihn an. «Haben Sie eigentlich völlig vergessen, dass Sie einmal Arzt waren? Dass Sie geschworen haben, kranken Menschen zu helfen?»

Einen Moment war es totenstill im Raum. Alle Augen waren auf mich gerichtet, und ich wartete darauf, dass Schneider irgendwie reagieren, mich auf der Stelle entlassen würde. Aber seltsamerweise sagte er kein Wort. Und – in diese absolute Stille hinein – hörte ich plötzlich ein Klatschen, ein demonstrativ langsames, rhythmisches Klatschen aus einer der hinteren Reihen. Ein zweites Paar Hände beteiligte sich. Ein drittes. Die Härchen an meinen Armen stellten sich auf. Ich setzte mich wieder hin.

Einige Sekunden später erhob sich Schneider langsam und verliess den Raum.

«Dieses Schwein! Ich könnte den Kerl umbringen, ich könnte ihn eigenhändig erwürgen. Mein Gott, wie konnte er nur!»

Es war Holger unmöglich, sich auch nur eine Sekunde ruhig hinzusetzen. Wir waren zu fünft in seinem kleinen Büro, Helga, Ursula Cohen aus dem Generalsekretariat, die sich zur moralischen Unterstützung zu uns gesellt hatte, Tscharya und ich. Der Raum war erfüllt von Wut, wilden Drohungen und bangen Sorgen. Wir warteten alle auf den grossen Schlag von Schneider. Wir waren sicher, dass er sich in irgendeiner Weise für die erlittene Schmach rächen würde.

Es wurde wild spekuliert, warum er mich nicht auf der Stelle entlassen hatte. Tscharya befürchtete, dass es nur deshalb so lange dauerte, weil Schneider den grossen Rundumschlag vorbereitete und versuchte, all seine Gegner auf einen Streich loszuwerden. Ursula meinte hingegen, die ganze Geschichte sei Schneider so peinlich, dass er es vorziehe, so zu tun, als ob nichts passiert wäre. Helgas Version schien mir persönlich am wahrscheinlichsten: Er wolle das Geschehene nicht an die grosse Glocke hängen und würde deshalb Holger und mich in ein paar Wochen – unter Berufung auf Sparvorgaben – schweren Herzens «gehen lassen».

«Warum bist du eigentlich so still, Lou?», fragte mich Helga.

Meine Wut war abrupt abgeklungen, nachdem Schneider den Sitzungsraum verlassen hatte. Ich war ganz ruhig geworden, erfüllt von der Gewissheit, dass Schneider aus dem Walmont verschwinden musste, und wenn es das Letzte war, was ich hier noch tun konnte.

«Ich denke nach. Herumgerenne nützt nichts und Fluchen auch nicht. Wir müssen etwas unternehmen. Erstens: Wir müssen Schneider loswerden. Zweitens: Wir müssen den Flüchtlingen helfen.»

«Na bravo, und wie willst du das erreichen?», fragte Tscharya in aggressivem Ton.

«Schneider müssen wir mit seinen eigenen Waffen schlagen.»

«Und was heisst das?»

«Ich weiss es noch nicht. Aber ich arbeite daran.»

«Lou hat recht», unterstützte mich Helga, «wir müssen uns jetzt aufs Handeln konzentrieren. Ich werde versuchen, den Sans-Papiers zu helfen. Vielleicht finde ich Unterstützung bei einem Hilfswerk oder bei der Kirche. Ich muss mich an die Presse wenden … Ich könnte einen offenen Brief an den Bundesrat schreiben und versuchen, Politiker und Prominente zu finden, die ihn unterzeichnen.»

«Ich konzentriere mich auf Schneider», sagte ich.

«Und du, Holger?», fragte Ursula.

«Ich weiss es nicht. Wenn ich daran denke, dass diese armen Leute in ein Ausschaffungsgefängnis kommen, wird mir ganz schlecht. Und was passiert mit ihren Kindern? Wir sind mitschuldig, dass ihnen jetzt genau das geschieht, wovor sie sich am meisten gefürchtet haben.»

«Nimm Kontakt mit den behandelnden Ärzten im Inselspital auf», sagte Ursula. «So wie ich euch Ärzte kenne, könnt ihr hundert Gründe finden, warum eine Verlegung ins Gefängnis noch nicht möglich ist. Die Patienten sind noch nicht stabil, oder die Klimaanlage ist nicht sicher genug, um das Gefängnispersonal vor Ansteckung zu schützen. Benütze die Tuberkulose als Waffe!»

Holgers Gesicht glättete sich, und er begann zu lächeln. «Du bist ein Genie, Ursula.»

«Ich weiss.»

Holger griff sofort zum Telefon, und wir Übrigen machten uns ebenfalls an die Arbeit.

Spät in der Nacht schaute ich nochmals kurz bei Holger in der Kinderklinik vorbei.

«Hast du schon eine Idee, wie du gegen Schneider vorgehen willst?», fragte er mich.

Ich schüttelte den Kopf. «Mit ethischen Überlegungen oder dem Patientenwohl kann ich jedenfalls nicht kommen. Ich gehe jetzt nach Hause, ich bin todmüde.»

«Was sollen wir nur tun?», fragte Holger und liess seine Augen über die Kinderklinik schweifen. Ich wusste, dass er diesmal nicht an die Flüchtlinge dachte, sondern an unsere eigene Situation hier im Walmont.

«Weiterarbeiten, als wäre nichts passiert», sagte ich, «und hoffen, dass uns Schneider nicht über den Weg läuft.»

Holgers Gesicht rötete sich wieder vor Zorn.

«Wie konnte ich nur so blöd sein und ausgerechnet mit Schneider über die Sans-Papiers sprechen? Ich hätte doch wissen müssen, was für ein Schwein er ist. Weisst du eigentlich, dass mir Irina mit der Scheidung gedroht hat, wenn ich dieser Flüchtlingsgeschichte wegen meine Stelle im Walmont verliere?»

«Hör auf, Holger. Es ist passiert. Und blöd bist nicht du, sondern Schneider. Wenn ich an Gott glauben würde, wäre Schneider ein guter Anwärter auf den Satanstitel. Aber wenn es Gott nicht gibt, gibt es wohl auch Satan nicht. Ist das logisch? Zwingend? Könnte das sein? Oder nicht?»

«Geh heim, Lou.»

16

Samstag, 13. Oktober

Es war der reine Trotz, der mich dazu brachte, aufzustehen und mich auf den Weg ins Walmont zu machen. Ich würde so lange arbeiten gehen, bis ich gezwungen wurde, das Walmont zu verlassen. Holger schickte mir von zu Hause aus eine E-Mail. Er hatte einen guten Kollegen im Kantonsspital Aarau und hatte sich bei ihm nach Schneiders Ruf an seinem ehemaligen Arbeitsplatz erkundigt. Alles, was der Kollege ihm erzählt habe, müsse streng vertraulich bleiben, weil dieser Angst habe, wegen übler Nachrede belangt zu werden. Schneider sei extrem ehrgeizig gewesen, habe auf aggressive Art versucht, Karriere zu machen, und sei bei Patienten, Kollegen und Vorgesetzten unbeliebt gewesen. Alle seien erleichtert gewesen, als er das Spital verliess. Selbstverständlich stand kein einziges negatives Wort in seinem Arbeitszeugnis.

Wir verabredeten uns zum Mittagessen in der Cafeteria des Walmont. Helga wollte dazukommen.

Kurz nach zehn klopfte Frau Men an. Es sei ihr letzter Arbeitstag hier im Walmont, sie wolle sich von mir verabschieden.

«Oh nein», sagte ich.

Sie versuchte, mich zu trösten, aber ich wollte einfach nicht, dass das alles passierte. Frau Men war für mich wie ein guter Geist des Walmont gewesen. Nicht in der Art von gütig und nett, sondern von der Sorte eines Sturkopfs, der mit Witz und Mut nur das tat, was ihm persönlich richtig erschien. Und für mich war sie noch viel mehr: Sie hatte über mich gewacht und mir einmal sogar das Leben gerettet. Als Nächstes würden Holger oder Helga ihre Stelle kündigen, und dann war das nicht mehr mein Walmont hier.

Frau Men erzählte mir, dass sie sich entschlossen habe, eine eigene Firma zu gründen. Die Arbeitsbedingungen in dem outgesourcten Reinigungsdienst des Walmont seien inakzeptabel.

«No money, no holidays, but a lot of shit, you know. Wir müssen tragen Uniform bei Arbeit. Das nix für mich. Never was.»

Ich nickte. Frau Men hatte als Kind und Jugendliche in Kambodscha mehr als genug Unterdrückung und Schrecken von Uniformierten erlebt und sich die Freiheit, die sie heute lebte, teuer erkämpfen müssen. Eines ihrer Markenzeichen waren die grellgelben und grellorangen ärmellosen Kapuzenshirts, die sie immer bei der Arbeit trug, was zusammen mit den hüftlangen grauen Haaren einen speziellen Kontrast ergab.

«In meine Firma wir werden anbieten Reinigung und Reparaturdienst in einem. Viele Leute brauchen Hilfe, you know, mit kaputte Ofen, Sanitär, kleine Holzarbeiten. All in one, best service, tutti quanti, you see!»

«Das ist grossartig, Frau Men. Wie viele Leute arbeiten bei Ihnen?»

«Only me, until now. But in the future, who knows …»

«Und wie heisst ihre Firma?»

«Men4U», sagte sie und zwinkerte mir zu.

Ich musste lachen. Wir verabschiedeten uns und versprachen, in Kontakt zu bleiben.

Nur wenig später traf ich im Flur des siebten Stocks das erste Mal auf eine Frau von «houseandgarden.com», den rosa Overall mit brauner Schnörkelschrift neckisch komplettiert mit einem rosabraun gestreiften Kopftuch. Sie schob einen kleinen Putzwagen in Richtung WC. Was auch immer man Schneider vorwerfen konnte, er verlor jedenfalls keine Zeit. Nachdenklich schaute ich dem rosa Fleck nach, der langsam kleiner wurde und um eine Ecke bog.

Und plötzlich hatte ich eine Idee. Ich setzte mich an meinen Rechner und suchte nach allem, was ich zu «houseandgarden.com» finden konnte. Auf direktem Weg gab die Firma, wie ich erwartet hatte, kaum etwas preis. Aber über Querverbindungen und Nachrichtenarchive fand ich nach einiger Zeit überaus interessante Details.

Später rief ich einen Bekannten an, der seit vielen Jahren für die WOZ arbeitete. Ich schilderte ihm kurz, was ich bisher in Erfahrung gebracht hatte. Er reagierte wie erhofft: ein Fuchs, der fette Beute witterte, Nase im Wind, Ohren gespitzt, mit vor Spannung zitternden Flanken. Er versprach, seine weitverzweigten Netze zu nutzen, um mehr herauszufinden. Danach versuchte ich, André Reichenbach zu erreichen, einen fanatischen Go-Spieler und Gewerkschafter, der sich mit Taxifahren seinen Lebensunterhalt verdiente. Wieder hatte ich Glück. Er arbeite heute Nachtschicht, erzählte er mir, für Taxifahrer sei Samstagnacht die beste Schicht überhaupt. Er müsse nämlich dringend Geld verdienen für eine Reise nach Tokio im nächsten Frühling. Er sei eingeladen worden, am Go-Turnier teilzunehmen, an dem der Titel des Gosei verliehen werde. Das sei eine unglaubliche Ehre, und er müsse sich in Bestform präsentieren und natürlich auch etwas für seine Garderobe tun und überhaupt, das werde die beste Zeit seines Lebens.

Ich gratulierte entsprechend beeindruckt und versuchte, taktvoll das Thema auf mein Anliegen zu wechseln.

«Ich soll dir helfen? Keine Zeit, keine Lust», unterbrach er mich nach wenigen Sätzen.

«André, du schuldest mir was! Vergiss das nicht.»

«Schulden? Ich dir? Im Gegenteil, würde ich mal behaupten.»

Der Typ hatte eine Begabung dafür, mich in wenigen Minuten stinksauer zu machen.

«Hör auf und halt den Rand!», fuhr ich ihn an. «Wer hat sich im Fernsehen gesonnt und sich in allen Zeitungen als ‹Der unerschrockene Taxifahrer, der den grossen Umweltskandal aufgedeckt hat› betiteln lassen? Wer?»

«Hm.»

«Und wer hat den Umweltskandal tatsächlich aufgedeckt und wurde nachher auf deiner verdammten Demo fast zu Tode getrampelt?»

Ich hörte sein typisches meckerndes Kichern und biss die Zähne zusammen, bis sie schmerzten.

«Na schön. Was willst du?», fragte er.

Ich erklärte ihm mein Anliegen, und er versprach mir, sich bei seinen Gewerkschaftsfreunden unauffällig umzuhören, die eine oder andere Information zu streuen und mir wieder Bescheid zu geben.

Ich hatte den richtigen Punkt und auch den richtigen Hebel gefunden. Aber ob die Zeit noch reichen würde? Schneider würde schon bald handeln, das war mir klar. Und er konnte einen direkten Weg einschlagen, um mich loszuwerden. Meine Strategie hingegen war indirekt und davon abhängig, dass an den richtigen Stellen die richtigen Fragen gestellt wurden.

Jetzt konnte ich nur noch warten.

Obwohl an diesem Mittag das Restaurant des Walmont halb leer war, hatte ich das unangenehme Gefühl, Hunderte von Augen seien auf den Tisch gerichtet, an dem ich mit Helga und Holger sass. Wir waren ein trauriger Haufen, alle drei bleich und gezeichnet von Wut und Sorge. Helga, die zusammengesunken dasass wie ein nasser Sack, fragte mich, was mit mir los sei.

«Was schon? Alles löst sich auf, ich verliere den Boden unter den Füssen, überall sind Risse und Abgründe, es gibt keine Gewissheiten mehr, meine Freunde hauen ab und lassen mich alleine. Ich hocke in der Scheisse!»

«Hol mal Luft, Lou.»

Ich schaute erstaunt hoch. «Und was ist mit dir los, Helga?», fragte ich. «Du siehst auch nicht wirklich fröhlich aus.»

«Das ist etwas anderes.»

«Und warum soll das etwas anderes sein, verdammt?»

«Nicht so laut», mischte sich Holger ein.

Einige Minuten sassen wir schweigend da und beobachteten eine Familie, die offensichtlich gerade die Mutter aus dem Spital abholte. Die Frau bewegte sich noch etwas unsicher auf ihren Stöcken voran. Ihr Mann trug einen prächtigen Blumenstrauss. Als sie sich in unserer Nähe hinsetzten, konnte ich lesen, was auf der Schleife stand: «Walmont – gesund werden mit Stil!».

Eine ältere Frau mit einem grossen Pflaster an der Schläfe

betrat das Restaurant, beladen mit einer grossen Tasche und dem selben Blumenarrangement inklusive Schleife.

«Habt ihr das gesehen? Das ging aber schnell», sagte Holger.

«Unsere Kultur ist angekommen», sagte ich, «aber das muss doch horrend kostspielig sein, wenn jeder Patient so einen riesigen Strauss bekommt.»

Helgas Handy klingelte. Sie ging rasch hinaus in den Park, und ich beobachtete, wie sie – das Handy am Ohr – mit heftigen Bewegungen durch die herbstlichen Blätterhaufen stapfte. In der Zwischenzeit tauchte bereits ein dritter Strauss auf. Diesmal in der Hand einer eleganten Dame mit einem verbundenen Fuss. Wo immer man auch hinsah, Schneider hatte dem Walmont seinen Stempel aufgedrückt. Hatte ich überhaupt noch eine Chance, ihn zu schlagen? War seine Position im Walmont nicht bereits viel zu stark?

Meine Augen schweiften wieder hinaus in den Park zu Helga, die in diesem Moment abrupt zum Stehen kam. Ich kannte meine Freundin so gut, dass ich sofort ihre Erregung wahrnahm. Sie drehte sich zu uns um, ihr Körper richtete sich auf, und sogar auf die Distanz meinte ich zu erkennen, dass sich ihr Gesicht aufhellte. Sie begann ein lebhaftes Gespräch. Kurz darauf kam sie mit grossen Schritten und strahlendem Gesicht zurück.

«Was ist los?», fragte ich voller Spannung.

«Sie sind weg», sagte sie mit einem Lachen in der Stimme. «Alle zusammen verschwunden. Abgetaucht.»

Ich wusste sofort, wen sie meinte. «Die Sans-Papiers im Inselspital?»

«Was? Wie ist das möglich? Bist du sicher?», mischte sich Holger ein.

«Ja. Sie sind abgetaucht. Frau Zumbrunn hat mich eben angerufen. Alle Familien mit ihren Kindern und auch alle Übrigen. Tutti quanti!» Helga lachte nun laut, breitete ihre Arme aus und machte einige Tanzschritte. «Verschwunden, abgehauen, untergetaucht», trällerte sie.

Holger sprang auf, packte sie um die Taille, und sie machten irgendetwas, das eine Mischung aus Walzer und Galopp war.

Dann setzten sie sich mit lachenden Gesichtern wieder zu mir an den Tisch, während einige unserer Arbeitskollegen mehr oder weniger deftige Sprüche machten.

«Ist es nicht wunderbar, Lou», sagte Helga und knuffte mich in die Schulter. Und dann, überrascht von meiner Besorgnis, fragte sie: «Findest du nicht? Jetzt werden sie nicht eingesperrt und auch nicht ausgeschafft.»

Ich sagte nichts.

«Was ist los, Lou?»

«Das bedeutet auch, dass sie wahrscheinlich ihre Antibiotikabehandlung viel zu früh abbrechen. Das wäre überhaupt gar nicht gut. Und dann ist da noch die Geschichte, die Elsa erzählt hat.»

Helga starrte mich einige Sekunden an, dann sackte sie wieder in sich zusammen. «Daran habe ich noch gar nicht gedacht.»

«Was für eine Geschichte, die Elsa erzählt hat?», fragte Holger.

Ich ging nicht darauf ein, er machte sich bereits genug Sorgen.

«Wenn sie es nicht schaffen, sich die nötigen Antibiotikaspritzen zu besorgen, werden sie wieder krank. Und der Erreger wird noch resistenter und aggressiver werden.»

«Wir werden sie wiederfinden», sagte Holger.

Er machte mich wütend mit seinem Optimismus.

«Du hast völlig recht, Holger. Sie werden schon wieder auftauchen», schnappte ich. «Sie werden bei ihrem Weg durch die Schweiz eine Spur von multiresistenten TB-Kranken hinter sich herziehen.»

«Selber schuld!», knurrte Helga. «Wenn wir in der Schweiz Fremde so behandeln, sind wir selber schuld.»

«Geh in die Neo und schau dir Josephine an. Und sag mir, dass sie selber schuld ist», fuhr ich sie wütend an.

«Das ist nicht fair, Lou», gab Helga zurück, und ich sah Tränen in ihren Augen.

«Was ist schon fair?», sagte ich und ging.

Am Nachmittag rief ich Helga an und entschuldigte mich bei ihr. Sie erzählte mir, Holger habe es sich in den Kopf gesetzt, die Sans-Papiers so schnell wie möglich zu finden und ihnen zu helfen. Er fühle sich schuldig, weil er Schneider informiert hatte.

Sie selbst habe in der Zwischenzeit mit Frau Zumbrunn telefoniert, und diese habe ihr erzählt, wie es den Kranken gelungen war, abzuhauen. Einer der Männer habe einen heftigen epileptischen Anfall vorgetäuscht und damit die Securitas abgelenkt. In der Zwischenzeit seien alle Übrigen still und leise in weniger als dreissig Sekunden verschwunden, der mit dem Epi-Anfall kurz darauf hinterher. Sie hätten sich danach im Spital sofort auf mehrere kleine Gruppen verteilen müssen, da sie niemandem mehr aufgefallen seien. Diese Leute seien alles andere als blöd. Wer es trotz der widrigen Umstände geschafft habe, bis hierher in die Schweiz zu gelangen, der müsse erfinderisch, clever und mutig sein.

«Das hat etwas Tröstliches, nicht?», fragte Helga.

«Ja, du hast recht. Diese Vogelfreien, wie du sie nennst, haben starke Schwingen und scharfe Krallen. Sie haben gute Chancen, sich weiter durchzuschlagen. Was mir aber Sorgen macht, ist ihre Krankheit.»

Helga würde ihre Quellen bei den Gewerkschaften und Hilfswerken anzapfen, um herauszufinden, ob jemand etwas über den Aufenthaltsort der Sans-Papiers wusste. Ich hatte einen anderen Plan. Ich würde versuchen, die Spur der Flüchtlinge über das Register der meldepflichtigen Krankheiten zu finden. Und dafür brauchte ich die Hilfe von Hans-Ruedi Kummer vom Bundesamt für Gesundheit. Der war aber noch immer wütend auf mich.

Auf dem Weg zur Forschungsabteilung traf ich auf Ursula Cohen, die einen Getränkewagen schob, auf dem mindestens zehn «Kultur-Blumensträusse» lagen.

«Was machst du denn hier?», fragte ich sie erstaunt. Sie arbeitete nie am Wochenende.

«Ich hatte diese Woche einen Streit mit Schneider wegen

dieser idiotischen Strässe. Er hat keine Ahnung, was dieses Zeug kostet, der Trottel. Ich habe ihm verschiedene Prototypen gezeigt, so im Stil ‹eine Rose mit Grünzeugs› oder ‹kleines Sträusschen mit Nelken›, aber er war nie zufrieden. Viel zu bescheiden, hat er gemeint, kein Stil, hat er gemeint.» Sie fuchtelte empört mit den Armen herum. «Kein Stil! Und das mir! Da habe ich mir gesagt, es reicht! Jetzt habe ich höchstpersönlich diese Sträusse organisiert. Schneider ist begeistert.»

Etwas an ihrem Gesichtsausdruck sagte mir, dass die Sache damit nicht abgeschlossen war.

«Was hast du vor, Ursula?»

«Rate mal, was so einer kostet?»

Ich schaute mir die Gebinde nochmals genau an. Sie waren wirklich prachtvoll, mit einem halben Dutzend langstieliger Rosen in Orange und Gelb, herbstlichen Beeren, Lampionblumen und allerlei anderen Pflanzen, die ich nicht kannte.

«Vierzig Franken?», riet ich.

«Ha!» Ursula beugte sich ganz nahe zu mir und flüsterte: «Hundertneunundreissig Franken und keinen Rappen weniger.»

«Und was sagt Schneider dazu?»

«Bis jetzt nichts. Er hat mich nicht nach dem Preis gefragt. Ende des Monats werde ich ihm die Rechnung präsentieren. Rund fünfzehntausend Franken. Mindestens!»

Mit zufriedenem Gesichtsausdruck schob sie ihren Wagen weiter den Gang entlang.

Weiter vorne beim Treppenhaus kam ich an einer Gruppe Assistenzärzte vorbei, die gerade über etwas lauthals lachten. Als sie mich sahen, verstummten sie und sprachen erst wieder weiter, als ich bereits einige Meter entfernt war. Es war mir erschreckend gleichgültig. War das überhaupt noch mein Walmont? War es *je* mein Walmont gewesen?

Ich rief Hans-Ruedi Kummer zu Hause an. Zunächst wollte er gar nicht mit mir sprechen, da auf Arte gerade «Für eine Handvoll Dollar» mit Clint Eastwood lief, einer seiner Lieblingsfilme. Aber als ich ihm erklärte, was passiert war, willigte er ein, mir zu helfen. Diesmal nahm ich keine Rücksicht auf das Versprechen, das ich Holger gegeben hatte, und erzählte die ganze Geschichte von Anfang an.

«Du willst also die Flüchtlinge über das Register der meldepflichtigen Krankheiten aufspüren?», fragte er.

«Falls sie zusammengeblieben sind und einige von ihnen in der Zwischenzeit versucht haben, die Antibiotikaspritzen aufzutreiben, die sie benötigen, solltest du einen Cluster von multiresistenten Tuberkulosefällen erkennen können.»

«Could work, my love.»

Ich hörte, dass er mit seinen Fingern auf den Tisch trommelte. Er dachte nach. Gut.

«Hast du eine Ahnung, wie mobil sie sind?», fuhr er fort. «Müssen wir nur in Bern suchen oder etwa in der ganzen Schweiz?»

«Ich habe keine Ahnung.»

«Also ... alle Meldungen von Spitälern, Arztpraxen und Labors in der Schweiz. That ain't easy, my dear.»

Wir diskutierten knapp fünf Minuten, wie man am besten vorgehen solle. Dann machte er sich an die Arbeit. Ich setzte meine Auswertungen der Patientendaten fort, die dringend abgeschlossen werden mussten. Es war eine Routinearbeit, die mich geistig kaum beanspruchte, mir aber half, die Wartezeit zu vertreiben. Um halb zehn Uhr rief Hans-Ruedi endlich zurück. Er hatte in den letzten vierundzwanzig Stunden siebzehn Meldungen von Spitälern, Apotheken und Praxen erhalten. Er habe mir die Datei mit den Adressen als verschlüsselte E-Mail geschickt. Ich dankte ihm. Ich würde morgen früh die Spitäler anrufen. Apotheken und Arztpraxen konnte ich frühestens am Montagmorgen erreichen.

Auf dem Nachhauseweg überlegte ich, was ich den Zuständigen in den Spitälern für eine Geschichte erzählen sollte. Zu Hause trank ich ein gutes Glas Rotwein, trotzte den Schatten und schlief rasch ein.

Ich träumte fast genau den gleichen Traum wie schon einmal. Ich befand mich in der Neonatologie, nur war diese viel grösser als unsere, mit Hunderten von Inkubatoren. Josephines Alarm piepte. Ich suchte verzweifelt nach dem richtigen Glaskasten, um sie zu retten, stiess auf die Spur aus weisser Farbe und sah das Blut, das zehn Zentimeter hoch im Brutkasten herumschwappte. Diesmal griff ich aber in den Brutkasten hinein und fand einen kleinen Körper. Ich zog Luz' Plüschhund heraus, getränkt mit Blut. Noch Minuten, nachdem ich erwacht war, gellten Luz' Schreie in meinen Ohren.

17

Sonntag, 14. Oktober, Morgen

Ich erwachte spät und mit dem Gefühl einer tiefen Einsamkeit. Philipp hatte sich nicht ein einziges Mal gemeldet, seit wir uns auf der Porquerolles getrennt hatten. Nicht einmal das Schicksal seiner Garnelen schien ihn noch zu interessieren. Sollte ich die Viecher bei mir behalten? Oder sie zur Adoption freigeben? Ich würde ihm eine kurze E-Mail schicken und fragen, was ich mit den Garnelen machen solle … Und wie es ihm gehe? Und ob er sich auch so einsam fühle? Und ob wir uns wieder einmal sehen könnten, nur so als Freunde? Vielleicht gehe es ja doch, dass wir zusammen wohnen würden … zum Teufel, nein! Sollte er sich doch melden! Sollte er den ersten Schritt tun!

Ich schaute meine E-Mails an. Nichts von Philipp. Ich öffnete die E-Mail von Hans-Ruedi und scrollte durch die Liste mit gemeldeten TB-Fällen, die er mir zugeschickt hatte. Das Ergebnis war enttäuschend. Lediglich zwei Meldungen zu Fällen mit multiresistenter TB von einem Spital in Genf … Wenn ich mehr wissen wollte, würde ich mein Lügenmärchen ins Französische übersetzen müssen. Was sollte ich den Leuten bloss erzählen, damit sie sämtliche Weisungen über Datenschutz und Arztgeheimnis ausser Acht liessen? Eine Studie über Sans-Papiers? Nein, zu sensibel. Eine Studie über TB? Das könnte hinhauen … eine Stichtagserhebung im Auftrag des BAG. Ich würde einfach behaupten, dass sie vor einigen Wochen einen Brief erhalten hätten, unterzeichnet vom Direktor des BAG. Offensichtlich sei das Schreiben nicht an die Verantwortlichen weitergeleitet worden, vielleicht sollten sie ihre internen Kommunikationswege überdenken? Was hiess wohl Stichtagserhebung auf Französisch?

Um mir Mut zu machen, beschloss ich, zunächst zum nächsten Bäcker zu gehen, um Gipfeli zu holen. In der Bäckerei liess sich ein älteres Paar lauthals darüber aus, dass die Morde von

Roma-Banden begangen würden und man seines Lebens nicht mehr sicher sei, bis diese Verbrecher alle eingesperrt seien.

Ich trottete mit einer Tüte, gefüllt mit Gipfeli, Brot und zwei Berlinern, langsam nach Hause. Von den Geschehnissen der letzten Tage war allzu viel unklar, und gleichzeitig hatte ich den Eindruck, dass sich alles zusammenzog, zusammenballte wie eine Gewitterfront. Warum konnte ich die Konturen nicht erkennen? Woher kamen die Kräfte? Wer tötete wen und warum?

Zu Hause hörte ich mein Telefon klingeln und hastete hinein, von dem irrationalen Gedanken angetrieben, Philipp habe meine Sehnsucht gespürt und wolle mit mir sprechen.

Es war Holger. «Meine Ärztin hat mich wegen Erschöpfung für eine Woche krankgeschrieben.»

«Das ist gut. Endlich kannst du dich ein wenig ausruhen.»

«Nun ja ... Ich werde in der Zeit auch einige Besuche im IRZ machen. Kranke Kinder besuchen, einige Gespräche mit den Müttern führen. Ich will herausfinden, wo sich die Sans-Papiers aufhalten. Jemand hat mir einen Tipp gegeben, dem will ich nachgehen.» Seine Stimme tönte gar nicht müde, sondern fiebrig vor Anspannung.

«Hast du nicht schon genug Ärger im Walmont?»

Holger knurrte.

«Was, wenn Schneider erfährt, dass du Hausbesuche machst, während du krankgeschrieben bist und eigentlich im Bett liegen solltest? Das ist Grund für eine fristlose Kündigung.»

«Er wird es nicht erfahren. Ich fühle mich mitschuldig daran, was da passiert ist. Ich will sicher sein, dass die Leute Hilfe erhalten, dass sie ihre Antibiotikabehandlung fortsetzen, nicht wieder krank werden und auch niemanden anstecken.»

«Bitte sei vorsichtig.»

«Weshalb sagst du das?»

«Ich habe kein gutes Gefühl bei dieser Sache, nicht nur wegen Schneider.»

«Was soll das heissen?»

Ich zögerte, dann fuhr ich fort: «Elsa hat mir erzählt, dass sie die drei Opfer des Serienmörders gekannt habe; einer sei

Mitbewohner der ‹Zuflucht› gewesen, die beiden anderen dort ein und aus gegangen. Und ich habe erfahren, dass bei der Obduktion festgestellt wurde, dass zwei der Opfer ebenfalls an multiresistenter TB erkrankt waren.»

Einige Sekunden hörte ich nur sein lautes Atmen, dann explodierte er. «Seit wann weisst du das, Lou? Warum in Gottes Namen hast du mir das nicht schon früher gesagt? Das ist doch wichtig!»

«Etwas mit Elsas Geschichte stimmt nicht. Sie behauptet, jemand wolle alle Bewohner der ‹Zuflucht› umbringen, einfach deshalb, weil es Illegale sind. Ein Fremdenhasser, der –»

«Aber das ist doch extrem wichtig. Wir müssen sie sofort finden und in Sicherheit bringen.»

«Du hörst mir nicht zu, Holger! Die Geschichte kann so nicht stimmen. Die Art, wie der Mörder vorgeht … das passt nicht zu diesem Motiv. Vielleicht handelt es sich um eine Abrechnung zwischen Kriminellen, vielleicht –»

«Vielleicht, vielleicht, vielleicht! Und vielleicht schleicht sich dieser Wahnsinnige in genau diesem Moment an einen der Sans-Papiers heran. Umso mehr Grund habe ich, sie so rasch wie möglich zu finden. Ich kann genauso gut gerade jetzt beginnen.»

«Du musst vorsichtig sein, Holger. Versprich es mir!»

«Keine Sorge. Ich unterhalte mich nur mit ein paar Leuten über ihre Gesundheit. Schliesslich bin ich Arzt.»

«Wo genau willst du sie suchen?»

«In der Nähe des IRZ. Jemand hat gesagt, er habe einen der Sans-Papiers in dem kleinen Lebensmittelladen am Ende der Strasse gesehen. Dem will ich nachgehen.»

Ich gab dieser Suche nicht viel Hoffnung. Aber immerhin war Holger auf diese Weise beschäftigt, hatte keine Zeit zum Grübeln und versackte nicht in irgendeiner Bar.

«Ich glaube, ich komme vorwärts mit meiner Suche. Ich gebe dir Bescheid, wenn ich etwas erfahre.»

«Warte! Ich muss dich noch etwas fragen. Warum hast du eigentlich zu Frau Alakom gesagt, ihre Alpträume könnten eine neurologische Ursache haben?»

«Hat sie dir das erzählt?»

«Ja.»

«Nun gut, dann kann ich wohl darüber sprechen. Es hat damit zu tun, dass diese Träume so intensiv sind ... Lass mich überlegen ... ach ja, sie hat gesagt, sie könne im Traum sogar riechen. Das ist definitiv nicht normal. Das könnte auf einen Hirntumor hinweisen.»

Ich erschrak. «Hast du ihr das bereits mitgeteilt?»

«Natürlich nicht. Ich werde sie nächste Woche für eine Untersuchung anmelden. Sobald wir wissen, was Sache ist, werde ich sie informieren.»

Frau Alakom nahm beim Träumen Gerüche wahr. Ein Hirntumor? Möglich wäre es ... aber bei Gott, hoffentlich nicht.

Und wenn es gar kein Traum war?

Ich spürte, wie sich mein Atem beschleunigte, während ich fieberhaft überlegte, was das bedeuten würde. Ein Puzzleteilchen, ein entscheidendes vielleicht?

Ich versuchte, Frau Alakom auf ihrem Handy zu erreichen. Die automatische Ansage schaltete sich ein, der Empfänger sei nicht zu erreichen. Hastig suchte ich die Nummer des IRZ heraus. Man richtete mir aus, Frau Alakom und ihre Tochter seien auf einem Spaziergang.

Meine Gedanken drehten sich wie ein Hamster im Laufrad. Diese Geschichte glich einer mathematischen Gleichung mit viel zu vielen Unbekannten. Und dennoch ... all das passte irgendwie zusammen: diese schreckliche Mordserie, die TB-Kranken in der sogenannten Zuflucht, Frau Alakoms Alpträume, die Flucht der TB-Kranken aus dem Inselspital, Holger auf seiner heiligen Mission und Elsa, die plötzlich abgetaucht war ...

Ich versuchte wieder, Frau Alakom auf ihrem Handy zu erreichen. «Zurzeit ist der Empfänger ...»

Verdammt, verdammt!

Eine ewige Viertelstunde später versuchte ich es nochmals direkt beim IRZ und hatte Glück. Frau Alakom war zurück, und ich konnte sie sprechen.

«Was ist los? Was ist so dringend?», fragte sie mit Angst in der Stimme.

«Ich muss Sie etwas Merkwürdiges fragen, aber es ist wichtig. Ich glaube jedenfalls, dass es wichtig ist.»

«Ja?»

«Was riechen Sie in Ihrem Alptraum?»

Einen Moment sagte sie gar nichts. Dann: «Es ist nicht jedes Mal so, dass ich die Gestalt riechen kann. Nicht jeder Traum ist genau gleich, das habe ich Ihnen ja gesagt. Aber manchmal, wenn der Traum so intensiv ist, ja, dann … kann ich ihn riechen. Meinen Sie, das könnte ein Zeichen dafür sein, dass ich psychotisch bin?»

«*Was* riechen Sie? Bitte sagen Sie es mir.»

«Nun …»

Ich hörte nur ihren Atem, rasch, gepresst, dann einen lauten Knall. Sie hatte den Telefonhörer auf den Tisch fallen lassen.

«Frau Alakom! Hallo! Melden Sie sich.»

Die nächsten Worte flüsterte sie so leise, dass ich sie kaum verstehen konnte, und dann hängte sie auf. Frau Alakom war eine intelligente Frau, sie hatte in dem Moment das Ungeheuerliche begriffen, als ich meine Frage gestellt hatte.

Die Schattengestalt … sie stank nach frischer Farbe.

Ich rannte auf die Toilette, musste aber nur würgen. Kalter Schweiss stand mir auf der Stirn, ich fühlte mich hundeelend. Etwas später schleppte ich mich aufs Sofa und versuchte nachzudenken. Der Mörder war also in den Nächten im IRZ unterwegs gewesen. Warum? Was wollte er dort? Warum besuchte er Frau Alakom, ohne ihr aber etwas anzutun?

Irgendwann musste ich eingenickt sein. Ich erwachte einige Stunden später, verschwitzt und vollkommen desorientiert.

Es war bereits halb sechs Uhr. Hunger hatte ich keinen, ich zwang mich aber trotzdem, etwas heisse Bouillon und Brot zu essen. Dazu hörte ich mir eine meiner liebsten Aufnahmen mit Pau Casals an: die Cellosuite Nr. 6 D-Dur von Bach. Nie vermisste ich Philipp so sehr wie beim Essen. Was er jetzt wohl gerade machte? Sass er ebenfalls alleine an einem Tisch? Ich drehte die Anlage noch etwas lauter und wartete auf diesen Moment, wo das Cello um die leere E-Saite herumzutanzen scheint, da hörte ich ein unangenehm fiependes Geräusch. Mein Handy. Ich sprang auf. Wo hatte ich es nur wieder hingelegt? Ich suchte fieberhaft, bis ich das blöde Ding unter einer Zeitung fand, und drückte auf den Knopf zur Annahme des Gesprächs. Ich meldete mich, aber da war nichts als ein Rauschen.

«Hallo?»

Keine Antwort. Ich hörte leisen Strassenlärm, ein Rauschen, und etwas oder jemand stöhnte laut. Die Nummer des Anrufers war mir nicht bekannt.

«Hallo?», wiederholte ich, aber wieder kam keine Antwort.

Ich hatte das Gefühl, dass etwas nicht stimmte, hastete zur Anlage und drehte die Musik ab. Ich meldete mich nochmals mit lauter Stimme, aber noch immer antwortete der Anrufer nicht. Ich lauschte angestrengt.

Weit entfernt hörte ich den Lärm von Autos, Gas geben, stopp, anfahren, kuppeln, wieder Gas geben, da musste ein Stoppsignal sein, das Bellen eines Hundes, dann laut und deutlich der Ruf eines Raubvogels, der sich in Abständen von etwa zehn Sekunden wiederholte. Der Ruf, eine Art «gluui» kam mir bekannt vor, ich hatte ihn vor langer Zeit schon mal gehört. Ein Bussard? Nein … eine Eule? Und dann: ein Keuchen und Stöhnen. War das jemand, der starke Schmerzen hatte?

«Hallo? Wer ist da? Ist etwas passiert? Bitte sprechen Sie doch.»

Wollte mich einer meiner Kollegen von der «Ala» verarschen? Aber nein, sie nahmen alles, was mit Vögeln zu tun hatte, so ernst wie ein fundamentalistischer Christ die Heilige Schrift. Da war kein Platz für Spässe.

Wieder dieses Keuchen – und plötzlich hatte ich genug. Das war doch sicher ein Perverser, der sich gerade einen runterholte. Ich unterbrach die Verbindung.

Eine halbe Stunde später rief mich Irina an, völlig aufgelöst. Ob Holger vielleicht bei mir sei, wollte sie wissen. Nur schon die Tatsache, dass sie mir diese Frage stellte, zeigte, wie fertig sie mit den Nerven sein musste. Die ach so stolze und eifersüchtige Irina, die mich seit mehr als drei Jahren heftigst ignorierte.

«Was ist passiert?», fragte ich sie.

Sie sprach rasend schnell, die Worte stolperten und überholten sich gegenseitig.

«Langsam, Irina», bat ich sie und versuchte, selbst ruhig zu bleiben, während meine Kehle eng und trocken wurde.

Sie holte tief Luft und erzählte nochmals von vorne.

Holger hatte um fünf Uhr zu einer Theateraufführung seiner jüngsten Tochter kommen wollen. Er war nicht gekommen, er hatte sich nicht gemeldet und auch sein Handy nicht abgenommen, obwohl Irina ihn in der Zwischenzeit mindestens zwanzig Mal angeklingelt hatte. Um zwei Uhr nachmittags habe er das IRZ verlassen, und seither hatte ihn niemand mehr gesehen.

Holger war verschwunden.

Siedend heiss fiel mir der Anruf von vorhin wieder ein. Und mir wurde bewusst, was mich schon vorher irritiert hatte. Woher sollte jemand völlig Fremdes meine Handynummer kennen? Ich hatte sie nur ganz wenigen Personen mitgeteilt. Einer davon war Holger.

«Hat Holger vielleicht eine neue Handynummer?»

Einige Sekunden blieb es still, dann antwortete Irina hörbar irritiert: «Warum weisst du das? Und überhaupt, weshalb hat Holger dir seine private Handynummer gegeben? Ihr seht euch doch schon jeden Tag im Walmont.»

«Das ist doch jetzt völlig egal. Sag mir seine neue Nummer!»

«Warum sollte ich?»

«Vor einer halben Stunde hat mich jemand angerufen, aber kein Wort gesagt. Die Nummer war mir unbekannt.»

Wie ich befürchtet hatte, stimmten die Ziffern überein.

«Hast du die Polizei schon informiert?», fragte ich.

«Steht es so schlimm?», fragte sie kaum hörbar.

«Ich weiss nicht, was passiert ist, aber ich habe kein gutes Gefühl bei dieser Sache.»

Irina schluchzte auf.

«Reiss dich zusammen, Irina! Ruf die Polizei an. Ich versuche herauszufinden, wo er sein könnte. Ich melde mich wieder.»

Ich wählte Holgers neue Handynummer und liess es lange klingeln. Er nahm nicht ab. Es musste ihm etwas zugestossen sein. Er hatte versucht, mich anzurufen, vielleicht hatte er auch nur per Zufall meine gespeicherte Nummer erwischt, aber er hatte Hilfe holen wollen. Und nicht sprechen können. War er entführt worden? Wo hatten sie ihn hingebracht? Die Hintergrundgeräusche aus Holgers Handy ... wo konnte das sein? Ich zwang mich zur Ruhe, setzte mich an meinen Tisch und dachte nach. Ich hatte deutlich den Ruf eines Raubvogels gehört, vielleicht eine Eule? Es gab aber keine frei lebenden Eulen in Bern und Umgebung. War Holger vielleicht in der Nähe des Tierparks Dählhölzli? Und wenn es einfach ein Bussard war? Oder ein Milan? Wo sollte ich nur suchen?

Ich spürte eine heftige Angst. Ich wusste in diesem Moment mit absoluter Sicherheit, dass Holger in höchster Gefahr war. Mit zitternden Fingern suchte ich die Karte von Bern und Umgebung heraus. Ein Wald oder vielleicht auch nur ein kleines Wäldchen irgendwo in Bern oder in der Agglomeration ... Vielleicht ein Park mit alten Bäumen? Dazu eine Stoppstrasse.

Beim IRZ selbst hatte es keine Bäume und auch sonst nichts, das als Habitat für Raubvögel dienen konnte. Ein paar hundert Meter entfernt begann der Bremgartenwald. Lag Holger vielleicht im Bremer? Aber wo sollte diese Stoppstrasse sein, die ich gehört hatte? Oder hatte ich mich bei dem Geräusch etwa getäuscht? Und was war mit der Eule? Das gab es einfach nicht hier.

Nein, nein, nein, ich drehte mich im Kreis.

Ich realisierte, dass ich halblaut vor mich hin sprach. Egal. Mein Handy fiepte. Ich packte es so rasch, dass es mir aus den Händen glitt und unter das Sofa rutschte. Ich hechtete hinterher und knallte schmerzhaft auf meinen rechten Hüftknochen.

Da! Ich hatte es. Vorsichtig, du Trottel!

Immer noch auf dem Bauch liegend drückte ich auf Annahme. Niemand meldete sich, aber da war wieder dieses leise Verkehrsrauschen im Hintergrund. War das die Autobahn?

«Holger! Holger, bitte sag mir, was los ist. Und wo du bist?»

Ein angestrengtes Keuchen und dann leise: «Lou, ich habe sie gesehen.»

Holger! Er lebt!

«Wo bist du, Holger? Ich will dir helfen, bitte sag mir, wo du bist.»

«Ich habe sie gesehen –»

Im Hintergrund hörte ich Hundegebell, mehrere Hunde, die Holgers Stimme übertönten. Ein Bauernhof mit Hunden? Die Hunde verstummten, und ich hörte wieder leises Verkehrsrauschen. Das könnte eine Autobahn sein. Da! Der Ruf des Vogels. Eindeutig ein «gluui» – «gluui» – «gluui» und dazwischen jeweils etwa acht bis zehn Sekunden. Wo hatte ich diesen Ruf schon mal gehört?

«Weisst du, wo du bist?», fragte ich Holger so ruhig wie möglich.

Ich hörte sein angestrengtes Keuchen.

«Bitte sag mir, was du siehst. Hat es Bäume? Bist du draussen? Oder in einem Gebäude? Bitte, Holger, streng dich an.»

«Bäume. Schatten und Licht. Ich habe das Kreuz gesehen, Lou. Jetzt muss ich sterben.»

«Nein, nein. Holger, verdammt noch mal, streng dich an und sag mir, wo du bist», schrie ich meinen Freund an.

Ein lautes Ächzen, und die Verbindung war unterbrochen. Ich spürte Tränen in den Augen und nahm einen tiefen Atemzug.

Streng dich an, Lou, streng dich an!

Er war irgendwo draussen, und es hatte Bäume. Schatten und Licht. Er hatte das Kreuz gesehen. Holger hatte nach den verschwundenen Flüchtlingen gesucht und das Kreuz gefunden. Das Kreuzzeichen des Mörders? Bäume, Licht und Schatten gab es überall, im Wald, auf einer Wiese, einem Park, im Wald …

Hör auf, Lou! Ruhig.

Ich ballte meine Fäuste und atmete ein paarmal bewusst langsam und tief.

Mehr Informationen. Ich benötigte dringend mehr Informationen. Ich musste nochmals mit Elsa sprechen, sie wusste mehr, als sie mir gesagt hatte, da war ich sicher.

Weit war sie wohl nicht gekommen. Sie hatte sich in der Nähe einen sicheren Unterschlupf gesucht, so wie bei mir. Es gab nicht viele Leute, zu denen sie konnte. Eine davon war Helga. Ich versuchte es.

«Elsa? Ich weiss nur, dass sie an einem sicheren Ort ist», flachste Helga fröhlich.

«Sag mir, wo! Holger ist verschwunden, und ich glaube, er ist schwer verletzt!»

Helga schaltete sofort. «Sie wohnt jetzt bei mir. Wir haben sie im ‹Tourbillon› zum Essen eingeladen. Wir sitzen hinten im Säli.»

«Halt sie fest. In zehn Minuten bin ich da.»

18

Sonntag, 14. Oktober, Abend

Ausser Atem und mit weichen Knien von der Velofahrt stolperte ich gegen halb sieben Uhr ins Bistro Tourbillon, das nur wenige Meter von Helgas und Pauls Wohnung entfernt am Falkenplatz gelegen war. Im Säli entdeckte ich sofort den Tisch mit Helga und Paul. Drei Gedecke, aber nur zwei Personen.

«Sie ist vor ein paar Minuten auf die Toilette gegangen», sagte Helga und bestürmte mich mit Fragen, während ich nach Luft rang.

Ich liess mich nach Luft schnappend auf einen freien Stuhl fallen, und Paul schenkte mir ein Glas Weisswein ein.

«Trink, Lou. Ich glaube, du kannst es brauchen.»

Ich schüttelte den Kopf, schnappte mir sein Wasserglas und leerte es in einem Zug.

«Was ist denn mit dir los?»

«Helga soll es dir erklären. Wie lange ist Elsa schon weg?»

«Erst ein, zwei Minuten», sagte Helga.

«Ich gehe mal nachschauen», sagte ich voller Unruhe.

Die Frauentoilette im ersten UG war leer. Nirgends ein Zeichen von Elsa. Ich rannte wieder hoch. Zu Paul und Helga war sie ebenfalls nicht zurückgekehrt. Ich drängelte mich durch das voll besetzte Restaurant in Richtung Ausgang. Da war sie! Und sie war eben im Begriff, das Haus zu verlassen. Ich hangelte mich so schnell es ging zwischen den eng gestellten Tischen hindurch und lief los. Präzise in diesem Moment schoss von rechts der Kellner aus der Küche, direkt vor meine Füsse. Ich krachte mit ungebremstem Schwung voll in ihn hinein. Ich hörte einen zornigen Schrei, während wir beide auf dem Boden landeten, über und über bekleckert mit Kartoffelstock, Fleisch und Soße. Mühselig erhob ich mich und rannte auf die Strasse hinaus, während hinter mir das Protestgeschrei immer lauter wurde.

Knapp zwanzig Meter weiter hatte ich sie endlich erreicht. Ich packte sie am Arm und hielt sie fest, konnte aber nichts sagen, da ich völlig ausser Atem war. Elsa fuhr herum, schaute mich an und schrie. Ein langer hoher schrecklich lauter Schrei.

Ihre Augen waren weit aufgerissen, und sie war offensichtlich ausser sich vor Angst.

Endlich begriff ich.

«Soße! Das ist nur Soße, kein Blut!», schrie ich, als ich wieder Luft hatte.

Es wirkte. Mit weit offenem Mund, aber immerhin verstummt schaute sie mich verblüfft an. Es kam wieder Leben in ihren Körper, sie wollte sich losreissen.

«Ich lasse dich nicht gehen, Elsa. Rede mit mir!»

«Ich habe nichts zu sagen. Du darfst mich nicht festhalten.»

«Du musst mir helfen, Elsa, bitte! Es geht um Holger.»

«Lass mich in Ruhe! Das geht mich nichts an, ich will hier nur weg, alles andere interessiert mich nicht.»

Ich schüttelte sie am Arm und schrie: «Hast du nicht gehört? Es geht um Holger. Er ist verschwunden!»

Ein Passant sagte, ich solle mich beruhigen, oder er hole die Polizei.

«Es ist alles in Ordnung», sagte ich und versuchte zu lächeln. Er beobachtete uns argwöhnisch, ging aber weiter.

«Holger Grimm? Was soll das heissen?», fragte Elsa.

«Hör mir zu, Elsa. Wir haben keine Zeit für lange Erklärungen. Holger ist schwer verletzt und liegt irgendwo ganz alleine –» Ich konnte nicht weitersprechen.

«Was ist passiert? Ein Unfall?»

«Er hat mich angerufen, konnte aber nicht richtig sprechen. Er sagt, er habe das weisse Kreuz gesehen, die Gestalt aus Licht und Schatten. Ich fürchte, der Mörder hat ihn angegriffen und schwer verletzt. Aber er lebt, und ich muss ihn finden. Rasch! Bitte sag mir, was du weisst.»

Elsa wich einige Schritte zurück. Die nächsten Worte flüsterte sie: «Ich habe keine Ahnung, wo Holger sein könnte, Louisa.» Sie begann heftig zu weinen.

Ich schüttelte sie grob. «Hör auf, hör sofort auf damit.»
«Es ist Gottes Strafe», brachte sie schliesslich heraus.
«Strafe? Wofür Strafe?»
«Es ist wegen Thomas.»
«Welcher Thomas? Ich kenne keinen Thomas.»
«Rebeccas kleiner Enkelsohn. Wir haben den Kleinen sterben lassen. Alle haben gewusst, dass er schwer krank war, und niemand hat etwas unternommen.»
«Rebecca? Die alte Frau aus der ‹Zuflucht›?»
Elsa nickte ungeduldig.
«Sie hatte einen Enkelsohn?»
Sie nickte wieder.
«Und der war hier mit ihr in der Schweiz?»
«Ja. Thomas war der einzige Angehörige, den Rebecca noch hatte, alle anderen wurden bei einem Massaker getötet. Sie wollte wenigstens ihn retten und hat diesen schrecklichen Weg und all die Gefahren auf sich genommen, um nach Europa zu gelangen. Und dann hat der Kleine sich hier in der reichen Schweiz mit TB angesteckt und ist gestorben. Er war erst drei Jahre alt!»
«Niemand hat bisher dieses Kind erwähnt.»
«Ich weiss nicht einmal, wo sie ihn begraben haben. Das ist Gottes Strafe», jammerte Elsa.
«Das war doch nicht deine Schuld, Elsa. Du konntest doch nichts dafür.»
«Mach das nicht, Louisa!», fuhr sie mich wütend an. Sie straffte sich und wischte sich die Tränen aus den Augen.
«Was?»
«Nimm mir nicht meine Schuld! Ich bin verantwortlich, genau wie alle anderen, die in dem Haus waren. Solange ich lebe, habe ich die Möglichkeit, mich zu entscheiden, zu handeln. Diese Freiheit kann mir niemand nehmen. Weder du noch Tieri noch die Polizei. Ich bin kein guter Mensch, aber ich habe versucht, anderen zu helfen, wenn ich konnte. Aber in diesem Haus – wir haben alle gewusst, dass der Kleine sterben wird, und wir haben alle weggeschaut. Am Schluss habe ich stundenlang laut Musik gehört, um sein Husten nicht mehr hören zu müssen.»

Auch Tieri und Simonetti hatten den Kleinen sterben sehen und nichts unternommen, dachte ich voller Hass.

«Seine Grossmutter war für ihn verantwortlich, nicht du.»

«Rebecca war damals bereits nicht mehr klar im Kopf. Das haben wir alle gewusst. Sie hat zu viel gesehen und erlebt. Und jetzt straft Gott uns für unsere Tat.»

«Das ist definitiv nicht Gott, der da mit einem riesigen Messer und einem Topf frischer Farbe in Bern herumschleicht.»

Es war, als habe Elsa mich gar nicht gehört.

«Dieses verfluchte Haus … Jeder hat nur für sich selbst geschaut. Wer die Chance hatte, die anderen auszunutzen, hat es gemacht. Wir haben uns gegenseitig fertiggemacht, anstatt uns zu helfen.»

«Hilf mir jetzt, Elsa! Was hast du mir noch nicht gesagt?»

«Ich weiss nicht, wo Holger ist, wirklich nicht. Aber die weisse Farbe –»

«Was ist damit, schnell!»

Sie liess sich auf eine steinerne Treppenstufe fallen, dachte kurz nach. Ich setzte mich dicht neben sie.

«Es ist nur eine Geschichte. Ich weiss nicht einmal mehr, wie die Frau hiess, die sie erzählt hat. Ich glaube, sie stammte aus Kamerun. Ihr Grossvater war einer dieser Geschichtenerzähler, seinen Namen habe ich leider auch vergessen …»

«Bitte Elsa, mach vorwärts.»

«Ja, ja, ich versuch's ja. Also, der Grossvater war ein Geschichtenerzähler. Er hat nicht nur erfundene, sondern auch wahre Geschichten erzählt, zum Beispiel die Geschichte ihres Dorfes. Also, er hat seiner Enkelin, als sie noch ein kleines Mädchen war, eine wahre Geschichte erzählt, die sie nie mehr vergessen hat. In den alten Zeiten haben sie geglaubt, die weissen Männer, die in ihr Land kamen, seien Teufel. Deshalb haben sie – also, wenn jemand aus ihrem Dorf etwas Böses getan hat, wurde er zur Strafe mit weisser Farbe angemalt.» Ich zog scharf die Luft ein, und Elsa verstummte.

«Erzähl weiter, Elsa, bitte!», drängte ich.

«Die weisse Farbe war das Zeichen, dass er ein böser Mensch, ein Teufel, ist. Der Übeltäter musste zur Busse einige Tage so herumlaufen. Dann wurde ihm vergeben. Die Frau hat gesagt …» Elsa warf mir einen schnellen Blick zu und fuhr fort: «… sie hat gesagt, dass es deshalb für sie sehr merkwürdig war, als sie nach Europa kam und nur noch von weissen Menschen umgeben war. Und als ich bei dir zu Hause das Bild von diesem Clown sah, sein weiss angemaltes Gesicht …» Sie verstummte.

Ich atmete hastig und versuchte die aufkommende Übelkeit zu ignorieren. «Wer ausser dir kannte diese Geschichte?», fragte ich.

Elsa zuckte mit den Achseln. «Mehr oder weniger alle, die damals im IRZ waren. Die Frau hat die Geschichte immer wieder erzählt. Wir Schwarzen haben uns natürlich darüber amüsiert.»

«Vielleicht benutzt jemand diese Geschichte. Jemand, der Leute aus dem Weg räumen will, die ihm gefährlich werden könnten.»

«Meinst du Tieri? Das kann ich mir nicht vorstellen, unmöglich!»

«Vielleicht kam es zu einem Konflikt zwischen Tieri und den anderen Männern. Sie wollten mehr vom Kuchen haben und haben ihn erpresst oder so. Das eine Opfer, der Georgier, hatte immerhin Kontakt zu einer italienischen Mafiaorganisation.»

«Tieri als Mörder kann ich mir nicht vorstellen. Nein, Louisa. Glaub mir: Es hat mit Thomas zu tun. Es war böse, was wir getan haben. Wir haben den Kleinen seinem Schicksal überlassen. Und deshalb werden wir jetzt alle getötet werden.»

«Rebecca ist alt und krank, Elsa. Und wer sonst – das hilft mir alles rein gar nichts, um Holger zu finden, verdammte Scheisse.»

«Du solltest beten, nicht fluchen, Louisa.»

«Ich muss zum IRZ. Irgendwo dort muss er sein», behauptete ich mit mehr Verzweiflung als Überzeugung.

Mehr an Anhaltspunkten hatte ich nicht, und etwas musste ich tun. Rasch! Ich rief Irina an und berichtete ihr, dass ich Holger in der Nähe des IRZ vermutete. Sie solle die Polizei dorthin schicken. Mit Suchhunden.

«Wie soll ich denn das machen? Ich kann das doch nicht einfach befehlen.»

«Mach es einfach», befahl ich ungeduldig und beendete das Gespräch.

Dass Holger noch lebte, stellte ich ausser Frage. Er musste einfach noch am Leben sein. Das war er mir schuldig.

«Geh zurück zu Helga. Sie soll dir helfen», sagte ich zu der erneut weinenden Elsa.

Ich packte mein Velo und fuhr so rasch es ging in Richtung Güterbahnhof.

***

Als ich beim IRZ ankam, war die Polizei schon vor Ort. Irina hatte es geschafft. Das Zentrum war hell beleuchtet, und davor hatten zwei Einsatzwagen parkiert. Das ging ja schnell!

Die Bewohner des Zentrums standen in kleinen Gruppen draussen vor der Tür. Ich erkannte einige bekannte Gesichter, darunter eine junge schwarze Frau mit Kleinkind.

Da waren ja auch die vier Lis. Was machten die hier beim IRZ? Aber darum konnte ich mich jetzt nicht kümmern.

Irina unterhielt sich mit einem der Polizisten. Sie sah wütend aus, verwarf ihre Hände, wandte sich ab und stapfte in meine Richtung. Als sie nur noch wenige Schritte von mir entfernt war, bückte sie sich gewandt und hob einen faustgrossen Stein auf, der am Strassenrand gelegen hatte.

«Wenn Holger heute Nacht sterben sollte, werde ich dich eigenhändig erschlagen», sagte sie.

Ich glaubte ihr aufs Wort.

«Er ist tausendmal mehr wert als du.»

Ich nickte bestätigend, aber sie nahm es gar nicht wahr.

«Das ging ja schnell mit der Polizei. Ich hätte nicht gedacht, dass sie so viele Beamte schicken würden», sagte ich.

«Die sind gar nicht wegen Holger hier», sagte Irina mit harter flacher Stimme.

«Was?»

Mit dem grossen Stein in ihrer Hand, den völlig verstrubbelten Haaren, kreideweissem Gesicht und Augen, die nichts als schwarze Schlitze waren, wirkte sie verschroben und gefährlich zugleich. «Ein Mitarbeiter des Zentrums wurde heute Abend gefunden. Ermordet, irgendwo in der Nähe des Zentrums. Mehr wollten sie mir nicht sagen.»

Ich fühlte, wie mir schwindlig wurde, und versuchte, ruhig zu atmen. «Ein Mitarbeiter? Wer?»

Irina schüttelte nur den Kopf. Mit wenigen Schritten war ich bei der Gruppe der Flüchtlinge, packte irgendeinen Arm und zog daran. Er gehörte zu einem der chinesischen Quacksalber.

«Who? Who was murdered?», fragte ich.

«It is Tieri. He is dead», antwortete er.

Ein junger Mann, den ich noch nie gesehen hatte, flüsterte mir mit zitternder Stimme zu: «Es war der Serienmörder. Ich habe die Leiche gesehen, es war der Mörder von Bümpliz.»

Ich fühlte, dass ich innerlich ebenfalls zu zittern begann.

«Wer ist Tieri? Wer ist das?», fragte Irina mit viel zu lauter Stimme. Es hörte sich an, als ob sie nächstens zu schreien beginnen würde.

Ich gab keine Antwort. Nun war also auch Tieri tot. Damit fiel er als Mörder weg. Und gleichzeitig konzentrierte sich nun das ganze Geschehen auf das IRZ und die «Zuflucht».

«Der Polizist meinte, es gebe keinen Grund, Holgers Verschwinden mit diesem Delikt in Verbindung zu bringen», sagte Irina. «Ich solle mir keine Sorgen machen. Mein Mann sei morgen sicher wohlbehalten wieder zu Hause.»

«Heisst das, sie unternehmen gar nichts, um Holger zu finden? Hast du ihnen gesagt, dass er wahrscheinlich verletzt ist?»

«Sie haben mein Handy behalten. Wenn er nochmals anruft, können sie ihn orten. Das ist das Einzige, was sie machen können, haben sie gesagt. Ich solle mich morgen wieder melden, falls er immer noch nicht aufgetaucht sei, haben sie gesagt. Und jetzt von hier verschwinden», fuhr Irina wütend fort.

Einen Moment begegneten sich unsere Augen.

«So lange können wir nicht warten», sagte ich.

«Also los. Gehen wir ihn suchen.»

«Ich weiss nicht genau, wo er ist.»

Irina packte mich am Arm und quetschte ihn schmerzhaft zusammen. «Nein! Das will ich nicht hören. Wir werden ihn finden. Los, geh voran.»

Ich riss mich los und nickte. Sie hatte recht, wir mussten es einfach versuchen.

Der nächstgelegene Ort mit Bäumen, ein kleines Wäldchen, lag nach meiner Erinnerung etwa zweihundert Meter entfernt in Richtung Norden durch das ans IRZ angrenzende Industriegelände. Wir liefen los, bogen links ab und kamen abrupt zum Stillstand. Unser Weg war blockiert durch grellgelb reflektierendes Absperrband der Polizei, welches zwischen zwei Bürogebäuden links und rechts der Strasse aufgespannt worden war.

«Das ist sicher wegen dem Mordfall», sagte Irina und kroch ohne zu zögern unter der Absperrung durch.

Ich schaute mich um – nirgends eine Menschenseele – und folgte ihr. Wir rannten die lange Häuserflucht entlang. Unsere Schritte hallten viel zu laut. Nachdem wir noch einmal abgebogen waren, sahen wir weit vor uns hohe, dunkle Schatten: die Bäume. Zwanzig Meter vor uns war ein weiteres Absperrband angebracht. Wir hatten das Ende der gesperrten Zone beinahe erreicht. Und genau in diesem Moment wurde die Polizei auf uns aufmerksam.

«Sofort zurück! He, Sie dort. Kommen Sie sofort dort raus. Das ist ein Tatort», schrie eine wütende Frauenstimme.

«Schnell weiter», keuchte Irina, und wir rannten auf die nahe stehenden Nadelbäume zu, die schwarz vor uns aufragten.

«Stehen bleiben! Bleiben Sie sofort stehen!»

Wir hörten Getrampel von Schritten, dann leuchteten zwei starke Taschenlampen auf und tauchten die Bäume rechts und links von uns in grelles Licht. Wieder schrie jemand, wir sollten sofort stehen bleiben. Diesmal ein Mann. Es tönte furchtbar wütend. Wir rannten rasch weiter, erreichten dunklen dichten Wald und versteckten uns beide hinter dicken Baumstämmen.

Ich kauerte mich auf den Boden, den Rücken an den groben Stamm gelehnt. Mein Herz raste. Rings um mich war dunkle Nacht, und eine Horde Leute versuchte, mich zu finden und zu packen. Ich war mitten in einem kindlichen Alptraum. Die Taschenlampen strichen über eine Baumgruppe links von uns.

«Hier spricht die Polizei.» Sie hatten ein Megafon dabei. «Kommen Sie sofort mit erhobenen Armen langsam aus dem Wald, oder wir sind gezwungen, von unseren Waffen Gebrauch zu machen. Haben Sie das verstanden? Wir geben Ihnen genau eine Minute Zeit. Ab jetzt!»

«Das dürfen sie nicht, das dürfen sie nicht, das ist gegen die Menschenrechte», zischte mir Irina ins Ohr.

«Die sind höllisch nervös. Vielleicht ballern sie uns einfach ab, weil sie Angst haben. Immerhin ist hier irgendwo ein Mörder unterwegs.»

«Wir müssen weiter, wir dürfen uns nicht verhaften lassen.»

«Irina, warte.»

Aber sie war schon weitergerannt, und zwar mitten durch ein laut raschelndes Dickicht.

«Dort! Dort ist er.»

Und schon liefen zwei massige Gestalten so nahe an mir vorbei, dass ich sie fast hätte berühren können. Starke Lampen wurden auf das Dickicht gerichtet, strichen über Dornenhecken und Bäume. Ich versteckte mein Gesicht in meinen Händen und hielt meinen Atem an.

Wenn ich sie nicht sehen kann, können sie mich auch nicht sehen.

Das hatte ich damals als Vierjährige geglaubt und glaubte es offensichtlich auch heute noch.

Ich hörte lautes Schreien, Kampfgeräusche, den Schmerzensschrei eines Mannes, und etwas später wurde eine lauthals protestierende Irina wenige Meter von mir entfernt aus dem Wald gezerrt.

Ich stellte mich tot. Langsam wurde ich steif vor Kälte, aber ich musste warten. Als die Geräusche leiser wurden, hob ich vorsichtig meinen Kopf. Keine Schatten, die sich bewegten.

Keine Geräusche in meiner Nähe. Ich war allein. Ich zählte auf fünfhundert und versuchte meinen Atem zu beruhigen. Es schien, als ob wirklich niemand mehr hier war. Ich erhob mich leise und schlich langsam ein paar Meter weiter. Nichts passierte. Ich war ganz alleine. Ich musste weiter. Wenn ich nur nicht so Angst hätte.

Ich drückte mich an den Stamm eines alten Laubbaums und grub meine Finger in die tief gefurchte Rinde.

Ich musste Holger finden, ohne dass die Polizei mich erwischte. An den anderen, den Mörder, durfte ich gar nicht erst denken. Das kleine Wäldchen schien nun in der Dunkelheit riesig und undurchdringlich.

Ich lauschte. Kein Ruf eines Raubvogels, kein Hundegebell, keines der Geräusche, die ich von Holgers Anrufen in Erinnerung hatte. Ich musste weiter. Ich durchstreifte den dicht bewachsenen Wald und versuchte, möglichst leise zu sein. Immer wieder blieb ich stehen und lauschte.

Mit einmal stand ich wieder im offenen Gelände. Vor mir lag eine seit Jahrzehnten stillgelegte Zuglinie. Das Trassee war hoch bewachsen mit Pionierpflanzen. Diesen Ort kannte ich doch. Das war das berühmte Eidechsenhabitat, das die Brachländer so liebten. Vor zwei Jahren hatten sie hier eine Eidechsenart gefunden, die man in der Schweiz für ausgestorben erklärt hatte. Und das mitten zwischen Müllhalden, Verkehrsachsen und Industriezone. Das war genau nach dem Geschmack der Brachländer. Hinter den Geleisen erhoben sich Kiesberge und verschiedene Schrottsammlungen. Und dahinter war nochmals ein Waldstück. Vielleicht war Holger auf der anderen Seite. Ich rannte ungeschickt über die groben und scharfkantigen Schottersteine des Eidechsenhabitats, danach folgte ich einer kleinen Weide, auf der ein wunderlicher Alter auf wenigen Quadratmetern eine winzige Herde Schafe hielt, und überquerte das Trassee. Meine rechte Hand streifte Dornen und Brennnesseln, aber ich spürte es kaum. Ich keuchte vor Anstrengung, als ich am Rand eines Kiesbergs entlangkletterte, unter meinen Füssen lockeres Geröll, das mich immer wieder nach unten rutschen liess. Endlich hatte ich es geschafft. Da war der Wald. Ich rannte weiter in die Dunkelheit dichter Tannenbäume. Nach etwa hundert Metern blieb ich stehen, lauschte lange, aber hörte nichts ausser meinem heftigen Atem. Holger war nicht hier. Das war der falsche Ort. Und in der Zwischenzeit wurde es rasant schnell dunkel. Ich schluchzte vor Enttäuschung laut auf.

Weit entfernt hörte ich das Bellen von Hunden. Waren das die Hunde, die ich hörte, als Holger anrief? Oder hatte die Polizei Hunde aufgetrieben, um mich zu suchen? Oder den Mörder von Tieri? Was, wenn sie mich für den Mörder hielten? Und was, wenn ich den Mörder fand? Oder er mich? Ich wusste nicht mehr weiter, völlig starr vor Angst.

Ich liess mich auf die feuchtkalte Erde sinken und schloss meine Augen. Ich weinte laut. Es war egal.

Und dann hörte ich es … leise, aber deutlich …

«Gluui» – «Gluui» – «Gluui».

Endlich war auch die Erinnerung wieder da … an die träge Wärme der Sommernachmittage im Elsass, den lichten Wald voller dorniger Beerensträucher, an die Rufe der Käuzchen und die riesige Freude, wenn wir nach einer endlosen Suche eine dieser kleinen Eulen gefunden hatten.

Ein Kauz! Ein Steinkauz! Ganz eindeutig.

Was wusste ich über Steinkäuze? Sie lebten im Gegensatz zu den grossen Eulen nicht im Wald. Sie sind Bodenjäger, ernähren sich hier in der Schweiz vor allem von Würmern. Sie lieben extensiv bewirtschaftete Flächen, kleinparzellige Weiden, hocken mit Vorliebe gerne auf Zäunen und Pfosten …

Die Schafweide!

Wenige Minuten später rannte ich hastig dem Zaun entlang, der um die Schafweide führte. Mit laut keckerndem Geschimpfe flog eine kleine dunkle Gestalt vom Zaun auf. Ich hatte den Steinkauz gefunden, aber wo war Holger?

Und endlich, endlich wusste ich, wie ich ihn lokalisieren konnte. Ich wählte seine Nummer. Nach einigen Sekunden hörte ich das Quaken von Grasfröschen. Ich schloss meine Augen. Es kam von rechts. Ich erkannte dunkle hohe Schatten, Bäume. Ich rannte los.

Als ich Holger schliesslich fand, war es beinahe zu spät.

Er lag auf dem Rücken, die Augen geschlossen, sein Gesicht voller Blut. Ich liess mich neben meinem Freund auf den Boden fallen und landete in einer Lache weisser Farbe. Mein Magen revoltierte.

Ich zwang mich zur Ruhe und untersuchte behutsam seine Verletzungen. Er hatte eine tiefe Messerwunde an seinem rechten Bein und einige weniger tiefe Schnitte an beiden Armen. Die Wunden bluteten nicht mehr, aber ich befürchtete, dass das kein gutes Zeichen war. Holgers Hände sahen furchtbar aus. Er musste versucht haben, sich gegen die Angriffe zu wehren. Er hatte viel zu viel Blut verloren und lag hier seit Stunden in der Kälte. Vorsichtig nahm ich seine Hand und fühlte nach seinem Puls. Sein Körper war eiskalt, aber ich konnte einen Herzschlag ertasten. Viel zu schwach und langsam.

Meine Augen huschten hastig hin und her. Ich versuchte zu verstehen, was passiert war. Holgers Verletzungen waren schwer, aber nicht tödlich, und der Mörder war noch nicht dazu gekommen, ihn mit dieser grässlichen Farbe einzuschmieren. Zwei Meter entfernt sah ich den Farbkübel stehen. Etwas hatte den Mörder dazu gebracht, seinen Angriff abzubrechen und davonzulaufen.

Ich streichelte Holgers Hand, überlegte, was ich jetzt als Nächstes tun musste.

Holger öffnete die Augen einen Spaltweit.

«Lou?», flüsterte er. «Kalt … so kalt.»

Er schloss die Augen wieder.

Ich wollte um Hilfe rufen, der ganze Wald sollte doch voller Polizisten sein, aber es kam nichts heraus als ein Krächzen. Ich versuchte es nochmals, etwas kräftiger. Niemand antwortete.

Aus den Augenwinkeln sah ich, wie etwas vorbeiwischte. Ein Schatten. Was war das? Alarmiert sah ich auf. Ich keuchte laut, während ich hin und her schaute. Ich sah überall Schatten zwischen den Bäumen. Wahrscheinlich war da gar nichts gewesen.

Da raschelte es ganz in meiner Nähe in einem Gebüsch. Mein Herz machte einen Satz.

Nur ein Vogel.

War das nur ein Vogel gewesen?

Wieder raschelte es, aber ich sah gar nichts. Schnell drehte ich mich um mich selbst. Und wieder war da ein Schatten, der zwischen den Bäumen verschwand. War das ein Mensch? Ein Polizist würde sich doch nicht so anschleichen. Ich starrte krampfhaft auf den Baum, wo der Schatten verschwunden war, aber nichts passierte. Ich drehte wohl durch vor Angst.

Ich wandte mich wieder Holger zu. Seine Hand war so kalt wie bei einer Leiche. Ich musste ihn warm halten, bis der Rettungswagen da war. Das schien mir jetzt das Dringendste. Ich zog meine Kleider bis auf die Unterwäsche aus, wickelte ihn so gut es ging in meinen viel zu kleinen Pullover, legte meine Hosen über seine Beine, die Jacke unter seinen Kopf und …

Ein Geräusch liess mich hochfahren. Oben auf der nächsten Krete stand ein grosser, dünner Mensch, ein dunkler Schattenriss vor dem mondhellen Himmel. Vielleicht war es gerade die vollkommene Reglosigkeit, mit der er zu mir herunterschaute, die so schrecklich war. Die Gestalt kam mir bekannt vor, aber mein Hirn schaltete nicht. Wer auch immer es war, er hatte etwas in der Hand, das hell schimmerte, eine Waffe, eine Klinge. In diesem Moment setzte die Gestalt sich in Bewegung, kam mit der tödlichen Eleganz und Geschmeidigkeit eines Balletttänzers den Hügel herunter, direkt auf Holger zu, der hilflos auf dem Boden lag.

Todesangst lähmte mich, quetschte mir den Atem aus der Lunge. Mein Körper machte sich selbstständig, quälend langsam setzte sich ein Fuss vor den anderen, bis ich mich zwischen dem Mörder und meinem Freund befand und wir uns Auge in Auge gegenüberstanden.

Zunächst hätte ich sie beinahe nicht erkannt, sie sah so vollkommen anders aus. In der «Zuflucht» waren ihr Körper gelähmt, ihr Gesicht starr und ihre Augen tot gewesen. Und jetzt brannte sie vor Wut.

Rebecca!

Was für eine Verwandlung: den schmerzverschränkten Körper nun hoch aufgerichtet vor mir zu sehen, entschlossen zu töten, zu zerstören. Sie sah furchterregend aus. Irgendwoher hatte sie sich einen Tarnanzug organisiert. Sie stank nach Schweiss und Farbe.

Entschlossen wandte sie sich Holger zu.

Mein Mund wurde trocken. Die Frau war entschlossen, ihn umzubringen. Das bisschen Leben, das noch in ihm war, auszulöschen. Und mein Freund lag völlig hilflos am Boden.

Schlagartig verwandelte sich meine Lähmung in heisse Wut. Ich packte ihren Arm und versuchte, ihr die Waffe zu entringen, kassierte einen Hieb mitten ins Gesicht und wich taumelnd zurück. Rebecca drehte mir den Rücken zu, kniete sich neben Holger. Da schlug ich mit blossen Fäusten auf sie ein, mit all meiner Kraft und all meiner Angst und Wut. Ich schlug auf alles, was ich erwischte, ihre Arme, ihren Bauch, ihre Brust und ihren Kopf.

Das war doch eine alte, kranke Frau, dachte ich. Aber sie war viel, viel stärker, als ich vermutet hatte. Wieder versuchte ich, ihre Hand zu packen, um ihr das Messer zu entringen. Sie schüttelte mich ab wie einen lästigen Käfer und schlug mir so heftig mit der Faust an die Schläfe, dass mir für einen Moment schwarz vor Augen wurde. Da war Blut in meinem Mund. Ich schüttelte meinen Kopf, um wieder klar zu werden. Ich trat ihr mit dem Fuss in die Seite, so fest ich konnte. Etwas knackte. Sie schrie auf vor Schmerz. Ich spürte nichts als Triumph, es war grauenhaft.

Wieder rangen wir miteinander, unbeholfen, doch angetrieben von tödlicher Angst und Wut. Ich biss in ihre Hand und kassierte einen harten Schlag in meinen Magen. Ein weiterer heftiger Stoss in meinen Rücken, und ich lag mit der Nase im

Dreck. Ich wartete auf den tödlichen Stoss in meinen Rücken. Aber sie hatte sich wieder Holger zugewandt. Ich rappelte mich mühselig auf, packte sie um die Taille und versuchte, sie von Holger wegzuziehen. Sie schrie zornig auf, drehte sich blitzartig in meinem Griff, und das Messer erwischte mich am Oberarm. Es tat nicht weh, aber ich konnte den Arm nicht mehr bewegen. Sie lachte, griff sich dann aber mit schmerzverzerrtem Gesicht an ihre Seite, dort, wo ich sie mit meinem Fusstritt getroffen hatte. Einige Sekunden starrten wir uns an, beide heftig atmend. Ich fühlte keine Angst mehr, nur noch Wut. Mit der linken Hand hob ich ungeschickt einen grossen Stein auf, holte weit aus und versuchte, damit ihren Kopf zu treffen, erwischte aber lediglich ihre rechte Schulter. Ich schluchzte auf vor Enttäuschung. Sekunden später realisierte ich erst, dass Rebecca bei der Abwehrbewegung ihr Messer verloren hatte. Einen Moment stand sie noch schwankend da, dann drehte sie sich um und verschwand humpelnd zwischen den Bäumen.

Es war mir egal. Holger, nur Holger war jetzt wichtig. Sein Gesicht war leichenblass. Ich konnte keinen Puls mehr ertasten, wusste aber nicht, ob das an meinem heftigen Zittern lag. Ich schrie laut auf. Da hörte ich Schritte von mehreren Personen und sah das Licht von Taschenlampen. Ein weiss gekleideter Mann, noch einer, noch einer und dann noch ein vierter tauchten aus dem dunklen Wald auf.

Die vier Lis.

Sie eilten auf mich zu und beugten sich sofort über Holger. Etwas an ihrer Haltung machte mich sicher, dass sie gekommen waren, um zu helfen, nicht, um zu töten. Aber was sollten sie schon ausrichten können? Der eine hatte einen Rucksack mit, den er jetzt rasch auspackte. Sie sprachen leise miteinander, untersuchten Holger, packten eine silberfarbene Wärmedecke aus und legten ihn vorsichtig darauf. Dann begannen sie damit, seine Wunden zu verbinden. Einer der vier kam zu mir und kümmerte sich um meinen Arm. Geschickt stillte er die Blutung. Im Licht einer ihrer Taschenlampen sah ich, dass sie Holger eine Spritze gaben. Oh mein Gott! Was hatten sie ihm da gegeben?

Endlich schaltete sich mein Hirn wieder ein. Ich musste die Ambulanz organisieren. Ich wählte den Notruf. Eine ruhige Stimme antwortete. Ich bat um eine Ambulanz und die Polizei.

«Name und Adresse?»

«Louisa Beck, aber Adresse habe ich keine hier. Wir sind in dem kleinen Wäldchen in der Nähe des Güterbahnhofs. Die stillgelegte Bahnlinie geht etwa dreissig Meter südlich von hier durch. Da gibt es auch eine kleine Schafweide.»

«Können Sie den Ort genauer angeben?»

«Nein. Sie müssen uns suchen. Rasch!»

Da bat mich die Stimme, eine App herunterzuladen. Eine App herunterladen? Herrgottsakrament. Jetzt war doch keine Zeit für Gadgetspielereien!

«Mein Freund stirbt! Können Sie uns nicht einfach suchen, verdammt noch mal? Hier in der Nähe ist alles voller Polizei. Das Wäldchen ist nicht gross. Sie sollten uns doch finden können.»

«Ganz ruhig! Das geht nur ein paar Sekunden. Machen Sie genau das, was ich sage», kam die Antwort.

Ich holte tief Luft und befolgte die Anweisungen mit zitternden Händen. Es klappte tatsächlich. Ich seufzte erleichtert auf.

In der Zwischenzeit hatten die vier Lis Holger ganz in die Wärmedecke eingehüllt. Einer hob Holgers Augenlid an, kontrollierte danach den Puls und gab seinem Kollegen eine Anweisung. Dieser zog darauf nochmals in aller Eile eine Spritze auf. Ich wollte protestieren, aber sie ignorierten mich vollkommen. Wenn sie nun Holger nach alledem mit irgendwelchen Nashorn-Potenzkräutern umbrachten?

Ich kniete neben ihm nieder und nahm seine Hand. Immerhin war er noch am Leben. Seine Hand schien sogar ein wenig wärmer geworden zu sein, und sein Gesicht etwas weniger blass. Einer der vier Lis packte ein Blutdruckgerät aus und befestigte die Manschette an Holgers Oberarm. Die Männer berieten sich leise miteinander. Sie wirkten nicht wie Quacksalber auf mich. Ganz im Gegenteil.

Endlich hörte ich von weit her eine Sirene. Sie kam näher, verstummte, und ich hörte jemanden rufen. Ich schrie, so laut ich konnte. Die vier Lis packten ihren Rucksack und verschwanden im Wald.

***

Holger überlebte. Wenn auch knapp.

Ich wurde noch am Tatort von der Polizei befragt, musste das Protokoll unterzeichnen, und dann brachten sie mich ins Inselspital. Dort wurde ich wieder befragt, von der Rechtsmedizin untersucht, man nahm mir eine Blut- und eine Speichelprobe für die Spurensicherung. Danach wurde ich von allen Seiten fotografiert, geröntgt und endlich gesäubert und neu verbunden. Eine Pflegerin hatte sich sogar die Mühe gemacht, mich von allen weissen Farbflecken zu reinigen, deren Geruch mich immer wieder würgen liess.

Man hatte mir einen Haufen Medikamente gegeben und gemeint, ich könne jetzt nach Hause. Eine weitere Befragung der Polizei müsse warten, bis es mir besser gehe. Ich trottete zur Intensivstation und wartete dort auf Nachrichten über Holger. Ich war wohl eingenickt, als ich von einer schrillen Stimme aufgeschreckt wurde. Irina war eingetroffen. Ich machte mich so klein es ging, und sie übersah mich tatsächlich. Zwei Stunden später kam sie wieder an mir vorbei. Holgers Zustand war noch immer kritisch, hörte ich. Irina weinte. Diesmal erkannte sie mich und steuerte sofort auf mich zu.

Sie hätte mich wohl verprügelt, wenn nicht ein anwesender Rettungssanitäter eingeschritten wäre. Er verstehe die Welt nicht mehr, sagte er, ich hätte eben ihrem Ehemann das Leben gerettet, und sie gehe auf mich los wie ein Furie. Ich solle sie verklagen, meinte er, aber ich schüttelte nur den Kopf. Ich war in der Zwischenzeit seit mehr als zwanzig Stunden auf den Beinen und wollte nur noch Ruhe.

Er organisierte mir ein Taxi, und ich fuhr nach Hause.

***

Ich erwachte alleine. Niemand sass an meinem Bett und hielt meine Hand. Ich schloss die Augen wieder. Alles tat weh. Ich wollte nichts mehr spüren. Keine Schmerzen, keine Einsamkeit, keine Zweifel.

19

Ende Oktober

Alleine blieb ich nicht lange.

Ich war erstaunt, wie viel Besuch ich erhielt. Da waren die älteren Nachbarn von unten, die sich rührend um mich kümmerten und mich mit dem Nötigsten versorgten, solange ich noch so wackelig auf den Beinen war. Mutter besuchte mich, und für einmal kam sie einfach als ein besorgter Mitmensch zu mir und nicht als Verkörperung einer ihrer Theaterrollen. Wir sprachen wie ganz normale Erwachsene miteinander – ein ganz neues und beinahe etwas beängstigendes Erlebnis für mich.

Kaum hatte sich meine Mutter verabschiedet, rief mich Frau Alakom an. Sie war erleichtert, dass es mir gut ging und dass Holger ausser Lebensgefahr war.

«Im IRZ sind die wildesten Gerüchte herumgeboten worden», erzählte sie, «es hiess, sie seien beide tot. Ach, die arme Rebecca, sie tut mir so leid.»

Ihre Stimme bebte. Ich fragte rasch nach ihrer neuen Stelle, und sie fasste sich wieder. Die Arbeit gefalle ihr ausgezeichnet. Und sie habe jetzt auch eine Zwei-Zimmer-Wohnung im Breitenrainquartier gefunden. Die Mitbewohner des Hauses seien sehr freundlich. Es sei ein herrliches Gefühl, endlich wieder ein eigenes Zuhause zu haben. Allerdings müsse sie Luz jetzt drei Tage die Woche in eine Kindertagesstätte bringen, und das sei für sie und für das Kind sehr schwierig. Das werde sicher bald einfacher, tröstete ich sie. Das Schwierigste hätten sie und ihre Tochter jetzt sicherlich überstanden.

«Wenn ich nur wüsste, warum Rebecca immer wieder zu mir ins Zimmer gekommen ist», fuhr Frau Alakom fort. «Vielleicht hat sie meine Hilfe gesucht. Ich habe ja von Anfang an gespürt, dass dieses Wesen in meinem Alptraum vor Wut und Trauer wahnsinnig geworden ist. Nur war es eben gar kein Traum.»

«Was hatten Sie und Rebecca für eine Beziehung zueinander?»

«Beziehung? Ich würde das nicht als Beziehung bezeichnen. Auch als Rebecca noch gesund war, haben wir uns kaum unterhalten. Sie sprach nur ein paar Brocken Englisch, und sie hat nie etwas Persönliches von sich erzählt. Wir haben uns über die Kinder unterhalten, das schon. Luz und der kleine Thomas haben sich von Anfang an gut verstanden und haben viel miteinander gespielt. Und Rebecca war mir sympathisch, obwohl ich sie kaum kannte. Als sie das IRZ verlassen musste, habe ich sie und Thomas kaum mehr gesehen.»

Sie schwieg lange.

«Nachdem ich von Thomas' Tod erfahren hatte, besuchte ich Rebecca in der ‹Zuflucht›, obwohl uns das Tieri untersagt hatte. Da war Rebeccas Geist bereits krank. Sie hat mich nicht erkannt. Etwa zehn Tage danach ist sie im IRZ aufgetaucht. Ohne ein Wort zu sprechen, hat sie Luz den kleinen Hund, der Thomas gehört hatte, hingestreckt. Sie ist extra deswegen zu uns gekommen. Danach habe ich sie noch zweimal besucht, aber sie war wieder in diese Starre gefallen und hat auf nichts reagiert.»

Sie holte geräuschvoll Luft.

«Eines kann ich Ihnen jedenfalls sagen, Frau Beck. Ich bedaure nicht, dass Rebecca diese Männer umgebracht hat. Oh nein, das bedaure ich wirklich nicht.»

Kurz danach kam Helga vorbei und brachte feines Essen und den neuesten Klatsch aus dem Walmont. Bei ihrem zweiten Besuch am Tag danach erzählte sie mir, dass es ihr gelungen sei, mehr über Rebeccas Schicksal herauszufinden. Sie habe eine Freundin, mit der sie zusammen die Primarschule besucht hatte, und deren Schwester sei die Ärztin, die Rebecca in der Psychiatrie behandelt habe. Ich wartete schweigend ab, unsicher, ob ich überhaupt mehr wissen wollte. Rebecca habe zunächst auf gar nichts angesprochen, aber das sei nicht ungewöhnlich bei dieser Diagnose, fuhr Helga fort. Dann habe die Ärztin die Medikamentendosis erhöht und gleichzeitig etwas Neues versucht. Man könne katatone Patienten manchmal erreichen, indem man ihre Körperhaltung und ihre Atmung imitiere, wenn nötig stundenlang, was ziemlich anstrengend sei. Als die Ärztin nach zwei Tagen bereits aufgeben wollte, habe Rebecca plötzlich doch noch reagiert. Sie habe angefangen, sich zu bewegen und ihre Umgebung wahrzunehmen. Sie habe aber kein einziges Wort gesprochen. Einige Tage später habe sie angefangen zu malen. Schwarze Bilder, graue Bilder und irgendwann schwarze Flächen, durchschnitten von grellroten und gelben Blitzen. Die Ärztin sprach zu ihr über Trauer und auch über die Fähigkeit des Menschen, Trauer zu überwinden.

Helga schwieg einen Moment und schaute mich an. «Sie hat davon gesprochen, dass Trauer durch Handlung überwunden werden könne. Dass viele Patienten wieder ins Leben zurückfinden, wenn sie aktiv werden, wenn sie ihr Leben wieder selbst in die Hand nehmen und sich nicht vom Schicksal oder von anderen Menschen bestimmen und unterwerfen lassen. Rebecca habe kein Wort gesprochen, aber die Ärztin hatte den Eindruck, dass die alte Frau ihr zugehört und sie verstanden habe. Wenig später ist Rebecca verschwunden.»

***

Am folgenden Tag schauten Ursula Cohen und Natascha Kubik, die Laborchefin des Walmont, bei mir vorbei und verehrten mir einen der gigantischen Blumensträusse mit der «Kultur-Schleife» und dazu eine Flasche Petite Arvine. Das sei der Letzte seiner Art, sagte mir Ursula, als sie mir den Strauss überreichte. Schneider habe endlich geschnallt, was diese Gebinde kosten. Es habe ihn fast der Schlag getroffen. Ab sofort sei ein bescheidenes Röschen mit Grün angesagt. Wir liessen die Kultur hochleben, verfluchten Schneider, und ich fühlte mich schon wieder ziemlich gut.

Weniger erfreulich waren die Besuche von Ermittlungsbeamten der Kantonspolizei. Immerhin kamen sie zu mir nach Hause, zuerst einer alleine, dann immer zu zweit. Sie verhielten sich respektvoll und einfühlsam, aber ihre Augen waren kühl und konzentriert. Ich war froh, dass ich genug Zeit gehabt hatte, um zu überlegen, was und wie ich über das Erlebte berichten sollte. Und was ich den Ermittlungsbeamten verschweigen konnte, ohne mich in Widersprüche zu verstricken. Nach den Befragungen fühlte ich mich elend und schwach. Sie empfahlen mir die Opferberatungsstelle, aber ich hatte nur den Wunsch, das Erlebte hinter mir zu lassen und nach vorne zu schauen.

***

Eine Woche nach dem Kampf mit Rebecca wagte ich mich das erste Mal wieder hinunter zum Briefkasten. Als ich gerade einarmig mit meiner Post herumfummelte, hörte ich ein «Ciao, cara» von der Strasse her. Erstaunt blickte ich auf. Tatsächlich, da kam Claudio Ceccarelli auf seinem Rennrad. Ceccarelli war bereits sechzig, sah aber etwa zehn Jahre jünger aus und war sportlicher und fitter als die meisten Zwanzigjährigen. Er stammte ursprünglich aus Kalabrien, war mit achtzehn Jahren in die Schweiz gekommen, ein kleiner, blitzgescheiter Mann, der für alles Handwerkliche im Walmont verantwortlich war.

«Du siehst blendend fit aus, Claudio», sagte ich mit Blick auf seine durchtrainierten Waden.

«Wollte nur schnell bei dir vorbeischauen. Bin auf dem Weg nach Hause.»

«Wie viele Kilometer bist du diese Woche schon gefahren?»

Er schaute kurz auf das Display seines Velocomputers, das am Lenker befestigt war. «Zweihundertdreiundsiebzig Kilometer, dreitausendvierhundertzehn Höhenmeter.»

«Schau nur nicht so bescheiden aus der Wäsche, Claudio, du elender Angeber!»

Er lachte. «Du solltest endlich auch wieder mal auf dein Bike sitzen, Lou. Du siehst – ehrlich gesagt – ausgesprochen schlapp aus.»

«Willst du einen Kaffee?»

Er nickte und schulterte sein Rad. Er würde es nie draussen

stehen lassen. Das Ding wog kaum sieben Kilo und war um die zwölftausend Franken wert.

Als wir beide einen Espresso vor uns hatten, lächelte er mich zufrieden an. «Ich wollte dir die gute Nachricht persönlich mitteilen», begann er. «Ich wurde heute in eine vertrauliche Vorstandssitzung gerufen, weil der Beamer ausgefallen war. Unsere Bosse waren gerade mitten in einem heftigen Streit, als ich reinkam. Also habe ich dafür gesorgt, dass es mehr als eine halbe Stunde dauerte, bis der Beamer wieder funktionierte, damit ich ihr Gespräch mitbekam.»

Er hielt inne und strich sich mit der Hand über sein volles schwarzes Haar.

«Spann mich nicht auf die Folter, Claudio! Wer hat gestritten und warum eine gute Nachricht?»

Jetzt lachte er über das ganze Gesicht. «Daniel Martin hat Schneider die Leviten gelesen. Aber ganz böse!»

Martin war unser finanzstärkster Stiftungsrat, Gründer, Mehrheitsaktionär und Direktor eines mittelgrossen Pharmaunternehmens mit Sitz in Burgdorf. Er galt als knallharter Geschäftsmann.

«Das erstaunt mich, er sollte doch eigentlich Fan von Schneiders Finanzpolitik sein.»

«Das ist definitiv vorbei, Lou. Es ist nämlich durchgesickert, dass Schneider das Arbeitsrecht nicht eingehalten hat. Diese Firma, die er beauftragt hat, äh …»

«‹houseandgarden.com›?»

«Genau! Es hat sich herausgestellt, dass diese Firma einen systematischen Betrug aufgezogen hat. Das ganze Unternehmen mit einem Jahresumsatz von über zwanzig Millionen Franken hat lediglich zwei Angestellte, den Chef und seine Sekretärin. Alle anderen Mitarbeiter wurden von anderen Firmen ausgeliehen. Und diese anderen Firmen halten überhaupt keine Vorschriften ein, weder die von der Schweiz noch die von der EU.»

«Ach!»

«Skandal, Skandal!», trällerte er und strahlte übers ganze Gesicht.

«Das ist ja …», gab ich mich total überrascht und fühlte dabei das erste Mal seit Langem einen Anflug von Glückseligkeit.

«Und das ist noch nicht alles! Schneider, der Trottel, hat versucht, sich herauszuwinden. Man müsse sich endlich darauf einstellen, dass wir heute einen globalisierten Markt haben. Und das gelte auch für das Personal. Die Angestellten von ‹houseandgarden.com› seien unqualifizierte Ausländer. Wir sollten doch nicht meinen, wir müssten die Leute in der Schweiz verhätscheln, sie seien schliesslich freiwillig gekommen, hat er getönt. Da ist der Martin aber ausgeflippt. Hast du gewusst, dass sein Vater aus der Tschechoslowakei in die Schweiz geflüchtet ist? Ursprünglich hat die Familie anscheinend Martinu geheissen. Jedenfalls – der Martin ist also ausgeflippt. Das sei ja unerhört, dass ein Vizedirektor des Walmont, ausgerechnet des Walmont mit seiner humanitären Tradition, sich dafür einsetze, ausländische Arbeiter auszubeuten. Die Leute seien ja noch nicht mal gegen Krankheiten und Unfälle versichert gewesen. Das habe er von einem Gewerkschafter erfahren.»

«Wow!»

«Und dann hat Merian –»

«Merian? War der etwa auch dabei?»

«Ja. Martin hat ihn einige Tage zuvor informiert und verlangt, dass er sofort in die Schweiz zurückkehrt. Also, Merian hat sich eingeschaltet und wollte wissen, warum Schneider überhaupt auf die Idee gekommen sei, den gesamten Bereich Hauspflege und Unterhalt outzusourcen. Schneider hat geantwortet, das sei wohl nicht so schwierig zu verstehen: Halbierung des personellen Aufwands. Und dann ist er damit herausgerückt, dass ‹houseandgarden.com› für eine Arbeitsstunde lediglich vierzehn Franken in Rechnung stellt. Martin hat sofort ausgerechnet, dass dies bedeutet, dass die Arbeitnehmer maximal neun Franken Lohn erhalten würden. Und das ohne jeden Versicherungsschutz oder Ferienanspruch. Daraufhin war es einen Moment lang still im Raum. Martin sagte noch, dass er gestern eine vertrauliche Information bekommen habe, dass wegen Missachtung mehrerer Gesetze gegen das Walmont ermittelt werde.»

«Und?»

«Ich glaube, von diesem Moment an war allen klar, dass

Schneider gehen muss. Sie sprachen darüber, dass sie eine Pressemitteilung herausgeben sollten, um den grössten Schaden abwenden zu können. Und genau in diesem Moment platzte Frau Buber in den Sitzungsraum.»

«Was für eine Frau Buber?»

Claudio lachte über meine Verwirrung. «Die Ehefrau des Stadtrats Jonathan Buber. Hinter ihr drängten sich mehrere Mitarbeiterinnen des Generalsekretariats herein, die sie offensichtlich vergeblich daran hindern wollten, die Besprechung zu stören. Die Dame steuert also direkt auf Merian zu und knallt ihm einen Blumenstrauss auf den Tisch. Was das bedeuten solle? Ob sie etwa weniger wert sei als ihre Nachbarin? Oder ob das vielleicht sogar etwas damit zu tun habe, dass sie Jüdin sei? Merian war natürlich völlig perplex.»

«Das verstehe ich jetzt auch nicht. Erfindest du das etwa?»

Claudio schüttelte den Kopf. Seine Augen leuchteten. «Also, das ging so: Vor ein paar Tagen hat Schneider die Weisung herausgegeben, dass die Blumensträusse zur Verabschiedung der Patienten nur noch zwanzig Franken kosten dürfen. Frau Buber hat nun zufälligerweise gesehen, dass eine Bekannte, die das Walmont vor ein paar Tagen verlassen hat, ein prächtiges Bouquet erhalten hat. Sie selbst, immerhin die Frau eines Stadtrats, habe nun dieses jämmerliche Dingsda erhalten. Sie konnte sich gar nicht mehr beruhigen. Das sei eine Unverschämtheit, das werde Konsequenzen haben!»

Ich schüttelte lachend den Kopf. Das war zu schön, um wahr zu sein.

«Nachdem es endlich gelungen war, sie wieder aus dem Saal zu schaffen, wollte Merian wissen, was denn das für eine Geschichte mit diesen Blumensträussen sei. Ursula Cohen hat erklärt, was es mit diesen Sträussen als zentralem Element der neuen Kulturstrategie des Walmont auf sich habe. Du kennst sie ja, alles ganz sachlich, kein einziges böses Wort gegen Schneider, aber allen wurde klar, wer für dieses peinliche Fiasko verantwortlich war. Ja und das war's dann», fuhr Claudio fort. «Sie haben nur noch einen nächsten Termin fixiert und die Sitzung geschlossen.

Schneider sass da wie ein begossener Pudel. Ich wette mit dir, dass er bis Ende dieser Woche gefeuert ist.»

***

Und so geschah es dann auch.

Am folgenden Montagmorgen erhielten alle Mitarbeitenden des Walmont eine E-Mail. Schneider habe beschlossen, sich beruflich neu zu orientieren. In gegenseitigem Einverständnis sei er ab sofort bis zur Beendigung seines Arbeitsverhältnisses beurlaubt. Zur Stellvertreterin sei Frau Isabella Fernandez, bisherige Leiterin Personal, ernannt worden. Direktor Roland Merian werde seinen Urlaub frühzeitig beenden und Ende dieses Monats seine Arbeit wieder aufnehmen.

An diesem Abend feierten wir zu viert: Ursula Cohen, Tscharya, Helga und ich. Von Holger sollte ich die nächsten zwei Monate, in denen er krankgeschrieben war, kein einziges Wort hören. Ich wartete nicht auf ein «Danke, liebe Lou, du hast mir das Leben gerettet». Ich wartete nur auf ein Zeichen, dass wir noch immer Freunde waren. Und ich hatte noch viele Fragen. Wie war es Rebecca gelungen, Holger an diesen verlassenen Ort zu locken, und warum hatte sie ihn angegriffen? Hatte er vielleicht gesehen, wie sie Tieri tötete, und sollte deshalb auch sterben? Es hiess, dass er nicht nur körperlich geschwächt war, sondern auch unter Angstattacken und einem schweren Burn-out litt. Besuche von Mitarbeitenden des Walmont seien unerwünscht, liess Irina vermelden. Ich machte mir Sorgen, aber ich wagte nicht, Holger zu Hause anzurufen.

***

Die Kantonspolizei organisierte einige Tage später zusammen mit Europol eine Pressekonferenz, die international Aufsehen erregte. Am nächsten Tag titelte der «Blick» auf der ersten Seite: «Serienmörder von Bern: Es war das Grosi!».

Ich blieb kopfschüttelnd vor dem Kioskaushang stehen,

unsicher, ob ich lachen oder weinen sollte. Ein Grosi ist eine Grossmutter. Eine Grossmutter ist ein menschliches Wesen weiblichen Geschlechts, dessen Kind ebenfalls ein Kind gezeugt hat. Das passiert vielen Frauen, man kann die statistische Wahrscheinlichkeit dafür berechnen. Und mit der Geburt eines Enkelkinds passiert in unserer Kultur die rätselhafte Umwandlung einer erwachsenen Frau in ein tatteriges, harmloses, geistig etwas beschränktes, aber extrem gut meinendes Wesen. Und zwar vollkommen unabhängig davon, ob diese Erwachsene vorher eine sadistische Gefängniswärterin, hingebungsvolle Krankenpflegerin, finanzgeile Brokerin, extravagante Operndiva oder chrampfende Bäuerin gewesen war.

Und ein solches Grosi hatte nun gemordet. Unvorstellbar!

Ich sah wieder Rebecca vor mir, wie sie von diesem Hügel herab auf mich zugerannt kam, und schauderte. Noch immer hatte die Polizei keine Spur von ihr.

Die Sans-Papiers aus dem Inselspital blieben einige Zeit verschwunden. Dann meldete sich Hans-Ruedi Kummer bei mir. Er hatte weiterhin aufmerksam die Meldungen beobachtet, die beim Bundesamt für Gesundheit eingingen, und auf ein Cluster von multiresistenter TB gewartet. Und dann, einen Monat nach ihrem Verschwinden, war der Cluster da. Vom Ambulatorium für Sans-Papiers des Universitätsspitals Genf waren elf Fälle von multiresistenter TB gemeldet worden. Und die Angaben zu Alter und Geschlecht passten perfekt zu den Patienten aus der «Zuflucht». Ich war erleichtert. In Genf würden sie eine gute und sichere medizinische Betreuung bekommen.

Helga und ich legten Geld zusammen und organisierten für Elsa gefälschte Papiere. Sie hat jetzt eine neue Identität und ist Schweizer Staatsbürgerin. Mit Helga ist sie für ein Wochenende nach Florenz gereist, um den Traum ihres Vaters wahr zu machen. Elsas eigener Traum ist weiterhin Kanada. Sie verbindet mit diesem Land die Hoffnung auf einen Neuanfang, ein neues Ich, unbelastet von der Vergangenheit. Ich befürchte, dass dies nicht funktionieren wird. Aber wer weiss?

Ach ja, da waren noch die vier Lis. Es stellte sich heraus, dass es sich um sehr gut ausgebildete und erfahrene Notärzte handelte, die wahrscheinlich Holgers Leben gerettet hatten. Seit ihrer Ankunft in der Schweiz hatten zwei von ihnen als Pflegehelfer in einem privaten Altersheim in Lausanne gearbeitet. Die zwei anderen waren mit «healthinternational» unterwegs und verkauften mit viel Erfolg die berühmten alles heilenden Magnetdecken. Helga versuchte, sie zu überreden, die eidgenössische Berufsanerkennung für Mediziner zu beantragen. Bisher vergeblich. Zu gross war ihre Angst, ausgewiesen zu werden. Und ihr Verdienst sei auch so viel höher als in China, meinten sie.

***

An einem Abend Mitte November hatte ich Helga zum Nachtessen bei mir eingeladen. Es war kurz nach zehn Uhr, ich lag auf Geheiss meiner Freundin auf dem Sofa – eingewickelt in eine weiche Wolldecke –, während sie den Abwasch erledigte, als mein Telefon klingelte. Ich hatte keine Lust, mich aus meinem warmen Kokon zu schälen.

«Geh endlich ran!», sagte Helga ungeduldig.

«Keine Lust.»

«Louisa Beck!»

Von Helgas strengstem Oberinnenton aufgescheucht, rappelte ich mich auf, nahm den Hörer ab und hörte eine Stimme, die mich mit ihrer Melodie betörte – wie immer.

Ich hörte zu, antwortete: «Ja», dann: «Wo?» und schliesslich: «Ich dich auch», hängte auf und starrte ins Leere.

«Was ist los, Lou, eine schlechte Nachricht?», fragte mich Helga und schaute mich mit grossen Augen an.

Ich konnte nur den Kopf schütteln, dann lächelte ich.

«Philipp?», fragte Helga.

«Ja. Er will sich mit mir in Kulusuk treffen.»

«Kulusuk? Um Himmels willen … wo ist Kulusuk?»

«Genau in der Mitte zwischen Bern und Montréal.»

Danksagung

Wertvoll als Informationsquellen und inspirierend zugleich waren insbesondere folgende Publikationen:

Departement Migration, Schweizerisches Rotes Kreuz (Hrsg.) (2006). Sans-Papiers in der Schweiz. Unsichtbar – unverzichtbar. Zürich: Seismo.

Garett, L. (1995). The coming plague. Newly ermerging diseases in a world out of balance. New York: Penguin Books.

Gatti, F. (2010): Bilal: Als Illegaler auf dem Weg nach Europa. München: Verlag Antje Kunstmann.

Handbuch Tuberkulose. Bern: BAG.

Lungenliga Schweiz, Bundesamt für Gesundheit (Hrsg.) (2011).

Niklaus, P.-A. (2013): Nicht gerufen und doch gefragt. Basel: Lenos Verlag.

Für Informationen über die Situation von Sans-Papiers in der Schweiz und für Rückmeldungen zum Plot danke ich Judith Escher, Schweizerisches Rotes Kreuz, und Frau Lea Schenk, Berner Beratungsstelle für Sans-Papier, sowie allen anderen Personen, die mir über die Erfahrungen und die Lebenslage von Sans-Papiers in der Schweiz berichtet haben. Für allfällige Fehler im Manuskript bin selbstverständlich ich verantwortlich.

Evelyne Fuhrer, Pia Bertapelle, Evelyne Roth und Matthias Walpen haben mir wertvolles Feedback zur Dramaturgie und zum Text gegeben. Von Silvano Cerutti stammen die Tipps zur Musik am Grümpeliturnier. Vielen Dank euch allen!

Für ihre Unterstützung und ihr Vertrauen danke ich dem Emons Verlag, der Lektorin Irène Kost und der Literaturagentin Katharina Altas.

Cosima und Lea haben mir Mut gemacht und mich auch zu Unzeiten schreiben lassen.

Den grössten Beitrag zur Entstehung dieses Buches hat – wie immer – Andy Iten geleistet. Lieber Andy, ich danke dir für deine wertvollen Ideen, das scharfe Auge und die kreativen Lösungen für alle möglichen Lou-Beck-Probleme!